소라단 가는 길

소라단 가는 길

윤흥길 연작소설

창비

차
례

귀향길

시방 요 관광뻐스에 타고 있는 우리 동창들만 허드라도
저마다 다 심들고 에룹게, 그러면서도 열심히 자기 인생
자기가 손수 운전허고 살어온 친구들이여.

어, 한숨 늘어지게 잘 잤다. 어느 놈이 나무칼로 귀때기 싹뚝 끊어
가도 몰르게 정신없이 곯아떨어졌었구만. 그런디 여그가 시방 어디쯤
이지?

얼마 전에 옥산 휴게소를 지났어. 지금 회덕 인터체인지로 접근중
이야.

의리없이 나 혼자만 자서 미안혀. 그런디 잠든 동안에 혹시 내 악기
에서 뭔가 비정상적인 소음 같은 거라도 안 나오데? 예를 들어서 드르
렁거린다든가, 빠드득거린다든가 허는……

색시처럼 아주 얌전하게 자던걸. 많이 피곤했던 모양이지? 옥산에
서 십분간 휴식할 직에 깨울까 하다가 니무 깊이 잠든 것 같아서 그냥
뒀어.

잘혔어. 그게 바로 친구 형편에 부조허는 결과여. 수원 나들목 지날

무렵부텀 졸기 시작혔으니깨 한시간은 좋이 죽어 있었던 꼴이구만. 이틀 밤을 거의 설치다시피 혔더니만……

그렇게 피곤하신 와중에도 불구하시고 동창 모임에 참석하시다니, 정말 성의가 보통이 아니구나.

하인철이 너는 그동안 어디서 무신 일을 허니라고 그러코롬 우리 모임에 코빼기 한번도 안 내밀고 꼭꼭 숨어 살았냐?

나? 나 말이지, 실은…… 오랫동안 밖에 나가 있었어.

해외 거주 말여? 이민? 어느 나라?

해외 거주는 아니라도 하여튼 한중 수교 직후부터 중국이를 자주 드나들면서 외화 획득에 매달리느라고 오줌 누고 뭣 내려다볼 틈도 없이 바쁘게 지냈지. 그러느라고 동창 친구들하고 도무지 맘놓고 어울릴 엄두도 낼 수 없었고 말이야.

그랬었구나. 중국에서는 무신 일을 허니라고?

일종의 무역업인 셈이지. 중국이한테 각종 의류를 수출하는 사업이야.

그랬었구나. 그럼 돈도 몽땅 벌었겠다?

몽땅은 무슨! 그저 그래. 중국이가 그럭저럭 나를 먹여살리는 정도지.

그런디 어째 니 말투가 쪼깨 요상허게 들린다?

아, 그거? 조선족 동포들을 오래 상대하다 보니까 나도 모르게 그만 습관이 들어서…… 중국이가, 중국이를, 하는 식으로 조선족 동포들은 우리하고 약간 다른 말투를 사용하거든.

좌우지간 요번 모임에 참말로 잘 왔다. 오줌 싸고 뭣은 안 들여다봐도 사는 디 별 지장은 없을 티니깨 그 행사는 생략허드라도, 그 대신 앞으로 우리 동창회 행사에는 빠지지 말거라. 타관살이로 늙다 보니깨 세상에 국민핵교 동창생 녀석들만침 임의롭고 편안헌 관계도 없드라.

형편이 허락하는 한 나도 그러고 싶어. 앞으로 노력해볼 작정이야.

그런디 너 아까부텀 깝깝허지도 않냐? 이 복더위 여름날에 양복에다 넥타이 차림이 암만 봐도 영판 안 어울리는 것 같다.

아, 이거? 습관이 돼서 괜찮아. 해외 바이어들 상대하려면 정장을 갖춰 입는 게 기본 예절이라서……

너는 괭기찮을랑가 모르지만 너를 봐야 허는 넘들이 외려 더 진땀나고 깝깝헐 것 같아서 그런다. 웬만허면 웃도리라도 벗고 좀 편허게 있거라.

저기 운전석 바로 뒷자리에 앉은 저 친구, 서울 출발 당시부터 취해서 떠들어대는 쟤가 누구더라……

양해식이라고, 소규모 출판사 사장인디, 술을 주뎅이가 아니라 똥구녁으로 퍼마시는 것으로 소문이 난 녀석이지.

그럼 아까 저 앞자리에서 걸쭉한 사투리 입담으로 재미있게 노래자랑 사회를 보던 개는 또 누구더라?

자니라고 못 봤지만, 보나마나 홍성만이 그 친구였을 거여. 고급 레스또랑을 경영허는 마느래 덕분에 늙바탕에 늘어진 개 팔자가 된 녀석이지. 그러잖어도 으레 재경 동창들 모임 때마다 그동안 서울 것들 틈새에서 주녁이 들어 맥을 못 추던 사투리란 놈이 느닷없이 벌떡벌떡 일어나 목구녁 배깥으로 질편허니 쏟아져나오는 바람에 너도나도 고향 말씨 경쟁을 벌리니라 야단들인디, 오늘은 졸업헌 지 사십년 만에 모교를 첫 공식 방문허는 특별행사날이라 흥분들 혀서 그런지 고향땅이 차츰 가까워올시락 사투리도 점점 더 우심혀지는 것 같다. 거그다 비허면 서울말 숭내에 아직도 빈틈없는 인철이 너는 참 재주도 용타. 그건 그렇고, 우리 동창들 간에 개차반으로 유명짜헌 해식이랑 성만이도 몰라보는 것 보니께 어째 쪼깨 수상허다? 인철이 너, 내 이름이 뭔지나 알고 있는 거냐?

물론 알다마다. 김지겸 교수……

고맙다, 요 앞쪽 네번째 줄에 앉아 있는 저 김지겸이 대역을 시켜줘서.

미안해. 우리 나이에 이틀씩이나 밤을 새워가며 일할 만한 직업은 대학교수밖에 없다 싶어서 그만……

괭기찮어. 너무 오래 소원허게 지내다 보면 동창 친구들 얼른 못 알어보는 것도 크게 무리는 아니지, 뭐.

이왕지사 실례를 범하는 김에 너한테 자기소개를 청하고 싶은데……

국민핵교 동창 친구한티 새똥빠지게 자기소개를 허는 내 꼴이 우습긴 허지만, 허기사 한집에서 삼년을 같이 산 시에미 성도 몰르는 수가 있는 벱이지. 글 써서 밥 벌어먹고 사는 직업이여. 배운 도적질이 그것뿐이라서 밤마다 넘의 집 담 넘어 댕김시나 넘의 살림살이 엿보니라고……

아하, 이제야 알겠다! 시를 쓴다는 바로 그……

좀더 정확히 말허자면 시가 아니라 소설 쪽이지.

그래? 그렇다면 오히려 더욱 잘된 일이지. 언제 한번 기회가 되면 너한테 꼭 내 이야기를 들려주고 싶구나. 이날 평생 내가 겪었던 기구절창한 인생 체험을 소설로 쓴다면 아마 몇권짜리 대하소설이 되고도 남을 거야.

따지고 보면 떡 먹덧기 쉽고 간단헌 인생이란 애시당초 이 세상에 존재헐 수조차 없는 벱이지. 사람이면 누구나 다 나름대로 문제를 끼고 고민을 안고 애로를 업고 살어가게끔 마련이여. 시방 요 관광뻐쓰에 타고 있는 우리 동창들만 허드라도 저마다 다 심들고 에룹게, 그러면서도 열심히 자기 인생 자기가 손수 운전허고 살어온 친구들이여. 그렇기 땜시 열에 일고야닯 정도는 자기 인생이야말로 진짜 대하소설감이다, 외려 소설보담도 더 극적인 드라마다, 허고들 자부허는 축이지. 어, 유성 나들목을 지나가는 중이네. 유성 근처를 지나갈 적마다 완전군장을 허고 신병훈련을 받던 젊은 시절 내 모습이 머릿속에서 활동사진으로 뱅글뱅글 돌아가.

유성에도 신병훈련소가 있었던가?

나는 공군 출신이여. 옛날에 유성에 항공병학교가 있었지. 대전서 유성 간에 젊은 청춘이 모여드는 우리 항공병학교, 어쩌고저쩌고 허는 가사로 시작되는 군가를 목이 터져라 조석으로 고창허곤 했었지.

유성 근처를 가끔 지나갔다면 그동안 고향을 자주 찾았다는 애긴데, 지금도 고향 쪽에 연고가 많이 남아 있나?

먼촌 일가붙이들 빼고는 가까운 친척들 대부분이 서울 쪽으로 일찌가니 생활 근거를 욍겼기 땜시 고향 동네허고는 연고다운 연고가 거반 끊기다시피 헌 심이지. 다만, 타관살이를 허면서도 직업상 지방 문학행사나 문인단체 일로 일년에 네댓 차례 정도는 계속 고향을 드나들먼서 살어왔어. 인칠이 니 경우는?

나? 나는 아직도 고향 쪽에 연고가 많이 남아 있는 편이야. 선영도 그대로고, 친척들도 많이 살고 있고. 그런데도 아까도 말했다시피 오줌 누고 뭣 내려다볼 틈도 없이 사업에 매달려 사느라고 고향땅을 밟아볼 엄두도 못 냈어. 실은 요번 여행이 거의 삼십년 만에 처음 갖게 된 귀향길인 셈이지.

아무리 바삐 살았어도 그렇지, 너도 참 에지간헌 사람이구나. 재경 동창들 모임에 안 나타난 건 그렇다 치고, 삼십년 동안 선영마저 안 찾어뵌 건 암만혀도 너무 심헌 것 같다.

남들만큼 고향에 애착을 못 느낀다고나 할까? 목구멍이 포도청인 사람한테는 조상이고 친척이고 다 부담이 되기 십상이지. 들리는 소문으로는 상전이 벽해가 되듯이 우리 고향이 엄청나게 변했다던데?

상전벽했지 벽해상전인지 그 순서는 잘 몰라도 여하튼 천지개벽허 덧기 고향 몰골이 영판 달라진 것만은 외상 없는 사실이다.

팔만명 인구로 고정된 채 더이상 발전 없이 오랫동안 답보상태만 거듭하던 시골 소도시가 어느날 갑자기 중규모 도시로 둔갑하다니, 직접 내 눈으로 보기 전엔 도무지 실감이 안 나.

사람들 머릿수만 몇배 늘어난 게 아니여. 인접지역들을 시로 편입 시켜서 행정구역도 엄청나게 넓어지고, 공업단지도 들어서고, 전에는 없던 마을이나 건물이나 도로들도 겁나게 많이 생겨나고…… 좌우지 간 나무주걱이 쇠주걱으로 뒤바뀌덧기 옛날 흔적을 거의 찾어보기 심 들 지경으로 몰골이 확 달라져뿌렀다니께.

그렇게 달라지기로 작정하면 얼마든지 쉽사리 달라질 수 있는데 왜 진작에 못 달라지고 오래 그 고생을 사서 했을까?

시가 비약적으로 발전허게 된 결정적인 계기를 시민들은 대충 두 가지로 보고 있지. 일차적 계기는 지난 쌍칠년도에 일어났던 이리역 화약열차 폭발 사고여. 원자폭탄 터지덧기 화약열차가 어마어마헌 파괴력으로 시내 중심부를 초토화허는 바람에 해묵은 숙원사업이던 도시계획들을 과감허니 추진헐 수가 있었지. 그러고 이차적 계기는 수출산업공단 조성이여. 폭발 사고에 뒤이어서 공단이 들어서기 시작험서부텀 인구가 급팽창허고 돈다발이 연락부절로 나돌기 시작허고……

인구가 증가하고 고층 삘딩숲이 들어서고 재정규모가 커지는 게 반드시 발전만은 아닐 거야. 옛날 미개발 시절 고향도 별로 맘에 안 들었지만, 눈부시게 발전한 요즘 고향은 더군다나 맘에 안 들 것 같아서 걱정이야.

인철이 너, 그런 섭헌 소리 재향 동기들 앞에서 함부로 씨월거렸다간 호되게 싸개통 나는 수가 있다. 너 혹시 고향 동네허고 무신 웬수 척진 일이라도 있는 거냐?

뭐 꼭 그런 건 아니지만, 어쨌든지간에 옛적부터 고향이란 곳에 별로 정을 못 느껴온 건 사실이야. 원래 고향다운 매력이라곤 전연 없는, 그저 그렇고 그런 평범한 지방도시잖아. 유동인구가 많은 철도교통 중심지라는 것말고는 이렇다 할 특징도 없고 내세울 만한 명승고적도 없고, 시민들한테 추억 쌓기를 좀처럼 허용하지 않는, 하여튼 운치라곤 눈을 씻고 찾아봐도 없는 삭막한 고장이지.

운치 없는 고장인 것만은 나도 부인허지 않겄어. 워낙 별볼일없는 만경강변 작은 포구 마을로 오랜 세월 붙박여 있다가 일제 때 와서야 일본인들 간척사업 덕분에 갑째기 시골 마을 티를 벗어던진 신흥도시니께 그 알량난 역사 속에서 유서 깊은 명승고적 따우가 불쑥 솟아날 텍이 없지.

휑하니 넓은 평야 위에 그냥 철도역 하나 바라보고 덜렁 세워진 이

삭막한 도시에서 어떻게 하면 하루라도 빨리 탈출할 수 있을까, 하는 것이 어렸을 때 내가 노상 꾸던 꿈이었지.

니 말에 왈칵 동의헐 수 없는 게 대단히 유감이구나. 내 생각은 너허고 쪼깨 어긋져. 무식허고 무능력헌 부모라는 이유로 자식이 부모 자격을 부인헐 수 없덧기 운치 없고 삭막헌 동네라고 고향 자격이 없다고 말헐 수는 없는 벱이지. 사람 사는 세상은 어디나 다 매일반이라고 봐. 아무리 열악허고 꾀죄죄헌 환경이라 허드라도 그 속에서 지애비허고 지에미는 밤이면 서로 살 비비고 합방을 허고, 자식새끼 낳고, 울고 웃고, 땀내를 풍김시나 살어가게 마련이고, 철모르는 에린것들은 쓰레깃데미를 놀이터로 삼고 놀아도 밤이면 무지개 꿈을 꾸고, 저만 아는 비밀시런 추억거리들을 소중허게 간직험시나 커나가게 마련이지.

유복자로 태어나 역전에서 뜨내기 기차 손님들 상대로 장국밥을 파는 편모 슬하에서 불우한 어린 시절을 보낼 수밖에 없었던 내 입장에서 다만 내 느낌을 말했을 뿐이야. 어쩌면 너하고 나하고는 성장과정이 달랐기 때문에 고향을 바라보는 시각도 달라졌을지 몰라.

천만에! 내 성장과정 역시 너보담 결코 유족허고 행복헌 것이었다고 말헐 수는 없지. 옛날 어린 시절 우리가 누렸던 행복의 싸이즈는 도토리 키 재기나 매일반이여. 누가 누구보담 행복혀봤자 말짱 다 거그서 거그고, 피차 어금버금헌 가정환경이었을 거여.

그 문제로 너하고 다툴 생각은 없으니까 이만 막설하기로 하자. 참, 요번 홈커밍 행사는 김기서가 주도해서 성사시켰다며?

김기서가 누군지는 알고 있겄지?

알다마다. 공부를 아주 잘했었지. 똥가래가 찢어지게 집안이 가난

해서 일찌감치 대학을 포기하고 도내 수재들이 모인다는 사범학교로 진학했었지.

맞었어. 머리 좋은 그 김기서가 교육계에서도 일찌가니 두각을 나타내드니만 드디어 얼매 전에 모교 교장으로 영전을 혔지. 말허자면 모교에 부임허자마자 김기서가 꾸민 첫번째 음모가 바로 졸업 사십주년 기념 재향, 재경 동기동창회 합동 모교 방문 행사라는, 사정없이 긴 이름이 달린 요번 모임이지.

그동안 그 비슷한 모임이 한번도 없었단 말인가?

재경 동기들 거의 전부가 졸업 후에 모교를 방문헐 기회도 전연 없었을 뿐만 아니라 재향 동기들허고 합동 동창회를 가지는 것도 요번이 처음이여.

다른 학교 동창회들 홈커밍 행사 때는 모교 은사님들을 초청하는 것이 관례처럼 돼 있던데……

그러잖어도 그 안건이 나오긴 혔는디, 워낙 행사를 서두르다 보니깨 은사님들 챙길 여유가 없었어. 더 늦기 전에 일단 동기들끼리 먼저 만나는 일에다 의미를 두기로 허고 은사님 초청 건은 다음번 기회로 미루기로 혔지. 그새 벌써 돌아가신 분들도 기실 것이고, 더러 생존허신 분들도 대개는 극노인이라서 아매 지금쯤 거동이 많이 불편허실 거여. 왜, 혹시 만나뵙고 싶은 은사님이라도 있어서?

나 말이지? 전혀! 국민학교 담임선생들 생각할 적마다 후원회비 못 낸 죄로 공부 시간에 번번이 교실에서 쫓겨나서 복도 바닥에 무릎 꿇고 앉아 벌서던 기익부터 민저 떠올라. 학부형 모셔오라는 명령 때문에 교실에다 책보를 저당 잡힌 채 학교서부터 역전 집까지 그 먼 거리를 헐레벌떡 뜀박질로 왕복한 것도 한두번이 아니었어. 기억은 선명하지만 만나고 싶은 생각은 눈곱만치도 없는 그런 분들도 과연 은사님이라고 부를 수 있을까?

내 기억도 너허고 대동소이헌 편인디, 그래도 기중 인상 깊게 남어 있는 은사님은 오학년 때 담임이셨던 이낙현 선생님이여. 오학년 때 가출했다가 한달 만에 피골이 상접혀서 돌아오니깨 이선생님이 대뜸 날 껴안고 울으시는디, 그때 내 이마 우에 뚝뚝 떨어지던 이선생님 눈물방울을 시방도 잊을 수가 없어.

오학년 나이로 가출까지 단행했단 말이야? 너 굉장히 조숙했었구나?

뭐, 조숙혔다기보담도 한때 내 신상에 그럴 만헌 사연이 조깨 있었지. 어찌 보면 역마직성에 들려 있었다고나 헐까.

아무튼 가출 분야 대선배님을 뵙게 돼서 이거 대단히 영광이구만. 나는 고등학생이 된 다음에야 겨우 난생 처음 가출을 경험할 수 있었거든.

그렇다고 악수까장 나눌 필요가 있을까? 가출이란 게 워낙 궁지에 몰린 쥐새끼가 이판사판 고양이를 무는 거나 다름없는 최후의 선택이기 땜시 훗날까장 기분 좋은 추억거리로 남어 있기가 어려운 뱁이지.

벌써 논산이네. 이번에는 내가 신병훈련 시절을 회상할 차례구나. 젊은 시절 머리 빡빡 밀고 논산훈련소에 입소할 당시만 해도 나한테는 꿈이란 게 있었지. 장마철이면 산더미같이 쌓아놓은 돈다발 곰팡 슬고 좀먹을까봐 삼복더위에도 아궁이에 군불 때고 방바닥에다 돈 널어 말리지 않으면 안될 지경으로 돈을 썩어나게 많이 벌어서 원수 갚듯이 세상을 향해서 마구 뿌리면서 사는 것이 그 무렵 내 꿈이었지. 돈으로 코도 풀고, 돈으로 밑씻개도 하고, 반갑다고 꼬리 치는 애완견 입에다가도 고액권 지폐 한장씩 척척 물려주고, 하는 식으로 말이지.

청운의 꿈치고는 어째 듣기가 쪼깨 거시기헌 것 같다. 그런디 그 꿈 속 동네는 은행 같은 것도 없다냐? 버는 족족 은행에다가 맽겨뿔면 장마철에 그런 끔찍헌 수고는 간딴허니 면헐 수 있을 틴디.

비웃지 마. 아마 뜨내기손님들 상대로 역전에서 장국밥을 팔던 우리 어머니 영향일 거야. 어머니가 세상에서 제일 싫어하는 게 바로 언제 받을지 모르는 외상 거래였어. 그래서 그런지 나는 어려서부터 그저 돈이라면 무조건 현찰만을 생각하는 버릇이 있었어. 아무튼지 세상살이가 내 멋대로 쥐고 흔들 만큼 그렇게 호락호락하지 않다는 것, 그리고 내가 세상을 향해서 보복을 꿈꾸면 세상은 되레 나보다 몇십배, 몇백배 더 강력한 수단으로 나를 향해서 끔찍한 보복을 가해 온다는 사실을 원산폭격이나 토끼뜀 기합만큼 호되게 깨우쳐준 첫번째 상대가 바로 군대였어.

니 말투가 어째 쪼깨 행복헌 인생으로 들리들 않는 것 같구나. 그 중국이를 상대로 허는 의류 수출업 갖고는 요새 장마철에 군불 때고 돈데미 말리기가 약간 여의치 않은 모냥이지?

맘대로 비웃어도 좋아. 니 경우는 어떨지 몰라도, 젊은 시절 꿈을 제대로 이루고 사는 행복한 인생이 그렇게 세상에 흔치는 않을 거라고 믿어.

내 말에 기분 잡쳤다면 미안혀. 허지만 그런 뜻은 아니었어. 우리 나이에 누가 누구 인생을 비웃는다는 건 마냥 주제넘는 짓이고 지 낯짝에 침 뱉기여. 내 인생밀고 님의 인생 비웃을 자격은 아무한티도 없지.

가만 있자, 차내 분위기가 좀 전하곤 딴판으로 달라진 것 같잖아?

뭐가?

논산을 지난 뒤부터 고향 사투리가 갑자기 부쩍 더 심해졌어!

당연허지. 고향이 부르는 소리가 아까보담 훨씬 더 가찹게 들리기 시작헌 탓일 거여. 시방 저 친구들은 고향이 마구잽이로 잡어댕기는 심에 꼼짝없이 끌려가고 있는 중이여.

방금 꽘을 지른 저 친구는 누구지?

누구 말이여? 고함치는 놈이 어디 한둘이라야지.

기차 화통 삶아먹은 목청으로 아까부터 세 사람 몫은 떠들어대고 있는 저 친구 이름이 뭐더라?

나기형인디, 나서기 좋아헌다고 별명이 나서방이여.

그 친구 사투리는 유난히 더 끈적끈적하고 쫄깃쫄깃한 것같이 들린다.

첨부텀 궁금 사항이 있는디, 요번 행사는 으떻게 알고, 누구한티서 연락을 받고 참가를 혔냐?

나 말이지? 며칠 전에 지하철에서 우연찮게 동창 친구 하나를 만났어.

그게 누군디?

낯익은 얼굴이긴 한데, 이름은 잘 기억이 안 나. 그 친구가 행사 소식을 전해주면서 나더러 꼭 참석하라고, 자기는 피치 못할 사정 때문에 불참할 거라고 그러더라.

혹시 그 친구 가발 같은 거 쓰고 있지 않었어?

맞아. 가발을 쓰고, 땅딸막한 키에 배불뚝이에……

권택근이구만. 택근이가 니 얼굴을 쉽게 알어보데?

내가 워낙 미남형이라서 사람들 눈에 금방 띄는 얼굴이잖아, 히히.

미남들이 지난겨울에 몽땅 다 얼어 죽었든갑다. 니가 만약에 미남이라면 내 얼굴은 장동건이허고 배용준이 짬뽕쯤 되겠다, 클클.

저기 저거 왕궁면 저수지 아냐? 드디어 고향땅에 들어서는구나!

삼십년 만에 처음 밟어보는 고향땅이니께 감개가 이만저만이 아니겠다.

나를 많이 울리고 나를 멀리 내쫓은 그 고향이지. 감개보다는 낯가림하는 어린애같이 어쩐지 어색하고 새퉁스런 느낌이 앞선다.

요번 나들이를 계기로 혀서 오랫동안 찌그락째그락 다퉈쌓던 고향허고 인철이 너 사이에 원만허니 화해가 이뤄진다면 더이상 바랄 것이 없겠다.

어쩌면 모두들 깜짝 놀랄 일이 생길지도 몰라. 날 걱정해줘서 고맙긴 하지만, 그럴 필요 없어. 나도 다 생각이 있으니까. 그런데 갑자기 왜 웃어? 도대체 웃는 이유가 뭐지?

운전석 쪽에서 오가는 얘기 잘 들어봐. 방금 전에 뻐쓰 기사가 홍성만이한티 길안내를 부탁혔어. 그러니께 홍성만이가 얼른 그 말을 받어서 고함을 꽥 질르는 거여. 여그 혹시 우리 모교 찾어갈 줄 아는 놈 있냐, 허고 말여.

나도 얼핏 들었어. 그런데 그게 뭐가 우스워?

뭣이 우습냐고? 오냐, 니 말이 맞다. 우습지 않고 실은 울어야 될 판국인 것 같다. 뻐쓰 한대 그득 졸업생들이 모교를 찾어가는 마당에 질을 몰라서 서로서로 눈치를 보며 이놈저놈 묻고 자빠졌다니, 대관절 요세 말이어, 막걸리어? 나 원 참, 기가 맥혀시!

천지개벽이 이뤄진 고향이니까 그새 모교가 다른 곳으로 이전했을 가능성도 얼마든지 있잖아? 혼자서 찾어가라면 나도 자신이 없는걸, 뭐.

오래 전에 집 나간 자식 하염없이 지달리는 늙은 에미맨치로 우리 모교는 꼼짝도 않고 옛날 그 자리를 지킴시나 우리를 지달리고 있으니께 걱정 붙들어 매시지.

그렇다면 다행이네. 난 또 그런 줄도 모르고 혹시 우그르르 딸린 어린 자식들 내팽개친 채로 늙은 어미가 바람이 나서 집을 나가지 않았나 싶어 지레 걱정을 했었지.

성급허게도 벌써부텀 가방 끌어내리는 놈들이 있네. 우리도 그만 내릴 준비나 슬슬 헐까?

묘지 근처

할머니는 그 길로 시난고난 앓다가 며칠 후에 끝내 숨을 거두고 말았다.
해토머리가 오기 전이었다. 할머니의 장례 덕분에 나는 난생 처음
북망산을 내 발로 직접 밟아볼 수 있었다.

1

　"국민이 원헌다면……"
　매캐한 모깃불 주변에 둥그렇게 모여 앉은 40여 남정네들의 면면을 둘러보며 황새 유만재는 느릿느릿 입을 열었다.
　"국민이 아니라 궁민이겄지."
　한창 기세 좋게 연기를 피워올리는 모깃불 위로 누군가의 취기어린 목청이 한 깡통의 기름처럼 끼얹어졌다. 뒤이어 터진 한바탕의 폭소가 여름밤의 운동장을 이쪽 골대에서 저쪽 골대까지 축구공마냥 마구잡이로 굴러다녔다. 졸업 40주년 기념 홈기밍 행사로 모치럼 만에 모교를 방문한 재경 동창들 거개가 초저녁부터 권커니 잣거니 마셔댄 막걸리와 소주 덕분에 나우 취해 있는 상태였다.

"국민이든 궁민이든 좌우지간에 니놈들이 저엉 그렇게 원헌다면 이 유만재가 일착으로 테이프를 화악 끊어버릴 모냥이니께."

"황새야, 서론이 너무 질다아!"

"인마, 어르신들께서 거시기로 밤송이를 까라시면 아새끼는 찍소리 말고 후딱 거시기부텀 끄내들고 봐야지."

"황새 저 새끼, 복덕방쟁이 이십년에 주둥이만 발랑 까졌다니께."

"방금 그 주둥아리, 어느 주둥아리냐? 방구쟁이 니놈이지? 방구쟁이 너, 그 말본새 조깨 세탁혀야 쓰겄다. 무식이도 영롱허게 복덕방쟁이가 뭣이냐, 복덕방쟁이가? 유식이 문자로 공인중개사란 말여, 공인중개사!"

"건시나 꽂감이나, 백구두나 흰구두나 다 그게 그거잖어, 인마."

"방구쟁이 너, 뒷간 닮은 그 주둥아리로 구린 소리만 골라서 싸지르던 못된 버르장머리는 옛날이나 오날날이나 여전허구나?"

한바탕 또 폭소가 터졌다. 유난히도 웃음이 헤픈 밤이었다. 아무나 덤벼들어 제 겨드랑이를 마구 간질여주기를 잔뜩 기다리고 있다는 듯 시도 때도 없이 만판 웃어줄 태세들이었다. 겨드랑이 근처를 슬몃 스치기만 해도 거추없이 웃음보를 터뜨리는 동창들을 보면서 유만재는, 영락없이 평당 천원 시세의 땅을 만원씩에 사겠다고 난리법석을 떠는 얼간 복부인들을 닮았다고 혼자서 구시렁거렸다.

환갑을 코앞에 둔 저마다의 나이는 전세버스로 서울을 출발할 당시 집결지에다 몽땅 버리고 온 모양이었다. 타관에서 중년의 고비를 허위허위 넘는 동안에 주름살의 형태로 얼굴에 굵다랗게 새겨두었던 세상살이의 온갖 시름과 고달픔도 나이에 묶어서 그곳에다 함께 버린 모양이었다. 그 대신 그들은 해묵은 기억 속에서 용케도 동창들의 별명을 찾아내어 그 위에 덕지덕지 올라앉은 세월의 더께를 닦아내고 번쩍번쩍 광을 낸 다음 손에 익은 맞춤 연장과도 같이 능란하게 다루고 있었다. 처세를 위해 나름대로 익혀 써먹어온 서울말 흉내도 깡그리 잊은 채 그들은 어느 겨를에 소싯적에 놀던 웅덩이 같은 고향 사투리 속에 풍덩 빠져 멱까지 푹 잠겨 있는 꼴이었다. 중년보다는 차라리 초로라 해야 더욱 어울릴 멀쩡한 남정네들이 내남없이 철부지 소년으로 행세하기에 여념이 없었다. 국민학교 입학 당시를 말하면서 그들은 순식간에 국민학교 입학생이 돼버렸다. 동창생들 사이에 단연 최고의 화젯거리로 일찌감치 터를 잡아버린 것은 6·25와 관련된 추억담이었다. 그 나이에 이르도록 산전수전 다 겪어 할말들이 무진장이련만 늙다리 동창생들은 다른 화제 다 제쳐놓고 약속이나 한 듯이 너도나도 오로지 전쟁 이야기에만 매달리는 것이었다. 세상물정 모르던 천진한 시절에 몸으로 겪은 끔찍한 전쟁의 기억이 마치 백지 위에 뿌려진 먹물처럼 한장면 한장면 뇌리에 시커멓게 새겨져 있다가 수십년 만에 다시 모교에 발을 들여놓는 순간 활동사진으로 생생히 되살아난 모양이었다. 전쟁 당시를 회고하는 동안 그들은 어느새 열살 안팎의 그 코흘리개 시절로 깔축없이 되돌아가 있었다.

"우리 기쁨조 유만재 낯짝 귀경헌 사람 혹시 없냐? 테이프 끊겄다던 지가 벌써 한나절도 넘었는디 왜 여태 재롱잔치 소식이 안 들린다냐?"

웃고 떠드느라 잠시 잊고 있던 순서를 누군가 갑자기 챙기고 나섰다. 그러자 하마터면 크게 손해볼 뻔했다는 투로 사방에서 독촉이 빗발치기 시작했다.

"그 옛날 핵교 시절 야그 한보따리 물어다준다던 그 황새란 놈, 어느 하늘로 훨훨 널러가뿌렀다냐? 으째 요러콤 야그 대령이 더디다냐?"

"어이, 유일병, 야그 일발 장전! 발사!"

"좋아. 허라면 못헐 것도 없지. 까짓것 허면 될 거 아녀."

친구들의 성화에 못 이기는 척하면서도 유만재는 미적미적 뜸을 들였다.

"그런디, 잘나고 출세헌 동창놈들 도라꾸로 운동장에다 풀어논 판국에 해필이면 왜 나여? 해필이면 왜 황새 유만재가 말품팔이 부역에 개시 업무를 맡어야 되는지, 참말로 알다가도 몰르겄네."

"얀마, 니 입담이 좋아서 개시를 맡었다 생각허면 오해다, 오해. 옛날에 키순으로 출석번호를 정헐 적마다 황새 니놈은 맡어놓고 노상 일번이었잖어."

"에잉? 키순? 나는 또 미남순인지 알었지."

웃음, 또 웃음. 유만재는 허파에 잔뜩 바람이 든 동창들을 보고 덩달아 웃은 다음 헛기침 두어 방으로 목에 일차 기별을 보냈다.

"에에 또, 그러면은 여러분이 오랫동안 고대허고 빠마허시던 옛날 야그를 인자부텀 슬슬 시작헐 모냥이니께 귀뚜껑 활짝 열고 잘들 들어보드라고. 공동묘지와 저승사자, 요것이 바로 나에 오늘 레파토리여."

"전설의 고향맨치로 으째 초장서부텀 으시시헌 것 같다?"

"알 만헌 놈들은 죄다 알고 있는 사실이지만, 사변 무렵에 우리집은 남파 바로 밑에 있었지."

청중의 이해를 돕기 위해 유만재는 시내 쪽에서 공동묘지로 향하는 상여 행렬이 반드시 통과해야만 하는 길목이었던 남중동 파출소 앞길부터 먼저 상기시켰다. 그곳은 기억 속의 6·25를 만나러 가기 위해 그 자신 또한 필히 통과하지 않으면 안되는 요긴목이기도 할 것이었다.

2

으레 바람이 앞장을 서곤 했다. 바람의 손아귀에 꺼들려, 바람 바로 반 발짝쯤 뒤처져서 사내의 절뚝거리는 걸음이 바투 따르곤 했다. 더러는 사내가 앞장을 서서 바람을 이끌며 나타나는 날도 있긴 했지만, 대개는 바람이 먼저였다. 아무튼 그해 겨울 남파 일대의 주민들에게 전봇대를 응응 울리고 전선줄로 하여금 후익후익 휘파람을 불게 만드는 어둠속의 그 바람소리는 곧 사내가 나타날 거라는 전조였고, 밤하늘을 향해 짐승처럼 마구 울부짖는 사내의 목소리는 곧 거센 바람이 몰아칠 거라는 신호가 되었다. 그 신호에 접할 적마다 사람들은 흠칫 흠칫 몸을 떨면서 서둘러 머리 위로 이불자락을 끌어다 덮어야 했고, 동네 개들마저도 짖는 소리를 목구멍 안에 깊숙이 감춘 채, 꼬리를 잔뜩 말아붙인 채 허겁지겁 마루 밑으로 기어들곤 했다.

그날도 어김없이 그랬다. 바람이 매우 수상쩍은 기세로 불어닥치고 있었다. 밤이 깊어갈수록 바람소리는 발뒤꿈치를 들어 점점 더 키를 높여가고 있었다. 그러잖아도 원래 외풍이 심한 방인데, 그날따라 더욱 염치불고하고 안으로 비집고 들어오는 꼬리 긴 겨울바람 때문에 아까부터 문풍지는 찢이길 듯 요란하게 푸룽푸룽 떨고 있었다. 보나 마나 우리집 앞마당 가장자리를 따라 줄지어 심어놓은 구기자나무들 은 맹수 같은 바람 앞에 가느다란 줄기를 활처럼 휘어뜨리면서 연신

항복을 표시하고 있을 것이었다. 여러가지 징조로 미루어 저승사자의 행차에 꼭 알맞은 날씨임이 분명했다. 어쩌면 오늘밤에 무슨 일이 벌어질지도 모른다는, 기어코 무슨 일이 벌어지고야 말 거라는 섣부른 기대감이 내 오줌보를 띵띵 부풀리는 바람에 나는 그 무슨 일이 정작 시작도 되기 전에 일찌감치 오줌이 마렵기 시작했다.

"할머니."

나는 어둠속에서 가만히 할머니를 불렀다. 고양이처럼 가르랑가르랑 가래 끓는 소리를 내며 할머니는 초저녁잠에 깊이 빠져 있었다. 겨울철로 접어들면서 부쩍 더 심해진 해수병 때문에 할머니는 무척이나 쇠잔해진 상태였다. 이따금씩 발작적으로 터져나오는 기침을 다스리느라 거의 뜬눈으로 새우다시피 하는 자정 이후의 고통에 대비하여 할머니는 습관적으로 초저녁잠을 청하곤 했다.

"할머니! 할머니!"

저승사자가 나타날 때까지 할머니를 위해 잠을 멀리 쫓아가며 보초를 서주는 것이 바로 내 임무였다. 그 다음에는 날이 밝을 때까지 할머니가 나를 위해 보초를 서줄 차례였다. 할머니와 나 사이엔 그렇게 번차례로 상대방을 지켜주기로 처음부터 묵계가 이루어져 있었다.

"할머니할머니할머니!"

다급한 마음에 나는 숨 가빠 소리치면서 어둠속으로 손을 뻗쳐 할머니의 뼈만 남은 앙상한 가슴을 사납게 흔들었다. 가르랑거리는 숨소리가 뚝 그쳤다.

"사자가 온단 말여."

"에잉? 사자?"

할머니는 몸을 일으키려고 갑자기 버둥거리다가는 이내 도로 잠잠해졌다.

"그 썩을것이 시방 어디맨침 왔냐?"

가래 끓는 소리로 할머니가 물었다. 가는귀를 먹은 할머니를 대신해서 나는 밝은 내 귀를 척후병 삼아 방문 밖 어둠속으로 조심조심 내보냈다.

"시방 육모정 앞을 지나고 있어."

"어서 불을 키거라."

누운 채로 당할 수는 없다며 할머니는 부스럭부스럭 몸을 움직이기 시작했다. 나는 윗목을 더듬어 덕용의 큼지막한 성냥통을 찾기 시작했다.

"싸게 불을 키래도!"

저승사자의 범접을 막는 데는 뭐니뭐니 해도 대낮 같은 불빛이 제일이라고 할머니는 굳게 믿고 있었다. 때문에 동네 안의 다른 집들은 사내의 행패와 봉변이 두려워 살아 있는 불도 일부러 숨통을 끊어놓는 판인데 유독 우리집만은 죽어 있던 불마저 되살리곤 했다. 나는 그을음이 등피를 시커멓게 뒤덮지 않을 정도로 남포등의 심지를 한껏 돋우었다. 방안을 훤히 밝히는 불빛 속에서 산발했던 흰머리칼을 뒤통수에 그러모아 비녀를 꽂으며 단단히 태세를 갖추는 할머니의 모습이 매우 비장하게 드러났다.

"저것은 사람이 아녀. 저승사자가 틀림없어."

머리털을 쭈뼛 곤두세우는 사내의 울부짖음이 최초로 야트막한 담을 뛰어넘어 우리집 마당으로 들어서던 밤, 할머니의 입에서 부지중에 튀어나온 말이었다.

"날 잡어오라고 염라대왕이 시킨 게여."

문풍지처럼 푸릉푸릉 떨면서 할머니는 그때 겁에 질린 소리로 말했
었다.

"그 썩을것이 시방은 또 어디맨침 왔냐?"

"요 아래 깍쟁이네 점방 앞을 지나고 있어."

할머니는 당장이라도 마당으로 뛰쳐나갈 작정인 듯 네발짐승의 자
세로 이부자리 위에 잔뜩 웅크려 앉은 채 방문을 뚫어져라 응시하며
저승사자와의 맞대결을 용감하게 기다리는 중이었다.

"저 썩어 문드러질 잡것이 기연시 또 찾어왔고나."

'그 썩을것'이 어느 겨를에 '저 썩어 문드러질 잡것'으로 바뀌었다.
마침내 가는귀를 먹은 할머니에게도 절름발이 사내의 모습으로 변장
하고 나타난 저승사자의 기척이 또렷이 잡힌 모양이었다. 하긴 그 정
도 괌질이라면 가는귀 아니라 온귀를 잡수신 사람에게까지 충분히 들
리고도 남을 것이었다. 저승사자의 위세에 주눅이 들었는지 그토록
기승스레 설쳐대던 바람도 남포등의 불꽃을 한바탕 희롱하는 것을 마
지막으로 하여 갑자기 다소곳해졌다. 바람소리가 잦아든 자리를 사내
의 울부짖음이 그득 메우기 시작했다.

"니가 고로콤 가잔다고, 용천뱅이 떼쓰딧기 자꼬만 보챈다고 나가
호락호락 따러나설 성불르드냐? 어림도 없니라, 어림도 없어!"

퍼렇게 독이 오른, 송곳같이 뾰쪽한 두 눈으로 남포등 불빛이 노랗
게 묻어난 창호지에 숭숭 구멍을 뚫어가며 할머니는 암상떠는 도둑괭
이와도 같이 연방 가르랑거렸다.

"우수 갱칩 지나 천지가 왼통 다 해동헐 때까장 나는 죽어도 살어
있을란다!"

그 순간 내 고개가 할머니 쪽으로 홱 돌아갔다. 지난날과는 전혀 딴

판으로 자신의 주장이 하룻밤 새에 확 바뀌었다는 사실을 할머니는
도통 깨닫지 못하는 눈치였다.

"춘삼월 전에는 죽어도 못 가겠다고, 꽃 피고 새 우는 호시절에나
날 잡어가든가 말든가 허라고, 가서 느그 대왕님한티 단단허니 전허
거라, 이 잡것아!"

눈과 귀를 한데 모아 점점 우리집 쪽으로 다가오는 울부짖음을 가늠
하면서 할머니는 가래 끓는 소리로 거듭 새로운 주장을 펴고 있었다.

"우리 병권이 얼굴 다시 볼 때까장 나는 죽어도 살어 있을란다. 우
리 병권이가 무사허니 살어서 돌아오기 전에는 죽어도 안 따러나설
모냥이니깨 그리 알거라."

그 전까지는 입버릇처럼 늘 그렇게 말하곤 했었다. 할머니가 매번
저승사자의 뜻을 거역할 수밖에 없는 이유로 내세우곤 하던 '우리 병
권이'란 군대에 가 있는 우리 둘째삼촌이었다. 전투가 한창인 일선에
서 졸병으로 싸우는 셋째아들이 제대해서 돌아올 때까지는 악착같이
살어 있겠다는 할머니의 결연한 의지였다.

"어림도 없니라, 어림 반푼어치도 없어!"

때로는 도야지 멱따는 소리 같기도 했다. 때로는 차마 입에 담지 못
할 지독한 욕설로 들리기도 하고, 또 때로는 누군가를 향해 무언가를
애타게 하소연하는 슬픈 가락으로 느껴지기도 했다. 매번 모주망태가
되어 나타나기 때문에 사내의 목소리에 제아무리 귀를 기울여봐도 바
람의 훼방 속에서 내가 알아들을 수 있는 말은 겨우 혀꼬부라진 몇마
디가 전부였다. 너 죽고 나 죽자, 씨부랄 놈들, 씨를 말려뿐다, 불을
확 싸질러뿐다, 뿐다, 뿐다……

열댓 발 길이는 실히 되는 괴상한 울부짖음을 뻗쳐 하늘을 원망하

고, 자갈이 울퉁불퉁 깔린 길바닥을 지팡이로 마구 두들겨 땅을 저주하고, 온갖 상스런 욕지거리로 그 사이에 끼인 인간 모두를 한목에 싸잡아 험악하게 위협하면서 사내는 드디어 우리집 근처에 당도했다. 마냥 지척거리던 사내의 절뚝걸음이 우리집 대문 앞에서 멈추는 순간, 내 숨도 덩달아 딱 멈춰버렸다. 내내 염려하면서도 기대해 마지않던 그 무슨 일이 필경 벌어지고 말 것 같은 분위기였다. 얼추 혼백이 달아나 있기는 할머니도 마찬가지였다. 핼쑥하게 핏기가 바랜 낯꽃을 한 채 할머니는 가까스로 입술을 달막거리고 있었다.

"어림도 없니라…… 어림 반푼어치도 없어……"

이제 곧 끔찍한 욕설과 함께 우리집을 향해 돌팔매가 날아들 차례다. 등화관제 훈련하듯 온통 캄캄일색인 동네에서 홀로 남포등을 환히 밝히고 있는 웬 시건방진 집구석을 오늘밤엔 저승사자가 그냥 곱게 지나칠 리 없다. 이제나저제나 하면서 나는 돌멩이들이 핑핑 날아들어 방문을 박살내고 지팡이가 함석대문을 난타하는 끔찍한 순간을 잔뜩 숨죽인 채 기다리고 있었다.

"불을 더 키우거라!"

하지만 할머니는 놀랍게도 어느 틈에 용기를 되찾아 저승사자의 범접에 어기차게 맞설 궁리를 하는 것이었다.

"심지를 바싹 더 올리래도!"

밝은 불빛을 무기로 들이댐으로써 저승사자를 물리칠 수 있다는 할머니의 믿음이 결국 효험을 나타낸 것일까. 잠시 머무적거리는 듯싶던 사내의 기척이 우리집 대문에서 차츰 멀어지기 시작했다. 할머니와 나는 얼굴을 마주보며 함께 가슴을 쓸어내렸다. 그 무슨 일이 벌어지지 않은 것에 안도의 한숨을 내쉬면서도 나는 끝내 기대를 배반당한 듯싶어 적잖이 실망을 느꼈다.

"원원이 그러면 그렇겠지. 지깟녀르 것이 누구를 감히……"

목숨을 건 싸움에서 다시 한번 승리를 거둔 할머니가 절뚝절뚝 멀어져가는 저승사자를 만면에 피워올린 조롱기로 배웅했다. 건넌방에서 아버지가 가볍게 두어 방 헛기침을 놓았다. 뒤이어 어머니의 두런거리는 말소리가 들렸다. 식구들 모두가 잠에서 깨어 그때껏 어둠속에서 잔뜩 숨을 죽이고 있었던 듯했다.

잠시 끊겼던 울부짖음이 되이어졌다. 끔찍하기 짝이 없는 소리로 대고대고 하늘을 원망하고 땅을 저주하고 인간들을 협박하면서 사내는 이미 통행금지가 시작된 전시체제하의 밤거리를 거침없이 헤쳐가고 있었다. 그 시간에 그렇게 대로를 활보하면서 제멋대로 행패를 일삼을 수 있는 사람은 시내를 통틀어 그 사내 하나밖에 없을 것이었다. 사내의 울부짖음은 특히 남파 앞을 통과할 때 절정에 다다르곤 했다. 마구잡이로 휘두르는 지팡이에 얻어맞아 파출소 유리창이 두어 차례 수난을 당한 뒤부터는 순경들도 차마 사내를 단속할 엄두를 못 낸 채 그냥 장님인 척 귀머거리인 척 내버려두곤 했다. 사내의 위세에 주눅이 들었던 전봇대가 어느새 기운을 되찾아 웅웅 다시 울기 시작하고 전선줄들이 다시 후익후익 휘파람을 날리기 시작했다. 등뒤에 섬뜩한 바람소리를 거느린 채 사내는 남파를 지나 벽돌막 쪽을 향해 가고 있었다. 벽돌막 그 너머는 다름 아닌 북망이었다.

북망산이 머다더니 대문밖이 북망일세

어노 어노 어나리넘차 어허노……

그간 우리집 대문 앞을 지나가는 상여의 행렬을 수도 없이 보아 나온 가늠으로 나는 북망산이 어디를 가리키는지 익히 알고 있었다. 가사의 내용, 특히 후렴에 약간씩 차이가 있긴 하지만, 여러 종류의 상엿소리 속에 담긴 공통점은 모든 상여 행렬이 한결같이 북망산을 향해 간다는 사실이었다. 그러니까 공동묘지가 바로 북망산이 될 수밖에 없었다. 공동묘지는 벽돌막 저편 어딘가에 있었다. 태어나서 벽돌막 그 너머의 땅은 아직 한번도 밟아본 적이 없기 때문에 내게는 사실상 벽돌막 저편 공동묘지가 이 세상의 끝인 셈이었다.

"그 썩을것이 북망을 행허고 가는고만."

저렇게 처참하게 울부짖으며 절름발이 사내는 매일 밤 세상 끝 어디를 향해 가고 있는 걸까. 사내의 최종 행선지에 대한 의문을 풀어준 사람은 할머니였다. 북망이 어딘지 궁금해하는 내게 할머니는 확신에 찬 어조로 간단히 대답했다.

"그 썩을것이 사는 집이니라."

한동안 얌전히 견디던 할머니의 해수병이 갑작스레 도지기 시작했다. 저승사자하고 용맹히 맞섰던 할머니는 또다시 기침의 발작에 맞서기 위해 머리를 양어깨 사이에 깊숙이 파묻고는 얼굴을 가슴팍에 바싹 붙였다. 앙가슴을 물어뜯고 할퀴는 기침이란 놈한테 속수무책으로 당하는 할머니를 돕는답시고 나는 제걱 요강을 대령했다. 자지러지는 기침소리에 놀란 어머니가 건넌방에서 약사발을 들고 달려왔다. 한 파수 또 기침의 발작을 넘으면서 할머니는 한 뭉텅이의 가래를 요강 속에 뱉어냈다. 어머니가 약사발을 입에 대주자 할머니는 측백나무 잎을 달여 만든 단방약을 벌컥벌컥 들이켰다.

"아이고, 내 새깽이 불쌍혀서 어쩌거나."

가까스로 안정을 되찾은 할머니는 자리보전하고 누운 채 눈물이 흥건히 괸 눈으로 나를 올려다보았다.

"이 엄동설한에 할미 죽으면은 초상 치르니라고 우리 만재 꼬추랑 붕알이랑 꽁꽁 다 얼어터질 틴디, 내 새깽이 불쌍혀서 어쩐다나."

가르랑가르랑 가래 끓는 소리로 한참을 맥없이 중얼거리다가 할머니는 갑자기 끙 하는 신음과 함께 용을 쓰기 시작했다.

"아니지, 아니여. 나가 이 엄동설한 북풍한설에 꽁꽁 언 땅을 파게 헐 수야 없지. 어느 귀신 부자지를 틀어쥐고라도 짐승맨치로 모질음을 쏨시나 버티다가 해토머리 봄날 마른땅에 묻혀야지!"

말은 그처럼 강단 있게 했지만, 마치 밥숟갈 놓자마자 밥상머리에 고꾸라져 잠드는 어린애와도 같이 할머니는 말을 마치기 무섭게 곧바로 까라지기 시작했다. 할머니는 며칠 사이에 부쩍 더 병약해져 있었다. 그런 몸으로 둘째삼촌의 무사 귀환 때까지 버틴다는 건 내가 보기에도 지나친 욕심인 듯싶었다. 언제 끝날지 모르는 전쟁과 언제 돌아올지 모르는 둘째삼촌을 두고 땅이 꺼지게 걱정하는 아버지와 어머니를 한두번 본 게 아니었다.

어머니가 자장가 대신 이런저런 듣기 좋은 말로 가만가만 위로를 해서 할머니를 어거지로 잠재우려 했다. 증손자 볼 때까지 오래오래 사셔야 된다는 얘기였다. 할머니가 오래오래 살 수 있는 근거로 어머니가 들먹이는 얘기들이 한동안 나를 혼란에 빠뜨렸다. 남파 지나 벽돌막 너머 공동묘지보다 삼촌이 있는 동부전선이 외려 더 가깝다는 투였고, 꽃 피는 춘삼월보다 삼촌 돌아올 전쟁 끝날이 외려 더 가깝다는 식이었다. 하지만 할머니는 어머니의 말을 그다지 신용하지 않는 눈치였다. 위로의 말이 길게 이어지는 동안 할미니는 고양이같이 가르랑거리며 고개를 옆으로 내젓다가는 어느 순간에 허망하게 잠들어 버렸다.

사내가 맨 처음 우리 동네에 나타난 것은 지난 초겨울 무렵의 어느 날이었다. 그런데도 나는 사내의 얼굴을 실물로 접한 적이 그때까지 한번도 없었다. 먼발치에서 사내의 울부짖음이 얼핏 비칠라치면, 방 구석에 처박혀 없는 듯이 숨어 있으라고 아버지가 엄명을 내린 탓이었다. 다만, 나는 주로 상상 속에서, 더러는 꿈속에서 심심찮게 사내의 얼굴과 맞닥뜨리곤 할 뿐이었다. 내 상상 속에서 사내는 이마 위에 두 개의 뿔이 돋친 모습을 한 채 사람 키보다 큰 지팡이를 지니고 있었다. 내 꿈속에서 사내는 상여 앞에 세운 방상시보다 더 무시무시한 형상에 창과 방패 대신 엄청나게 굵고 긴 지팡몽둥이를 들고 있곤 했다.

사내는 오직 소리를 통해서만 자신의 행차를 우리에게 알려올 따름이었다. 그런데도 할머니는 울부짖음과 욕지거리가 난무하던 첫밤부터 대뜸 저승사자가 틀림없다고 단정하면서 '그 썩을것'을 들먹이기 시작했다. 사정을 제대로 이해하지도 못하는 주제에 나는 할머니의 주장에 쉽게 동조해버렸다. 만일 저승사자가 아니라면 누가 그처럼 밤마다 오줌보를 땡땡 부풀리는 그 공포 속에 나를 빠뜨리겠는가.

밤마다 출몰하는 저승사자 덕분에 나는 그해 겨울방학을 유난히 짜릿하게 보낼 수 있었다. 방학 기간 내내 바람은 거르는 법 없이 밤마다 불어왔고, 바람과 앞서거니 뒤서거니 차례를 다퉈가며 저승사자 역시 거의 매일 밤 우리 동네를 거쳐 북망산으로 향하곤 했다. 애당초 기대했던 '그 무슨 일'만은 끝내 겪음하지 못한 채로 긴 방학을 식은땀 나는 긴장감 속에서 보낸 후 개학을 맞게 되었다. 학교 시설 일부가 지리산 공비 토벌대의 훈련장으로 사용되는 바람에 교실이 모자라서 우리는 바로 옆 농림학교 교실을 빌려 공부를 시작했다. 학생들이 전쟁통에 인민군으로 나가고 국군으로 나가 빈자리가 많이 생겼기 때문에 농림학교는 교실이 남아도는 형편이었다.

개학 첫날, 우리는 농림학교 교정에 끼리끼리 모여 시간 가는 줄 모르고 방학 동안에 겪었던 사건들을 전하느라 이야기에 고부라지곤 했다. 제딴에는 자랑이랍시고 저마다 신나게 떠벌리지만 급우들의 그 어떤 체험담도 나를 감동시키지는 못했다. 그렇다고 할머니와 나 둘만이 아는 저승사자의 비밀을 녀석들에게 함부로 발설할 수도 없는 노릇이었다. 그 얘기를 꺼냈다 하면 만좌중에 당장 웃음거리가 될 것 같기 때문이었다.

"우리 벵원에 상이군인이 와 있다!"

시립병원 관사에 사는, 그래서 옷이랑 학용품에서 노상 소독약 냄새가 난다 해서 아까징끼란 별명을 얻은 소주호가 뒤늦게 이야기판에 뛰어들었다.

"뭣이여? 상이군인?"

"그려. 고무다리를 달었는디, 부애가 나면 다리 한짝을 뚝 띠어서 아무한티나 막 집어던지고 그런다."

와아, 함성이 일었다. 아까징끼의 얘기는 우리 모두를 감동시키기에 충분했다. 상이군인이란 말에 갑자기 귀가 번쩍 띄는 바람에 나는 어느 누구보다 아까징끼한테 요란뻑적지근한 관심을 보였다. 나는 학교가 파한 후 그 상이군인, 아니, 고무다리를 구경시켜달라고 졸라대기 시작했다.

"일내나 겁난다고! 상이군인 아자씨가 고무다리를 띠이내는 숭내만 내도 모다들 무서워서 도망가니라고 벵원이 왼통 난리가 난다니깨!"

무섭지 않다면 뭣 땜에 고무다리 구경시켜달라 애걸복걸할까. 다름 아닌 그 무서움 때문에 상이군인을 못 봐서 안달인 급우들 심정을 아까징끼가 제대로 이해하는 데는 약간 시간이 걸렸다.

겁쟁이일 때는 아까징끼고 용감할 때는 소주호였다. 그날의 그는 누가 봐도 소주호임이 분명했다. 주호는 미리감치 겁에 질려 자꾸만 제 뒤꽁무니에 숨으려는 우리 패거리를 연방 비웃어가며 시립병원을 향해 씩씩하게 앞장섰다. 때마침 점심때라서 상이군인 아저씨는 식당 안에 머물고 있었다. 널따란 식당을 혼자서 점령한 채 염색된 미군 잠바 차림의 사내가 조개탄이 벌겋게 타고 있는 난롯가에 앉아 꾸벅꾸벅 조는 모습이 복도 쪽 창유리를 통해 들여다보였다. 상대방이 상이군인임을 알려주는 증표라고는 난로 곁 식탁에 기대 세운, 나무로 된 보조장구 하나뿐일 정도로 사내는 겉보기에 멀쩡했다. 나는 창문턱 위로 고개만 빠끔히 내민 채 작은 움직임 하나라도 놓칠세라 부릅뜬 눈으로 사내를 지켜보았다. 사내가 조는 틈을 노려 병원 직원 하나가 주방에서 철제 식판을 들고 나와 난로 쪽으로 살금살금 다가갔다. 직원은 김이 모락모락 오르는 식판을 조심스레 식탁 위에 올려놓고는 소리없이 물러서기 시작했다. 뒷걸음질치던 직원이 잽싸게 돌아서서 주방 안으로 숨는 것과 상이군인이 잔뜩 수그리고 있던 고개를 번쩍 쳐든 것은 거의 동시였다.

"오른편짝 뺨을 잘 봐둬라."

주호가 조심성 없는 목청으로 터무니없이 크게 말했다. 상이군인이 고개를 홱 돌리자 그때껏 가려져 있던 오른쪽 얼굴이 옴싹 드러났다. 눈길이 문제의 뺨에 달칵 부딪히는 순간 내 간은 갑자기 콩알만해졌다.

"수류탄이 터질 적에 오른편짝 턱이 공중으로 널러가뿌렀단다. 응덩잇살을 띠어다가 뺨을 땜질혔는디, 날이면 날마닥 술만 퍼마시고 지랄을 허니께 생채기가 아물 새가 없어서 움직일 적마닥 살이 덜렁덜렁헌다.”

자랑스레 일러주고 나서 주호는 히힛 웃기까지 했다. 주호 말마따나 술 탓인지, 아니면 난롯불에 익은 탓인지는 몰라도 사내의 얼굴은 대낮부터 벌겋게 상기되어 있었다. 기형의 그 흉측스런 오른쪽 뺨만 아니라면 지난날 틀림없이 미남 소리를 들었을 법한, 매우 잘생긴 얼굴 바탕의 새파란 청년이었다. 어쩐지 우리 둘째삼촌하고 비슷한 인상으로 느껴졌다.

“내가 개냐, 도야지냐? 요 따위를 음식이라고 날더러 먹으라는 거냐?”

식탁 위의 식판을 노려보며 청년이 식당 안에다 요란하게 천둥을 내리쳤다.

“이 자식들이 나라에 몸바친 나를 뭘로 알고!”

다음 차례로 청년은 곁에 놓인 보조장구를 집어들어 사정없이 번개를 때리기 시작했다. 한차례씩 보조장구를 휘두를 적마다 청년의 입에서는 짐승의 포효 같은 울부짖음이 터지곤 했고, 한방씩 되알지게 얻어맞을 적마다 철제 식판은 쟁강쟁강 튀어오르면서 숨넘어가듯 쇳소리로 비명을 내지르곤 했다.

“저승사자다!”

크워어웍! 많이 귀에 익은 그 울부짖음을 듣고 있자니까 내 입에서 절로 감탄이 새어나왔다.

“저승사자가 뭐여? 싱이군인이지!”

영문도 모르면서 주호란 놈이 옆에서 방정맞게 참견하고 나섰다.

“아니다! 저승사자다!”

"아니다! 상이군인 아자씨다!"

"아니다! 우리 할머니가 저승사자라고 혔다!"

빡빡 우겨대는 나를 보고 주호는 자존심에 몹시 상처를 입는 눈치였다.

"황새 너 잘 봐둬라!"

녀석은 나를 향해 묘한 낯꽃을 지어 보이더니만 말릴 겨를도 안 주고는 갑자기 창문을 드르륵 열어젖혔다. 그러고는 겁대가리도 없이 식당 안으로 머리통을 불쑥 들이미는 것이었다.

"상이군인 아자씨, 우리들한티 고무다리 쪼께 귀경시켜줬으면 쓰겄는디!"

한순간 병원 건물 전체에 괴이쩍은 적막감이 감돌았다. 무척이나 길게 느껴지는 적막감이었다. 청년은 보조장구를 머리 위로 번쩍 치켜든 자세 그대로 한참을 우두커니 서 있었다. 내 목구멍으로 꼴까닥 침 넘어가는 소리가 내 귀에 고통스럽게 잡혔다. 청년이 우리를 향해 소름이 쫙 끼치는 웃음을 지어 보이더니만 갑자기 보조장구를 휙 집어던졌다. 그리고 오른쪽 바짓가랑이를 쓱쓱 걷어올리기 시작했다. 황갈색의 퉁퉁한 고무다리가 밖으로 드러나는 순간 나는 그만 입을 딱 벌리고 말았다. 청년이 고무다리를 척하니 떼어들고는 한쪽 다리로 껑충껑충 앙감질을 치며 우리를 향해 뛰어왔다. 눈알을 희번덕거리고 오른쪽 볼따구니를 덜렁거리며 앙감질로 달려오는 그 끔찍한 형상이라니!

"꼼짝 말고 거기 섰거라, 소과장 아들놈아!"

믿을 거라고는 오로지 잽싼 걸음 한가지뿐이었다. 우리는 복도 바닥을 기운껏 쿵쾅거리며 썰물을 이루어 병원 건물을 빠져나갔다. 또

다시 시작되는 울부짖음과 함께 유리창 깨지는 소리가 바로 등뒤인
양 가깝게 들려왔다. 정신없이 내빼는 그 경황에도 나는 모두들 들으
라고 큰소리로 외치는 걸 잊지 않았다.

"내가 뭐라고 그러디야? 저승사자라니께!"

집으로 돌아가는 길에 동네 조금 못미처에서 상여를 만났다. 유난
히도 초라해 보이는 행렬이었다. 울며불며 상여를 뒤따르는 유가족들
이 눈에 띄게 적을 뿐만 아니라 잔뜩 꼬부라진 허리를 상장막대에 의
지하고 있는 노파를 빼고는 모두가 젊거나 어린 남녀들뿐이었다. 바
람에 펄럭거리는 만장 깃대 하나 찾아볼 수 없는, 참으로 쓸쓸하기 짝
이 없는 장례 행렬이었다. 그래도 상여를 선도하는 요령 소리와 상두
가의 가락은 그 어느 호상 행렬보다 더 구슬프고 구성지게 들렸다.

북망산이 머다더니 대문밖이 북망일세

어노 어노 어나리넘차 어허노……

상여 앞에 세운 영정 안에서 젊은 남자가 가족들의 곡소리도 요령
잡이의 상두가도 자기와는 아무 상관 없다는 듯 무심하게 미소를 짓
고 있었다. 마치 고인의 친척이라도 되는 양 나는 길 가장자리를 따라
상여와 나란히 걷다가 남파 앞쯤에서 유가족들을 말없이 배웅한 다음
길을 되짚어 타달타달 집으로 돌아왔다.

"요번 생이는 으떻디야?"

집안에 들어서자마자 할머니가 가르랑거리는 고양이 소리로 급히
물었다. 내가 봤던 대로 상여 행렬을 설명하자 할머니는 단박에 낯꽃
을 우그러뜨리면서 끌끌끌 허를 쳤다.

"불효막심헌 인사 같으니라고……"

고인을 탓하고 나서 할머니는 합죽한 입을 꾹 함봉해버렸다. 여느

때처럼, 생때같은 젊은 자식 앞세운 할망구가 장차 무슨 낙으로 천수만수 누릴 작정이냐고 혼자서 두런거리지도 않았다. 얼마 전부터 할머니는 칠성판 위에 누운 망인의 처지에 비상한 관심을 보여왔다. 할머니한테는 젊은 나이로 비명에 간 사람은 낱낱이 다 불효자고, 엄동설한 악천후를 자신의 제삿날로 택해 간 사람은 낱낱이 다 부덕자였다.

"이 강취 속에 꽁꽁 얼어붙은 땅바닥 꼬작꼬작 파고 젊은 사람 묻는 꼴 지켜봐야 허는 그 할망구 맴자리는 대관절 으떤 모냥일꼬."

한참 후에 할머니는 먼산 보듯 천장을 올려다보며 다시 중얼거렸다. 여전히 추위는 만만찮아서 아직도 해토머리가 까마득하게만 느껴지는 때였다.

둘째삼촌한테서 군사우편이 왔다. 할머니 앞으로 온 편지였는데, 아버지가 먼저 뜯어보고 나서 문맹인 할머니를 위해 남포등에 편지를 바짝 들이대고 큰소리로 읽어주었다. 지난번, 지지난번 편지와 거의 똑같은 내용이었다. 동부전선 아무아무 고지에서 불초 소자는 이 밤도 남쪽나라 십자성을 쳐다보며 몽매에도 잊지 못할 어머님 얼굴을 그려본다는, 피아간에 전투는 아직도 치열하지만 어머님의 염려지덕에 불초 소자는 여전히 무사하다는, 무명지 깨물어 나라님께 병정 되기 소원한 군인의 몸으로 불초 소자는 멸공통일의 그날까지 용감히 싸워 국가와 민족에 충성하고 어머님께 효도하겠다는, 뭐 대충 그렇고 그런 내용이었다.

"그게 언짓적에 쓴 핀지냐?"

두 눈을 지그시 감은 채 조용히 귀를 기울이던 할머니가 갑자기 편지 낭독을 중단시켰다. 아버지는 에멜무지로 편지 여기저기를 살펴보는 척하다가는 고개를 좌우로 흔들어 보였다.

"날짜가 안 적혔구만요."

"얼매나 더 있어야 그 멜공퉁일인가 뭣인가가 온다고 그러냐?"

"어머님은 참말로 깝깝허기도 허요! 병권이는 쫄병 중에 쫄병인디갸가 그런 짚은 속내를 무신 재주로 알어서 후방에다 편지질로 발설헐 것이요!"

가래 끓는 소리에 껴묻어 할머니의 입에서 한숨소리가 들릴락말락 새어나왔다. 며칠 사이에 더욱 광대뼈가 솟고 눈자위가 움푹 꺼진 할머니의 초췌한 몰골을 남포등의 밝은 불빛이 참혹하게 드러내고 있었다.

그날 밤에도 한길의 오르막과 내리막이 만나는 남파 앞 고갯마루 바람독에는 어김없이 거센 바람떼가 몰려다녔다. 기운이 차악 까라져서 오랜만에 잠의 수렁 속에 빠져 있던 할머니가 느닷없이 외마디 비명을 지르며 벌떡 일어앉았다.

"불을 키거라! 싸게 불을 키래도!"

할머니는 전에 없이 서두르고 있었다. 깜깜일색이던 방안이 환해지자 할머니는 방문 쪽에 조용히 귀를 기울이며 바깥 동정을 살피기 시작했다. 그날따라 웬일로 가는귀먹은 할머니 쪽에서 오히려 귀밝은 나를 앞질러 부르르 한바탕 진저리를 쳤다. 아니나다를까, 짐승의 울부짖음이 멀리서 오르막 비탈을 타고 허위허위 우리집 쪽으로 다가오는 중이었다.

"날 쪼깨 붙잡어도라."

쇠잔한 몸을 일으켜세우려고 어찔비찔 인긴힘을 쓰먼서 할머니기 명령했다.

"아부지! 엄니!"

할머니 눈에서 번뜩이는 수상한 광채에 놀라 나는 건넌방 쪽에 대고 냅다 고함쳤다. 속옷바람의 아버지와 어머니가 득달같이 달려와서 할머니를 붙잡았다.

"어머님이 뭣 땜시 이러신다요? 즈이들이 뭘 잘못헌 일이라도 있다요?"

"놔라, 놔! 이 손 못 놓겠냐? 나 혼자 나가서 담판을 지을란다!"

"이 오밤중에 나가긴 워딜 나가고 담판은 또 무신 말씸이다요?"

어른 둘에다 나까지 합세해서 아무리 붙잡고 말려도 할머니는 막무가내로 모질음을 쓰는 것이었다. 결국 양쪽에서 부축을 받으며 할머니는 거지반 기다시피 기신기신 방안을 벗어나는 데 성공했다. 겨울철 들어 처음 문밖출입인 셈이었다.

함석대문을 나서자 한길에서 대기하고 있던 된바람이 사정없이 엄습해왔다. 야간통행금지 때문에 인적이 완전히 끊긴 을씨년스런 한길 위를 늦겨울 바람이 종횡무진 치닫고 내리닫는 중이었다. 야경꾼의 딱딱이 소리마저 멀찌감치 달아나버린 길거리를 맹수의 포효 같은 저승사자의 울부짖음이 가로로 누비고 세로로 누비는 중이었다. 우리 유씨 일가족은 추위에 떨고 두려움에 떨면서 대문 앞에서 울부짖음이 접근하기를 초조히 기다렸다.

"안된다, 안되야! 우리 병권이만은 절대로 안된다아!"

마침내 어둠을 뚫고 저승사자가 희미하게 모습을 드러내자 상대방 울부짖음에 대항해서 할머니가 마주 울부짖기 시작했다.

"염라대왕 아니라 염라대왕 할애비라도 우리 병권이한티는 손을 대들 못허니께, 애시당초 손을 대서는 안되니께 그리 알거라아!"

갑자기 저승사자의 울부짖음이 뚝 그쳐졌다. 땅바닥을 저주하던 지팡몽둥이의 움직임도 덩달아 멈춰졌다. 시커먼 모습으로 눈앞에 버티고 서서 저승사자는 우리 식구들과 팽팽히 대치하고 있었다.

"차라리 날 델꼬 가거라! 우리 병권이 대신 차라리 이 늙은이를 델꼬 가란 말여, 이 썩어 문드러질 잡것아!"

"이게 무슨 소리지?"

드디어 저승사자가 입을 열어 음산한 가락으로 대거리해왔다. 시립병원에서 일차로 부닥뜨린 경험이 있기 때문에 한번 해볼 만한 상대라는 생각이 들었다. 저승사자의 지팡몽둥이로부터 어떡하든 집안을 지켜야 된다는 일념으로 나는 발끈 용기를 쥐어짜면서 앞으로 나섰다.

"우리 병권이 삼춘은 내비두라니깨요! 춘삼월 호시절에나 우리 할머니 델꼬 가라니깨요!"

"병권이는 또 웬 놈이지?"

그제야 비로소 나는 상대방이 시립병원의 그 저승사자가 아니라 딴 저승사자인 줄을 알아차렸다. 목청도 다르고 말투도 달랐다. 덩치가 훨씬 더 우람한데다가 미남형 얼굴도 아니라는 생각이 들었다.

"우리 둘째삼춘이라니깨요! 동부전선서 하사로 싸우고 있다니깨요!"

비명 삼아 도나캐나 뽑아올리는 내 말을 저승사자가 음산하게 맞받았다.

"느이 삼촌 안 데려갈 테니까 걱정도 말아라!"

그러나 할머니는 땅바닥에 철퍼덕 쓰러지는 바람에 정작 저승사자의 약속을 듣지도 못했다.

할머니는 그 길로 시난고난 앓다가 며칠 후에 끝내 숨을 거두고 말았다. 해토머리가 오기 전이었다. 할머니의 장례 덕분에 나는 난생 처음 북망산을 내 발로 직접 밟아볼 수 있었다. 그곳은 결코 이 세상의 끝이 아니었다. 내가 알고 있던 것보다 훨씬 더 광대한 세계가 공동묘지 그 너머에 그득 펼쳐져 있다는 사실을 나는 그때 처음 알았다.

할머니가 그토록 기다렸던 해토머리가 오자 어느날부턴가 저승사자는 우리 동네 근처에 일절 범접하지 않게 되었다. 그리고 얼마 후에 둘째삼촌이 나무로 된 보조장구를 양쪽 겨드랑이에 낀 모습으로 집에 돌아왔다. 나는 반가움보다 두려움이 더 앞서는 마음으로 둘째삼촌의 오른쪽 뺨 부위를 일삼아 쳐다보고 또 쳐다봐야만 했다.

3

"그때 당시는 참말로 상이군인들이 질바닥에 지천으로 깔리다시피 했었지. 행패도 이만저만이 아니었고. 그만침 법은 멀고 주먹은 가차운 시절이었으니깨."

"맞어. 오죽허면 저럴까, 생각은 허면서도 기찻간 같은 디서 쇠갈쿠리 들이대는 상이군인 만나면은 진절머리를 내곤 혔어."

"나라가 부실혔던 탓이여. 몸바쳐 충성헌 만침 대접이 안 따르니깨 그 많은 상이용사들이 질바닥으로 몰려나온 거여."

"개중엔 가짜 상이군인도 흔혔지. 우리 동네에도 해방 전부텀 외팔이였던 청년 하나가 살고 있었는디, 진짜보담도 외려 더 행패가 심허기로 소문이 자자헌 가짜 상이군인이었어."

당시의 기억이 아직도 생생하다는 듯 여럿이서 번차례로 상이군인들 행패를 입길에 올렸다. 그러자 유만재가 벌컥 소가지를 냈다.

"우리 작은아버지를 모욕허는 놈은 내가 내비 안 둔다! 우리 작은아버지로 말헐 것 같으면, 전쟁터에서 다리 한짝을 잃고 불구가 된 뒤로도 넘들한티 눈 한번 안 흘기고 평생을 즘잖은 인격자로 곱게 늙으신 분이여!"

몇단계 절차와 과정들을 단숨에 건너뛰며 유만재가 격한 반응을 보이는 바람에 좌중은 느닷없는 손찌검이라도 당한 듯 일제히 입을 다물어버렸다. 그 어색한 분위기를 눅일 심산인 듯 명문대 교수로 재직 중인 김지겸이 불쑥 입을 열었다.

"북일면 근방에 있던 그 시립 공동묘지는 지금도 그 자리에 있나 모르겠네."

"그 일대가 택지로 개발됨시나 공동묘지는 몽땅 팔봉면 쪽으로 욍겨갔지. 물론 그 무렵에 팔봉면도 시에 편입되었고."

모교 교장직을 맡고 있는, 그래서 재경 동창생들의 모교 방문 행사를 처음 제안했던 김기서가 약발이 떨어진 모깃불 위에 생초목을 한 짐 얹으며 대꾸했다. 십원어치만 내도 될 부아를 자그마치 만원어치나 과용했다고 뒤늦게 후회가 들었던지 공인중개사 유만재가 다따가 너털웃음으로 엉너리를 치고 나섰다.

"잘나가던 분위기를 고장내서 미안허다, 니기미. 상이군인 출신 우리 둘째작은아버지를 너무 존경허다 보니깨 나도 몰르게 고만 헛소리가 새고 말었다, 니기미. 이왕지사 미안헌 짐에 다음 타자로 김교수를 지명허는 바이다."

"황새아, 똥뀐 놈이 씽내덧기 어른들 앞에시 니 그리면 못쓰는 벱이다. 작은아버지 없는 사람 어디 서러워서 살겄냐?"

매캐하게 연기를 되살려내기 시작하는 모깃불 위로 윗몸을 일으키

며 누군가 어둠속에서 볼멘소리를 토했다. 그 뒤를 이어 김교장도 점
잖게 한말씀 거들었다.

"다 된 죽에 코 풀기도 유분수지, 실컷 지 주뎅이로 좋은 야그 들려
준 공을 지 주뎅이로 깎어먹다니, 쯧쯧."

—『작가세계』 1999년 봄호

농림학교 방죽

선생님은 우두망찰한 모습으로 뿔뿔이 흩어져 달아나는 아이들을 한동안 바라보다가는
갑자기 무너져내렸다. 질펀히 펼쳐진 수면자락을 엉덩이로 철퍼덕 깔고 앉으면서
선생님은 느닷없이 오포 소리만한 울음을 토해내기 시작했다.

1

　다른 녀석들 경우도 대개는 다 그럴 거라 생각했다. 적어도 김지겸 그의 경우만큼은 분명코 그랬다. 오랜 세월에 걸쳐 그의 추억 안에 똬리를 틀고 있는 것은 농림학교가 아니라 농림핵교였다. 농림학교라 하면 어쩐지 농림학교처럼 느껴지지가 않았다. 농림핵교라 부를 때 잠자고 있던 농림학교는 그의 추억 속에서 퍼뜩 깨어나 능구렁이처럼 서리서리 감고 있던 똬리를 풀면서 비로소 제대로 된 학교 모습을 갖추기 시작하는 것이었다. 바꾸어 말하자면, 그의 내부에 능구렁이 닮은 농림핵교가 서식하는 꼴이 아니라 세월 지편 농림핵교 이느 으슥한 구석에 철부지 시절의 그가 숨어 아직도 숨을 할딱이고 있는 꼴이었다. 그는 바로 그 이야기를 시작하려는 참이었다.

"모교 도착이 예정보다 많이 늦어지는 바람에 시간이 없어서 미처 확인을 못혔는디……"

안 나오면 쳐들어가신다, 쿵자자작작, 어쩌고저쩌고 하면서 연방 노랫가락에 맞추어 떠들면서 이야기를 재촉해대는 여러 눈과 귀들을 향해 김지겸은 천천히 운을 떼었다.

"우리 농림핵교 방죽은 시방도 무탈허니 잘 있는가 모르겠네."

"어이 김교수, 우리 농림핵교라니? 고것이 시방 무신 뜻이여? 김교수가 은제 농림핵교를 댕겼었든가?"

모깃불 저편에서 누가 걸쭉한 목청을 땔감 삼아 획획 집어던지자 한동안 자울자울 조는 듯하던 불꽃이 하마터면 잊을 뻔했다는 듯이 타다닥 소리를 내며 깜깜한 밤하늘로 연기를 피워올리기 시작했다.

"얀마, 요 동네에 시방 교수가 누가 있냐? 내 눈엔 교수는 안 뵈고 꾀복쟁이 붕알친구 지게미만 뵈는구만."

누가 또 중유 같은 미끈미끈한 목청을 한무더기 확 끼얹자 모깃불은 더욱 기세 좋게 혀를 널름거리기 시작했다. 벌건 불혀를 널름거리는 건 모깃불로서 제격이 아니었다. 좌장 격인 김교장이 다시 생초목 한 짐을 얹어 불기운을 잠재웠다. 김지겸은 홧홧 되살아나는 먼 옛일 때문에 제풀로 낯꽃을 붉혀야만 했다. 집안에 끼닛거리가 바닥나 양조장에서 얻어온 술지게미를 조반 대신 끓여 먹고 등교한 적이 있었다. 그날 오전 내내 그는 불콰하게 취한 채 비틀거리고 다니며 교실에서, 변소에서, 그리고 운동장에서 온갖 추태를 다 부렸다. 그날 이후부터 그는 급우들 사이에서 지겸이란 멀쩡한 이름 대신 지게미란 모멸스런 별명으로 통하게 되었다.

"농림핵교 방죽 애기여. 농림핵교는 넘엣 것이 맞지만 방죽만은 분명 우리 거란 뜻이지."

마치 소유권 등기라도 해놓은 양 농림핵교 방죽이 우리 것이라고 우기는 김지겸의 주장에 좌중은 크게 감동받은 눈치였다.

"맞어. 누가 뭐라 혀도 농림핵교 방죽은 온전허니 우리 차지였어."

"맞어, 맞어. 고때 당시 우리를 키운 것에 팔 할은 농림핵교 방죽이었지."

"아니여. 농림핵교 그 자체도 실은 우리 차지였어. 교실 절반 정도를 우리가 점령허다시피 쓰고 공부혔잖어."

김지겸의 생각에도 과히 틀린 소리는 아닌 것 같았다. 그 무렵 농림핵교는 거의 폐교되다시피 텅텅 비어 있었다. 한창 총 들고 싸울 만한 나이의 고등학생들이 인공 치하에서는 의용군으로 끌려가거나 숨기 아니면 멀리 피란을 떠나버리고, 수복 후에는 징집 아니면 학도병으로 국군에 입대하는 바람에 학생수가 형편없이 줄어든 상태였다. 무명지 깨물어서 붉은 피를 흘려서 나라님께 병정 되게 소원하면서 혈서를 쓰고는 '멸공'이라 적힌 머리띠를 질끈 두른 채 학도병으로 자원하기 위해 농림핵교를 출발하는 학생들의 행진 대열을 이따금 구경할 수 있었던 것도 그 무렵의 일이었다.

"그런디 지게미 말마따나 그 우리 방죽은 시방도 질래 잘 있는가, 김교장?"

반면 농림핵교 바로 이웃에 자리한 국민핵교 쪽 사정은 영 딴판이었다. 북쪽에서 떼지어 내려온 피란민들로 말미암아 오히려 전쟁 전보다 학생수가 대폭 늘어나 심각한 교실난을 겪고 있었다. 때문에 힌 학년에서 한두 학급씩 차출되어 농림핵교 빈 교실을 이용해서 수업을 해야만 했다.

"천지개벽허딧기 시 전체가 그새 몰골이 확 뒤집어진 판국인디 용가리 통뼈도 아닌 주제에 지가 무신 재주로 질래 무사헐 수 있겄냐."

김기서가 전혀 교육자답지 않게 점잖지 못한 말투로 툭툭 내뱉었다. 그는 다른 재향 동기들이, 먼길 오느라 많이들 피곤할 텐데 오늘 밤은 그냥 푹 쉬고 내일 다시 만나자, 어쩌고저쩌고 생색을 내면서 삼베바지에 방귀 새듯 집구석으로 내빼고 난 뒤에도 계속 자리에 남아 끝까지 의리를 지키는 중이었다.

"에잉? 아니, 그럼 우리 농림핵교 방죽도 그새 부지거처가 됐단 말인가?"

김기서가 전한 비보에 대한 김지겸의 반응은 형편없이 지각해서 나타났다. 충격 때문이었다.

"농림핵교 방죽마저도 기어이 우릴 버리고 떠나다니, 이건 말도 안 돼!"

그는 머리를 절레절레 흔들며 비통한 어조로 내뱉었다.

"입은 가로로 째졌어도 말만은 세로로 세워서 뱉기로 허자. 실은 방죽이 니놈들을 버린 게 아니라 니놈들이 자진혀서 방죽을 버린 게여. 졸업헌 지가 수십년이 넘드락 주인이라고 찾어와서 방죽 굽어다보는 작자가 한마리도 없으니께 먹성 좋은 세월이란 놈이 임자 없는 물건인지 알고 덥석덥석 먹어치웠단 말여."

"너는 말 조깨 세탁혀야 쓰겄다. 소위 교장이란 작자가 고러콤 험헌 주뎅이로 으떻게 에린것들을 훈도헌다냐?"

김지겸이 교장에게 핀잔을 주었다. 그러나 이어지는 교장의 설명에 그는 할말을 잃고 말았다. 사십대 이상이라면 혹 모를까, 이제는 삼십대만 하더라도 그곳이 옛날 방죽 자리임을 짐작하는 시민조차 드물

지경으로 농림학교 방죽은 도시계획에 따라 벌써 오래 전에 흔적도 없이 사라졌다는 이야기였다.

"밝는 날에 보면 다들 알게 될 티지만, 옛날 방죽 자리는 매립을 혀서 위쪽 절반은 농림학교 후신인 전문대학 건물을 들여앉히고 아래쪽 절반은 시방 실습답으로 사용중이여. 그러고 그 옆으로는 대로가 확 뚫려서 자동차들이 꼬랑지를 물고 돌아댕기는 판이여."

"허기사 그러겄지. 요 많은 재경 동창생들 거의 다가 농림학교 방죽이 없어진 사실조차 몰랐을 정도로 우리가 그동안 너무들 무심허니 지내왔는디 어느 장사가 나서서 우리 방죽을 대신 지켜주겄냐."

김지겸의 장탄식에 모두들 입을 다물었다. 개발 소식을 진작에 접했더라면 고향에 내려와 한몫 단단히 잡는 건데 참말로 아까운 기회를 놓쳤다며 복덕방쟁이 아닌 공인중개사 유만재 혼자만이 실없는 소리를 늘어놓을 따름이었다. 모깃불 연기 때문에 콜록콜록 잔기침을 토하다 말고 김기서가 말했다.

"지겸이 자네, 방죽 얘기 들려줄 차례 아니든가?"

그래, 맞다. 농림학교 방죽에 얽힌 일화를 끄집어낼 작정으로 뜸을 들이다가 그만 이야기가 곁길로 새버린 결과였다. 물론 김지겸이 말하는 방죽이란 물을 막으려고 쌓아놓은 둑을 뜻하는 표준어 용법이 아니라 그 둑 안에 물을 가두고 있는 저수지를 가리키는 사투리 용법으로서의 바로 그 방죽이었다. 김지겸은 방향이 바뀐 바람을 따라 제 쪽으로 몰려오는 매움한 연기를 흩뜨리기 위해 연방 손부채를 휘저어가며 넌지시 건공중에 질문을 띄웠다.

"혹시 박경민 선생님 소식 아는 사람 있을랑가 모르겄네."

"박경민 선생?"

“삼학년 때 우리 담임선생님.”

“총기도 좋다. 국민핵교 삼학년 시절 담임선생 이름을 누가 여적지 기억허고 자빠졌다냐? 삼학년 때 너랑 한반이 아니라서 나는 잘 모르겠다.”

“기억난다. 걸핏허면 삐질삐질 눈물 쥐어짜던 그 울새 선생 말이지?”

“그러고 보니 부춘이허고 나허고는 삼학년 때 같은 반이었구나?”

“삼학년 때 박경민 선생 밑에서 김지게미 니가 반장을 맡었었지. 그런디 뜬금없이 그 울새 선생은 또 왜?”

“맨 처음 우리를 농림핵교 방죽으로 데려가신 분이 바로 그 선생님이셨어.”

아, 박경민 선생님! 김지겸은 그리움이란 이름을 빌려 옛 은사님을 이제는 없어져버린 농림핵교 방죽 언저리로 지체없이 모셔왔다.

2

사월에 새로운 학년도가 시작하는 학제였으니까 아마 그때는 오월 초쯤이었으리라. 삼학년으로 진급하고 나서도 한달 이상 지난 다음에야 새 담임이 부임했다. 담임이 공석중인 동안 우리는 시간마다 이리저리 교실을 옮겨다니며 다른 반과 합반 수업을 하거나 자습을 하면서 아비 없고 어미 없는 의붓자식들처럼 온갖 설움을 고루 겪어야 했다. 그런 탓에 언젠가는 부임할 새로운 담임에게 거는 우리의 기대는 자못 클 수밖에 없었다.

그러나 막상 박경민 선생과 처음 대면하는 순간, 우리의 기대는 무참히 깨져버렸다. 우리는 마치 낯가림이 심한 갓난쟁이들처럼 하마터면 울음을 터뜨릴 뻔했다. 낯빛은 양초처럼 창백했고, 눈에는 짙은 응달이 들어앉아 울가망을 하고 있었고, 살점 하나 안 붙은 듯한 양쪽 뺨은 움푹 꺼진 채 광대뼈가 유난히 도드라져 있었다. 다른 무엇보다도 우리를 당황케 만든 것은 그의 머리였다. 배코를 치다시피 빡빡 밀어버린 그 막깎기 머리가 교사로서의 체통은 아랑곳없이 궁상의 음울한 얼굴 위에 흉측스레 얹혀 있었다. 큰 키를 꾸부정히 욱이고서 교실 안으로 흐느적흐느적 들어서는 그의 모습은 깔축없는 산송장이었다.

첫 수업이 시작되었다. 수업 시작을 알리는 종소리가 울린 지 한참이 지나도록 그는 교탁 앞에 그저 우두커니 서만 있었다. 첫 시간이 절반쯤 지났을 무렵에야 그는 칠판을 향해 느릿느릿 돌아서면서 백묵을 손에 쥐었다. 그리고 칠판에다 자신의 성명 삼자를 적었다.

박, 경, 민.

그것으로 그만이었다.

"너희들, 이 세상에서 제일로 아름답고 살기 좋은 나라가 어디라고 생각허냐?"

또다시 한참이 지난 다음에 그의 입에서 흘러나온 것은 엉뚱하기 그지없는 질문이었다. 저마다 한대씩 따귀라도 배급받은 듯 얼떨떨한 기분이 되어 우리는 서로서로 눈치만 살필 뿐 감히 입을 열 엄두도 못 냈다.

"미국이요!"

마침내 어떤 아둔한 녀석이 침묵을 깨고 용감하게 나섰다. 그러자 박경민 선생은 고개를 좌우로 천천히 흔들며 기운 없이 웃었다.

"영국이요!"

박선생의 반응은 처음과 똑같았다.

"불란서요!"

사방에서 여러 나라 이름들이 함부로 쏟아져나왔다. 호주, 카나다, 뉴질란드, 남아연방, 심지어 에치오피아나 비율빈까지 골고루 등장했다. 한결같이 귀에 익은 유엔 참전 16개국 이름들이었다. 당시 우리가 지닌 상식으로는 그 정도가 고작이었다. 그 외에 우리가 알 만한 몇 나라만 더 보탠다면 우리의 작은 머릿속에 지구 전체가 거의 채워지는 셈인데, 그렇다고 쏘련과 중공 또는 일본을 아름답고 살기 좋은 나라로 꼽았다간 큰코다친다는 사실쯤은 익히 알고 있는 처지였다.

"다들 틀렸다."

해골 같고 송장 같은 새 담임선생은 대답을 듣는 족족 고개를 좌우로 내저으며 슬픈 미소만 지어 보이곤 했다.

"이 세상에서 제일로 아름답고 살기 좋은 나라는……"

그는 갑자기 말을 끊으면서 눈길을 창문 쪽으로 돌렸다.

"스위스란다. 영세중립국, 만년 평화의 나라, 스위스……"

겨우 국민학교 삼학년짜리 코흘리개들이 스위스가 어디쯤 붙어 있는 어떤 나라고 영세중립국은 또 얻다 쓰는 무슨 물건인지 알 턱이나 있겠는가. 그럼에도 불구하고 우리 모두는 방금 새 담임이 뭔지 몰라도 아주 심각하고 중대한 발언을 했다는 사실을 얼른 눈치로 때려잡고는 갑자기 숙연해졌다.

박경민 선생은 그날 첫 시간이 다 끝나도록 내내 창가에서 오로지 교실 밖 화단만 내다보고 있었다. 창밖에는 때마침 제철을 맞은 영산홍 한그루가 붉은 꽃너울을 함빡 뒤집어쓴 채 교만한 자태로 오월의 화단을 눈부시게 꾸미고 있었다. 그는 소리없이 울고 있었다. 아무도 눈물을 본 사람은 없었지만, 우리는 그가 틀림없이 울고 있다고 다들 믿어버렸다. 큰 키를 꾸부정히 욱인 채 언제까지고 창 밖만 내다보는 그 처연한 뒷모습 전체에 울음의 기척이 덕지덕지 달라붙어 있었다.

오래지 않아 학교 안에는 박경민 선생에 관한 괴상한 소문들이 나돌기 시작했다. 인공 치하에서 잠깐 인민학교 교장으로 부역 행위를 한 것이 탈이 되어 수복 후에 어딘가로 끌려가서 되알지게 혼뜸을 당한 끝에 겨우겨우 풀려났다고 했다. 그때 얻은 골병으로 초주검이 되었는데 똥국을 한말이나 퍼마시고 겨우 살아났다고 했다. 그뒤로도 툭하면 어딘가로 불려가 한바탕씩 곤욕을 치르고 오는 바람에 전에 근무하던 학교에서도 결근을 떡 먹듯이 했다고 했다.

폐병쟁이라는 소문도 들렸다. 폐결핵이 자그마치 몇기라는 둥 원래는 건강했었는데 방구석에 틀어박혀 노상 공부만 하다가 폐병쟁이가 됐다는 둥 그를 둘러싼 갖가지 소문들이 학교 안을 연락부절로 활개 치고 다녔다. 쉬는 시간에 선생님들 몇몇이 한군데 모여 쑥덕거리는 소리를 누가 엿들었다는 것이었다. 모든 소문이 다 맞는 이야기는 아니라 하더라도 인공 치하의 부역질과 폐병쟁이 두 가지 중 어느 한 소문만은 틀림없는 사실일 거라 믿으면서 아이들은 모였다 하면 담임선생을 둘러싼 출처불명의 소문 덕분에 거추없이 신바람을 내곤 했다.

내 생각에 폐병쟁이 쪽은 가위표였다. 나는 담배를 입에 문 채 넋 달아난 사람처럼 혼자서 우두커니 생각에 잠겨 있는 박선생을 자주 보았다. 그토록 줄담배를 피우는데도 그는 기침소리 한빈 내는 법이 없었다. 그렇다면 동그라미표는 부역질 바로 그쪽일 수밖에 없었다.

박경민 선생에게는 늙은 어머니가 있었다. 노파처럼 머리가 하얗게

센 사십대 나이쯤의 어머니가 매일 점심시간마다 더운밥을 지어 학교로 나르곤 했다. 정성으로 장만한 맛있는 점심을 앞에 놓고도 구미가 안 당기는 듯 깨지락깨지락 게으른 수저질로 시간만 보내는 아들을 곁에서 안타까운 눈초리로 지켜보다 말고 어머니는 휘파람 같은 긴 한숨소리와 함께 번번이 눈물을 질금거리곤 했다.

오전 수업으로 공부가 일찍 끝났는데도 나는 반장이란 핑계로 나중까지 혼자 교실에 남아 뒷정리에 고부라지는 척했다. 나는 점심식사 중인 아들과 어머니 근처를 일없이 바장이면서 우리 담임선생이 자기 어머니를 오마니 동무라고 부르는 극적인 순간이 오기만을 이제나저제나 하고 기다렸다. 그 무렵에 내가 읽은 만화나 삐라 따위에 의할 것 같으면, 빨갱이들 세상에서는 그런 경우 마땅히 그렇게 불러야 되는 것으로 정해져 있었다. 나는 심한 혼란에 빠져들었다. 박경민 선생님은 왜 내가 봤던 그림에서처럼 이마에 두 개의 뿔이 돋친 도깨비 형상이 아니고 희멀겋게 풀린 풀떼죽 같은 얼굴인지, 왜 도깨비처럼 시커먼 털로 부얼부얼 덮인 험상스런 손이 아니라 여자처럼 희고 가늘면서 야들야들한 손을 지니고 있는지, 왜 자기 어머니를 가리켜 한번도 오마니 동무라고 부르지 않는 건지 나로서는 당최 그 속내를 이해할 수가 없었다.

박경민 선생의 인공 부역질 소문은 끝내 사실로 확인되지 않았다. 머리는 없고 꼬리만 달린 소문이란 괴물이 학교 안을 미친 바람처럼 혹은 고약한 냄새처럼 오래도록 떠돌고 있을 따름이었다.

"날씨도 좋은데 오늘은 바깥에 나가서 공부할까?"

전쟁이 터진 지 1년이 다 돼가는 초여름 어느날이었다. 아침부터 선생님이 뜻밖의 제안을 했다. 야외수업이라면 도시락만 안 싼다뿐이지 원족을 떠나는 거나 다름없는 거저먹기 수업이었으므로 아이들은 와아 하고 일제히 환호성을 올렸다. 선생님은 우리를 인솔하고 지체없이 농림핵교 방죽으로 나갔다. 빡빡 밀어붙였던 막깎기 머리가 그새 제법 다보록이 자라나 있어 선생님의 몰골은 처음 부임하던 당시만큼 그리 흉측해 보일 정도는 아니었다. 영락없이 버마재비를 닮았던 그 비쩍 마른 몸집에도 어느새 살점이 붙기 시작해서 그럭저럭 사람 꼴을 갖추어가는 중이었다.

"너희들, 이 방죽 이름이 뭔지 알고 있나?"

제방 안쪽 경사면 돌바닥에 열을 지어 우리를 앉게 한 다음 선생님은 아래쪽 물가에서 손차양으로 햇빛을 가린 채 위쪽을 올려다보며 물었다. 농림핵교 방죽이면 그냥 농림핵교 방죽이지, 생뚱맞게 이름이 뭐냐고 묻다니. 모두들 어안이 벙벙해져서 아무 말도 못했다.

"농림핵교 방죽요!"

어떤 둔한 녀석이 깝신거리며 잘난 체를 했다. 그러자 선생님은 고개를 좌우로 내저으며 헐렁한 미소를 흘렸다.

"농림학교 방죽요!"

좀더 둔한 다른 녀석이 '학' 발음에다 유난히 힘을 주면서 얼른 고쳐 대답했다. 역시 선생님은 고개를 저으며 헐렁하게 웃었다.

"농림학교 방죽은 올바른 이름이 아니다. 아무리 하찮은 것이라도 제가끔 제 이름 하나씩은 가지고 있는 법이다. 그런데 요만치 크고 잘생긴 방죽에 어찌 제대로 된 이름 하나 안 달렸겠냐."

선생님은 윗몸을 뒤틀어 빙죽 쪽을 돌아다보고 나서 다시 말했다.

"시녀지라고 부른다. 시녀지가 진짜 방죽 이름이다. 이 방죽물이 하도 맑아서 세상을 다스리는 옥황상제님 밑에서 시중드는 선녀가 저

하늘로부터 내려와서 목간을 허고 올라갔다는 전설 때문에 생겨난 이름이다.”

선녀가 목간을 했다는 말에 어떤 녀석이 갑자기 히잇 하고 야릇한 웃음소리를 흘렸다. 농림핵교 방죽에서 목간을 한 사람이 옥황상제님의 그 시녀만은 아니라는 생각 때문에 웃음이 비어진 듯했다. 시녀지의 유래에 대한 설명을 마치고 선생님은 잠시 발밑을 유심히 살폈다.

“너희들, 저 풀 이름이 뭔지 알고 있냐?”

그는 물가에 우부룩이 돋아나 있는 잡초를 손으로 가리켰다. 아무도 아는 사람이 없기 때문에 당연히 아무도 대답하지 않았다.

“실은 선생님도 잘 모른다. 그렇지만 선생님이 모르고 너희들이 모른다 해서 저 풀에 처음부터 이름이 없었던 건 아니다. 우리가 몰라서 그렇지, 저렇게 하잘것없는 잡초 한포기에도 뭔가 분명히 이름은 있다. 이름만 있는 게 아니라 귀중헌 생명도 같이 있다. 그러니까 너희들은 한포기 잡초라도 앞으로는 꼭 제대로 된 이름을 찾아서 불러주려고 노력해야 된다. 그리고 아무리 쓸모없어 뵈는 풀 한포기라도 생명이 있는 것들을 함부로 해쳐서는 절대 안된다. 다들 알겠냐?”

저 울새, 또 운다. 숙연해진 분위기를 뚫고 갑자기 한 녀석이 옆엣녀석에게 들릴락말락 속삭였다. 그때쯤 이미 박경민 선생의 별명은 울새로 굳어진 상태였다. 말없이 자신의 발부리께만 내려다보고 있는 선생님을 대신해서 나는 반장 자격으로 귀엣말을 주고받는 두 녀석을 겨냥해 무시무시하게 눈을 흘겨주었다.

그날 농림핵교 방죽에서의 야외수업에서 방죽의 정식 이름과 이름은 있으나 그 이름을 모르는 잡초들에 대한 이야기 외에 우리가 무엇을 더 배웠는지는 전혀 기억에 없다. 다만, 이름 있는 것들은 반드시 그 이름으로 불러주어야 하고 생명 있는 것들은 그 생명을 절대로 해쳐서는 안된다는 박경민 선생의 말씀만은 의미심장하게 뇌리에 남아 두고두고 내 마음과 행동을 간섭해 오곤 했다. 하지만 다른 것이라면 몰라도 농림학교 방죽만큼은 우리에게 워낙 친숙한 이름인지라 선생님의 간곡한 당부에도 불구하고 여간해서 시녀지라는 정식 이름으로 불리지 않았다.

첫번째 야외수업이 있은 뒤로 우리 반은 원족을 떠나듯 곧잘 농림학교 방죽으로 나가 공부를 함으로써 다른 반 아이들의 부러움을 사곤 했다. 잦은 야외수업 덕분에 농림학교 방죽과 우리는 마치 일학년 때부터 줄곧 한반 짝꿍이기나 했던 것처럼 더욱더 친해졌다. 물론 그 전에도 심심하면 급우들과 함께 방과후에 농림학교 방죽으로 우르르 몰려가서 왕잠자리랑 물잠자리도 잡고, 국군과 인민군으로 편을 갈라 신명나게 병정놀이도 하고, 급우들끼리 진짜로 치고받으며 어느 한 녀석이 코피가 날 때까지 싸움질도 하고, 둑길 위에 이따금씩 나타나는 웬 미친년의 미친증을 구경하느라 소리소리 지르고 떼뭉쳐 뒤쫓기도 하면서 시간을 보내는 일이 잦았었다.

그러나 전부터 내가 알고 있던 농림학교 방죽과 박경민 선생 덕분에 새로 알게 된 시녀지 사이엔 분명히 차이점이 있는 것 같았다. 그 차이점이 뭔지 딱 꼬집어 말할 수는 없지만, 하여튼 내 느낌은 그랬다. 그것은 둑길 아래쪽에 펼쳐진 농림학교 실습답에 물을 대주는 단순한 방죽 이상의 복잡한 그 무엇임이 틀림없었다. 그것은 우리의 방죽이기도 하거니와 또한 박경민 선생의 방죽이기도 했다. 방과후에 홀로 둑길을 거닐며 뻐끔뻐끔 담배를 피우거나 둑길 안쪽 경사면의 석축 위에 아무렇게나 퍼벌하고 앉아 넋이 달아나버린 듯 하염없이

수면만 응시하고 있는 선생님의 모습을 이따금 먼발치에서 구경하곤
했다.

하교하는 길에 또 미군 트럭들 행렬과 마주쳤다. 농림핵교 앞 한길
은 미군 트럭들이 자주 왕래하는 길목이었다. 할로, 기부 미 쪼꼴레
뜨, 오케이! 우리는 새된 목청을 내지르며 트럭들을 뒤쫓아 냅다 뜀박
질을 놓기 시작했다. 눈앞을 가리는 뿌연 흙먼지 속을 헤치며 우리는
젖 먹던 기운까지 죄 쥐어짜 트럭들을 상대로 힘겨운 경주를 벌였다.
할로, 기부 미 쪼꼴레뜨, 오케이!

재수가 있어 혹 인정 많은 미군이라도 만날 경우, 우리의 필사적인
경주는 뭔가 보상을 받았다. 초콜릿이나 껌, 버터나 치즈 덩어리, 커
피 등등, 심지어 양담배까지 돌팔매처럼 쏟아지는 날도 있었다. 그러
나 간혹 짓궂은 운전병을 만나는 날엔 늦췄다 당겼다 적당히 속력을
조절하면서 우리를 가지고 노는 못된 트럭을 허위허위 뒤쫓느라 공연
히 헛심만 쓰기도 했다. 어떤 때는 농림핵교 담장을 옆에 끼고 무작정
트럭 꽁무니를 뒤쫓아 높은메 근처까지 갔다가 허탕 치고 돌아오는
경우도 있었다. 설령 그렇게 기를 쓴 끝에 뭔가를 손에 넣었다손 치더
라도 실상은 배보다 배꼽이 더 큰 결과에 지나지 않았다. 대개의 경우
초콜릿 한두 조각으로 얻을 수 있는 열량에 비해 필사의 경주를 벌이
는 데 소모한 열량이 압도적으로 많은 셈이었다.

"할로, 기부 미 쪼꼴레뜨, 오케이!"

트럭이 갑자기 속력을 늦추는가 싶더니만 흑인 병사가 운전석 밖으
로 머리통을 불쑥 내밀었다. 초콜릿 빛깔의 얼굴바탕이 헤벌쭉 벌어
지면서 새하얀 치열이 반짝 드러났다. 그는 우리를 향해 목침만한 치
즈 한덩이를 휙 집어던졌다. 인정 많은 흑인 병사에 대한 고마움의 표

시로 우리는 약속이나 한 듯이 두 손을 번차례로 사용해서 멀어지는 트럭을 향해 맹렬하게 주먹총질을 가했다. 이른바 쑥떡감자 먹이기였다. 비록 고린내가 역한 치즈 한덩이에 불과했지만, 우리는 땀으로 뒤발한 얼굴에 저마다 뿌듯한 만족감을 드러내고 있었다.

어느날 점심 무렵, 농림핵교 방죽 근처에서 삼군 소년단의 군사훈련이 벌어졌다. 청소시간에 비행기 한대가 굉음을 울리며 학교 위로 저공 비행하면서 동쪽으로 날아갔다. 청소를 하다 말고 우리는 교실 밖으로 뛰쳐나가 비행기의 향방을 눈으로 쫓았다. 거대한 새처럼 비행기는 방죽 위 하늘에서 한무더기 똥을 내깔긴 다음 야산 너머로 금세 사라져버렸다. 하얀 낙하산이 까만 상자를 매단 채 바람을 타고 한들한들 보광사 근처 숲으로 내려앉기 시작했다. 수많은 아이들이 소년단의 훈련 광경을 구경하기 위해 방죽 쪽으로 몰려가는 바람에 그날 우리 반의 청소와 학급종례는 엉망진창이 되고 말았다.

농림핵교 운동장에 집결해 있던 소년단원들이 각각 육군과 해군, 공군으로 나뉘어 보광사 쪽을 향해 출발했다. 십대 중반의 그들은 비행기에서 떨어뜨린 상자를 서로 먼저 차지하기 위해 둑길을 전속력으로 달려갔다. 그들의 제복에 붙은 견장과 혁대 장식물 따위 쇠붙이들이 정오의 햇빛을 받아 눈부시게 번쩍거렸다. 소속에 따라 제복 색깔도 각각 달라 육군은 국방색, 해군은 흰색, 공군은 푸른색이었다. 구경하던 아이들 사이에서 입씨름이 벌어졌다.

육군 소년단이 제일 멋있다! 아니다, 해군이 제일이다! 아니다, 공군이 최고로 근사하다!

아이들은 저마다 제가 좋아하는 소년단을 응원하기에 여념이 없었다. 나이에 비해 체격이 건장한 소년단원들은 멋진 제복 허리춤에 단도를 한자루씩 차고 있었다. 총만 안 들었다뿐이지 그들은 진짜 군인이나 다를 바 없이 용맹스럽고 민첩해 보였다. 들리는 얘기로는, 소년단원 모두가 전쟁고아 출신이라고 했다. 특수훈련을 받은 다음 적진 후방에 숨어들어 스파이 노릇을 하거나 폭탄을 안고 적의 탱크를 향해 돌진하는 특수임무를 맡았다는 소문이 나돌았다. 그만큼 위험이 따르는 임무이기 때문에 소년단원이 원하는 것이면 뭐든 나라에서 다 들어주며, 심지어 소년단원은 일인당 세명까지 살인을 해도 괜찮다는 특권을 이승만 대통령한테서 받았다는 출처불명의 소문까지 덤으로 붙어다니는 판국이었다.

"나는 요담에 기연시 전쟁고아가 되고 말 거여."

우리 반 말썽꾸러기 조만형이 혼잣말로 중얼거렸다. 뿔뿔이 흩어져 산짐승처럼 민첩한 몸놀림으로 야산을 타기 시작하는 삼군 소년단과 마음으로 동행하는 듯 조만형의 두 눈엔 지극한 선망의 빛과 감동의 기운이 복잡하게 뒤섞여 있었다. 나중에 조만형은 장래 희망이 전쟁고아가 되어 소년단에 들어가는 것이라고 말했다가 박경민 선생으로부터 눈알이 튀어나오도록 날벼락을 맞았다.

야산 솔밭 같은 철부지들 마음속을 제멋대로 휘저으며 한바탕 요란하게 훈련을 마치고 돌아간 삼군 소년단이 우리에게 미친 영향은 속하게도 현실로 나타났다. 훈련이 있은 바로 그날 방과후부터 학교 안팎 여기저기서 싸움판이 벌어졌다. 그러잖아도 아이들은 전쟁이 터진 다음부터 싸움질을 예사로이 해 버릇했다. 걸핏하면 주먹질이고 발길질이었다. 아는 사이끼리도 싸우고 생판 모르는 아이들하고도 싸웠다. 슬몃 어깨만 스쳐도 싸우고 얼핏 눈길만 부딪혀도 싸웠다. 놀다가도 싸우고 먹다가, 공부하다가, 똥을 누다가도 싸웠다. 혼자서 일 대

일로 맞붙기도 하고 떼거리로 패싸움을 벌이기도 했다. 길거리에서 툭하면 멱살잡이를 벌이는 어른들만 싸우란 법은 없었다.

농림핵교 방죽 옆 풀밭에서 상급학년 형들끼리 그악스레 주먹다짐을 벌이고 있었다. 괜스레 가슴을 저릿저릿하게 만드는 그 피투성이 싸움질을 수많은 구경꾼들 틈에 끼여 끝까지 다 구경하고 나서 돌아가려는 참인데, 등뒤에서 누군가 나를 향해 헐레벌떡 달려왔다.

"지게미 너, 석주 이길 수 있겄냐?"

손석주 밑에서 꼬붕 노릇 하는 최달식이었다. 석주는 나보다 한살 위인데다가 키도 덜렁 더 컸다. 나는 뒤쪽을 핼끔 돌아다보았다. 나에게 전령을 파견해놓고 석주 녀석은 여유작작 대답을 기다리는 중이었다.

"안 진다."

반장 체면에 차마 진다고 말할 수는 없고, 그렇다고 또 이긴다고 말하기도 무엇해서 나는 어정쩡하게 대꾸했다. 그러자 달식이란 놈이 뛸 듯이 기뻐했다.

"뭣이여? 이긴다고? 석주가 그러는디, 니알 핵교 끝나고 시방 요 풀밭에서 지게미 너랑 한판 붙자고 허드라!"

그날 밤에 나는 거의 한숨도 못 잤다. 자존심 때문에 누구한테 하소연도 못하고 혼자서 밤새 꿍꿍 앓기만 했다. 전혀 승산이 없는 싸움이었다. 아무리 사방을 둘러봐도 내가 손석주를 상대로 싸워야 할 이유는 도통 눈에 띄지 않았다. 아마도 반장 권한을 행사하는 과정에서 내 행동 가운데 어띤 점이 손석주의 비위를 긴드린 적이 있는 모양이었다.

운명의 날 아침이 밝았다. 조반도 뜨는 둥 마는 둥 하고는 도살장으로 끌려가는 소와도 같이 학교를 향해 무거운 발걸음을 옮겼다. 아침부터 벌써 학급 안에 소문이 좌악 돈 탓에 만나는 아이마다 나를 붙잡고 석주와의 결투를 화제로 삼으며 내 얼굴, 그중에서 특히 내 코를 걱정해주었다. 반장인 나를 위한답시고, 선생님한테 미리감치 석주의 비겁한 행짜를 일러바치라고 넌지시 충동질하는 아이까지 있었다.

그날 방과후에 손석주와 나는 마침내 농림핵교 방죽 옆 풀밭에서 맞섰다. 선수인 우리 두 사람을 가운데 두고 수많은 구경꾼들이 커다란 원을 그리며 비잉 에워쌌다. 석주 쪽에 비해 반장인 나를 응원하는 숫자가 훨씬 더 많은 것이 그나마 내게는 유일한 위안거리였다. 석주와 나는 순식간에 엉겨붙어 한덩어리가 되었다. 최초의 그 부닥뜨림에서 나는 일찌감치 코피가 터져버렸다. 먼저 코피 흘리는 쪽이 으레 진 것으로 단정해버리는 불문율이 아이들 세계를 지배하고 있었지만, 나는 그 불문율을 무시한 채 있는 악착 없는 악착 죄 떨어가며 끈덕지게 석주 녀석에게 덤벼들었다. 어느 쪽을 응원하는 건지 몰라도, 쥑여라, 쥑여라, 하는 함성이 연방 귓전을 때렸다. 눈깔을 찔러라, 콧등을 깨물어라, 하는 훈수도 얼핏얼핏 들렸다. 힘센 석주 녀석이 내 배를 깔고 앉은 채 두 주먹을 연자매 돌리듯 마구잡이로 휘두르기 시작했다. 승산이 확실해 보이는 쪽을 주로 응원하는 아이들 속성을 나는 익히 알고 있었다. 만일 변변한 저항 한번 못해보고 석주 앞에 간단히 무릎을 꿇는다면, 앞으로 내 반장 노릇은 떡 쪄놓고 시루 달막 엎은 꼴이 될 것이었다. 나는 한바탕 죽살이를 친 끝에 가까스로 천근같은 석주 녀석 궁둥짝 밑에서 빠져나올 수 있었다.

그런 상태로 얼마나 더 시간이 지났을까. 때리다 지친 석주 녀석의 몸놀림이 눈에 띄게 둔해지기 시작했다. 마침내 전세가 역전되는 순간이 왔다. 나는 기회를 놓치지 않고 녀석의 사타구니께로 잽싸게 파고들어 녀석을 넉장거리로 넘어뜨리는 데 성공했다. 그새 녀석한테서 되로 받았던 것을 말로 갚아줄 차례였다. 나는 말 타듯 녀석을 타고 앉아서 두 주먹을 연자매 삼아 마구 휘둘러댔다. 바로 그 순간이었다.

"이놈들, 이 못된 놈들!"

난데없는 호통이 터졌다. 그 소리에 구경꾼들로 이루어진 둥근 울타리가 와그르르 허물어졌다. 박경민 선생이었다. 갑작스런 선생님의 출현에 혼비백산해서 구경꾼들은 산지사방 흩어져버렸다. 내 궁둥짝 밑에 깔려 버르적거리던 석주 녀석마저 끄응 용을 써 나를 떠둥그뜨리고 뿔딱 일어나기 무섭게 어느새 꽁지가 빠지게 줄행랑을 치기 시작했다. 널따란 풀밭에 나 혼자만 동그마니 남겨졌다.

"이 못된 것들! 못된 것들 같으니라고!"

성난 고함과 함께 들이닥치는 선생님 모습이 띵띵 부어올라 거지반 감기다시피 한 내 눈에 흐릿하게 비쳤다. 선생님은 온통 피로 시뻘겋게 칠갑을 해서 전혀 딴판으로 변해 있는 내 얼굴을 뒤늦게야 겨우 알아보았다.

"아니, 지겸이 니가……"

너무도 충격이 컸던지 선생님은 뒷말을 제대로 잇지 못했다.

"너 지겸이, 너마저도……"

선생님이 갑자기 울먹이기 시작했다. 나는 자꾸만 입안으로 흘러드는 코피를 힘겹게 삼켰다. 코피가 목젖을 타넘는 순간, 밍근하고 비릿한 그 피맛이 그동안 참고 참았던 내 설움과 분노를 복받쳐올렸다. 나는 그만 선생님의 양 무릎 사이로 달싹 엎드러지면서 덤턱스럽게도 목놓아 울음을 터뜨렸다. 선생님 역시 나를 부둥켜안은 채 함께 울어주었다. 선생님은 손수건을 꺼내어 피투성이 내 얼굴을 닦아주면서 울었다. 선생님은 내 옷에 묻은 흙먼지 따위를 떨어주면서도 울고, 제대로 몸을 가누지 못하는 나를 부축해서 비트적비트적 걸음마를 시키면서도 내내 울고 있었다.

“못된 것들…… 못된 것들……”

선생님이 어린 제자들 앞에서 보이는 눈물의 횟수가 갈수록 늘어나면서, 박선생은 고자라더라, 하는 새로운 소문이 학교 안에 파다해졌다. 고자가 아니고서는 그렇게 눈물이 헤플 수가 없다는 것이었다. 고자가 틀림없으니까 그렇게 서른이 넘도록 아직 장가갈 꿈도 안 꾸고 구어박힌 노총각 신세로 지낸다는 것이었다.

어느덧 장마철이었다. 비오는 날이 잦아지자 농림핵교 방죽에 미친년이 나타나는 일도 덩달아 잦아졌다. 젊고 아름다운 여자였다. 키도 꽤 큰 편이라서 미친 것만 빼고는 별로 흠잡을 데 없는 여자였다. 비내리기 하루나 이틀 전쯤, 습기를 머금은 눅눅한 바람이 불거나 폭폭 삶는 더위가 이어지면서 날이 궂을 징조가 보일라치면 농림핵교 방죽 둑길 위에 어김없이 미친년이 나타나서 우리로 하여금 마냥 신바람 나게 만들곤 했다.

전쟁이 터진 이후로 동네에서나 길거리에서 또는 학교를 오가는 길에 흔히 마주치는 게 바로 미치광이였다. 만일 전쟁이 안 터졌더면 그 많은 숫자가 어디서 어떤 모양으로 살 뻔했는지, 전쟁이 터지자마자 기다렸다는 듯이 여기저기서 미치광이들이 속속 튀어나와 히죽히죽 웃거나 길길이 날뛰면서 사방을 헤매고 다니기 시작하는 것이었다. 남자도 있고 여자도 있었다. 늙은이도 있고 젊은이도 있었다. 그 가운데서도 가장 흔하게 만날 수 있는 것이 다름 아닌 젊은 여자 미치광이였다. 구경꾼들 앞에서 미친증을 드러내는 미치광이들의 모습이란 대개가 더럽고 추악하고 끔찍해서 섣불리 가까이 다가갈 엄두가 안 날 정도로 겁이 더럭 나고 정나미가 확 떨어졌다.

하지만 농림학교 방죽을 무대 삼아 움직이는 그 미친년 경우는 사정이 전혀 딴판이었다. 이를테면 미쳐도 아주 곱게 미친 경우였다. 옷차림은 항상 말쑥한 편인데다가 분을 발라 엷게 화장기까지 올린 얼굴은 언제 봐도 예뻤다. 성격마저 몹시 양순해서 꼬맹이들이 검질기게 달라붙어 집적거리기라도 할라치면 피곤에 겨운 듯 힘없이 웃으면서 기껏 한다는 소리가 "허지 마. 그러지들 말라니께." 하는 것이 고작이었다.

한동안 눈에 안 띈다 싶더니만 그새 미친년은 배가 소홀찮이 불러 있었다. 바가지를 엎어놓은 듯 치맛자락을 떠든 채 제법 덩두렷이 솟아오른 배통 때문에 그니는 움직임이 상당히 둔해 보였다. 둑길에서 오랜만에 그니를 발견한 우리는 너무도 반가운 나머지 일제히 함성을 지르며 돌진했다. 뭐라 뭐라 혼잣말로 끊임없이 중얼거리며 둑길 가장자리에서 들꽃을 꺾어들던 그니는 우리를 보더니만 실떡실떡 공연히 웃음을 헤프게 쏟뜨리기 시작했다. 우리는 지체하지 않고 그니를 에워싸면서 요란하게 기세를 올리기 시작했다.

"허지 마."

그니는 울상에 가깝게 웃음을 쥐어짜면서 말했다. 그니가 하지 말라고 했기 때문에 우리는 당연히 더할 수밖에 없었다. 시망스런 한 녀석이 기다란 나뭇가지를 꺾어 와서 불룩 솟은 그니의 배통을 꾹꾹 찔러댔다.

"그러지들 말라니께."

그니는 애원조로 사정하면서 슬금슬금 뒷걸음질을 치기 시작했다. 그니가 그러지들 말라고 했으므로 우리는 한층 더 심술궂게 그런 짓을 해야만 했다. 어떤 녀석이 잽싸게 달려들어 그니의 치맛자락을 휙 걷어올렸다. 그러자 숨어 있던 허벅지가 햇빛 속에 새하얗게 드러났다. 내남없이 우리는 낄낄거리며 그니가 움직이는 대로 함께 따라 움직였다. 그니는 울다가 웃다가 하면서 점점 방죽 동편 야산 쪽 수문이 있는 곳을 향해 뒷걸음질을 계속했다.

"울새다!"

별안간 어떤 녀석이 큰소리로 외쳤다. 하던 짓을 멈추고 우리는 일제히 뒤쪽을 돌아다보았다. 정말로 울새 박경민 선생이었다. 큰 키를 꾸부정히 굽힌 선생님이 울새 아닌 황새처럼 긴 다리를 한껏 재게 놀려 학교 쪽 둑길 초입에서부터 우리를 향해 질풍같이 내달아 오는 중이었다.

"튀자, 튀어!"

일자로 뻗친 둑길에서 튈 곳이라곤 미친년이 향하고 있는 수문 쪽밖에 없었다. 달려오는 기세로 미루어 붙잡히는 날이면 당장 맞아죽을 것만 같은 위기감에 사로잡힌 채 우리는 단숨에 미친년을 앞지르고 수문 옆 허방다리를 휙휙 건너뛰면서 야산을 향해 부리나케 도망쳤다. 결국 뒤쫓기를 포기한 선생님은 미친년 주위를 하릴없이 맴돌면서 연방 담배연기만 뻐끔뻐끔 내뿜고 있었다. 학교 쪽에서 수업을 마친 다른 아이들이 떼지어 나타났다. 새로운 말썽꾸러기들이 다가오자 선생님은 미친년을 향해 삿대질을 놓아가며 뭐라고 연거푸 고함을 질러댔다. 그래도 전혀 움직일 기척을 안 보이니까 선생님은 상대방 등덜미를 마구 떼밀기 시작했다. 야산 솔밭 속에 몸을 숨긴 채 우리는 비상한 호기심으로 미친년과 울새 선생 사이의 승강이질을 주시하고 있었다.

"알고 보니께 울새가 미친년 서방이었구나!"

미친년을 강제로 끌고 둑길에서 사라지는 선생님을 먼발치에서 지켜보다 말고 어떤 녀석이 뚱딴지 같은 소리를 늘어놓았다. 그 말이 씨가 되어 우리 반 아이들은 며칠 전까지만 해도 고자 선생이라고 소문을 돌리던 그 입으로 이번에는 미친년한테 애를 배게 한 사람은 울새 선생이라는 새로운 소문을 합작하느라 한동안 여념이 없을 지경이었다.

학교 경계 밖까지 미친년을 멀리 배웅하러 갔던 선생님이 오래지 않아 둑길 위에 다시 그 껑충한 모습을 나타내는 바람에 우리는 꼼짝도 못한 채 내처 야산에 숨어 있을 수밖에 없었다. 서쪽으로 해가 설핏 기울 무렵까지 선생님은 오래도록 둑길 안쪽 경사면에 주저앉아 줄담배를 피워대고 있었다. 선생님의 눈길은 방죽 가장자리를 따라 얕은 수면을 가득 뒤덮다시피 무성히 번진 마름 무리의 그 앙증맞게도 하얀 꽃잎들 위에 언제까지고 계속 머물러 있을 듯싶었다.

불미스런 일들을 예방하기 위한 조치로 박경민 선생은 우리에게 농림핵교 방죽 근처엔 절대 얼씬도 하지 말라는 출입금지령을 내렸다. 반드시 그 때문에 우리하고 방죽 사이가 멀어진 건 아니었다. 우리를 방죽으로부터 멀찌감치 떼어놓은 것은 담임선생의 출입금지령이 아니고 여름방학이었다. 방학이 닥치자 우리는 방죽의 도움 없이도 얼마든지 바쁘고 재미있는 시간을 보낼 수 있게 되었다.

농림핵교 방죽 출입금지령은 개학 후 2학기까지 계속 이어졌다. 물론 담임선생의 명령을 어기고 풀방구리에 쥐새끼 드나들듯 눈치껏 방죽을 출입하는 간 큰 녀석들도 더러 있었지만, 거개의 아이들은 바로 지척에 방죽을 두고도 그저 멀뚱멀뚱 바라만 봐야 하는 억울함과 조바심 때문에 날이면 날마다 생병을 앓곤 했다. 끝내 그 출입금지령을 과감히 물리칠 수 있게끔 강력한 힘으로 우리를 유혹한 것은 다름 아닌 마름이었다.

해마다 실습답의 벼이삭이 여물기 시작할 무렵이면 농림핵교에서는 수문을 열어 이젠 더 가두어봤자 별로 쓸모도 없는 방죽물을 수로를 통해 아래쪽으로 흘려보내곤 했다. 방죽의 수위가 낮아지기 시작하면 여름내 수면을 그득 뒤덮고 있던 마름이 먼저 사람과 가까워지고 방죽 가운데 깊은 물속의 고기떼가 그 다음에 사람과 가까워졌다. 고기잡이가 어른들 잔치라면 잘 익은 마름 열매를 따는 일은 아이들 잔치였다.

날카로운 가시들을 직선으로 뻗고 있는 모양이 영락없이 시커먼 싸움소의 머리통을 축소해놓은 듯한 마름 열매를 가리켜 우리는 흔히 마람쇠라 불러 버릇했다. 단단한 껍데기 안에 수줍게 숨어 있는 마람쇠의 하얀 속살은 날것으로 먹어도 맛있을뿐더러 밤처럼 쪄서 먹으면 더욱 별미라서 특히 아이들에게 주전부릿감으로 인기가 좋았다.

수문을 연 지 이틀째 되는 날, 우리는 눈에 띄게 좁아진 수면을 먼 빛으로 바라보다가 더는 마람쇠의 유혹을 물리칠 수가 없어 마침내 농림핵교 방죽으로 우르르 몰려갔다. 우리보다 먼저 온 아이들로 방죽 가장자리 얕은 물속은 벌써 북새판을 이루고 있었다. 우리는 앞다투어 무릎을 넘는 물속으로 첨벙첨벙 뛰어들었다. 나는 자루 모양으로 묶은 책보를 허리춤에 매단 채 사나운 가시에 손가락을 찔려가며 물풀에 달린 마람쇠를 정신없이 잡아떼기 시작했다. 허리춤의 자루가

점점 묵직해질수록 방죽물은 사타귀를 지나 배꼽노리를 위협하고 있
었다.

바로 그때였다. 어디선가 째지는 듯한 비명이 솟구쳤다. 모두들 깜
짝 놀라 손놀림을 멈추고 사방을 두리번거렸다. 허리를 넘는 깊은 물
속에서 웬 녀석이 거푸 비명을 뽑아대며 잔뜩 겁에 질린 낯꽃으로 허
둥지둥 도망쳐 나오는 중이었다. 해마다 어김없이 한명꼴로 물귀신한
테 붙잡혀 사람이 빠져 죽는다고 소문이 난 방죽인지라 그러잖아도
물속에 오래 머물러 있기가 내심 꺼림칙하던 참이었다. 행여 물귀신
의 손아귀에 발목이라도 덥석 거머잡힐세라 나는 무턱대고 땅으로 도
망칠 생각부터 했다. 무슨 영문인지도 모르는 채 다른 아이들 역시 덩
달아 겁에 질려 엎어지고 고꾸라지며 앞다투어 물 밖으로 빠져나오느
라 방죽 가장자리는 삽시에 수라장으로 변해버렸다.

"저그! 저그!"

비명의 주인공이 물에 흠씬 젖은 온몸을 와들와들 떨면서 수면 한
곳을 연방 손가락질하고 있었다. 그때 나는 보았다. 그것은 시체였다.
강아지만한 시체가 물 위에 둥둥 떠 있는 것이었다. 잘 익은 마람쇠
빛깔을 새까맣게 뒤집어쓴 흑인 갓난아기 시체였다. 하루나 이틀 전
쯤 버려진 듯 물에 잔뜩 불어터진 그 참혹한 시체를 바라보면서 나는
부르르 진저리를 쳤다.

"그 미친년 애기다!"

누군가 갑자기 큰소리로 외쳤다. 그러자 그 근처에 있던 다른 녀석
이 재까닥 밑받아 외쳤다.

"맞다! 그 미친년 애기가 분명허다!"

언뜻 보기에 시체는 원래의 자리에 붙박이로 가만히 떠 있는 것 같

았지만 사실은 물이 빠지는 흐름을 타고 둑길 쪽을 향해 아주 느릿느릿 움직이는 중이었다. 어떤 녀석이 흑인 아기 시체를 향해 돌멩이를 집어던졌다. 돌멩이는 과녁에 닿지 못하고 풍덩 소리를 내며 근처 수면에 떨어졌다. 물결무늬가 사방으로 둥글게 퍼져나가는 것을 신호 삼아 물가의 아이들은 돌멩이를 줍기 위해 너도나도 농림핵교 운동장 쪽 빈터로 흩어졌다. 이윽고 여기저기서 돌멩이들이 난무하기 시작했다. 수많은 아이들이 소리소리 지르며 마구잡이로 돌팔매를 쏘아댔다. 대개는 풍덩풍덩 수면만 때렸고, 어쩌다 한개씩 과녁에 명중하기도 했다. 그때마다 아이들은 요란하게 함성을 올려댔고, 또한 그때마다 죽은 흑인 아기는 퍽 하고 둔탁한 소리를 내면서 몸을 위아래로 출렁거렸다. 내 손아귀에도 미처 던지지 못한 돌멩이가 아직 여러 개나 남아 있을 때였다.

"이런 망헐 놈들! 이 천하에 고약헌 놈들!"

어느 겨를에 그 자리에 나타났는지 박경민 선생이 물가에 서서 천둥 같은 소리로 부르짖고 있었다. 어지러이 계속되던 돌팔매질이 갑자기 뚝 그쳤다.

"천벌을 받을 놈들 같으니라고!"

다시 한번 부르짖음과 동시에 선생님은 자신의 팔이 닿을 만한 자리에 있는 아이들을 닥치는 대로 후려갈기기 시작했다. 그처럼 무지막지하게 화가 난 선생님을 보는 것도, 그만큼 험악스런 선생님의 욕설을 듣는 것도 나로서는 그때가 처음이자 마지막이었다. 걸음아 날 살려라, 하고 아이들은 산지사방 도망치기 시작했다. 나는 한달음에 멀찌막이 도망쳐 안전거리를 확보한 다음 숨을 할딱이며 뒤돌아섰다. 선생님은 우두망찰한 모습으로 뿔뿔이 흩어져 달아나는 아이들을 한동안 바라보다가는 갑자기 무너져내렸다. 질펀히 펼쳐진 수면자락을 엉덩이로 철퍼덕 깔고 앉으면서 선생님은 느닷없이 오포 소리만한 울음을 토해내기 시작했다. 선생님은 물장구라도 치듯 두 주먹을 번차례로 휘둘러 수면자락을 연방 내리쳐가며 한바탕 섧디섧게 울었다. 그러고 나서 천천히 일어섰다. 철벅철벅 물소리를 내며 방죽 안으로 점점 깊이 들어가는 선생님을 보고, 저 선생이 뜬금없이 왜 저런다냐, 하며 다른 학년, 다른 반 아이들은 한결같이 뜨악해했다. 선생님은 가슴팍까지 잠기는 꽤 깊은 물속에 들어가 흑인 아기 시체를 손으로 건져냈다. 그리고 그 시체를 양손으로 조심스레 받쳐든 채 다시 물소리를 철벅이며 밖으로 나왔다. 선생님은 여전히 울고 있었다. 그 끔찍한 광경을 차마 정면으로 바라볼 수 없어 나는 그만 고개를 외로 꼬고 말았다. 선생님은 죽은 흑인 아기를 가슴에 안은 채 마른땅이 있는 농림핵교 운동장 쪽을 향해 울면서 걸어가고 있었다.

3

"그 새까만 시체는 결국 으떻게 처리혔다냐?"

김지겸을 향해 어둠속 저편에서 물음이 날아들었다. 이야기가 진행되는 동안 모깃불 기운이 많이 까라져 있었다. 매운 연기가 잠시 자리를 비운 틈을 노려 모기란 놈들이 겁도 없이 무차별 공격을 가해왔다.

"농림핵교 운동장 둔덕 밑을 손으로 파고 박선생님이 잘 묻어주셨지."

김지겸이 대답했다. 40여명의 중년, 아니, 초로의 동창들은 서로 약속이라도 한 듯이 입을 꾹 함봉한 채 사그라지는 모닥불만 오랫동안 지켜보았다. 누군가 황소라도 때려잡을 기세로 몸 어딘가에 붙은 모기를 철써덕 후려갈겼다.

"우리허고 나이차가 거진 이십년 가차이 났으니께 아직도 살어 기신다면 시방 아매 극노인이 되셨을 거여."

김지겸하고 삼학년 때 같은 반이었던 이부춘이 깜깜한 밤하늘을 향해 바람 빠지는 풍선 같은 소리를 중얼중얼 띄워 올렸다.

"그 울새 선생, 만년 평화에 나라를 찾어서 참말로 스위스 같은 영세중립국으로 이민을 떠나셨을까?"

"그 성격에 질래 대한민국 땅에서 버티긴 아매 심들었을 거여. 결국 적응을 못허고는 훌쩍 이민을 떠났을지도 모르지. 그러니께 여적지 아무도 그 냥반 소식을 모르고 있겄지."

두런두런 주고받는 말소리를 듣고 있던 김지겸이 고개를 절레절레 흔들었다.

"만약에 박선생님이 끝내 대한민국을 등지셨다면 그건 절대적으로 이민이 아니여. 망명이라고 불러야 옳아."

어떤 알 수 없는 힘이 침묵을 무기로 해서 또다시 초로의 동창생 일동에게 숙연한 분위기를 강요했다.

"그때 그 시절에 우리는 웬 쌈박질들을 고러콤 자주 허면서 살었는지 몰라. 우리 삼천리 금수강산, 우리 고요한 아침에 나라, 우리 백의민족, 모다 참 듣기 좋은 말씸들인디, 말로만 좋으면 무신 소용이여? 물론 요새도 끼니 챙기딧기 쌈박질 참 부지런허니 잘들 허고 살긴 허지만, 아매 그것들이 다 그때 배운 쌈박질 솜씨고 그때 질들인 고질버릇 아니겠어?"

무지근한 침묵을 물리치려는 안간힘과도 같이 누군가 턱없이 큰 목청으로 자조해 마지않았다. 그러자 예서제서 중구난방으로 떠들어대는 소리들이 갑자기 어지럽게 뒤얽히기 시작했다.

"그때 그 시절엔 참말로 미친놈 미친년들이 질바닥에 지천으로 깔렸었지. 미치들 않고서는 도저히 살어남을 방도를 못 찾을 지경으로 사면팔방에 슬프고 억울허고 웬통헌 사정들이 쌔고 쌘 시절이었으니깨."

"그 시절 미군 병사들이 순진헌 대한민국 처녀들 무수허니 베려놓은 것도 틀림없는 사실이여. 오날날 우리 사회에 심각헌 문제로 대두된 성도덕 문란도 따지고 보면 그 시초는 미군이라니깨. 전쟁바람에 편승혀서 우리나라에 상륙헌 미군 지아이문화가 결국에는 동전에 양면맨치로……"

"야 인마들아, 귀따겁다! 한만종이 너 무신 국회의원에라도 출마헐 작정이냐? 뭔 놈에 연설이 고러콤 요란삑적지근허다냐?"

"옳거니, 이덕주 말이 공자님 말씸이다. 공동묘지에다 저승사자니 깜둥이 애기 시체니, 허는 고따우 먹장구름 같은 소릴랑은 인제 고만 집어치고, 뭔가 쌈빡헌 애기 쪼깨 없으까? 김지게미 다음은 누구 차례냐?"

"달식이 차례다."

김지겸이 곧바로 다음 순번을 지명했다. 그러자 최달식이 대뜸 심란스런 낯꽃을 지으면서 장맛도깨비 여울목 건너가는 소리로 구시렁거렸다.

"수건돌리기 놀음도 아니고, 해필이면 왜 느닷없이 내 차례여?"

꽤 야심한 시각이었다. 누군가 생초목을 한아름 안고 다가가 기진맥진한 모깃불에 원기를 불어넣고 있었다. 휴가철의 여름밤이라지만 무더위가 기승을 부리던 낮때와는 달리 제법 선선한 밤바람이 오며가며 잠깐씩 들르곤 하는 모교 운동장에서 야영하면서 차례로 옛일을 회상중인 초로의 동기동창들이 느끼기엔 무덥기는커녕 오히려 모골이 송연할 정도로 서늘한 밤이었다.

—『문학동네』2000년 봄호

큰 남바우 철둑

중얼거림을 다 마치더니만 우리의 염무환 대장은

풀무질하듯 마구 들썩거리던 무거운 가슴을 땅바닥 위에 가만히 내려놓고는

결국 한마리 새로 변해 달빛 속을 가볍게 날아오르기 시작했다.

1

수건돌리기 아닌 이야기돌리기의 다음 순번을 맡게 된 최달식은 그다지 신명이 나지 않았다. 옛날에 손석주 밑에서 똘마니 노릇을 했다는 불명예스런 혐의를 김지겸으로부터 달꽉 뒤집어쓴 까닭이었다. 그 꽁한 성격에 김지겸은 무려 반세기 전 과거지사를 여직 복장 안에다 곱게 모셔두고 살아온 눈치였다. 하긴 그 꽁생원 기질 덕분에 지게미 녀석은 죽어라 한구멍만 판 끝에 결국 교수가 되어 오늘날 동창사회에서 제법 목에 힘깨나 주고 지내는 처지가 되었으리라.

하지만 최달식은 하늘을 두고라도 맹세할 수 있었디. 손석주 똘마니라서 그랬던 건 결코 아니었다. 언제나 지게미 녀석에게 모범생 딱지를 붙여 반장 자리를 도맡게 만드는 그 꽁생원 기질이 참말이지 으드득 물어뜯고 싶도록 싫고 또 싫었다. 그래서 걸핏하면 주먹질부터 앞세우는 손석주를 부추겨 녀석을 한번 단단히 혼내주려 했던 것이다.

선뜻 내키지는 않았지만, 굳이 얘길 하라면 못할 것도 없었다. 어린 나이에 끔찍한 전쟁을 겪은 사람치고 누군가에게 꼭 들려주고 싶은 얘깃거리 한두 자리쯤 가슴속에 알뜰히 챙겨 담지 않은 사람이 어디 있겠는가. 외려 너무 쌔고 쌘 탓에 무슨 얘길 택해야 좋을지 고민스러 울 지경이었다.

"호남선 철길 근처 큰남바우 동네에 얽힌 비극이여."

최달식이 운을 떼기 무섭게 비극 그 자체보다는 동네 이름에 대한 관심이 먼저 비어져 나오면서 애기판에서 김을 쑥 뽑아버렸다.

"남바우가 무신 뜻이다냐?"

"자주 듣던 이름이면서도 전에부텀 고 대목이 나도 늘 궁금허드라."

"거 혹시 옛날에 쓰던 그 털 달린 남바위가 아닐까? 겨울용 방한모 말이여."

"실은 나도 몰라."

최달식은 어둠속 곳곳에서 중구난방으로 쏟아지는 엉뚱한 관심들 을 제압하기 위해 서둘러 말막음을 시도했다.

"뜻은 잘 몰라도 큰남바우 근너편 짝에 작은남바우가 있고 그 새중 간에 또 새터남바우가 있다는 사실 정도는 알고 있다."

"아매 방한모를 뜻허는 그 남바위는 아닐 거여."

좌중에서 고향땅을 줄곧 지켜나온 유일한 인물인 김기서 교장이 차 분한 어조로 운을 떼었다.

"그 일대가 옛적엔 익산군 북일면 밑에 남일면 땅이었지. 그러다가 읍인가 시로 승격될 적에 남일면이 시내로 편입됨시나 남중동으로 개칭을 허게 되얐지. 그걸로 보자면 남녘에 있는 바위를 뜻허는 지명이 틀림없을 게여."

"지명에다 담어서 길이길이 보존헐 만침 유명짜헌 바웃뎅이 같은 게 남중동에 어디 있든가? 아무리 눈을 까뒤집고 찾어봐도 내 눈에는 당최 안 뵈든디."

"글씨…… 나서기 좋아허는 나서방 말을 듣고 보니께 나도 그 점이 쪼깨……"

나기형의 갑작스런 지적에 김기서의 말투는 단박 기세가 꺾이고 말았다. 결국 고향땅에 관해 모르는 것이 많기는 피차일반이라는 사실만을 씁쓸하게 확인하는 꼴이 돼버렸다.

"여그가 시방 무신 향토사학 쎄미나 자리냐? 인간 최달식이가 큰남바우 비극을 증언헐 차례는 대관절 언제쯤 온다냐?"

참다못한 최달식이 마침내 큰소리로 항의했다. 엉뚱한 초상마당에 가서 실컷 곡을 하고 난 조문객들처럼 그제야 비로소 동창 녀석들은 번지수가 틀렸음을 인정했다.

"맞었어. 우리는 시방 인간 최달식이 야그를 들을 참이여."

"큰남바우 동네서 무신 일이 있었다고?"

최달식은 좌중을 둘러보며 쓰디쓰게 입맛을 다셨다.

"육이오 직후에 큰남바우 일대를 주름잡든 골목대장이 있었니라."

"내 그럴 줄 알었지."

우여곡절 끝에 얘기가 겨우 본론으로 접어들려는 판인데 자발머리 없게도 지게미 녀석이 들입다 또 초를 치고 나섰다.

"한번 대장은 영원한 대장인 법이지. 결국 손석주 얘기였구만."

"근디 손석주 갸는 시방 죽었다냐, 살어 있다냐? 누구 혹시 손석주 소식 아는 놈 없냐?"

지게미와 한통속이 되어 웬 녀석이 또다시 남의 이야기에 코뚜레를 해서 고집 센 황소 다루듯 이러처처 곁길로 끌어가려 했다. 최달식은 잡아먹을 기세로 지게미 쪽을 노려보았다. 그러나 그는 이내 혼잣말 비슷하게 푸념했다.

"철든 내가, 인간 최달식이가 참어야지. 인간 최달식이가 못 참고는 철부지 에린것들을 탓헐 수야……"

2

마침내 철길을 타고 건너오는 진동이 느껴지기 시작했다. 밤안개로 칠갑을 한 어둠속에서 마침내 소리가 들리기 시작했다. 육중한 쇠바퀴들이 한없이 길게 이어진 철길의 이음매 부위를 연방 또그닥 똑 또그닥 똑 타넘으며 멀리서 빠른 속도로 달려오는 중이었다. 나는 차가운 철길에다 바싹 붙이고 있던 한쪽 귀를 뗌과 동시에 목청껏 소래기를 지름으로써 우리의 대장 염무환이 내게 맡긴 정찰병 임무를 충실히 수행했다.

"온다아!"

주변에서 웅성거리던 우리 큰남바우 패거리와 철둑 건너편 현내 마을 패거리가 잽싸게 전투태세를 갖추기 시작했다. 염무환 대장을 비롯해서 큰남바우를 대표하는 세명의 선수는 철둑 경사면 위쪽에 납작 엎드려 자리를 잡고, 나를 비롯한 다른 조무래기들은 그 아래쪽 어둠속에 얼른 몸을 숨겼다. 어두워서 잘은 안 보였지만 상대편 현내 마을 애들 역시 우리하고 엇비슷한 요령으로 곧이어 닥칠 치열한 전투에 대비하고 있을 것이었다. 우리는 기차가 달려오는 북쪽을 향해 일제히 고개를 돌린 채 숨을 죽였다. 워낙 목숨을 건 전투인지라 진땀 같은 혹은 겁쟁이의 바짓가랑이로 질금질금 흘러내리는 오줌 같은 축축한 긴장감이 철둑 주변에 안개와 함께 자우룩이 깔렸다.

"미카다! 미카가 온다!"

금세라도 바짓자락을 흥건히 적실 듯싶은 요의를 가까스로 참아내며 나는 거의 비명이나 진배없는 다급한 목소리로 공연히 알은체를 했다. 칙칙폭폭 칙칙폭폭 쉴새없이 허연 증기를 내뿜으며 목포행 아니면 여수 또는 순천행 하행 열차가 기운도 좋게 달려오고 있었다.

"아니다! 저놈은 파시다!"

어둠속에서 부릅뜬 눈 대신 나발대 같은 귀로 기관차의 종류를 가늠하고 있던 옆엣 녀석이 나한테 시비를 걸어왔다.

"아니다! 소리가 맞다!"

"아니다! 저놈은 터우가 틀림없다! 내기 걸어도 좋다!"

덩달아 다른 녀석들도 시비판에 합세하는 바람에 우리가 아는 기관차 이름들이 모조리 다 나와버렸다. 기관차처럼 맹렬한 기세로 덮치는 두려움에 맞설 요량으로 우리는 저마다 비명을 지르듯 터무니없이 목청을 높여가며 서로 제가 맞다고 바락바락 악지를 세우고 있었다.

"저놈은 터우여."

우리의 대장 염무환이 차악 가라앉은 목소리로 의젓하게 가리새를 타주었다. 역시 대장답게 그는 결전의 순간을 바로 눈앞에 두고도 전혀 흔들리는 기색을 안 보였다. 대장은 언제나 옳았다. 멀리서 소리만 듣고도 대장은 기관차 종류를 정확히 알아맞히는 신통방통한 재간을 지니고 있었다. 대장이 한번 터우라 했으면 그것은 깔축없는 터우였다. 나는 별다른 불만 없이 내 고집을 거둬들였다. 어차피 믿는 구석이 있어 미카라고 주장한 건 아니었다. 네 종류 기관차 가운데 제일 우람하고 믿음직하게 생긴 미카를 특히 좋아했기 때문에 그냥 미친 척하고 한번 내세워본 주장에 지나지 않았다.

달무리를 닮은 노란 불빛이 시야에 들어왔다. 지척조차 분간 못할 짙은 밤안개 속에 전조등 불빛으로 굴을 뚫으며 터우가 허위허위 달려오고 있었다. 역 가까이, 현내 마을로 통하는 건널목 근처에 세워진 시그널을 향해 달려오면서 터우는 잔뜩 쉬어터진 소리로 빼액 빼액 연거푸 기적을 울려댔다. 그런 다음 속력을 줄이기 시작했다.

"현내는 전투 준비가 되얐는가?"

기차의 굉음을 디디고 서면서 우리 대장의 날카로운 목소리가 공중으로 솟구쳐 올랐다.

"우리 동네 걱정헐라 말고 남바우나 잘혀라!"

철길을 사이에 두고 현내 동네의 대장이 맞받아 고함쳤다.

"시이……"

염무환 대장이 목청을 길게 늘여빼기 시작했다. 그는 첩첩이 가로막힌 안개의 벽에 노란 터널을 뚫으며 씨근벌떡 달려오는 전조등 불빛과의 거리를 연방 눈대중으로 재다 말고 갑자기 단호하게 외쳤다.

"작!"

전투 개시의 신호가 떨어지기 무섭게 우리 편에서 재웅이가 벌떡 일어섰다. 위험이 가까이 닥쳐오기도 전에 허둥지둥 철길을 타넘어 너무도 일찍 적군에게 투항해버리는 재웅이의 시커먼 뒷모습을 보면서 우리는 내남없이 입을 모아 녀석을 욕했다.

"저런 비겁헌 놈!"

그러나 그 욕설이 채 끝나기도 전에 우리 편에서 두번째 반란군이 생겼다. 믿었던 길수 녀석마저 걸음아 날 살려라, 하고 철길을 순식간에 타넘어 건너편 어둠속으로 사라졌다. 뒤늦게 인기척을 느꼈는지 기차는 꺽 쉰 기적소리로 빼액 빽 거푸 경고를 발했다. 역 구내로 진입하기 앞서 점차 속도를 줄이는 중이긴 했지만 기차는 그래도 여전히 무시무시한 기세로 돌진해오고 있었다. 앞서거니 뒤서거니 현내쪽에서 두명의 적군이 거의 동시에 철길을 넘어왔다. 우리는 환성을 올릴 겨를도 없이 우리 편의 마지막 선수인 염무환 대장을 잔뜩 주시했다. 역시 대장답게 그의 태도는 아주 침착했다. 그는 포복자세로 철길 앞에 납작 엎드린 채 굉음과 함께 달려오는 기차 쪽은 거들떠도 안 보았다. 오직 적군이 숨어 있는 철길 맞은편 어둠속만 뚫어져라 응시할 뿐이었다. 기차에서 무더기로 내뿜는 허연 증기가 전조등 불빛을 거지반 가릴 지경이 되었다. 더이상 버티지 못하고 현내 대장이 마침내 벌떡 일어섰다. 현내 대장이 우리 진영에 다다를 무렵에야 비로소 그는 단거리 선수의 자세를 취했다. 연방 기적을 뽑아대며 무시무시한 기세로 들이닥치는 기차를 향해 그가 몸을 휙 날리는 순간, 나도 모르게 두 눈이 질끈 감겨버렸다. 기관사가 내뱉는 무지막지한 욕지거리와 함께 주먹만한 조개탄들이 우리 몸뚱이 위로 팔맷돌처럼 마구 날아들었다. 기차는 역을 향해 내처 달려갔다. 기차가 멈추지 않았다는 건 좋은 징조였다. 기차의 굉음이 물려준 자리를 그 기차만큼이나 무겁고 단단한 무쇠덩이 침묵이 한동인 차지하고 있었다. 니는 미른 침을 삼키면서 철길 건너편 동정을 살폈다. 철둑에 깔린 자갈을 밟는 소리에 이어 시커먼 형상 하나가 밤안개 속을 헤치고 철길 위로 개선

장군처럼 우뚝 모습을 드러냈다. 우리 큰남바우 동네의 대장 염무환
이었다.

"이겼다아! 우리 국군이 이겼다아!"

포로로 붙잡은 현내의 세 아이를 에워싼 채 우리는 목청껏 만세삼
창을 하는 등으로 한바탕 북새를 떨었다. 편을 갈라 싸워서 이기면 무
조건 국군이고 진 쪽은 맡아놓고 인민군이었다. 심심찮게 되풀이되는
담력싸움에서 큰남바우는 한번도 국군 자리를 현내 쪽에 내준 역사가
없었다. 염무환이란 영웅이 큰남바우를 지키고 있는 한 앞으로도 결
과는 보나마나 뻔할 것이었다. 큰남바우 국군은 또 한차례 목숨을 건
싸움에서 승리한 대가로 현내 인민군으로부터 자그마치 이백 개나 되
는 유리구슬을 노획하는 혁혁한 전과를 올렸다. 대장은 그것을 인심
좋게 우리들에게 골고루 나눠주었다. 비겁하게 군 재웅이와 길수 두
반란군에게도 같은 숫자의 구슬이 몫지어졌지만 어느 누구도 불평하
지 않았다. 어차피 때가 되면 대장의 호주머니 속으로 되돌아갈 구슬
이었다.

"달식이냐?"

밤이 이슥해서야 집안에 들어서는 나를 서릿발 같은 꾸지람이 덮쳤
다. 발소리를 죽인 채 살금살금 마당을 가로지르는 참이던 나는 별안
간에 안방 문이 벌컥 열리는 사품에 하마터면 기함할 뻔했다.

"발탄 강생이맨치로 이 오밤중에 또 어느 고샅을 짤짤 싸댕기다가
도둑놈 뻔새로 실무시 담 넘어 기어드냐?"

잠도 안 자고 어둠속에서 내내 벼르고 있었던 듯 마당을 향해 바지
랑대처럼 뻗질러대는 어머니의 목소리 끝엔 갈고랑쇠 같은 심술이 꼬
불탕 달려 있었다. 나는 구슬들로 배가 불룩 튀어나온 바지 주머니를

얼른 손바닥으로 가리면서 어물쩍 변명을 했다.

"길수랑 숙제허다가…… 깜빡 잠이 들어서……"

"하이고, 우리 달식이가 여적지 길수랑 같이 공부허고 있었다고? 널러가는 새도 웃을 노릇이다, 이놈아! 고 옘병허다 땀도 못 내고 뒤여질 뿔갱이 자석놈허고 얼싸덜싸 얼려 댕김시나 또 무신 못된 짓을 허다 인자사 들어오냐?"

"뿔갱이는 무신! 접때 한번 아부지한티 회차리 맞은 뒤로는 무환이허고 말도 않고 지낸단 말여!"

안방에서 아버지가 헛기침을 두어 방 놓았다.

"저눔 자석 밤마실 댕기는 못된 버리장머리 뜯어곤칠 때까장 한 사날찜 밥을 빽빽 굶겨!"

"아부지 말씸 잘 새겨들었지야? 끄니때 풀떼죽 한사발이라도 지대로 은어먹을라거든 니놈 행실 니놈이 알어서 잘 챙기거라!"

한창 식욕이 왕성한 나이의 자식에게 내리는 벌치고는 아마 세상에서 가장 가혹한 벌일 것이었다. 자그마치 사나흘씩이나 굶기겠다는 엄포에 미리감치 설움이 북받쳐 나는 주춤주춤 건넌방으로 향했다.

"아까막시 길수네 엄니가 길수란 놈 찾니라고 우리집에 댕겨갔다."

오금을 콱 박듯 어머니의 말이 등뒤로 뾧쪽하게 날아들었다. 곧이어 구시렁대는 소리가 안방에서 흘러나왔다.

"그나저나 그 옘병헐 뿔갱이 자석놈이 윙겨와 살기 시작헌 뒤부텀은 남바우 삼 동네가 왼통 하루도 죄용헐 날이 없다니께……"

염무환이 큰남바우에 처음 모습을 나다낸 것은 인민군이 물러간 지 두달쯤 지난 때였다. 된서리가 허옇게 내린 어느날 아침, 남루한 여름옷 차림의 그가 자그만 보퉁이 하나만 달랑 들고 매부네 집을 찾아왔다. 남편을 군대에 보낸 후 졸지에 생과부 신세가 된 누님이 병든 시어머니를 돌보며 혼자서 살림을 꾸리고 있었기 때문에 매부네 집이라기보다 실상은 누님네 집이었다.

그가 온 뒤부터 마을에서는 이상하게도 소소한 도난 사건이 끊이지 않았다. 둥우리에서 닭이나 달걀이 감쪽같이 없어지기도 하고 토끼장에서 토끼가 가뭇없이 사라지기도 했다. 눌은밥이나 찐고구마에 발이 달려 부엌에서 도망치기도 하고 마당가에 널어놓은 빨래에 날개가 돋쳐 어디론가 날아가기도 했다. 봄밭에 뿌리려고 처마 끝에 매달아놓은 곡식 종자가 밤새 없어지거나 심지어 안방 벽장 속에 감춰둔 돈이 없어지는 일마저 심심찮게 벌어졌다. 도난 사건이 일어날 적마다 그를 대하는 마을 사람들 시선이 여간 사납지 않았다. 물건을 잃고 홧김에 그의 누님을 찾아가 직접 따지는 경우도 이따금 생겼다. 그럴 적마다 그의 누님이 오히려 한술 더 뜨곤 했다. 대한민국 국군장병 부인을 뭐로 알고 이따위 행패냐고, 장차 우리 남편 휴가 나오면 동네 사람들 죄다 기관총으로 드륵드륵 쏴죽일 거라고 입에 게거품 허옇게 물고 길길이 날뛰는 것이었다.

겨울철로 접어들면서 벌써 '뿔갱이 자석놈'이란 말이 마을 사람들 입길에 뻔질나게 오르내리기 시작했다. 길을 가는 그를 먼빛으로 보면서 아낙네들은 끼리끼리 모여 쑥덕거렸다. 고향 마을에서 억척으로 공산당 활동을 하던 그의 아버지는 퇴각하는 인민군을 따라 북쪽으로 가다가 국군의 총에 맞아 죽었다는 것이었다. 그리고 그의 어머니는 남편 죽기 무섭게 팔자 고치려고 어린 자식들 내팽개친 채 어느 야밤에 단봇짐을 싸 멀리 달아나버렸다는 것이었다. 부모 잃은 어린 남매들이 제각각 살 길을 찾아 사방의 친척집으로 뿔뿔이 흩어졌는데, 그

중에서도 하필이면 제일로 손버릇 고약한 것이 재수없게 큰남바우로 들어왔다면서 아낙네들은 끌끌 혀를 차는 것이었다. 피는 절대로 못 속이는 법이라면서 아낙네들은 근처에서 노는 자기 자식들한테 신칙하기를 잊지 않았다. 저 뿔갱이 자석놈이랑 같이 얼려 댕기는 날이 바로 니놈 발목쟁이 작신 뿌러지는 날인지 알거라!

짧은 봄방학이 끝나고 새 학년 새 학기가 시작되었다. 매일같이 학교에 가면서 내가 가장 부러워한 사람은 다름 아닌 염무환이었다. 학교에 가기 싫어 아침마다 꾀병 부린다고 야단칠 사람 아무도 없기 때문에 그는 처음부터 학교에 다닐 필요가 없었다. 두살 차이밖에 안 나는데도 그는 나보다 서너살쯤 많아 뵈도록 키가 훌쭉했고, 기운 또한 장사라서 웬만한 나이배기 아이들도 그에게 꼼짝을 못했다. 그는 워낙 재주가 메주라서 마음만 먹으면 못하는 일이나 가리는 짓이 없었다. 공부를 했다 하면 도맡아 일등을 차지할 재주를 지녔음에도 불구하고 그가 노상 하는 일이란 집에서 배가 부른 누님을 도와 빨래하고 물을 긷거나 산에 가서 나무를 해 오는 허드레꾼 노릇이었다.

"오널은 왜 혼자 오냐?"

숙제를 안해 온 벌로 늦도록 학교에 남아 변소 청소를 마치고 집으로 돌아가는 나를 염무환이 새터남바우 야산에서 기다리고 있었다. 며칠 만에 처음 그를 보는 순간 나는 빚진 죄인의 심정으로 가슴 복판이 뜨끔 쑤시는 통증을 느꼈다. 사나흘씩 밥을 굶고 살 수는 없는 일인지라 그때까지 그와 마주칠 기회를 여러 날 애써 피해나온 처지였다.

"침말이라니깨. 올 아부지 회차리 무서워서 역부러 집안에만 틀어백혀 지낸 게 아니라……"

쓰잘데없이 마냥 길어지려는 내 변명을 중간에서 싹둑 자르고 나선

것은 헤벌쭉 벌어지는 그의 입이었다. 소리 내어 한바탕 낄낄거리고 나서 그는 주머니 안에서 유리구슬을 한움큼 꺼낸 다음 양손바닥에 담고는 처럭처럭 흔들어댔다.

"한번 헐래?"

이를테면 그것은 빚을 갚으라는 압력이었다. 나는 도리머리를 해 보였다.

"핵교 가서 다 잃었어."

"그려? 다마가 없다면 어쩔 수가 없지."

그는 더 귀찮게 구는 법 없이 선선히 돌아서더니만 손안의 구슬들을 연방 처르럭거리며 혼자서 솔숲 속으로 들어갔다. 이를테면 그것은 제 꽁무니를 졸졸 따라오라는 신호였다. 구호물자에 섞여 들어온, 우리가 흔히 꽃다마라고 부르는, 투명한 유리 한가운데 형형색색의 꽃심이 박혀 있는, 깜찍하게 예쁜 미제 구슬들이 서로 맞부딪치며 내는 그 맑은 소리가 잡아끄는 대로 나는 몸을 내맡겼다.

솔숲 안쪽에는 우리가 흔히 곰배 정씨라고 함부로 부르는, 남바우 일대의 대성가문 고무래 정씨네 무덤들이 자리잡고 있었다. 무덤들 앞은 꽤 널따란 공터였다. 조금 전까지 구슬치기를 했던 흔적이 땅바닥에 아직도 선명하게 남아 있었다. 그는 공터 한가운데서 말없이 먼 산만 보며 손안의 구슬들을 계속 처르럭거렸다. 그의 바지 양쪽 주머니는 속에 든 수많은 구슬들의 무게를 이기지 못해 금세라도 툭 터져 버릴 듯 밑으로 축 내려앉아 있었다. 나보다 훨씬 앞서 학교를 빠져나간 큰남바우 패거리가 동네에 다다르기 전에 중도에서 누구한테 무슨 일을 당했는지를 말해주는 대목이었다.

결국 나는 그에게 불쑥 손바닥을 내밀었다. 그에게서 꾼 스무 개의 구슬로 시작한 구슬치기 노름은 허망하리만큼 간단히 끝나버렸다. 나는 이차로 스무 개를 더 꾸었다. 그리고 잠시 후에 삼차로 스무 개를 다시 꾸었다. 그런 다음 곧 한숨을 길게 내쉬며 땅바닥에 퍼질러 앉고 말았다. 오죽하면 애꾸란 별명이 붙었을까. 그의 구슬치기 솜씨를 당해낼 장사는 큰남바우를 통틀어 아무도 없었다. 한쪽 눈을 째긋이 감은 채 자신이 특별히 애지중지하는, 우리가 흔히 오다마라고 부르는 큰 구슬로 목표물을 두어 번 겨냥한 다음 획 던지기만 하면 거의가 백발백중이었다. 어쩌다 실수로 빗맞는 경우를 빼고는 가물가물 한참이나 멀어 뵈는 표적 구슬도 애꾸의 정확한 솜씨를 벗어나지 못했다.

"왜? 벌써 그만헐라고?"

해낙낙한 낯꽃으로 그가 물었다. 나는 맥없이 고개만 끄덕였다.

"오널 꾼 것 육십 개 합치면 삼천허고도 육백팔십 개."

치부책에 적힌 숫자를 읽듯 그는 정확히 말했다. 그가 큰남바우에 들어와 살기 시작한 이래 내가 불과 몇달 동안에 그에게 진 노름빚이었다. 나만 그런 게 아니라 큰남바우 아이들 거개가 수천 개 정도 노름빚은 항상 그에게 지고 있었다. 그나마 그것도 한번에 수백 개씩 수시로 탕감받은 결과였다. 무려 3680개의 구슬빚이라니! 그 엄청난 규모에 기가 딱 질려 나는 다시 한번 한숨을 내쉬었다.

"오널 밤에 철둑으로 나오면 우수리 육백팔십은 제아려줄 수도 있다."

그가 넌지시 꾀었다. 매번 그런 식이었다. 산에서 나무 한짐 해주면 얼마, 마을 공동우물에서 물 힌지게를 대신 져 날리주면 얼미를 선심 쓰는 척하면서 구슬빚에서 감해주곤 했다.

"밤중에 뭣 헐 건디?"

"나와 보면 알어."

거추장스런 우수리 잘라내고 딱 떨어지는 노름빚 삼천만 남기게 된 것은 한편으로 반가운 일이지만, 며칠 굶기를 각오하고 '빨갱이 자석 놈'과 어울려 또다시 밤마을 다닐 일을 생각하니 다른 한편으로 심란하기도 했다.

염무환 본인의 주장에 의할 것 같으면, 그의 아버지는 빨갱이가 아니었다. 총에 맞아 죽은 것도 아니었다. 아버지가 아직도 국군 장교로 시퍼렇게 살아 있노라고 그는 기회 있을 때마다 부득부득 우겨대곤 했다. 아들이 한번씩 우길 적마다 아버지는 한 계급씩 쑥쑥 올라가곤 했다. 그가 맨 처음 밝힌 아버지 계급은 중위였는데, 몇달 사이에 벌써 대령으로 승진해 있었다. 최전방에서 전과를 많이 올린 덕분이라는 보충설명이 따랐다. 그런 식으로 무한정 전과를 쌓아올리다가는 필경 장군이 될 날도 머지않을 것이었다.

그를 두고 동네 어른들끼리 주고받는 말들은 우리에게 별다른 영향을 끼치지 못했다. 그의 아버지 계급이 무등병이든 장군이든 상관없는 것과 마찬가지로 그의 아버지가 빨갱이 출신이든 국군 소속이든, 죽었든 살아 있든, 그런 것들 또한 우리하고는 아무 상관도 없는 문제였다. 우리에게 중요한 것은 그가 우리 대장이라는, 평생을 갚아도 다는 못 갚을 엄청난 노름빚을 깔아놓은 채권자라는 사실이었다. 우리는 어른들 말보다 우리 대장의 말을 더 믿고 따르는 편이었다. 왜냐하면 그는 우리 대장이니까. 대장으로서 자격과 능력을 훌륭히 갖추고 있었으니까. 그리고 다른 무엇보다도 우리는 부모나 동네 어른들한테 갚아야 될 엄청난 노름빚을 전혀 지고 있지 않았으니까.

나는 저녁을 먹자마자 방바닥에 쓰러져 정신없이 곯아떨어진 시늉을 했다. 안방의 호롱불이 꺼진 뒤에도 한참을 더 기다려 아버지와 어머니가 깊이 잠들었다 싶은 그때 조심조심 방문을 열었다.

"어디 가냐?"

깜깜한 안방에서 아직도 정신이 초롱초롱한 어머니 목소리가 날카롭게 물었다. 이왕 버린 몸, 나는 일부러 시끄러운 소리를 내면서 당당하게 마루로 나섰다.

"변소!"

달빛이 훤한 밤이었다. 마당에 폭신하게 깔린 노란 달빛을 밟으며 나는 어정어정 변소로 향했다. 낡은 함석지붕에 뚫린 구멍을 통해 달빛이 변소 안으로 푸짐하게 쏟아져 내리고 있었다. 발판 위에 쪼그리고 앉아 치잣물을 들인 듯한 달빛으로 멱을 감으며 마렵지도 않은 똥을 누느라 한참 생고생만 하다가 변소를 나왔다. 마당 끝에 서서 잠시 사방을 둘러보니 참으로 유혹이 많은 밤이었다. 구슬빚을 갚기에 딱 안성맞춤인 밤이었다. 이빨이 날카로운 어떤 짐승한테 한입 덥석 물어뜯긴 생김새의 큼직한 달덩이가 나를 자꾸만 밖으로 불러내고 있었다. 달빛을 함빡 뒤집어쓴 채 내처 잠들지 못하고 이리저리 몸을 뒤척이던 앞산과 가운뎃들이 때마침 잘 만났다는 듯이 나를 향해 자꾸만 손짓을 보내오는 중이었다.

나는 도로 건넌방에 들어가 처음부터 다시 시작했다. 들기름 같은 달빛이 끈적끈적 달라붙은 방문 창호지를 일삼아 뚫어져라 노려보며 안방에서 아버지의 코고는 소리가 드렁드렁 천장을 울리는 순간만을 이제나저제나 기다렸다. 마당 쪽에서 수상쩍은 소리기 들렸디. 돌멩이가 땅에 떨어지는 소리였다. 잠시 후에는 뒤란 쪽에 쑥국새가 와서 작은 소리로 쑥국쑥국 울어대기 시작했다. 아군이 포로로 잡혀 있는 나를 구출하러 와 있음이 분명했다. 그러나 아직은 때가 아니었다. 이윽고 콩알만한 돌이 날아와 방문에 부딪혔다. 더는 참을 수가 없어 나는 이불 속에서 빠져나온 잠방이 차림 그대로 방문을 열고 마루로 나섰다.

"네 이놈, 또 어디 갈라고!"

기다렸다는 듯이 어머니가 안방에서 소리를 질렀다.

"설사 났다니깨!"

나는 토방에서 고무신을 찾으면서 툽상스럽게 내뱉었다. 고무신을 손에 든 채 맨발로 마당을 가로지르는 참인데 안방 문이 벌컥 열렸다.

"아니, 저눔이 시방 뽈갱이 자석놈 못 만나서 환장이라도 혔는가!"

대장을 비롯한 여섯 명의 우리 패거리가 큰남바우 뒤쪽 후미진 철둑 근처에 모여 있다가 척후병 길수와 함께 뒤늦게 나타나는 나를 반가이 맞이했다. 다급한 나머지 의관을 갖출 겨를도 없이 잠방이 차림으로 집을 빠져나온 내 꼬락서니가 놀림감이 되긴 했지만, 오슬오슬 몸이 떨리는 점만 뺀다면 다른 건 별로 문제될 게 없었다. 봄기운이 완연한 낮때와는 달리 밤공기는 아직도 소름이 돋을 만큼 차갑게 느껴졌다. 잠방이 하나로 겨우 아랫도리만 가린 채 추위에 달달 떠는 나를 위해 대장이 제 저고리를 벗어주었다. 우리 대장의 체온이 묻은 낡은 저고리가 벌거벗은 윗도리를 따스하게 감싸는 순간 나는 갑자기 목이 콱 메는 바람에 하마터면 눈물까지 찔끔 쏟을 뻔했다.

"현내로 닭서리 간다."

대장이 선언했다. 낮에 미리 봐둔 적당한 집이 있다는 것이었다. 과연 우리 대장답게 그는 치밀한 작전계획을 설명한 다음 조를 짜서 각 조마다 다른 임무를 부여했다. 그리고 들켰을 때 도망치는 요령까지 자세히 일러주었다. 내게는 비교적 손쉬운 임무로 집 밖에서 망보는 일이 맡겨졌다. 남의 동네로 닭서리 원정을 떠나기엔 달빛이 너무 밝은 밤이었다. 그 점이 다소 마음에 걸렸지만 차마 입 밖에 내어 말할 처지는 아니었다. 우리 대장이 꾸민 일인데 어련할까, 하는 믿음과 함께 대장을 위해서라면 목숨을 바쳐도 좋다는 생각이 나로 하여금 끝내 입을 다물게 만들었다. 하지만 닭서리 얘기가 불거지는 순간부터 다시 시작된 그 지랄 버릇 같은 추위와 떨림만은 내 의지로도 어쩔 도리가 없었다.

현내 변두리의 외딴집이 우리의 공격 목표였다. 대장의 계획대로 닭서리는 탈없이 순조롭게 진행되었다. 여전히 달빛이 마음에 걸렸지만 그 집에 개가 없는 것이 그나마 천만다행이었다. 힘센 어른이 들어 있을 안방 문은 헛간에서 찾아낸 지게작대기를 받쳐 안에서 열고 나올 수 없게끔 선발대가 미리감치 손을 써놓았다. 보초들이 울타리 안팎에서 망을 보는 동안 대장이 나머지 부하들을 이끌고 닭장 안으로 살금살금 숨어들어 일을 벌이기 시작했다. 인기척에 놀라 잠에서 깬 닭들이 불평불만을 늘어놓듯 낮은 소리로 꼬꼬거렸으나 그마저도 이내 잠잠해졌다. 아마도 대장이 까탈부리는 닭의 가슴패기를 손끝으로 살살 긁어줘 불평을 잠재웠을 것이었다. 이윽고 닭모가지를 손에 잔뜩 움켜쥔 채 차례로 닭장을 빠져나오는 돌격대원들 모습이 환한 달빛 아래 고스란히 드러났다. 망을 보다 말고 나는 숫자를 헤아리기 시작했다. 한 마리, 두 마리 그리고 세 마리……

마지막으로 대장만 닭장을 벗어나면 닭서리는 계획대로 잘 끝날 판이었다. 그런데 바로 그때 뜻밖의 사태가 벌어졌다. 세번째 닭이 느닷없이 날개를 푸드득거리며 요동을 치기 시작했다. 우리 돌격대원 하나가 엉겁결에 손을 놓아버리자 닭은 넓은 마당이 좁다고 마냥 휩쓸고 다니며 목청껏 소래기를 질러댔다. 닭장 안의 다른 닭들도 덩달아 꼬꼬댁 꼭꼭 요란하게 합창을 시작했다.

"뉘기여!"

안방에서 집주인의 뻣센 고함이 터져나옴과 동시에 지게작대기로 지질러놓은 방문이 심하게 덜컹거렸다. 이윽고 깜깜하던 방안에 불이 환히 밝혀졌다. 대장이 허겁지겁 닭장에서 뛰쳐나오더니만 빨리 도망치라는 손짓을 보내왔다.

"이 밤중에 으떤 놈이냐!"

집주인의 발길질을 받아 방문짝이 떨어져나가는 순간, 울타리 안에 머물던 우리 대원들이 한꺼번에 우르르 사립문으로 몰려왔다. 대장이 일러준 대로 나는 그들과 헤어져 현내 마을과는 반대 방향으로 죽자 사자 도망쳤다. 헐레벌떡 줄행랑을 놓다 말고 나는 혼자서 뒤에 처진 대장이 걱정되어 뒤쪽을 핼끔 돌아다보았다. 외딴집에서는 참으로 해괴한 광경이 벌어지고 있었다. 집채 둘레를 뱅글뱅글 돌면서 집주인 어른과 좀도둑 아이가 서로 덮치고 빠져나오기를 되풀이하는 덧게비 놀음을 즐기는 중이었다. 장난질처럼 느껴지는 그 우스꽝스런 장면을 밝은 달이 하늘에서 매우 너그러운 낯꽃으로 내려다보며 노른빛 천으로 포근히 감싸주고 있었다. 대장은 갈팡질팡 정신없이 쫓기는 시늉을 하다가 별안간 도망질을 우뚝 멈추었다. 그리고 집주인을 향해 코가 땅에 닿도록 경위지게 절을 한 다음 땅바닥에 무릎을 착 꿇고 앉았다. 독 안에 든 쥐나 다름없다고 생각했는지 지게작대기를 꼬나든 집주인의 걸음걸이가 눈에 띄게 느즈러졌다. 대장은 이미 우리가 안전한 곳까지 멀리 달아나 있음을 눈으로 직접 확인하고 나서 집주인을 향해 다시 한번 경위지게 큰절을 올렸다.

"이, 이런 쌔려쥑일 놈이……"

하직 인사를 끝내기 무섭게 대장이 용수철처럼 벌떡 솟구쳐 일어나 잽싸게 도망치는 걸 보고서야 비로소 집주인은 그 인사성 밝은 행동이 속임수였음을 알아차린 듯했다.

"저눔 잡어라아!"

집주인의 분노에 떠는 고함소리가 깊은 잠에 빠진 들판을 마구 흔들어 깨웠다. 또다시 쫓고 쫓기는 덧게비 놀음이 시작되었다. 하지만 새로 시작된 달음질 시합에서는 제아무리 덩치 큰 어른일지라도 쌕쌕이처럼 빠르기로 소문난 우리 대장의 상대가 되지 못했다. 순식간에 집주인을 멀찌막이 따돌린 다음 대장은 곧바로 우리와 합류했다. 그 경황중에도 대장의 손아귀에는 살진 암탉 한마리가 단단히 쥐여 있었다.

"우리 국군이 또 이겼다아! 만세! 만세! 만세에!"

우리는 적으로부터 노획한 닭 세 마리를 공중 높이 들어올리며 소리를 합하여 만세삼창을 했다. 이를테면 우리에겐 닭들도, 그 닭의 주인도 모두 적이 되는 셈이었다. 인민군이나 다름없는 그 적과 싸워 이겼으니 당연히 우리는 국군일 수밖에 없었다. 큰남바우 아이들 소행이 아님을 현내 주민들에게 광고하려는 술책 삼아 우리는 일부러 큰남바우 반대편 배산 쪽으로 멀리 우회해서 퇴각했다. 먼길을 가는 동안 우리는 염무환 대장의 그 용감하면서도 우스꽝스럽던 행동에 찬사를 보내는 한편 각자의 무용담들을 미제 껌처럼 질겅질겅 씹어대며 자랑하기 바빴다. 웃고 떠들며 즐겁게 행군한 끝에 우리는 원래의 집합 장소였던 철둑 근처 후미진 곳에 전원 무사히 도착했다.

염무환의 유별난 인사 버릇은 동네에서 아주 유명짜했다. 어른들이 저를 어떻게 보고 무엇처럼 대한다는 걸 그는 속속들이 알고 있었다. 걸핏하면 빨갱이 자석놈이라고 손가락질하고 툭하면 도적놈이라고 욕하면서 마치 천연두나 호열자 환자 대하듯 자기 자식들을 저한테서 뚝 떼어놓지 못해 안달복달한다는 사실을 빠끔히 알고 있었다. 그런데도 그는 어른들 앞에서 제 불편한 속내를 좀체 드러내지 않았다. 되레 그는 길에서 어른과 맞닥뜨릴 경우 극진한 예절과 공손한 인사를 무기로 사용해서 방금 전까지 저를 헐뜯던 상대방을 난처하게 만들곤 했다. 맞은편에서 오는 어른의 모습이 먼빛으로 비칠라치면 그는 얼른 걸음을 멈추고 미리감치 길가로 비켜서서 다소곳한 자세로 기다린다. 어른이 가까이 다가오면 우선 두 손바닥을 쭉 편 다음 철퍼덕 소리가 울리도록 바지 양쪽 허벅지 부위에 절도 있게 갖다 붙인다. 곧이어 대갈통부터 허리통까지 윗몸 전체를 굽히기 시작하는데, 그 속도가 어찌나 느리던지 대갈통이 허리통 밑까지 내려가자면 시간이 꽤나 오래 걸린다. 결국 무릎 근처까지 깊숙이 내려간 대갈통에서 겸손하기 그지없는 목소리가 느릿느릿 흘러나온다.

"진지 잡수셨어라우, 어르신?"

매양 그런 식이었다. 이미 그를 겨냥하고, 육시럴 놈, 옘병헐 놈, 빌어먹을 놈 따위 온갖 험한 욕설을 다 퍼부은 가늠이 있는지라 동네 어른들은 뜻밖의 예절에 부딪히면 마치 불시에 따귀라도 얻어맞은 듯 오히려 당황해서 어찌할 바를 모르게 마련이었다.

"그놈 참, 피는 드럽게 타고났어도 인삿갈 한나는 방아깨비맨치로 밝구만."

극진한 나이대접이 그다지 싫지 않았던지 어른들은 공손한 태도로 멀어져가는 그의 뒷모습을 돌아다보며 묘한 낯꽃으로 쩝쩝 입맛을 다시곤 했다. 심지어 인사성 없는 아이를 꾸짖을 때 뻘갱이 자석놈을 예로 들면서, 너도 무환이를 본받으라고 훈계하는 어른마저 생겨날 정도였다.

닭서리 사건이 벌어진 바로 그 이튿날이었다. 현내 마을로부터 강력한 도전장이 날아들었다. 철둑에서 한판 다시 붙자는 내용이었다. 시시하게 유리구슬 따위나 걸었던 과거의 시합과는 딴판으로, 놀랍게도 닭 세 마리를 걸고 벌이는 색다른 결투였다. 간밤의 닭서리를 큰남바우 아이들 소행으로 의심하고 있음이 분명했다. 우리는 현내 쪽의 의심이 천부당만부당하다는 반응부터 먼저 내보였다. 그렇다고 그쪽에서 걸어온 싸움을 마다할 이유도 없었다. 일부러 학교까지 찾아와 교문 앞에서 우리를 기다렸다가 현내의 놀라운 도전 소식을 전하는 염무환 대장의 표정은 몹시도 심각하고 진지했다.

현내와의 전쟁은 애당초 아주 하찮은 시비로 시작되었다. 그 무렵 우리들 장난감의 주종은 아무데서나 쉽사리 구할 수 있는 각종 탄알이었다. 권총 탄알, 카빈총 탄알, 엠원총 탄알, 기관총 탄알 등등 제각각 모양 다르고 크기 다른 각종 탄알들의 기묘한 생김새에 잔뜩 매료되어 우리는 그것들을 물물교환하거나 서로 팔고 사기도 하고, 때로는 탄피와 화약을 얻기 위해 위험을 무릅쓰고 불발탄을 분해하기도 했다. 특히 굴비두름처럼 기관총알을 엮는 데 쓰는 강철 탄띠의 연결고리 날개는 우리에게 인기가 있었다. 둥근 반지 셋을 합쳐놓은 듯한 도끼풀잎 모양의 그것을 가공해서 아주 훌륭한 칼로 개조할 수 있기 때문이었다.

그날도 우리는 기관총 탄띠로 칼을 만들기 위해 염무환 대장을 따라 철둑으로 나갔다. 공교롭게도 현내 아이들이 한발 먼저 와서 철둑을 점령하고 있었다. 철길을 사이에 두고 그들은 그들대로, 우리는 우리대로 칼 만드는 작업에 고부라졌다. 탄띠의 연결고리를 구성하는 세 개의 반지 중 둘은 손잡이용으로 남겨두고 나머지 하나를 곧게 펴서 철길 위에 올려놓으면 그 위를 지나가는 기차가 다 알아서 그것을 칼 모양으로 바꿔주었다. 기차 바퀴에 납작 짓눌린 칼날 부분을 나중에 숫돌에다 썩썩 벼리기만 하면 더벅머리에 배코라도 칠 수 있으리만큼 예리한 단도가 되는 것이었다.

작업 도중 작은 사고가 일어났다. 현내 아이한테 돌멩이로 두들겨 맞은 칼감 하나가 챙강 튀어 철길을 건너와서는 우리 편 정백진의 마빡을 쳐버렸다. 현내 아이가 달아난 재산을 되찾으러 왔지만 우리는 백진이의 마빡 상처와 맞바꾼 셈치고 그 물건을 끝내 돌려주지 않았다. 하찮은 시비로 시작된 감정싸움은 이내 철길을 사이에 두고 벌이는 격렬한 투석전으로 발전했다. 철둑에 흔전만전 깔린 돌멩이들을 마구잡이로 집어던지며 박이 터지도록 싸워도 투석전은 좀처럼 승부가 나지 않았다. 마침내 우리 대장이 앞에 나서서 다른 싸움으로 결판을 낼 것을 제의했다. 현내의 대장이 그 제의를 흔쾌히 받아들였다. 그렇게 해서 시작된 것이 바로 달려오는 기차 앞을 결정적인 순간에 가로지르는 담력겨루기였다. 그리고 우리 큰남바우 국군은 동네를 대표하는 세 선수의 목숨을 내건 그 위험천만한 전투에서 매번 현내 인민군을 물리치고 승리를 거두었다.

운명의 날이 밝았다. 시시한 구슬내기가 아니고 우리가 서리해서 잡아먹은 것과 똑같은 숫자의 닭을 건 새로운 내기이기 때문일 것이었다. 지난번과는 전혀 다른 분위기였다. 왠지 모를 긴장감이 먹장구름처럼 시커멓게 몰려와 아침나절부터 우리 모두의 기분을 사뭇 비장하게 만들고 있었다. 우리 모두가 어린아이에서 어른의 상태로 하루 아침에 신분이 몰라보게 달라진 느낌이었다. 정말로 그랬다. 구슬내기가 기껏 애들 장난 푼수에 지나지 않는 것이라면 닭내기는 그야말로 어른들 세계의 본격적인 노름이 틀림없었다.

대장의 사전 지시에 따라 우리 큰남바우 용사 일곱 명은 학교가 파한 다음 집으로 가지 않고 집결 장소인 마을 뒷산으로 직행했다. 부모의 삼엄한 감시 때문에 밤마을이 전보다 한결 더 어려워진 나 같은 아이들이 낙오병으로 전락하는 걸 예방하기 위한 대장의 특별 조처였다. 하루나 이틀 기한 내에 닭 세 마리로 빚을 갚겠다고 누님한테 철석같이 약속하고 대장이 집에서 한보따리 푸짐하게 가져온 주먹밥으로 우리는 늦은 점심 겸 이른 저녁을 배불리 먹을 수 있었다. 그날 끼니라곤 아침 한 끼밖에 못 챙긴 형편인지라 나는 소금물로 간을 맞춘 주먹밥 한덩이를 꿀인 줄 잘못 알고 허겁지겁 달게 걸터들였다.

"박명찬 특무상사, 그리고 최달식 이등상사……"

식사가 거의 끝나갈 무렵 대장이 갑자기 큰소리로 출전 용사 명단을 발표했다. 느닷없이 내 이름이 툭 불거지는 순간 나는 하마터면 급체를 할 뻔했다. 여태껏 큰남바우 대표 선수로 담력겨루기에 출전한 경험이 한번도 없는 최달식 이등상사였다. 지난번 전투에서 비겁한 행동으로 우리 모두를 실망시킨 재웅이와 길수가 선수단에서 제외되는 바람에 결국 나한테까지 차례가 오고 만 것이었다.

"어이, 최딜식 이등싱사!"

철둑까지 가려면 아직도 멀었는데 미리감치 오갈이 들어 벌써부터 죽을상을 짓고 있는 꼬락서니가 보기에 딱했던지 대장이 내 어깨를 손바닥으로 탁 짚었다. 그리고 가만히 귀엣말을 건넸다.

"아무 걱정 말고 나만 꼭 믿어. 나가 뛰라 헐 적에 심껏 뛰기만 허면 되야."

대답 대신 나는 재웅이와 길수 녀석한테 원망의 눈초리를 보내면서 밥덩이가 얹힌 답답한 가슴을 주먹으로 두들겼다. 대장은 풀밭에 벌러덩 드러누워 팔베개를 한 채 오래도록 하늘만 올려다보고 있었다. 결전을 앞두고 뭔가 골똘히 생각에 잠겨 있는 그 모습에서 나는 왠지 모르게 생경한 느낌을 받았다. 그는 퍽이나 외로워 보였다. 주위에 여러 부하들을 거느리고 있으면서도 그는 외톨이인 양 허전한 모습이었다. 어쩐지 과거와는 전혀 다른 인상으로 느껴지는 그를 힐끔힐끔 곁눈질하면서 나는 대장의 명령이라면 죽어도 따르리라고 속다짐을 거듭했다. 우리는 해질녘까지 마을 뒷산에 머물면서 군가를 부르거나 제식훈련을 하는 등으로 전의를 불태우고 전우애를 다지다가 날이 완전히 저문 다음에야 철둑 고지를 향한 야간행군에 나섰다.

결전의 순간이 빠작빠작 다가오고 있었다. 그것이 다가올수록 내 몸뚱이는 더욱더 무섭게 떨렸다. 철둑에서 현내 패거리와 마주치자마자 우리 대장은 상행열차를 상대로 시합을 벌이자는 청천벽력 같은 제안을 했다. 그러면 누가 겁낼 줄 아느냐고, 얼마든지 좋다고 현내 쪽 대장이 기세 좋게 동의하는 바람에 결국 그러기로 결정이 나고 말았다. 바로 그때부터 시작된 한축이었다. 하행열차는 그래도 약과였다. 역 구내 진입을 앞두고 하행열차는 속도를 점점 줄이는 반면 상행열차는 역 구내를 빠져나오기 무섭게 막무가내로 속도를 높인다는 크나큰 차이점이 있었다. 몸을 피할 수 있는 시간과 거리가 그만큼 짧아지기 때문에 실로 위험하기 짝이 없는 모험이었다. 그래서 상행열차를 상대로 무모한 시합을 벌인 적이 여직 한번도 없었다. 대관절 우리 대장은 어쩔 작정으로 저러는 것일까. 자청해서 엄청난 위험을 불러들이고는 위아래 어금니를 꽉 깨문 채 언제까지고 침묵만 지키는 대장의 속내평을 나는 도무지 헤아릴 재간이 없었다.

유난히도 달빛이 좋은 밤이었다. 구름의 도움에 힘입어 밝기를 변화무쌍하게 조절하는 달이 왠지 모르게 그날따라 곱게 느껴졌다. 잠시 구름 속에 숨었다가 다시 모습을 드러낸 달이 음험하게 반짝이는 두 가닥의 빛살로 철둑 위에 기다랗게 엎드린 차가운 궤조에 온기를 불어넣고 있었다. 또한 달은 아까부터 결의에 찬 낯꽃인 우리 대장의 얼굴 위에도 어루만지는 손길과도 같은 부드러운 빛을 자꾸만 내려뜨리고 있었다. 달빛은 철길 주변에 저격병처럼 매복한 위험마저도 함께 어루만지면서 땅 위의 모든 것들을 마냥 안쓰러워하고 있었다.

"온다아!"

내 대신 정찰병 임무를 수행중이던 길수가 철길에 바싹 들이대고 있던 머리통을 번쩍 들면서 단말마의 비명처럼 크고 길게 외쳤다. 그 소리를 군호 삼아 양쪽 마을을 대표하는 도합 여섯 명의 용사들이 철길 옆에 엎드려 포복자세를 취하는 것으로 각각 전투태세를 갖추었다. 멀리 역 구내 쪽에서 헛불 맞은 짐승처럼 맹목으로 질주해 오는 상행열차의 씩씩거리는 숨소리가 마침내 내 귀에도 잡히기 시작했다.

"요번에는 터우다……"

오들오들 떨고 있는 주제에 나는 공연히 알은체를 했다.

"지놈은 디우가 아니라 미카여."

대장이 곁에서 내 부실한 청각을 얼른 바로잡아주었다.

"떨지 말고 내 말 잘 들어. 정신 바싹 채리고 기차에서 절대로 눈을 띠들 말어야 되야."

대장이 느릿느릿 침착하게 말했다. 대장이 가운데 자리를 잡고 있어 그의 숨결을 가까이 느낄 수 있다는 것이 그나마 나한테는 커다란 위로가 되었다. 상행열차가 시야에 들어오기까지 그 짧은 시간이 진종일 학교 안에 머무는 시간만큼이나 한없이 길고 지겹게 느껴졌다.

"아직도 안 늦었으니께 현내는 시방이라도 항복허거라!"

우리 대장이 걸쭉한 고함으로 위엄을 과시했다.

"현내 걱정헐라 말고 남바우나 어서 항복허거라!"

철길을 사이에 두고 현내 대장이 맞받아 고함을 건네 왔다.

"그렇다면 조오타! 전투 시이작!"

전투의 모든 절차가 하행열차에 비해 훨씬 더 급박하게 진행되었다. 포효하는 맹수와도 같이 기적소리를 빼액 빽 울리며 씨근벌떡 달려오는 상행열차의 모습이 드디어 눈에 띄기 시작했다. 우리와 기차와의 거리가 시시각각 좁혀들었다. 부쩍 더 속력을 내면서 무지막지하게 달려오는 기차의 위세에 주눅이 들기는 매한가지였던지 현내 쪽에서 한목에 두 명의 적군이 우리 진영으로 투항해 왔다. 행여 그에 질세라 큰남바우 쪽에서도 명찬이가 엉금엉금 기다시피 철길을 건너 적진으로 넘어갔다. 비겁헌 놈, 하고 속으로 명찬이를 욕하면서도 나는 후들후들 온몸을 떨었다. 부릅뜬 눈으로 기차의 움직임을 주시하고 있던 대장이 갑자기 내 옆구리를 쿡 찔렀다.

"뛰어!"

대장의 지시가 떨어지기 무섭게 나는 정신없이 철길 위로 몸을 날렸다. 감때사나운 기적소리가 연거푸 귀청을 강타했다. 나는 철길 맞은편 비탈을 서너 바퀴 구른 다음 가까스로 자세를 추스르며 뒤쪽으로 고개를 홱 돌렸다. 때마침 내가 가장 좋아하는 기관차인 미카의 우람한 앞대가리와 내가 가장 존경하는 염무환 대장의 모습이 한장의 그림 안에 같이 담겨 눈에 들어왔다. 우리 대장이 시방 웃고 있는 것 같다고 생각했다. 아니, 실제로 웃고 있는 대장의 낯꽃이 달빛 아래 고스란히 드러났다. 바로 그 다음 순간이었다. 저마다의 입에서 일제히 비명이 터져나왔다. 미카의 한쪽 모서리에 들이받힌 대장의 몸뚱이가 허공으로 부웅 떠올라 달빛 속을 새처럼 높이 날고 있었다.

기차가 통과하자마자 아군이고 적군이고 가릴 것 없이 철길 주변의 모든 아이들이 한꺼번에 몰려들었다. 나는 피범벅으로 변한 대장의 몸통을 양팔로 끌어안은 채 꺼이꺼이 목놓아 울기 시작했다.

"현내 대장은 끝까장 안 건넜지야?"

감겼던 눈꺼풀을 천천히 들어올리면서 대장이 착 까라진 목소리로 내게 물었다. 나는 울다 말고 얼른 고개를 끄덕거려주었다. 그러자 대장은 나를 향해 보일락말락 희미한 미소로 답해주었다.

"우리 국군이…… 이겼어."

대장이 중얼거렸다. 대장의 숨결이 급작스레 가빠지기 시작했다.

"나는…… 인민군이…… 아니여."

대장은 가쁜 숨결 사이사이에 중얼거림의 토막들을 끼워넣느라 엄청난 무리를 범하고 있었다.

"나는…… 국…… 군이…… 맞…… 다니깨……"

중얼거림을 다 마치더니만 우리의 염무환 대장은 풀무질하듯 마구 들씩거리던 무거운 가슴을 땅바닥 위에 가만히 내려놓고는 결국 한 마리 새로 변해 달빛 속을 가볍게 날아오르기 시작했다.

3

  빨갱이 자식이란 이유로 어린 나이에 짧은 생을 마감할 수밖에 없었던 한 소년의 비극은 좌중에 논쟁을 불러일으켰다. 연좌제 문제를 두고 찬성하는 쪽과 반대하는 쪽으로 대뜸 패가 갈려 격렬한 시시비비를 벌이기 시작했다. 어릴 적부터 철저히 반공교육을 받고 자란 구세대임에도 불구하고 연좌제를 찬성하는 쪽은 금세 소수세력으로 몰렸다. 물론 그들도 연좌제 희생자들이 겪어야 했던 억울한 처지와 비극적 삶에 대해서는 충분히 이해하고 동정했다. 하지만 국가와 민족의 운명이 백척간두에 걸린 비상시국하에서는 체제를 수호하고 역모를 예방하는 차원에서 국사범들을 일벌백계로 다스림으로써 모든 국민에게 경각심을 줄 필요가 있고, 또 그러는 과정에서 국사범과 연루된 가족이나 그 친인척들이 어느정도 불이익을 당하는 건 어쩔 도리 없는 노릇이라는 이야기였다.

  "연좌제는 말허자면 어느 난봉꾼 애비 씨를 받어서 태어난 사생아맨치로 불행헌 역사가 맨들어낸 필요악인 심이지."

  찬성파의 대변인 격인 김기서가 말했다. 그러자 반대파의 대변인 격인 김지겸이 그 말에 곧장 거친 솜씨로 딴죽을 걸고 나섰다.

  "어째 쪼깨 냄새가 나는 것 같구만. 오일륙 혁명공약 같은 것에서 맡었던 바로 그 구린내 말여."

  족멸, 멸족, 족징(族徵), 족주(族誅), 멸문……

  동창사회에서 무식이 특별휴가 떠나고 유식이 보초를 선 인물로 정평이 나 있는 김지겸이 갖가지 족형(族刑)의 형태를 줄줄이 주워섬기면서 그것들의 폐해에 관해 장광설을 늘어놓았다. 그의 설명에 의할 것 같으면, 우리나라의 경우 연좌제 문제는 어제오늘의 일이 아니었다. 삼족을 멸하거나 오가작통법(五家作統法)을 실시함으로써 왕권에 위협이 되는 모반자나 천주교도들을 가혹하게 다스리던 전통은 아주 오랜 역사를 가진 것이었다.

"그것이 얼매나 원시적이고 야만적이고 비인도적인 행형제도인가는 잠시잠깐 역지사지를 혀보면 누구든지 금방 깨달을 수가 있지. 만약에 우리 가족 중에 부역행위를 헌 사람이 있다고 치자. 나는 그 부역행위에 가담헌 적은 물론 찬성헌 적도, 동조헌 적도 일절 없어. 그랬는디도 나허고 아무 상관도 없이 이뤄진 그 행위에 단순히 핏줄이 같다는 한가지 이유만으로 국가가 나한티 연대책임을 강요허는 거여."

장광설이 계속될수록 김지겸은 차츰 언성을 높여갔다.

"신원조회로 직업 선택의 자유도 제한혀. 승진에도 불이익을 주고, 허다못해 해외여행 때도 불편을 줘. 공권력을 동원혀서 알게 모르게 내 생활을 구석구석 사찰허고 감시허다가 나라에 무신 일만 생겼다 허면 오너라가거라 구찮게 굴어. 공동체 안에서 다른 구성원들로부터 따돌림을 당허게 맨들고, 결혼 문제 같은 인생대사에서도 피눈물 나는 설움을 맛보게 맨들어. 어디 그뿐인가? 나 혼자만 그따우 갑갑수를 당헌다면 말도 않겄어. 우리 친척집은 말헐 것도 없고, 심지어는 내 외갓집이나 처갓집 식구들까장 꼼짝없이 같은 불이익을 당허는 판국이어. 나는 대관절 무신 죄고 그 사람들은 또 무신 죄여? 부역자허고 핏줄이 같다는 죄? 그렇다면 딘군할아비지 자손들은 몽땅 다 언좌제로 묶어서 삼족을 멸혀야지! 폐일언허고 연좌제란 것은 인간으로서, 문명국 국민으로서 차마 헐 짓이 아니여!"

김지겸이 조목조목 예를 들어가며 갖가지 폐해를 역설하는 바람에 좌중 분위기는 완연히 연좌제 반대 쪽으로 기울고 말았다. 자기 주변 가까운 사람들 중 연좌제에 희생당한 구체적인 사례들이 이 입에서 저 입으로 계속 이어져나갔다. 큰남바우 사람들의 멸시와 박대 속에 비명에 간 염무환 골목대장의 죽음을 애도하기 위해 일분간 묵념을 올리자는 제안이라도 나올 것 같은 분위기였다.

"지겸이 자네, 여적지 반공교육 헛 받았구만."

김교장이 계면쩍은 웃음을 흘리며 말했다.

"천만에! 반공교육을 그만침 많이 받았으니께 이 정도지, 만일 그나마도 안 받았드라면 아매 입에 기버큼을 물고 피를 토험시나 연좌제를 비판혔을 거여."

"몇년 전에 연좌제가 폐지되지 않았든가?"

"물론 법적으로는 벌써 폐지가 됐지. 그렇지만 눈에 뵈는 연좌제는 형식적으로 폐지됐을지 몰라도 아직도 우리 사회 구석구석에 깔려 있는, 국민들 마음마음 속에 남어 있는, 눈에 안 뵈는 실질적인 연좌제는 여전허니 시퍼렇게 살어 있다고 봐야겠지. 앞으로도 분단체제가 계속되는 한 그 빌어먹을 연좌제 문제는 두고두고 수많은 무고헌 백성들을 계속 울리고 괴롭히게 될 거여."

"연좌제 문제로 더 시비를 벌리다가는 필경 우리 동기들 우정에 금이 가겄다. 화제를 바꾸기로 허자. 다음은 누구 차례냐?"

김교장이 좌우를 두리번거리며 적임자를 물색하는 시늉을 했다.

"내 이름을 불러줘. 그러면 내가 꽃이 될 모냥이니께."

차명수가 어느 시인의 시 구절을 인용하는 형식으로 자천하고 나섰다.

"오냐, 차명수 니 차례다."
"고마워. 김교장 덕분에 나는 인자부터 꽃이여."

—『동서문학』 2000년 여름호

안압방 아자씨

맨 처음 배급된 분유를 먹고 설사병이 나서 된통 고생했던 기억이 문득 되살아났다.

어쩌면 안압방은 토사곽란으로 제 명보다 좀더 일찍 죽을지도 모른다는

자발없는 생각이 귀갓길의 나를 마냥 심란하게 만들었다.

1

경동시장에서 한약재 도매상을 제법 벌쭉하게 차려놓고 쏠쏠히 재미를 본다는 차명수의 이야기 차례였다. 그는, 짧은 여름밤이 다 새도록 슬픈 이야기 일색으로 언제까지고 청승만 떨고 앉았을 수는 없는 노릇이라고 힘주어 말했다. 모처럼의 동창 모임을 우울한 기억들로 잡칠 수는 없는 일인지라 자기는 이제부터 참석자 전원에게 사물탕한 제씩 돌리는 셈치고 진짜 웃기는 이야기로 초상마당 같은 현재의 분위기를 확 개비해놓겠노라고 시퍼렇게 장담해 마지않았다.

"참밀이어. 내 아그가 약빌이 안 맥힐 시는 약값을 안 받겄이."

"자고로 수캐는 앉었다 허면 뭣부텀 쏙 볼가지고 약장시는 어딜 가나 입만 벌어졌다 허면 약 선전에 고부라지는 벱이지."

어둠속에서 누군가 차명수의 다변이 일종의 직업병임을 불쑥 일깨
웠다.

"전쟁 당시를 회고허는 주뎅이서 제절로 슬픈 야그가 풀려나오는
건 당연지사 아닌가! 전쟁치고 만판 재미지고 살맛나는 전쟁이 세상
에 어디 있단 말인가!"

방금 전에 슬프디슬픈 이야기로 초상마당 같은 분위기를 조성한 바
있는 최달식이 차명수를 향해 시비를 걸고 나섰다.

"달식이 니가 아직도 엄니 젖을 덜 먹어서 고로콤 생각이 짤룬 거
다."

차명수가 점잖게 퉁을 주었다.

"전쟁판이라고 죄다 어둡고 슬프고 아픈 일만 생기란 법은 없느니
라. 눈깔들을 크막허니 뜨고 잘만 찾어볼라치면 전쟁에 와중에서도
얼매든지 쓸 만헌 기억들을 줏어올릴 수가 있는 벱이다."

"서론이 질다!"

누군가 목청을 꽥 높였다.

"알었다. 그럼 인자부텀 실실 옛날 새터남바우 동네 살었던 안압방
아자씨 야그를 시작헐 모냥인디, 낭중에 발생헐 유사시에 대비혀서,
지 신세 지가 알어서, 각자 자기 배꼽에다 미리감치 주민등록번호 같
은 걸 적어놓기 바란다."

"아납빵? 그런 빵 이름도 다 있었나?"

"똑똑히 듣거라. 아납빵이 아니고 안, 압, 방이다. 아흔아홉 방을 싸
게 발음허면 고로콤 되느니라."

"무신 사람 이름이 그 모냥 그 꼴로 요상시럽게 생겨먹었다냐?"

"이름에 얽힌 그 대목을 초장에 미리감치 발설허면 재미란 놈이 기

함을 허고 십리는 저 배깥으로 확 달어나삐린다."

"좌우단간에 참말로 웃기기는 웃기는 야그여?"

"만에 일이라도 느그들을 못 웃길 시는 내가 그 벌칙으로 니알 하루 동안 세수를 걸르기로 맹서허마."

"아침 세수를 걸르는 건 너무 가혹허고 야만적인 벌칙이니께 그냥 약소허니 우리들한티 십전대보탕 한 제씩만 돌리거라."

"앓느니 차라리 죽는 편이 수월헐까? 좋다. 백성이 원헌다면 그렇게 허기로 허지, 뭐. 지까짓것 십전짜리 대보탕 몇십 제쯤이야……"

한약재상과 청중 사이에 연락부절로 오가는 쓰잘데없는 잡담을 견디다 못한 누군가가 냅다 또 한 소래기 내질렀다.

"서론이 너무 질다니께!"

2

잠결에 난데없는 연설을 들었다. 아닌밤중에 만판 영어로 떠벌리는 정체불명의 연설이 내 혼곤한 잠 속으로 도랑물처럼 콸콸 쏟아져 들어왔다. 당시 내가 알아들을 수 없는 말은 나한테 무조건 영어 아니면 쏘련말일 수밖에 없었다. 십중팔구 영어일 것으로 짐작되는 그 연설은 참으로 유창하기도 했다. 얼멍얼멍한 모기장을 통과해서 내 잠자리로 계속 쏟아져 들어오는 요령부득의 연설이 어느새 물구덩이를 이루어 내 등덜미를 질펀하게 적시고 있었다.

손바닥보다 약간 넓은 방 둘에 할머니를 비롯해서 자그마치 여덟 식구가 우부룩이 몰려 사는 대가족인지라 옹색스럽기가 이만저만이

아니었다. 특히나 무더운 여름날이면 초저녁부터 고만고만한 나이의
다섯 형제자매 간에 잠자리 확보를 위한 피나는 싸움질이 하루가 멀
다고 자주 벌어지곤 했다. 그것은 우리 집안이 겪는 또하나의 6·25였
고, 내게는 나라가 겪는 진짜 6·25보다 더했으면 더했지 결코 덜하지
않은 전쟁이었다. 보다 못한 어머니가 어느날 동네에서 헌 모기장 하
나를 동냥해 왔다. 그 물건 덕분에 우리 형제자매는 가까스로 정전협
정을 맺을 수가 있었다. 무섭다고 칭얼대는 코흘리개 막내를 안방 어
머니 곁으로 들여보낸 채 나는 시원한 마루 위에 널따랗게 쳐놓은 모
기장 안에서 형과 함께 모처럼 잠의 평화를 누리게 되었다.

　아직도 모기장 바깥에서 연설이 줄기차게 계속되는 중이었다. 웬
사내가 마루 끝 토방 근처를 연락부절로 바장이면서 도무지 알아들을
수 없는 말로 일장 연설을 토하고 있었다. 혓바닥에 참기름이라도 듬
뿍 칠한 듯 매끄럽게 잘도 굴러가는 연설이었다. 울림이 좋은 굵다란
목청이었다. 언젠가 어디선가 많이 들어본 목소리 같다는 생각이 잠
결에도 언뜻 들었다. 초장에는 뜬금없이 웬 영어 연설인가 싶어 무척
이나 놀랍고 의아해서 곁에 나무칼로 귀를 베어 가도 모르게 곯아떨
어진 형을 흔들어 깨울 생각까지 했었다. 그러나 어쩐지 귀에 익은 듯
싶은 친숙한 목소리 덕분에 생짜로 오줌을 지릴 만큼 두렵지는 않았
다. 눈을 떠 먹통 내부처럼 새까만 어둠속을 살펴보고도 싶었지만 납
덩이가 매달린 눈뚜껑은 여간해서 열리지 않았다. 어쩌면 시방 꿈을
꾸고 있는지도 모른다 생각하면서 나는 형을 흔들어 깨우는 대신 흘
러내린 홑이불을 끌어올려 머리 위까지 푹 뒤집어썼다. 그리고 귀에
익은 목소리의 영어 연설을 자장가 삼아 들으며 나는 또다시 깊은 잠
에 빠져들었다. 방과후에 논틀밭틀 헤집으며 동네 친구들과 더불어

개구리나 메뚜기 따위를 잡느라 천방지축 쏘다닌 한나절의 피로가 방패로 변해 마치 참호 속에 엎드린 것과도 같이 나를 한밤중의 모든 의구심과 두려움으로부터 안전하게 지켜주고 있었다.

날이 밝았다. 이른 아침부터 집안이 온통 난리였다. 귀청이 떨어져 나갈 지경으로 부엌에서 어머니가 내지르는 새된 비명을 듣는 순간 잠이란 놈이 확 달아나버렸다. 우리집에 밤새 도둑이 다녀갔다는 것이었다. 나는 잠결에 들었던 간밤의 그 영어 연설을 퍼뜩 떠올렸다. 형이 벌떡 일어나 부리나케 부엌으로 달려갔다. 형을 뒤따르기 위해 나는 모기장 안에서 먹이라도 감듯 온몸을 한바탕 허우적거렸다. 홀랑 벗은 아랫도리를 가릴 옷가지가 웬일인지 손에 잡히지 않았다. 잠자리에 들기 전에 벗어서 머리맡에 얌전히 개켜놓았던 내 잠방이는 발이 달려 어디로 도망갔는지 아무리 찾아봐도 끝내 눈에 띄지 않았다.

워낙 애옥살림인지라 도둑맞을 것 하나 변변히 없는 우리 집안에서 그날 잃어버린 물건은 찬밥덩이를 담은 채로 부뚜막 위에 올려놓았던 양은솥 하나와 달창날 정도로 집안에서 대물려 써 내려온 놋수저 몇 벌 따위 자질구레한 세간살이가 고작이었다. 아니, 한가지 물건이 더 있었다. 다름 아닌 내 잠방이였다. 검게 염색한 옥양목으로 어머니가 손수 지은, 아직 새물내도 덜 가신, 그래서 미처 사랑땜도 덜 끝낸 새 잠방이였다. 덜썩 큰 어른 도둑이 꼬마의 반바지는 얻다 쓰겠다고 그걸 훔쳐갔을까. 엔간히도 쩨쩨하고 치사한 좀도둑이 틀림없었다. 캄캄한 어둠속에서 그 어둠을 닮은 시커먼 도둑이 내 잠자리 주변을 한동안 어슬렁거렸다 생각하니 한편으로 소름이 쫘악 끼치기도 했지만, 다른 한편으로 쏼라쏼라 유창한 영어로 일장 연설을 토하면서 모기장 안으로 손을 뻗어 슬그미 내 잠방이를 집어가는 밤손님의 꼬락서니를 떠올리자 절로 웃음이 비어졌다.

그날 밤에 우리집말고도 인근 여러 집에 도둑이 들었음이 금세 밝혀졌다. 참말로 별꼴이 반쪽이라며 동네 아낙들이 이른 아침부터 끼리끼리 고샅길에 모여 쑤군덕거렸다. 우리집의 경우와 어슷비슷해서 다른 집들도 엿장수한테 주고 엿이나 바꿔 먹을 허드재비 소소한 물건들을 주로 도둑맞았다.

"도둑놈이 미국말로 연설을 허고 갔어."

조반상머리에서 없어진 놋수저 대신 임시변통으로 급조한 나무젓가락으로 반찬을 집다 말고 나는 불쑥 나만이 아는 비밀을 털어놓았다. 그러자 식구들 모두가 내 얼굴을 향해 일제히 시선을 박아왔다.

"뭣이여?"

그놈 소행머리가 틀림없다며 방금 전까지 건넛마을 아편쟁이를 범인으로 지목하던 아버지가 갑자기 뜨악해하는 낯꽃을 지었다. 내 말이 엉뚱깽뚱하게 들리기는 어머니 역시 매한가지인 듯했다.

"그게 시방 뭔 소리다냐?"

나는 간밤에 겪었던 그 해괴한 사건을 자세히 설명했다. 그리고 워낙 비몽사몽간에 벌어진 일이라서 나로서는 당최 어찌할 도리가 없었다는 사실을 말말끝에 변명삼아 덧붙였다.

"그런 일이 있으면은 날 깨워야지!"

마치 자기가 알기만 했다면 자기 손으로 도둑놈을 때려잡기라도 했을 것처럼 나보다 두살 많은 형이 뒤늦게 흥분을 감추지 못하며 영웅이 될 기회를 놓친 아쉬움을 드러냈다.

"도적놈이 미국말로 연설을 허드라, 그 말이지?"

아버지가 눈을 반짝 빛내면서 새삼스레 다짐을 받으려 했다. 잦추어 묻는 서슬에 나는 갑자기 자신이 없어져서 말꼬리를 얼버무릴 수밖에 없었다.

"미국말맨치로…… 못 알어듣는 꼬부랑말로……"

"알겄다. 대충 짐작이 가는 디가 있다."

아버지는 절반도 비우지 못한 밥사발에다 나무젓가락을 푹 내리꽂은 다음 분연히 자리를 박차고 일어섰다. 일어선 김에 아버지는 곧장 마을길에 올랐다.

우리 형제가 놀라운 소식에 접한 것은 학교에 가려고 집을 막 나서는 순간이었다. 동네 사람들이 떼거리로 고샅길을 달음박질쳐 어디론가 급히 몰려가는 중이었다. 등굣길 차림의 아이들 몇명도 어른들 틈에 끼여 있었다.

"느그 아부지가 도둑놈을 붙잡었디야!"

한 아이가 큰소리로 우리를 동네잔치에 초대했다. 이게 웬 떡이냐 싶어 형과 나는 학교하고 정반대쪽을 향해 사타귀에서 딸랑딸랑 방울 소리가 울리도록 냅다 뜀박질을 놓기 시작했다. 뜀박질 장단에 맞추어 등에 둘러맨 책보 안에서 필통이란 놈이, 속에 든 연필심 죄 멍든다며 덜그럭덜그럭 연방 불평불만을 늘어놓았다. 우리가 숨을 헐떡이며 멈추어 선 동구 밖 논벌 한끝에 잔뜩 늘어선 구경꾼들로 때아닌 장이 서 있었다. 그 구경꾼들 머리 위로 우리 아버지의 감때사나운 호통소리가 간짓대처럼 허공으로 불쑥불쑥 치솟는 중이었다.

"빗어! 못 빗겄냐? 좋게좋게 말힐 적에 싸게싸게 벗으란 말여!"

겹겹으로 둘러친 사람과 사람의 울타리를 뚫고 들어가 내가 맨 처음 목격한 것은 참으로 괴이쩍기 짝이 없는 광경이었다. 한꺼풀 쇠때

를 덕지덕지 뒤집어쓴, 추저분하고 꾀죄죄한 형상이었다. 해골이나
진배없이 버쩍 마른 알량한 체격이었다. 웬 낯선 사내가 거지반 벌거
벗은 몸뚱이로 논바닥에 퍼더버리고 앉은 채 논둑의 우리 아버지를
향해 두 손바닥을 싹싹 비벼 열심히 파리 발을 드리면서 한껏 애처로
운 눈빛을 보내고 있었다.

"요런 쌔려쥑일 놈이 아즉도 정신을 못 채리고!"

아버지가 손에 들린 몽둥이를 건공중으로 번쩍 추커들었다. 별안간
사내의 입에서 괴상망측한 비명이 빨랫줄처럼 뻗질려 나왔다.

"삐넹꾸왈! 나레또 빈사스꾸왈!"

아, 저 소리! 다름 아닌 영어였다. 간밤에 연설로 들었던 바로 그 미
국말이 분명했다. 내가 잠결에 곡두의 소리를 생시인 양 잘못 들은 게
결코 아니었다.

"요런 옘병헐 놈이 얻다 대고 또 빌어먹을 꼬부랑말 숭내여?"

사내의 면전에 대고 몽둥이를 견주며 아버지가 재차 사납게 을러댔
다. 그럼에도 불구하고 사내의 입에서는 또다시 꼬부랑말이 폭포수처
럼 쏟아져나왔다. 입으로는 줄기차게 꼬부랑말을 내뱉으면서 손으로
는 연방 살려달라고 파리 발을 드리는 그 꼬락서니를 보고 구경꾼들
은 한목에 폭소를 터뜨렸다.

"고것만 벗어 던지면 그냥 곱다시 보내준다니께!"

푹 찌를 듯한 기세로 아버지의 몽둥이 끝이 사내의 사타귀께를 똑
바로 겨냥했다. 아니, 저건 또 뭐냐. 그것은 다름 아닌 내 잠방이였
다. 간밤에 모기장 안에서 감쪽같이 사라진 바로 그 물건이었다. 사내
가 유일하게 사타귀에 걸치고 있는 검정 옷이 영락없는 내 잠방이임
을 나는 그제야 알아차렸다. 아버지는 그 잠방이를 벗으라고 사내를

거듭 닦달하는 중이었다. 쇠때로 투껑을 쓴 도둑놈 사타귀를 감쌌던 물건을 되찾아서 대관절 얻다 쓰겠다는 것인지, 아버지가 심히 원망스러워지는 순간이었다. 나는 도둑놈이 끝내 우리 아버지 명령에 거역하기를, 그리하여 그 물건이 결국 도둑놈 차지가 되기를 마음으로 빌고 또 빌었다.

"히꾸라니! 히꾸라니빠루!"

대충 눈치로 때려잡건대, 알아들었다는, 알았으니까 제발 때리지만 말아달라는 뜻인 듯했다. 아무리 꼬부랑말로 사정을 해봤자 전혀 통할 기미가 안 보인다는 사실을 뒤늦게 눈치챘는지 사내는 그 말을 마지막으로 내뱉은 다음 결국 체념어린 표정을 지으면서 천천히 몸을 일으켜세웠다. 그는 눈 깜짝할 새 빤쓰 대용으로 걸치고 있던 꼬마 잠방이를 밑으로 확 끌어내렸다. 잠방이 안쪽에 숨어 있던 사내의 아랫도리가 아침 햇살 속에 홀라당 드러나는 순간 구경꾼 대열에 섞여 있던 몇몇 아낙네들이 약속이나 한 듯이 기성을 지름과 동시에 잽싸게 고개를 옆으로 돌려버렸다. 뼈마디가 앙상한 몸집에 비해 지나치게 크고 굵고 실해 보이는 시커먼 물건이 무성한 거웃 밑에 매달려 덜렁거리고 있었다. 아버지는 기어코 되찾고야 만 잠방이를 몽둥이 끝에 꿰어 척하니 어깨에 멘 다음 이미 논둑에 확보해놓은 큼직한 보퉁이를 전리품으로 챙겨들었다. 간밤까지 동네 어느 집 이불 호청이었을 대짜배기 보자기 안에서 덜컥덜컥 소리 내는 것들은 영어로 연설하는 도둑이 집집마다 돌며 밤새 훔쳐낸 물건들일 것이었다. 아쉬움에 찬 도둑의 눈길이 구경꾼들 사이를 헤치고 개선장군이라도 된 양 의기양양하게 걸음발을 놓기 시작하는 아버지 뒤를 따라 멀리까지 길동무를 하고 있었다.

난데없는 곡소리가 동네 쪽에서 빠른 걸음으로 다가오기 시작했다. 아이고아이고, 목놓아 뽑아잦히는 구슬픈 곡소리는 중도에서 아버지와 방향이 엇갈리는 순간 한층 더 기승스러워졌다. 곡소리의 주인은 놀랍게도 '안압방 아자씨'의 늙은 어미 고산댁이었다.

"아이고, 내 새깽이! 아이고, 우리 상득이가 요게 다 무신 재변이다냐! 천지신명님네들, 일월성신님네들, 참말로 혀도 혀도 너무나 허요!"

된서리를 허옇게 머리에 얹은 고산댁이 짓무른 눈을 들어 하늘을 우러르며 덤턱스레 사설을 늘어놓는 동안 갑자기 얼이 빠진 듯 내 머릿속이 맹해졌다. 노파의 말대로라면, 시방 홀라당 벌거벗긴 채 논바닥에 엉거주춤 서 있는 저 도둑놈은 안압방이어야 옳다. 하지만 영어로 연설하는 저 도둑놈이 어떻게 우리의 안압방일 수 있단 말인가. 절대로 그럴 리가 없다고 나는 속으로 부르짖었다. 그것은 연필자루를 보고 홍두깨라고 바득바득 우겨대는 거나 진배없는 망발이었다.

"상득아, 이놈아! 남세시럽게 이 무신 잡상맞은 짓이냐, 이놈아!"

노파가 치마를 벗어 도둑의 벌거벗은 몸뚱이를 가려주었다.

"아라난도쓰!"

안압방의 본이름인 상득이라 불린 그 도둑은 연방 히죽거리고 있었다. 그는 노파가 일껏 덮어준 치맛자락을 벗어 홱 집어던지고는 어느새 도로 벌거숭이가 돼버렸다. 논바닥에서 깔축없는 모자지간 흉내를 내고 있는 두 사람을 논둑의 구경꾼들은 내남없이 흥미진진한 눈초리로 내려다보고 있었다. 지난날 내 기억 속의 어연번듯했던 안압방과 눈앞의 그 왜소하고 추저분한 도둑이 같은 인물이란 사실을 나는 당최 믿을 수가 없었다.

깍짓동 같은 우람한 몸집의 사내였다. 그 몸집에 어울리게끔 기운 또한 장사였다. 그를 가리켜 우리는 안압방 아자씨라 불러 버릇했다. 아니, 거개의 경우 성가신 존칭 따위는 떼버린 채 그냥 안압방이란 날 이름으로 부르기가 예사였다. 그 자신도 상득이란 본명이나 아자씨 따위 덤이 붙는 별명보다는 그냥 안압방으로 불리기를 더 좋아하는 눈치였다.

"어이, 안압방! 방구 한번 뀌어봐라."

길에서 똥장군 지게를 지고 걸어가는 안압방과 맞닥뜨릴라치면 우리는 똑 부러진 반말지거리로 깍짓동만한 그를 공깃돌처럼 가볍게 다루곤 했다.

"이잉, 방구? 그러지, 머."

콩알만한 것들이 마냥 함부로 대접하는데도 그는 절대로 화내거나 끙짜놓는 법이 없었다. 오히려 히죽히죽 웃어가며 우리의 요구에 선선히 응해주었다. 그는 좌우 두 개의 똥장군 사이에 낀 실팍진 엉덩짝을 좌우로 홰홰 흔들어가며 줄방귀를 놓기 시작했다. 한발짝 뗄 적마다 어김없이 방귀 한방씩이었다. 이번에야말로 백 방을 넘길 수 있을 거라는 크나큰 기대감 속에 우리는 구린내가 진동하는 똥장군 뒤를 따르며 기운찬 합창으로 하낫 둘 서이 너이, 하고 숫자 세기에 고부라졌다. 그러나 백 방에 약간 못 미치는 대목에서 그의 뱃속에 든 방귀의 재고량은 번번이 바닥이 드러나곤 했다. 결국 그의 별명은 아쉽게도 백 방에서 한 방이 비는 아흔아홉 방으로 굳어지고 말았다. 안압방의 그 유별닌 방귀 실력은 언제나 우리에게 찬탄의 대상이 되곤 했다. 씰룩쌜룩 좌우로 움직이며 삐빠뿌빠 끊임없이 줄방귀를 토해내는 안압방의 투실투실한 엉덩이를 존경어린 눈으로 한참 뒤쫓다 보면 코를

찌르는 구린내가 똥장군에서 비롯되는 건지 줄방귀에서 비롯되는 건
지 어느새 판단이 애매해지곤 했다.

　동네 어른들도 아이들도 안압방을 어른으로 취급하지 않았다. 머리
로 보나 마음씨로 보나 그는 천생 철부지 어린애였다. 우람한 덩치에
어울리지 않게 그의 마음은 그지없이 여리고 착하기만 했다. 워낙 타
고난 반편이라서 그 좋은 기운으로 남에게 해코지할 줄도 몰랐다. 해
코지는커녕 오히려 남들 좋은 일만 가려서 하는 위인이었다. 일손이
달리는 농번기철이면 동네 사람들은 도무지 꾀부릴 줄 모르고 소처럼
묵묵히 제 맡은 일만 하는 그를 데려다 놉으로 부리려고 서로간에 드
잡이를 벌일 지경이었다. 동네 안의 궂은일은 그가 거의 도맡다시피
했다. 집집마다 뒷간 치는 일은 항상 그의 차지였다. 남의 집 뒷간에
서 나온 누런 것을 똥장군으로 져 밭에 나르면서 그는 뭐가 그리도 즐
거운지 육자배기 가락을 콧노래로 흥얼거렸다. 돼지 흘레붙이는 일
또한 그가 주로 맡아서 하는 일거리였다. 그의 집에는 덩치나 생김새
가 그하고 엇비슷한 씨돝 한마리가 있었는데, 어디선가 암내난 돼지
가 생겼다 하면 그는 원근을 가리지 않고 그 크고 잘생긴 씨돝을 몰고
길을 나섰다. 사촌뻘로 보이는 사람과 돼지가 그들먹한 엉덩이를 씰
룩거리며 서로 앞서거니 뒤서거니 함께 길을 가는 그 우스꽝스런 모
습은 우리가 가장 즐기는 구경거리 가운데 하나였다.

　그러던 안압방이 지난겨울 어느날 소집영장을 받고 군대를 갔다.
그리고 군인이 된 지 불과 몇달도 안되어 갑자기 제대를 해서 집에 돌
아왔다. 삼팔선을 사이에 두고 전투가 한창일 무렵이었다. 그가 일선
에서 전투중에 홱까닥 돌아 폐인이 되어 돌아왔다는 소문이 한동안
동네 안에 파다했다. 하지만 소문만 무성할 뿐 미치광이가 된 그를 실

제로 보았다는 사람은 거의 없었다. 고산댁이 미친 아들을 먼 산골 친척집으로 감쪽같이 빼돌린 까닭이었다.

"싫어! 남새가 나서 싫단 말여!"

어머니가 깨끗이 빨아서 내주는 잠방이를 나는 한사코 거부했다.

"니 코는 개코냐? 펄펄 끓는 솥에다 푹푹 쌂어냈는디 남새는 무신 얼어죽을 남새가 난다고 호강에 잣죽 쑤고 자빠졌어, 이 썩을놈아! 끝까장 말 안 듣고 양냥개부리면 할씬 꾀를 벳겨서 내쫓을 팅께 니 신세 니가 알어서 혀!"

등짝을 마구 후려치면서 어머니는 나를 험하게 몰아세웠다. 안압방한테서 되찾은 잠방이는 꼼짝없이 도로 내 차지가 될 판이었다. 곧 죽어도 그냥 물러나긴 싫어서 나는 한가지 조건을 달았다.

"양잿물로 한번만 더 빨어줘. 안 그러면 참말로 안 입을 텨!"

양잿물을 사용해서 없는 땟국물까지 말끔히 다 제거했을 텐데도 내 잠방이에서는 여전히 냄새가 났다. 잠방이에 코를 대고 맡을작시면 기분 좋은 새물내 대신 악취가 진동하는 것 같았다. 안압방 냄새였다. 엉덩판을 뱌비작거리며 걸음 한번에 방귀 한방씩 놓을 당시의 그 친숙한 구린내가 아니었다. 그것은 쇠때로 투겁을 쓴 미치광이의 시커먼 사타귀에서 풍기는 썩은내였다. 잠방이를 볼 때마다 아버지가 심히 원망스러워지곤 했다. 잠방이를 입을 때마다 뼈마디에 간신히 살가죽만 입혀놓은 듯 끔찍한 몰골로 전혀 딴사람이 되어 돌아온 안압방의 모습이 떠올라 온몸에 오톨도톨 소름이 돋곤 하는 것이었다.

다른 누구도 아닌 안입빙에게 소집영징이 배딜된 걸 일고는 어른 아이 가릴 것 없이 모두들 놀라워했다. 힘꼴깨나 쓸 만한 장정들이 거반 입대를 해서 가뜩이나 젊은 일손이 부족한 판에 동네 제일가는 상

일꾼인 안압방마저 잃게 된다는 건 이만저만 큰 손실이 아니었다. 더군다나 안압방은 혼례를 치른 지 두어 달밖에 안되는 새신랑이었다. 깨가 쏟아지는 신접살이를 접고, 꽃 같은 새색시를 두고 전쟁터로 떠나야 하는 안압방의 딱한 처지를 어머니는 마냥 안쓰러워했다.

"나라가 궁허긴 되게 궁헌 모냥이구만."

그러나 아버지의 의견은 좀 달랐다. 나라 형편이 여북이나 다급했으면 그 타고난 반편에다 철부지 어린애처럼 심성이 유약한 상득이까지 병정으로 뽑아다 써먹을 생각을 했겠느냐는 이야기였다. 상득이는 당최 병정감이 못 된다는 것이었다. 총알이 빗발치는 전쟁터에서 과연 그 겁쟁이 반편이 병정 노릇을 제대로 감당할 수 있을지 걱정이라는 것이었다. 그러면서 아버지는 나라의 잘못된 처사를 몹시 못마땅히 여겼다. 입대를 앞둔 안압방 때문에 속이 잔뜩 상해 있기는 형과 나도 마찬가지였다. 우리로서는 졸지에 흉허물없는 친구 하나를 잃게 된 셈이었다. 아끼는 장난감 하나를 힘센 상대에게 빼앗기는 꼴이기도 했다. 이번에는 꼭 백 방을 넘길 거라는 기대 속에 입을 모아 하나 둘 방귀 숫자를 세어가면서 왁실덕실 안압방의 엉덩이 뒤를 쫄레쫄레 따르곤 하던 그 우리만의 행사를 앞으로 언제쯤 다시 치를 수 있게 될 것인가. 우리는 크나큰 아쉬움 속에 안압방을 군대로 떠나보낼 수밖에 없었다.

결국 군인 노릇을 감당 못하고 미치광이로 변해 새터남바우에 다시 모습을 나타낸 안압방은 그뒤로도 전시의 야간통행 금지령을 위반해가며 밤마다 영어 연설을 하고 다녔다. 영어 연설이 한차례 다녀간 집마다 이튿날 아침이면 으레 소소한 물건들이 없어졌음을 알아차리고 한바탕씩 소동을 벌이곤 했다. 손버릇 고약한 안압방을 경찰에 넘겨

콩밥을 먹이자는 공론이 돌았다. 날이 저물기 무섭게 동네 개들을 모조리 풀어 도둑을 물어뜯게 하자는 주장이 나오기도 했다. 워낙 쉽사리 들통날 도둑질인데다 행방이 빤한 도둑놈인지라 잃은 물건을 되찾는 건 그리 어려운 일이 아니지만, 그 미치광이가 밤이밤마다 돼먹잖은 꼬부랑말 흉내를 내가며 내 집안을 어슬렁거리고 다닐 일만 생각할작시면 꿈자리가 사나워서 당최 잠이 안 올 지경이라는 것이었다.

안압방을 굳이 경찰에 넘길 필요가 없다는 사실이 고대 밝혀졌다. 동네 친구 철만이의 여섯살배기 동생이 밤똥을 누러 방문 밖으로 나서다가 어둠속에서 영어 연설을 들었다. 녀석은 깜짝 반가운 김에 "어, 안압방이네!" 하고 말을 건넸다. 그러자 미치광이 도둑이 째지게 비명을 지름과 동시에 꽁지가 빠지게 뺑소니를 치는 웃지 못할 사건이 벌어졌다. 그 이야기를 전해 듣는 사람마다 마냥 어이없어했다. 여섯살배기 어린것과 마주쳐도 두억시니나 만난 듯 질겁잔망을 하고 도망치는 허겁쟁이 도둑을 경계할 사람은 이제 동네에서 찾아볼 수 없게 되었다. 안압방은 역시 안압방일 뿐이었다. 몰골이 흉측하게 변해서 돌아왔다 해도 그 속내까지 덩달아 흉측해진 건 결코 아니었다. 전쟁터에서 미쳐서 돌아왔을지라도, 비록 영어 연설을 하며 밤마다 도둑질은 다닐지라도 곱다시 타고난 그 천성만큼은 전쟁터에다 버려두고 오지 않았던 것이다.

아무리 잡도리를 해도 아들의 고약한 손버릇이 고쳐지지 않자 나중에는 고산댁이 자진해서 피해를 입은 집들을 차례로 찾아다니며 아들이 훔쳐온 물건들을 되돌려주고 손발이 닳도록 싹싹 빌어댔다. 사람들은 잠시 남의 수중에 맡겨두었던 물건 되돌려받는 기분으로 안압방한테 도둑맞는 일을 차츰 대수롭지 않게 여기기 시작했다. 그후 안방방은 밤이면 허섭스레기 따위나 훔치러 다니고 낮에는 어느 구석에 틀어박혀 무슨 짓을 하는지 한동안 사람들 앞에 코빼기조차 내비치지 않았다. 미친 아들을 대신해서 씨돝을 몰고 이웃 마을로 흘레붙이러 다니는 늙은 고산댁만 이따금 눈에 띨 뿐이었다.

"고산댁이 오늘 아적에 일찌가니 갱갱이 사둔댁을 찾어서 질을 나섰다누만요."

저녁을 먹는 자리에서 어머니가 색다른 반찬거리 삼아 떠도는 소문 한접시를 밥상 위에 슬그머니 올려놓았다. 갱갱이는 충청도 강경을 가리키는 말이었다.

"갱갱이는 뭣 땜시?"

"그 노인네가 갱갱이로 유람을 갔겄소? 메누리 찾어서 델꼬 올라고 갔겄지."

"칠띠기에다 홰까닥 돌기까장 헌 산송장 냄편 싫다고 단봇짐을 싸서 떠난 버버리 샥시가 그런다고 시엄씨 뒤를 곱게 따러나설까?"

말짱 다 쓰잘데없는 짓거리라며 아버지는 풋밤을 씹은 듯 떫은 표정을 지었다. 봇짐을 싸 떠나기 전, 신랑 없는 시집을 지키며 아무나 보고 담 너머로 소리없는 웃음을 헤프게 날리던 안압방 색시의 얼굴이 떠올랐다. 그니가 밤새 몰래 집을 나갔다는 소식을 들었을 때 동네 사람들은 저마다 놀라움을 감추지 못했다. 그 맘씨 곱고 세상물정 모르던 색시가 미쳐 돌아온 남편을 두고 본심으로 그런 몹쓸 짓거리를 저질렀을 리 없다는 것이었다. 친정 식구들이 옆구리 벅벅 찔러 쏘삭거리는 바람에 어쩔 도리 없이 그랬을 거라고 했다. 장차 무슨 영화를 얼마나 누리겠다고 그 온전치도 못한 딸을 친정으로 빼돌렸는지 모르겠다며 사람들은 입을 모아 안압방의 처가 쪽을 욕했다.

노총각 안압방은 강경 사는 노처녀 벙어리에게 장가를 들었다. 혼
례마당을 그득 뒤덮은 차일 밑에서 안압방은 자꾸만 비어져나오는 웃
음을 종내 어쩌지 못했다. 예식이 진행되는 동안 신랑이 한번 웃을 적
마다 방귀 한방씩을 덤으로 놓는 바람에 혼례마당은 번번이 웃음판으
로 변했다. 웃음이 헤프기는 신부 쪽도 그에 못지않았다. 맞절을 하면
서도 웃고 합환주를 받아 노련한 술꾼처럼 단숨에 꿀꺽 들이켜면서도
웃었다. 웃으면 장차 딸을 낳는다고 구경꾼들이 거푸 경고를 해도 벙
어리 신부는 딸 낳을 각오라도 했는지 연방 소리없이 벌쭉벌쭉 웃어
대기를 일삼았다. 예식을 끝마친 후 동네 어른들이 어쩌나 보려고 신
랑에게 노래 한 곡조를 청하자 안압방은 마치 기다렸다는 듯 한두번
사양하는 시늉도 없이 특유의 걸쭉한 목청으로 육자배기를 한바탕 불
러젖혔다. 웃음꽃이 만발한 벙어리 신부도 신랑의 입매를 눈치껏 살
펴가며 손뼉으로 적당히 박자를 맞추는 시늉을 했다. 그 꼴을 보고 사
람들은, 과연 천생연분에 보리개떡이요 찰떡궁합임이 틀림없다며 연
방 감탄해 마지않았다.

첫날밤을 잘 치른 새신랑 안압방은 전보다 더욱더 기운차게 줄방귀
를 뀌어대면서, 곡조도 장단도 제멋대로인 육자배기를 아무렇게나 흥
얼거리면서 신명지게 마을을 다녔다. 밤이면 밤마다 서말 닷되씩 참
깨 들깨가 쏟아지겠다고 동네 어른들이 놀릴작시면 안압방은 정색을
한 채, 아니라고, 깨 같은 건 안 쏟아지더라고 꼬박꼬박 말대꾸를 하
고 나서 으레 헤벌쭉 웃음을 덧붙이기를 잊지 않았다. 초록저고리 다
홍치마 차림의 벙어리 새색시는 신접살이 재미가 어떠냐는 아낙네들
의 물음에 그저 히익 웃어만 보일 따름이었다.

그러던 새신랑이 미치광이가 되어 군대에서 돌아온 것이다. 그러던

새색시는 미치광이 남편 마다하고 단봇짐을 싸 친정으로 달아나버린 것이다. 혼례마당에서 안압방이 목놓아 불렀던 그 육자배기 가락은 주인 따라 군대도 안 가고 미치지도 않은 채 새터남바우 안에 내처 머물면서 시도 때도 없이 내 귀청을 울려대고 있었다. 초례청에서 도무지 부끄러운 줄 모르고 걸핏하면 만면에 피워올리던 벙어리 신부의 그 함박꽃 닮은 해맑은 웃음 또한 강경땅으로 야반도주하지 않은 채 여전히 동네 안에 머물면서 내 시선을 대고대고 잡아끌고 있었다. 강경 사돈댁에 갔던 고산댁이 풀기 없이 축 늘어진 모습으로 혼자서 타달타달 돌아왔다는 소문이 뒤늦게 동네 고샅길을 이리저리 기웃거리고 다녔다.

전쟁놀이를 하러 동네 뒷산에 갔다가 우리는 뜬금없는 시체 하나를 발견했다. 시체는 마을의 대성 가문인 곰배정씨네 무덤들 사이에 벌러덩 드러누워 있었다. 우리가 비명인지 환호성인지 모를 괴상한 소리를 지르며 바투 다가가자 별안간 시체가 깜짝 놀라 벌떡 일어앉았다. 다름 아닌 안압방이었다. 그동안 동네 사람들 앞에 코빼기조차 내비치지 않던 안압방이 뒷산 호젓한 풀숲에서 남의 집안 묏등을 베개 삼아 낮잠을 즐기다가 우리를 보더니만 꽤액 외마디 비명을 지르며 도망치기 시작했다. 우리는 대뜸 그를 인민군 낙오병으로 간주하고는 갑자기 신바람이 나서 일제히 함성을 내지르며 맹렬히 추격전을 벌이기 시작했다. 뒷산을 채 벗어나기도 전에 우리는 적을 포위하여 마침내 사로잡는 데 성공했다. 포로가 된 안압방의 주제꼴은 정말이지 너무도 참혹해 보여 우리가 그를 시체로 착각한 것도 결코 무리가 아닐 지경이었다.

"아나, 국방군 바쭈까포 맛 조깨 봐라!"

지난날의 건장했던 안압방과 눈앞의 시체나 다름없는 사내가 똑같은 인물이란 사실을 깜빡 잊은 한 녀석이 어쩌다 길에서 마주친 미치광이한테 이따금 하던 방식대로 주먹만한 돌멩이를 집어던졌다.

"삐넹꾸왈! 삐넹꾸왈! 빈사스꾸왈!"

기겁한 나머지 안압방의 입에서 돼지 멱따는 비명이 한없이 길게 뻗어 나왔다. 얼마 전에 아버지가 내 잠방이를 되찾기 위해 몽둥이 끝을 면전에 견주었을 당시처럼 안압방은 영어로 비명을 질러대면서 우리를 향해 지성으로 파리 발을 드리는 것이었다.

"야, 김 이등상사! 누가 너보고 우리 포로를 괴롭히라고 명령했나?"

이등상사의 주제넘은 행동은 단박에 우리 대장의 분노를 사고 말았다. 대장의 뜻을 받들어 우리는 엄청난 죄를 범한 이등상사를 겨냥하고 일제히 비난을 퍼부어댔다. 대장의 지시에 따라 특무상사인 나를 비롯한 상급자들은 이등상사한테 사정없이 뭇매질을 가하기 시작했다. 주먹질과 발길질을 번차례로 당하면서도 끽소리 한마디 못 내는 이등상사 대신 엉뚱하게도 안압방이 곁에서 구슬픈 신음소리와 비명소리를 번차례로 질러주고 있었다. 이등상사는 결국 앉은자리에서 무등병으로 강등당하고 말았다. 대장의 그것은 너무도 당연한 조처였다. 몰골이 형편없이 달라지긴 했어도 상대방은 그동안 우리와 흉허물없이 지내온 안압방이 아니던가. 우리의 친구를 바주카포로 위협한다는 건 용감한 군인으로서 차마 할 짓이 못 되는 비열한 행위임이 틀림없었다.

"어이, 인압방 하사!"

우리 대장의 선심 덕분에 안압방은 졸지에 하사로 특진했다. 대장이 웃는 낯꽃으로 말했다.

"오래간만에 안압방 하사 방구 소리 한번 듣고 잪으다."

"이잉, 뿡까쓰?"

안압방은 하마터면 잊을 뻔했다는 듯이 해골박 같은 얼굴을 활짝 펴면서 밝게 웃어 보였다. 곧이어 그는 엉덩이를 하늘 쪽으로 치키고는 자랑스레 줄방귀를 시도했다. 우리는 잔뜩 기대에 부풀어 하나둘 숫자를 셀 만반의 채비를 갖추었다. 하지만 매우 유감스런 노릇이 아닐 수 없었다. 우리는 단 하나의 숫자도 셀 수가 없었다. 줄방귀는 고사하고 안압방은 도둑방귀 한방조차 뀌지 못하는 형편이었다. 엉덩짝을 뱌비작거리며 무진장 기를 썼음에도 불구하고 안압방의 똥구멍에서는 어찌 된 셈판인지 아무런 소리도 나오지 않았다. 헛심을 쓰느라 비지땀만 뻘뻘 흘리는 안압방을 보고 우리 모두는 실망의 빛을 감추지 못했다. 우리의 기대에 맞추어 백 방에 가까운 줄방귀를 제때 대령할 줄 모르는 안압방이라면 그는 이미 안압방이 아니었다.

"안압방 하사, 방구 대신 꼬부랑말로 쏼라쏼라 연설이라도 씨월거려봐."

아직도 미련을 못 버린 듯 대장은 입맛을 쩝쩝 다시며 새롭게 명령했다. 하지만 안압방은 맥없이 도리머리를 흔들었다.

"아라난……"

그는 기진맥진한 표정으로 간신히 중얼거렸다.

"아라난도쓰……"

만사가 다 귀찮다는, 아무렇게나 될 대로 되라는 투의 안압방의 태도에 우리는 금세 흥미를 잃고 말았다. 언제 안압방을 상대했더냐는 듯이 우리는 그가 곁에 있다는 사실조차 잊은 채 이내 전쟁놀이에 고부라들기 시작했다. 고지를 점령한 다음 만세를 부르다 갑자기 생각

이 나 사방을 둘러보니 안압방은 그새 어디로 갔는지 가뭇없이 사라
져 안 보였다.

진종일 뙤약볕을 무릅쓰고 논에서 피사리를 하다 돌아온 아버지에
게 등멱을 감겨주면서 어머니가 또 안압방 얘기를 꺼냈다. 도둑놈 잡
도리를 한답시고 아버지가 안압방을 상대로 한바탕 불량을 떨어댄 사
건이 있은 뒤로 어머니한테는 틈만 나면 안압방을 입길에 올리는 새
로운 버릇이 생겨났다.

"상득이가 죽을 날이 머잖은 것 같다고들 그러요. 먹도 않고 자도
않고 밤낮없이 배깥으로만 깔깔 싸질러 댕기니라 헛도깨비맨치로 하
루가 틀리게 빼빼 야워만 간다요."

"이 예펜네가 고새 나 몰르게 상득이를 좋아라도 했나! 왜 껄핏허면
내 앞에서 그 빌어먹을 놈을 들멕이고 지랄이여?"

아버지가 우물가에서 엎드려뻗쳐 자세로 고개를 홱 돌리며 톱상스
레 핀잔을 먹이자 어머니는 그만 질겁잔망을 했다.

"아, 아니, 이 냥반이!"

아버지를 향해 눈을 허옇게 흘긴 다음 어머니는 우물에서 방금 두레
박으로 길어올린 얼음처럼 차가운 물을 아버지의 등에 확 끼얹었었다.

"으잇, 차거! 으잇, 차거!"

아버지는 부르르부르르 연방 진저리를 쳐댔다.

"말이면 다 말인지 아요? 불쌍헌 상득이한티 이녁이 인정사정없이
모지락시럽게 몰아댄 것이 영판 맴에 걸려서 나가 그러요!"

그 말엔 대꾸 없이 아비지는 딴소리를 했다.

"고로콤 죽지 못혀 산송장으로 지내느니 차라리 일찌가니 뒤어지는
게 상득이놈한티도 득이 되지."

"부처님 가온데토막 같든 상득이가 오날날 으쩌다가 그 모냥 그 지경으로 처참헌 신세가 되야삐렀는지, 참말로 알다가도 모를 일이요."

어머니가 땅이 꺼지게 한숨을 푸욱 내쉬었다.

"빌어먹을 놈에 시국 탓이고 엠병헐 놈에 전쟁 탓이지."

등멱을 끝낸 아버지가 벌거벗은 윗몸을 흔들어 물방울을 사방으로 흩뿌리면서 씹어뱉듯이 말했다.

"요새 상득이를 역전 근처에서 본 사람이 동네 안에 여럿이나 있다네."

"아, 아니, 지까짓 미친놈 꼴에 역전에는 무신 사무가 있다고 그 근처를 어정거린다요?"

"사무는 무신 말러비틀어질 사무! 미친놈이 나 미쳤소, 허고 유세 떨고 댕기니라고 그 지랄이지."

아버지의 말엔 틀린 구석이 없었다. 안압방은 미친놈이 틀림없고, 미쳤으니까 아무런 볼일도 없는 주제에 그처럼 역전 근처를 무단히 헤매고 다니는 건 너무도 당연지사였다.

"그 지랄버릇 떨고 댕기니라고 그새 동네 사람들한티는 잘난 낯짝 귀경 한번도 안 시켰었구만."

이제야 내막을 알겠다는 듯 어머니는 혼자서 고개를 끄덕였다. 하지만 어머니는 하나만 알고 둘은 몰랐다. 역전말고도 안압방이 가는 데는 달리 또 있었다. 그리고 잠을 숫제 안 잔다는 것도 사실이 아니었다. 낮에는 곰배정씨네 선산에서 묏등을 베고 잠을 자다가 밤이 되면 구경꾼들이 많이 모이는 역전 쪽으로 출장을 나가는 모양이었다. 그느라 사무가 바빠 요즘에는 도둑질에 나설 겨를도 도통 없는 모양이었다. 동네에서 도둑맞았다는 집을 한동안 찾아볼 수 없는 상태였다.

학교에서 구호물자 분유가 배급되었다. 나는 오전 수업이 파하기 무섭게 집에도 들르지 않은 채 곧장 곰배정씨네 선산으로 달려갔다. 그 후미지고 호젓한 무덤들 세상으로 미치광이를 만나러 간다는 게 내게는 여간 고역이 아니었다. 하지만 안압방이 죽기 전에 단둘이서 만나 반드시 치르지 않으면 안될 절차가 남아 있음을 생각하면서 두려움을 가까스로 떨쳐냈다.

"나가 누군가 알어보겄어? 명수여, 차명수."

낮잠을 훼방당한 안압방은 개개풀린 퀭한 눈을 들어 그저 우두커니 나를 바라만 보았다.

"요것 받어. 미제 분유여. 안압방 줄라고 한입도 안 대고 몽땅 다 가져왔단 말여."

안압방이 과연 미제는 똥도 좋다는 사실을 알기나 할까. 나는 그의 손이 닿을락말락한 자리에다 분유봉지를 조심스레 내려놓고 냉큼 뒤로 물러섰다. 그는 여전히 입을 꾹 다문 채 미심쩍어하는 눈초리로 분유봉지와 나를 한참 번갈아 바라보았다.

"울 엄니가 그러는디, 안압방 죽을 날이 얼매 안 남었디야."

안압방이 과연 저 죽을 날이 가깝다는 사실을 알고나 있을까. 그가 갑자기 히익 웃으며 고개를 끄덕끄덕했다.

"죽으면 안되야. 절대로 죽지 말어. 그리고 구경꾼들이 몰려댕김시나 구찮게 허니깨 역전 근처에는 당최 얼씬도 허지 말어."

또다시 그는 히익 웃으며 고갯방아를 찧어댔다.

"잠뱅이 도로 뺏어 입어서 미안혀. 울 아부지 생각허고 내 생각이 틀린 줄을 안압방도 알어줬으면 쓰겄어."

그는 잠시 내 잠방이 쪽에 눈길을 주는 듯싶더니만 삼세번째 웃음을 히익 날리며 또다시 고갯방아를 찧었다. 그것으로 우리끼리 치러야 될 절차는 대충 다 끝마친 셈이었다. 하지만 기왕 어려운 발걸음을 한 김에 그동안 궁금히 여겨왔던 이것저것을 그한테 직접 확인해보고 싶은 욕심이 발동했다. 나는 동네 안에 파다하게 떠돌던 소문들을 하나씩 그에게 들이밀었다. 내가 묻는 족족 그는 부지런히 고갯방아만 찧어댔다.

군대에서 바보 천치라고 매를 직사허게 많이 맞았다는 게 참말이여? 히익, 끄덕끄덕. 적군을 보고 총 쏘는 게 무서워서 오줌만 질금질금 지렸다는 게 참말이여? 히익, 끄덕끄덕. 돌격 명령이 떨어졌는디도 안압방 혼자서만 고향 앞으로 후퇴를 허다가 헌병한티 붙잽혀서 영창에 들어가서 콩밥을 실컨 먹고 나왔다는 게 참말이여? 히익, 끄덕끄덕……

결국 내 궁금증은 하나도 안 풀린 셈이었다. 안압방이 고갯방아와는 정반대의 뜻으로 대답했을 가능성도 얼마든지 있었다. 하지만 어쨌거나 상관없는 일이었다. 안압방과 나, 둘이서만 나눠 갖는 비밀 한 가지가 새로 생겼다는 사실만으로도 나는 뿌듯함을 느낄 수 있었다. 집으로 돌아가는 길에 해골박 같은 안압방의 얼굴이 자꾸만 눈에 밟혔다. 그의 살날이 정말 얼마 안 남은 것 같았다. 맨 처음 배급된 분유를 먹고 설사병이 나서 된통 고생했던 기억이 문득 되살아났다. 어쩌면 안압방은 토사곽란으로 제 명보다 좀더 일찍 죽을지도 모른다는 자발없는 생각이 귀갓길의 나를 마냥 심란하게 만들었다.

그로부터 이틀 후, 안압방은 통행금지 시간에 무단히 역 구내를 쏘다니다가 철도경찰이 쏜 카빈총알에 배를 맞고 말았다. 역전 광장에서 수많은 구경꾼들의 놀림감 노릇을 자청하던 그가 그 시간에 어쩌다 출입금지 구역까지 들어가 총을 맞게 됐는지는 끝내 밝혀지지 않았다. 치명상을 입은 그는 중앙시장 입구 호남의원으로 실려간 지 한나절 만에 숨을 거두었다. 그의 사망 소식을 처음 듣는 순간, 나는 카빈총알에 맞아 죽은 그에게 감사했다. 내가 건네준 미제 분유를 먹고 토사곽란으로 죽지 않은 그에게 나는 진정으로 우정을 느꼈다.

안압방은 호남의원에서 숨을 거두기 직전에 고산댁과 몇몇 동네 어른들 앞에서 마지막으로 도무지 알아들을 수 없는 꼬부랑말을 크게 외친 것으로 전해졌다. 그 꼬부랑말의 의미를 두고 동네 사람들 사이에 이러쿵저러쿵 추측이 분분했다. 배를 관통한 총상의 고통을 호소하는 뜻이었을 거라고도 했고, 강경에 남아 있는 벙어리 새댁을 부르는 소리였을 거라고도 했다. 아무튼 결론은 미치광이의 미친 소리라서 아무런 의미도 없다는 것이었다. 안압방이 마지막 순간에 외쳤다는 영어가 어떤 것인지 나는 대충 짐작할 수 있었다. 그것은 "삐넹꾸왈! 나레또 빈사스꾸왈!" 아니면 "히꾸라니! 히꾸라니빠루!" 둘 중 하나이기 십상이었다. 잘못했으니까 한번만 용서해달라는, 시키는 대로 할 테니까 제발 때리지만 말아달라는 뜻이었다.

안압방이 죽은 후에도 문제의 잠방이는 오래도록 남아 내 아랫도리를 착실히 가려주었다. 잠방이를 입을 적마다 나는 잠시나마 그걸 걸치고 있던 안압방의 추저분한 모습을 떠올리곤 했다. 코에 대고 맡아보면 아직도 잠방이에서 구린내가 펑펑 풍겼다. 살찐 엉덩판을 뱌비직거리며 발걸음 한번에 방귀 한방씩 삐빠뿌빠 신나게 뀌이대던 줄방귀 소리도 잠방이에서 새어나왔다. 나는 이미 저 세상 사람이 된 안압방을 대신해서 내 잠방이가 영어로 고통을 절절히 하소연하는 소리도 실제로 들을 수 있었다.

"삐넹꾸왈! 나레또 빈사스꾸왈!"

"히꾸라니! 히꾸라니빠루!"

3

"재미있는 야그를 들었으면 날 업어주든가 박수를 치든가 혀야지 왜들 조청 훔쳐먹은 벙어리맨치로 촛대만 잡고 앉어 있는 거여?"

한약재상 차명수가 못내 섭섭하다는 투로 좌중에 시비를 걸어왔다. 채근을 받았음에도 불구하고 아무도 반응을 나타내지 않았다. 여전히 입들을 꾹 함봉한 채 그저 잠자코 앉아 있을 뿐이었다. 다리가 긴 침묵이 느려터진 걸음걸이로 좌중 속을 빠져나가는 동안 누군가 손바닥으로 철써덕 모기 때려잡는 시늉을 했다. 그러자 그 소리를 신호 삼아 여기저기서 똑같은 소리를 흉내내기 시작했다. 마침내 막혔던 말들이 봇물처럼 터져나오기 시작했다.

"암만혀도 명수 니가 우리 귀를 더럽힌 값으로 각자한티 십전대보탕 한제씩 돌려야 될란갑다."

"잔칫집인 줄 알고 찾어왔더니만 알고 보니께 또 초상집이네그랴."

"전쟁은 역시 슬픈 것이여."

어둠속에서 누가 휘파람 같은 장탄식을 뽑았다.

"맞어. 전쟁이란 놈은 워낙 맹목이라서 눈에 뵈는 게 없는 벱이지. 아뭇거나 닥치는 대로 때려부시고 잡어쥑이고 빙신 맨드는 게 바로 전쟁이란 괴물이여."

"그 안압방 아자씨같이 착허고 심없는 백성들만 주로 골라서 쥑이고 빙신 맨드는 아주 고약헌 종자가 바로 전쟁이라니께."

예서제서 맞장구치는 소리들이 이어졌다.

"하인철이 너는 그 무렵 역전 근방에 살었었지?"

모교 교장선생이 곁에 있는 하인철을 갑자기 지목했다.

"역전 근방이라면 다른 동네보담 휘낀 더 사건도 많고 사정도 복잡혔을 성부른디, 뭔가 조깨 색다른 얘기 없냐?"

―『한국문학』 2001년 겨울호

아이젠하워에게 보내는 멧돼지

등잔불 그늘 안에서도 말갛고 은은한 광휘를 발산하는 금시계를 일삼아

들여다보고 있자니 마치 형의 금빛 찬란하던 한때를

그것이 째깍째깍 증언하는 듯한 느낌이 언뜻 들었다.

1

　처음부터 하인철은 여러모로 수수께끼에 싸인 인물이었다. 그를 볼 때마다 마치 사람 몸뚱어리만한 의문부호 하나가 좌중 속에 한자리를 차지하고 있는 듯한 느낌이 들곤 했다. 그는 우선 차림새부터 다른 사람들과 확연히 구별되었다. 여행 목적에 걸맞게 거개가 가벼운 행락객 복장인 데 반해 유독 그만은 꽤나 고급스러운, 그러나 몹시 답답하고 불편해 뵈는 여름 정장 차림으로 애초부터 일행 가운데서 이색을 강조하고 있었다. 동창사회에서 그의 근황은 물론이고 심지어 연락처마지도 정확히 아는 사람이 없었다. 오랫동안 동창회와 담을 쌓은 체 주소불명 상태로 지내던 그가 어떤 경로로 모교 방문 소식을 듣고 무슨 바람이 불어 갑자기 행사에 참여하게 됐는지조차 아는 사람이 없을 지경이었다. 김교장이 다음 이야기 당번으로 그를 지목한 것은 이를테면 수수께끼에 싸인 인물의 의문부호를 벗겨내기 위한 의도적인 조처인 셈이었다.

모임 초장에 하인철은 무역업을 한다고 자기소개를 했다. 요즘에는 주로 중국이가 자기를 먹여살리고 있노라고 말했다. 중국을 가리킬 때마다 그는 언필칭 중국이가, 중국이를, 하는 식으로 생경한 말투를 사용하곤 했다. 현지의 조선족 동포들이 으레 그렇게 말한다는 것이었다. 그 중국이를 상대로 각종 의류제품을 수출해서 외화 획득으로 국익을 도모하느라 그동안 오줌 누고 거시기 내려다볼 틈도 없이 바쁘게 지내다 보니 동창들하고 당최 어울릴 겨를이 없었노라면서 그는 근황을 궁금해하는 동창생들에게 오랫동안의 격조를 사과하기 바빴다. 그런 다음 구정물 위에 동동 뜬 호박씨처럼 내내 일행과 어울리지 못한 채 외톨이 신세가 되어 혼자서 구석자리에 국으로 앉아만 있던 참이었다.

"얘길 하라니까 하긴 하겠다마는……"

졸지에 이야기 순번을 맡게 된 무역회사 사장이 실로 오래간만에 무거운 입을 열었다.

"사람 사는 동네는 어디나 다 비슷비슷한 법이잖아. 역전 근처라고 특별히 뭐 색다를 건 없어. 기대 갖지 말고 그냥 덤덤하게 들어주기 바란다."

모처럼 모교를 방문한 김에 국민학교 시절 그 동심의 세계로 되돌아가 정겨운 고향 사투리를 마구잡이로 깔겨대는 다른 동창들과는 달리 유독 하인철만은 서울말씨 흉내를 악착같이 고집하고 있었다.

2

나의 6·25는, 아니, 우리의 6·25는 사실상 미군 폭격기의 오폭으로 시작되었다. 여름방학을 앞둔 7월 초순, 그러니까 아마 7월 10일을 전후해서 벌어진 일이었을 것이다. 전쟁이 터지고 수도 서울이 인민군에게 점령되었다고는 하지만, 전선에서 멀리 떨어진 남녘 시골까지는 전쟁의 발걸음이 아직 미치지 못한 탓에 시내 전체가 평상시나 다름없이 그저 조용하기만 했다. 특히나 세상물정에 어두운 아이들에게는 그때까지 한번도 직접 대면한 적이 없는 전쟁의 얼굴이 그다지 험상으로 느껴지지도 않았다.

그날 학교에서 나는 청소 시간에 물당번을 맡았다. 짝꿍과 함께 장난질을 쳐가며 우물을 향해 한유하게 걸어가는 중인데 갑자기 하늘이 우릉우릉 복통 앓는 소리를 토하기 시작했다. 고개를 뒤로 발딱 잦혀 허공을 올려다보니 은빛 기체를 반뜩이며 파란 하늘바탕을 가위질하듯 무질러 북쪽으로 날아가는 B-29 폭격기 편대가 시야 속으로 곤두박질쳐 들어왔다.

"이야, 히꼬끼다!"

나뿐만이 아니었다. 우물 둘레에 몰려 있던 수많은 아이들이 내남없이 하늘을 손가락질하며 소리소리 환호성을 올리기 시작했다.

"히꼬끼 떴다! 히꼬끼 떴다!"

비행기 구경할 기회가 무척이나 드물던 시절이었다. 해방된 지 여러 해가 지났지만 아직도 일본말 찌꺼기가 사회 밑바닥에 가라앉아 있는 탓에 우리는 어른들 말투를 흉내내어 비행기를 히꼬끼라 불러 버릇했다. 아이들은 제 할일도 까먹은 채 위용을 자랑하는 그 폭격기 편대가 시야에서 완전히 벗어날 때까지 저마다 목청껏 환호성을 올림으로써 드물게 찾아온 귀한 손님을 반겼다. 학교에서 선생님한테 배운 대로 나는 그 히꼬끼들이 인민군을 쳐부수고 공산당을 무찔러주기를 마음으로 빌면서 빠른 속도로 멀어져가는 그들을 배웅했다.

양동이에 물을 가득 채워 우물가를 떠날 즈음, 일단 북쪽으로 날아갔던 폭격기 편대가 어느 틈에 다시 나타났다. 아이들은 또다시 소리소리 목청을 높여 환호를 보내기 시작했다. 백번 나타나면 백번 모두 그런 식으로 환영할 판이었다. 폭격기 편대는 웬일인지 시내 상공을 무대 삼아 크게 한바퀴 원을 그리며 율동을 하는 듯싶더니만 느닷없이 파리똥 같은 새까만 점들을 밑으로 좍좍 쏟아내기 시작했다. 저게 뭘까, 하고 우두커니 쳐다보는 동안 그 새까만 점들은 눈 깜빡할 사이에 주먹만하게, 수박덩이만하게, 항아리만하게 점점 몸집을 키우면서 내 머리통을 똑바로 겨냥한 채 소리없이 떨어져 내려왔다.

"폭탄이다, 폭탄!"

때마침 우물 근처에서 청소 감독을 하고 있던 남자 선생님 한분이 목이 터져라 고함을 질러대기 시작했다. 그 고함이 채 끝나기도 전에 별안간 천지를 진동하는 굉음과 함께 땅이 흔들리고 나무들이 흔들리고 건물 유리창들이 마구 흔들렸다. 겁에 질린 여자애들이 사방에서 자지러지게 비명을 뽑아잦혔다.

"모두들 방공호로! 빨리빨리 방공호 속으로!"

선생님이 학생들 사이를 가로 뛰고 세로 뛰면서 학교 주변 나무숲 쪽을 연거푸 손짓하고 다녔다. 왜정 말기에 학교 가장자리를 따라 사방을 빙 둘러가며 기다랗게 파놓은 참호 모양의 구덩이가 그때까지도 남아 있었다. 나는 양동이를 팽개친 채 구덩이를 향해 냅다 뜀박질을 놓기 시작했다. 덩달아 짝꿍 녀석도 숨을 헐떡이며 내 뒤를 쫓아왔다. 무슨 영문인지도 모르는 채 폭음에 놀라 각 교실에서 우르르 쏟아져 나온 학생들로 구덩이는 금세 초만원을 이루었다.

"모두들 땅바닥에 엎드려서 내가 허라는 대로 혀라!"

선생님은 이쪽 끝에서 저쪽 끝까지 구덩이를 몇차례씩 왕복하면서 큰소리로 외쳐대기를 되풀이했다. 우리는 선생님의 지시에 따라 양쪽 엄지손가락으로 양쪽 귓구멍을 단단히 틀어막고 나머지 손가락들로 는 양쪽 눈을 질끈 가렸다. 그리고 배를 땅바닥에서 뗀 채 바보천치처럼 입들을 헤벌렸다. 만일 그렇게 하지 않을 경우, 폭발 진동으로 고막이 터지고 눈알이 빠지고 배가 터진다는 것이었다. 여기저기서 잔뜩 겁에 질려 콧물을 훌쩍이며 흐느끼는 소리들이 폭음과 폭음 사이를 헤집고 구덩이 속을 버러지들처럼 꼬물꼬물 기어다니고 있었다.

잠시 주춤하는 듯싶던 폭격이 다시 이어졌다. 학교 부근은 분명 아니었다. 꽤 멀리 떨어진 곳이었다. 마른하늘에 날벼락 같은 폭격 때문에 시내 어느 곳인지는 몰라도 단단히 혼쭐이 나는 데가 있을 것이었다. 꽉꽉 틀어막았음에도 불구하고 먼발치에서 쿵쿵 울리는 폭발음이 내 귓구멍을 연타하고 있었다. 어린 소견에 그것은 도무지 이해할 수 없는 상황이었다. 주먹감자를 먹여 상대방을 조롱한 것도 아니다. 혓바닥을 날름거려 상대방을 약올린 적도 없다. 천진난만한 아이들답게 우리는 다만 좋아서 팔짝팔짝 뛰고 반갑다고 환호성을 내지르면서 귀한 손님으로 찾아온 B 29 폭격기 편대를 살갑게 맞이했을 뿐이다. 그런데도 그들이 우리의 열렬한 환영에 무시무시한 폭탄으로 답하는 건 대관절 무슨 심보란 말인가.

한바탕 불량을 떨어댄 다음 아무 일도 없었다는 듯 미군 폭격기들이 시치미를 뚝 떼고 물러가자 선생님들은 곧장 학교에 남아 있던 모든 학생을 일제히 집으로 돌려보냈다. 다행히 고막이 터지지도, 눈알이 빠지지도, 배가 터지지도 않은 성한 몸으로 우리는 아직 피폭 현장이 어딘지도 모르는 채 무작정 시내 중심가 쪽을 향해 냅다 달리기 시작했다. 나는 한시바삐 현장을 구경하고 싶은 욕심에 사로잡혀 심장이 금세라도 가슴 밖으로 튀어나올 것 같은 통증을 무릅써가며 남들보다 한발짝이라도 더 앞서 달리기 위해 허위단심 뜀박질을 계속했다. 큰길을 경황없이 오가며 행인들이 주고받는 이야기들 가운데서, 철도역 구내가 온통 쑥대밭으로 변했다고 떠드는 소리가 내 귓바퀴에 척하니 감겨왔다.

"역이란다, 역!"

마침내 목적지를 알아낸 기쁨이 우리 겨드랑이에 날개가 돋게 만들었다. 우리는 무슨 살판이라도 난 듯이 온몸으로 신명을 드러내면서, 죽을둥살둥 더욱더 기를 써 날개를 파닥이면서 역을 향해 훨훨 날아갔다. 도중에 나는 맞은편에서 허위허위 달려오는 어머니와 딱 맞닥뜨렸다. 역전 가까이서 주로 뜨내기 기차 손님들을 상대로 장국밥을 파는 어머니가 그 수지맞는 점심 장사도 팽개친 채 앞치마를 두른 모습 그대로 나를 데려가려고 마중 나온 참이었다.

"철도 기관고 근방엘랑은 절대 얼씬도 말거라!"

나를 보자마자 어머니는 대뜸 엉뚱한 분부부터 내렸다. 그때까지 무사무탈하게 잘 있는 유복자 아들의 손을 붙잡고서야 청상과부 어머니는 사색이 다 되었던 낯꽃을 비로소 활짝 폈다. 그러나 그 목소리만큼은 아직도 찬바람이 쌩쌩 돌 정도로 그지없이 엄하게 들렸다.

"절대로 안 간단 말여!"

나는 속시원히 약속했다. 그러나 어머니가 절대로 가지 말라 했기 때문에 나는 오히려 그 밤에 어머니 손에 맞아죽는 한이 있더라도 절대로 그곳에 가야만 했다. 어머니를 큰길 한복판에 동그마니 남겨둔 채 나는 급우들과 더불어 잽싸게 앞으로 내달리기 시작했다.

역전광장 입구에서 창권이형을 덜컥 만났다. 우리 식당에서 허드레꾼으로 일하는 먼촌 형이었다. 형은 그새 벌써 역 구내 기관고에 다녀오는 길이라고 자랑스레 밝혔다. 어머니가 출타중인 때 형마저 자리를 비운 채 폭격 맞은 현장이나 구경하러 다닌다면 우리 식당은 대관절 누가 지킨단 말인가. 하기야 형은 원래부터 그런 위인이었다. 심부름만 보냈다 하면 어디서 실컷 해찰이나 하다가 어슬렁어슬렁 느지감치 돌아오는 바람에 번번이 어머니한테 치도곤을 맞곤 하는 엉뚱한 인간이었다.

"시방 가봤자 괘얀시 헛걸음만 헌다. 기관고 근방에 순사들이랑 철도 직원들이 시커멓게 깔려서 아무도 못 들어가게 철통같이 지키고 있드라."

"그런디 형은 어떻게 들어갔어?"

"나가 누구냐? 다아 방법이 있다."

창권이형이 입가에 음흉한 미소를 머금었다. 앞장서서 걸으면서 형은 우리더러 빨리 따라오라고 손짓했다. 형은 역 구내를 멀리 에돌아 송학동 굴다리 쪽으로 우리를 인도했다. 우리는 대낮에도 그믐밤같이 이두컴컴한 굴다리 속을 통과해서 철길 건너편으로 달려갔다. 지키는 사람 아무도 없는, 인적이 뜸한 곳이었다. 형이 철조망 한곳을 손으로 가리켰다.

“도둑기차 탈 적에 나가 자주 애용허는 개구녁이다.”

먼발치에서도 화약 냄새가 코를 찌르는 듯했다. 평상시에 위용을 자랑하던 거대한 기관고 건물이 어느새 형편없는 모습으로 폭삭 주저앉아 있었다. B-29들의 무차별 폭격으로 부서지고 우그러든 열차들이 철길 주변 여기저기에 널브러진 채 아직도 검은 연기를 무더기로 피워올리고 있는 중이었다. 창권이형을 뒤따라 개구멍을 통과해서 역구내로 발을 들여놓기 무섭게 기관고 쪽에서 호루라기 소리가 감때사납게 날아왔다. 어마뜨거라 하고 우리는 부리나케 도로 개구멍을 빠져나와 줄행랑을 놓기 시작했다.

“허기사 인자 가봤자 귀경헐 것도 별로 없다. 지금쯤 아매 시체랑 부상자들이랑 거진 다 치워놨을 것이다.”

맨 나중번으로 개구멍을 빠져나온 창권이형이 제딴은 잔뜩 낙담해 있는 우리를 위로해준답시고 전혀 위로가 안되는 말만 골라서 늘어놓았다. 그토록 순사들이 철통같이 지키고 있는 기관고를 형이 이미 다녀왔다는 사실에 너도나도 의심을 품는 기색들이었다. 그러자 형은 그 증거물로 호주머니에서 황금빛도 찬란한 회중시계를 자랑스레 꺼내 보였다. 형은 시곗줄 끝을 붙잡고 홰홰 돌리면서, 피난민 시체 옆에서 주운 것이라고 말했다.

“죽은 시체가 얼매나 많어?”

“아매 천명도 휘긴 넘을 거여.”

대포쟁이 창권이형이 천연덕스럽게 대포를 틀었다. 천명도 넘는 시체를 그새 다 치웠을 리가 만무했다. 그냥 엄청나게 많이 죽었다는 뜻일 것이었다. 피난민 시체의 허리춤을 뒤져 회중시계를 꺼내는 형의 모습을 상상하면서 나는 부르르 진저리를 쳤다.

"느그 엄니한티 또 잔소리 배터지게 얻어먹겠다. 싸게 집에 가자."

아직도 미련을 못 버린 채 쑥대밭으로 변한 기관고 쪽을 힐끔힐끔 자꾸만 뒤돌아보는 우리를 가축처럼 사납게 몰아대면서 창권이형은 발걸음을 재우쳤다. 역전광장을 향해 되돌아가는 길에 형은 자기 눈으로 본 시체들 중 가장 인상 깊었던 예를 설명해주었다. 철도원 복장을 한 남자 하나가 무너져내린 회삼물 더미에서 삐쭉이 튀어나온 철근 토막에 산적 모양으로 아랫배를 꿰뚫린 채 허공에 거꾸로 디룽디룽 매달려 숨져 있더라는 것이었다. 그 이야기를 듣고 유난히 비위가 약한 한 녀석이 갑자기 길가에 바짝 쭈그려 앉으며 왝왝 토악질을 시작했다.

무단히 자리를 비운 채 장시간 식당 밖에서 엉뚱한 짓을 하다 돌아온 죄로 창권이형은 얼이 쑥 빠져 달아나리만큼 어머니한테 직사하게 혼띔을 당했다. 부앗김에 낯꽃이 벌겋게 달아오른 형은 부대한 몸집을 우물가에 짐짝처럼 부리면서 제 주먹으로 제 콧대를 후려갈겨 한바탕 또 코피를 쏟아냈다. 일부러 그렇게 남아도는 피를 이따금씩 덜어내지 않으면 몸에 피가 끓어 넘쳐 언제 죽게 될지 모른다는 알쏭달쏭한 이유였다.

그날 미군 B-29 편대의 오폭으로 80여명의 철도원과 피난민들이 죽고, 그보다 몇배나 많은 부상자들이 발생했다. 멀리 일본 기지에서 날아온 폭격기들이 이리역을 지형지세가 비슷한 수원역으로 잘못 알고 마구잡이로 폭격을 했다는 소문이 뒤늦게 나돌았다. 인민군이 이미 수원까지 밀고 내려와 있을 때였다.

인민군이 시내를 점령한 것은 전쟁이 터진 지 거의 한달 만인 칠월 하순의 일이었다. 인민군 환영대회가 역전광장에서 대대적으로 열린 바로 그날로 우리 식당은 문을 닫게 되었다. 완전히 끊겨버린 철길과 함께 뜨내기손님들 발길 또한 거의 끊기다시피 뜸해진 탓이었다. 그 바람에 할일이 없어진 창권이형은 보따리를 싸 고향집으로 돌아가 있다가 두달 후 인민군이 물러가고 유엔군이 시내에 진주한 다음 다시 나타났다.

시내에서 무슨 대회가 열렸다 하면 그 장소는 맡아놓고 역전광장이 었다. 내가 너무 어리고 또 그쪽에 별로 관심이 없었던 탓에 바로 지척에 살면서도 구경을 다니지 않아 잘 몰랐을 뿐이지, 실상 역전광장이 각종 대회 장소로 애용된 역사는 꽤나 오래되었다고 했다. 일제 시대에도 이런저런 대회들이 뻔질나게 열렸었고, 해방 직후부터 정부가 수립될 때까지의 그 혼란기에도 역시 마찬가지였다는 것이다. 내가 역전광장에서 툭하면 벌어지곤 하는 그 요란뻑적지근한 대회들과 직접 인연을 맺기 시작한 것은 6·25 무렵부터였다.

인공 치하에서 걸핏하면 무슨 대회다, 무슨 대회다, 해서 인산인해를 이루곤 했던 역전광장은 수복이 되자마자 또다시 엄청나게 바빠지기 시작했다. 그 덕분에 날이날마다 거추없이 신명이 난 사람은 다름아닌 창권이형이었다. 형은 다시 문을 연 식당 일로 바깥심부름을 나간 김에 한나절씩 역전광장 인파에 묻혀 한눈을 팔다 돌아옴으로써 어머니로부터 아무짝에도 쓸모없는 버러지 같은 인간이라는 비난과 욕설을 함빡 뒤집어쓰는 일이 부쩍 더 잦아졌다.

국민학교 2학년짜리 우리 조무래기들까지 뻔질나게 '걸구대'에 동원되어 전교생이 먼길을 군대식으로 행진한 끝에 역전광장에 집결하곤 했다. 궐기대회를 가리켜 우리는 으레 걸구대라 불러 버릇했다. 걸구대가 열릴 적마다 반드시 멧돼지를 서너 마리씩 외국의 귀인들에게 보낸다는 사실을 알게 된 것도 그 무렵이었다. 트루먼 미국 대통령에게 보내는 멧돼지, 유엔군 총사령관 맥아더 원수에게 보내는 멧돼지, 함마슐드 유엔 사무총장에게 보내는 멧돼지 등등……

그날도 수많은 시민과 학생으로 넓디넓은 역전광장이 그득 메워진 가운데 북진통일을 부르짖는 걸구대가 열렸다. 처음 순서는 연사들이 역사 발코니에 마련된 연단에 올라 차례차례 토해내는 웅변이었다. 광장 곳곳에 높직하게 매달려 있는, 성능이 형편없는 대형 확성기들로부터 끊임없이 뿜어져나오는, 무슨 말인지 도무지 알아듣기 힘든, 그래서 그저 왕왕거리고 지글거리는 소음으로밖에 안 들리는, 입에 잔뜩 거품을 문 웅변들이 한없이 지루하게 이어졌다. 다음 순서는 역시 멧돼지 보내기로 정해져 있었다. 전에도 이미 여러 마리 멧돼지를 받은 적이 있는, 무척 귀에 익은 이름들 앞으로 또다시 똑같은 선물이 보내지고 있었다. 어린 소견에 도무지 알다가도 모를 노릇이었다. 그런 식으로 마구 보내주다가는 오래지 않아 나라 안의 멧돼지는 깡그리 씨가 마를 판이었다. 그러잖아도 가뜩이나 육고기가 부족한 가난뱅이 나라에서 서양 부자 나라의 지체 높은 양반들한테 뭣 때문에 툭하면 그 귀한 멧돼지들을 보낸단 말인가. 또 보낸다면 그 멀고먼 나라까지 무슨 수로, 그리고 어떤 모양으로 그 짐승들을 보낸단 말인가.

멧돼지 보내기가 몇번이나 되풀이된 다음, 마지막 순서로 혈서 쓰기가 시작되었다. 검정색 학생복 차림의 피 끓는 청년 학도들이 차례차례 연단에 올라 손가락을 깨물어 하얀 천 위에다 붉게 혈서를 쓰고 있었다. 그쯤에서 진력이 날 대로 나버린 급우 녀석들이 나를 향해 자꾸만 눈짓을 보내왔다. 엎어지면 코 닿을 자리에 집이 있는 내가 몇몇 친한 녀석들을 데리고 몰래 광장을 빠져나와 걸구대가 끝날 때까지 우리 식당에서 즐거운 시간을 함께 보낸 적이 종종 있었던 까닭이었다. 녀석들과 함께 걸구대에서 막 도망쳐 나오려는 순간이었다. 바로 그때 새롭게 연단에 오른 청년의 모습이 내 발목을 꽉 붙잡았다. 그보다 앞서 혈서를 쓴 학생들과 달리 그는 학생복 차림이 아니었다. 검정물로 염색한 군복을 걸친 그 헙수룩한 모습이 먼빛으로 봐도 어쩐지 많이 눈에 익어 보였다. 잠시 후에 열 손가락을 모조리 깨물어 혈서를 쓴, 참으로 보기 드문 열혈 애국청년이 등장했음을 걸구대 사회자가 확성기를 통해 널리 알렸다. 곧이어 '북진통일'이라고 대문짝만하게 적힌 혈서가 청중에게 공개되었다. 치솟는 박수갈채로 역전광장이 갑자기 떠나갈 듯 요란해졌다. 설마 그럴 리가 있겠느냐고, 혹시 내가 잘못 봤을지도 모른다고 생각하면서 나는 고개를 저었다. 나는 몇몇 급우들과 함께 슬며시 광장을 벗어나고 말았다.

내가 결코 잘못 본 게 아니라는 사실이 이윽고 밝혀졌다. 창권이형은 열 손가락에 빨갛게 핏물이 밴 붕대를 친친 감은 채 식당에 돌아옴으로써 어머니와 나를 기절초풍케 만들었다. 너무도 어처구니가 없는 나머지 어머니는 형이 돌아오면 퍼부으려고 잔뜩 별러서 장만했던 욕바가지를 꺼내들 엄두조차 못 낼 정도였다. 아프지 않더냐는 내 걱정에 형은 마치 남의 살점 얘기하듯 심상하게 대꾸했다.

"괭기찮어, 어째피 남어도는 피니깨."

그 혈서 사건 이후부터 창권이형은 자기 몸 안에 들끓는 더운 피를 덜어내기 위해 이따금 주먹으로 자신의 코쭝배기를 후려쳐 일부러 코피를 쏟아내야 하는 수고를 더이상 할 필요가 없게 되었다. 그리고 어머니 말마따나 형은 정말 우리 식당에서 아무짝에도 쓸모없는 인간으로 완전히 바뀌어버렸다. 역전광장에서는 사흘이 멀다 하고 크고 작은 걸구대가 잇달아 벌어졌다. 덕분에 형의 상처난 손가락들은 좀체 아물 새가 없었다. 걸구대 때마다 단골로 혈서를 쓰는 열혈 애국청년 노릇에 워낙 바쁘다 보니 식당 안에 진드근히 붙어 있을 겨를도 없었다. 어머니는 결국 역마살이 뻗쳐 하고많은 날들을 밖으로만 나대는 형의 발을 묶어 식당 안에 주저앉히려는 노력을 포기할 지경에 이르렀다. 형은 어느덧 장국밥을 전문으로 하는 식당의 허드재비 심부름꾼에서 당당한 손님으로 격이 달라져 있었다.

중요한 일로 높은 사람들을 만나러 간다며 아침 일찍 집을 나선 창권이형이 해질녘에 다따가 고등학생으로 변해 돌아왔다. 그동안 형의 변모는 너무나 급격해서 그러잖아도 눈알이 팽팽 돌 지경이었는데, 방금 새로 사 입은 빳빳한 학생복에 어엿이 어느 학교의 교표까지 붙인 학생모 차림은 상상을 뛰어넘는 것이라서 어머니와 나는 다시 한 번 할말을 잃고 말았다.

"일트레면은 가짜배기 나이롱 고등과 학생인 심이지."

언제 학교에 들어갔었느냐는 내 물음에 형은 천연덕스레 대꾸하고 나서 한바탕 히히거렸다. 가짜 대학생 이야기는 더러 들어봤어도 가짜 고등학생은 형이 처음이었다.

"핵교도 안 댕기는 반거충이 청년이 단골 혈서가란 속내가 알려지는 날이면 넘들 보기에도 모냥이 숭칙허다고, 날더러 당분간 고등과 학생 숭내를 내고 댕기란다."

형은 모자에 붙은 교표에 호호 입김을 불어 소맷부리로 정성스레 광을 내기 시작했다. 인 그래도 새것임을 만친하에 꾕고하듯 너무 번뜩여서 오히려 탈인 그 금빛의 교표를 형은 내친김에 아예 순금제로 바꿔놓을 작정인 듯 시간 가는 줄 모르고 일삼아 닦고 또 닦아댔다.

나는 국민학교 졸업이 학력의 전부인 형을 한동안 물끄러미 바라보았다. 가정 형편이 어려워 어릴 때부터 남의집살이로 잔뼈를 굵혀나온 형은 자신을 진짜배기 고등학생으로 착각하고 있는 기색이었다.

"요담번 궐기대회 때부텀 나가 맥아더 원수에게 보내는 멧세지 낭독까장 맡어서 허기로 결정이 나뿌렀다."

형은 교표 닦기를 끝마친 후 호주머니에서 피난민 시체로부터 선사받은 금장의 회중시계를 꺼내어 더욱더 공력을 들여 삐까번쩍 광을 내기 시작했다. 정말 갈수록 태산이었다. 형은 걸구대에서 자신이 맡은 역할이 단골 혈서가 노릇말고 다른 중요한 것이 더 있음을 자랑스레 밝히는 중이었다. 나는 멧돼지를 멧세지라 잘못 발음한 형의 실수를 부득이 지적하지 않을 수 없었다. 하지만 무식한 가짜 고등학생은, 멧돼지가 아니라고, 꼬부랑말로 멧세지가 맞다고 턱도 없는 우김질을 끝까지 계속했다. 멧세지란 이름을 가진 네발짐승은 생전 듣도 보도 못한 터라서 나는 대포쟁이 창권이형의 말을 당최 신용할 수 없었기 때문에 그보다 훨씬 더 뻣센 우김질로 끝끝내 형에게 맞서야만 했다.

"오냐, 알었다. 옛말에 좆도 몰르는 것이 붕알보고 탱자, 탱자, 헌다드니만 인철이 니가 시방 똑 그 짝이 났구나."

형이 내 엉덩이를 손바닥으로 툭툭 쳤다.

"멧돼지가 맞든지 멧세지가 맞든지 그게 우리허고 무신 상관이 있겄냐. 아무 도야지라도 다 좋으니께 좌우지간 나가 청년단 사무실서 하루쥉일 연십을 헌 연설이나 들어봐라."

형은 보물처럼 늘 귀애하는 회중시계를 학생복 주머니에 집어넣고 그 대신 종잇장을 끄집어냈다. 헛기침으로 목청을 가다듬고 나더니만 형은 장난기 농롱하던 낯꽃을 갑자기 비장한 것으로 개비하면서 맥아더 원수에게 보내는 멧돼지를 우렁차게 낭독하기 시작했다.

"친애하고 존경해 마지않는 맥아더 유엔군 총사령관 각하! 늑대 같고 승냥이 같고 스라소니 같은 인민군 괴뢰 도당을 때려잡으시느라 연일연야, 불철주야 얼마나 수고가 많으십니까. 머나먼 동방의 나라 대한민국을 위하여 심뇌를 아끼지 않으시는 맥아더 원수님께 저희들 민주주의를 애호하는 시민 일동은 아낌없는 박수와 갈채를 보내드리는 바입니다!"

두달템이나 일삼아 걸구대를 쫓아다니며 귀동냥에다 어깨너머로 배운 웅변 솜씨가 제법 만만치 않아 형은 어느새 풍월을 읊을 줄 아는 서당개가 얼추 다 되어 있었다. 형은 원래 웅변조에 어울리게끔 타고난, 크고도 굵고도 울림이 좋은 목청을 십분 활용해서 눈에 안 보이는 맥아더 원수를 향해 마치 눈앞의 상대방 대하듯 종잇장에 적힌 탄원의 말들을 간곡한 어조로 전달하고 있었다. 간단히 말해서, 하루속히 만주땅에 원자폭탄을 떨어뜨려 원수의 중공군을 씨도 안 남기고 모조리 없애달라는 내용이었다. 시청 앞 게시판에 매일같이 나붙는 붉은 밑줄투성이의 벽보들은 당시의 전황이 유엔군에게 매우 불리하게 돌아가고 있음을 시민들에게 일깨워주고 있었다. 중공군의 개입으로 말미암아 압록강까지 진격했던 유엔군이 후퇴에 후퇴를 거듭하는 중이라는 소식이었다.

"잘 떠는 지랄이다, 참말로 자알 떨어대는 지랄버릇이여!"

별안간 미닫이문이 화닥닥 열리면서 독이 오를 대로 올라 있는 어머니 얼굴이 방안으로 불쑥 디밀어졌다. 식당에서 단손으로 저녁 손님들을 받느라 잔뜩 심통이 나 있던 어머니는 도끼눈을 지릅떠 장작 패듯 형의 정수리를 쾅쾅 내리찍었다.

"창아리 빠진 잡소리 다 들어주다간 똑같이 창아리 빠진 잡놈 된다, 이놈아! 지랄버릇 고만 떨고 싸게 나와서 밥값이나 혀, 이놈아!"

어머니는 나를 꾸짖는 형식을 빌려 실상은 형을 사정없이 꾸짖고 있었다. 어머니의 말은 나를 불러내는 형식을 빌려 실상은 형을 식당으로 불러내려는 속셈임이 틀림없었다. 그토록 심한 소리를 듣고도 형은 넉살좋게 헛웃음으로 엉너리를 쳤다. 형은 자랑스런 학생복을 일단 벗었다가 갑자기 무슨 생각이 들었는지 일껏 벗어놓은 윗도리를 도로 걸치고 식당 일을 거들러 나갔다. 형 대신 방바닥에 덩두렷이 남은 학생모가 금빛 교표를 번뜩이면서 만만한 나를 상대로 미처 다 끝내지 못한 멧돼지의 남은 부분을 힘차게 들려주고 있었다.

시일이 지날수록 형은 감히 어머니가 무시할 수 없는 인물로 점점 더 변해갔다. 형은 어느덧 열 손가락을 깨물어 많은 양의 피를 짜내는 단골 혈서가에서 소문난 반공 웅변가로 확실하게 자리를 잡아가고 있었다. 시내뿐만 아니라 가끔씩 시외 멀리 다른 고장의 걸구대에까지 연사로 초청을 받아 다녀오는 모양이었다. 형을 태워 가기 위해 검은 지프차가 우리 식당 앞에 자주 멈춰 서곤 했다. 하루아침에 출세해서 유명인사가 돼버린 먼촌 조카뻘을 두고 어머니는, 이구 저 웬수, 이구 저 웬수, 하고 혼잣말로 뇌까려 버릇하면서도 차마 드러내놓고 괄시하거나 박대하지는 못했다. 직업적인 웅변가로서 돈벌이 또한 무시 못하리만큼 쏠쏠한 눈치였다. 멀리 출장을 나가 하룻밤 묵고 돌아오는 날이면, 과자도 사먹고 학용품도 사서 쓰라며 내 손에 심심찮게 용돈을 쥐여주기까지 했다. 시골집 부모에게도 이따금씩 생활비를 부쳐줄 정도로 효자가 됐다는 소문이었다. 우리 식당에서 허드레꾼으로 몸붙여 지내면서 겨우 삼시 세끼 밥과 잠자리에다 사철 입성이나 해결하는 푼수이던 지난날의 그 꾀죄죄한 처지에 비한다면 그야말로 개천에서 용 난 격이 아닐 수 없었다.

해가 바뀌어 나이 한살을 더 먹고 학년도 한 계단 더 높아지자 나는 전에 없었던 총기가 갑자기 생겨나 제법 또랑또랑한 아이가 되었다. 덕분에 여태껏 몰랐던 사실, 잘못 알고 있었던 여러 사실들을 제풀로 깨우치게 되었다. 이를테면 멧돼지 문제도 그 가운데 하나였다. 창권이형 외에 다른 누구로부터 지적받은 적이 없음에도 불구하고 내가 틀렸다는 사실을 어느날 갑자기 스스로 깨우쳐 알아버린 것이었다. 하지만 내가 몰랐던 그 멧세지가 실은 맞는 말임을 내 머리가 충분히 인정하는데도 내 마음은 여전히 도리질을 계속했다. 외국의 높은 양반들에게 보내는 그 선물이 생소한 멧세지가 아니라 내가 익히 아는 그 네발짐승임에 틀림없다고 나는 속으로 바득바득 악지를 세우고 있었다.

창권이형은 해가 바뀌자 전보다 더욱더 바삐 나부대고 다녔다. 시내 관공서 기관장들이나 명사들로 구성된 궐기대 주최측이 죽 늘어앉은 역사 발코니에서 어린 나이로 당당히 한자리를 차지한 형의 모습을 자주 볼 수 있었다. 중공군의 대공세에 맞서 수도 서울을 사수할 것을 명령한 이승만 대통령을 지지하는 궐기대에서도 그랬고, 침략자로 규정한 중공에 대해 탄핵을 결의한 유엔총회를 환영하는 궐기대에서도 그랬다. 맥아더 원수에게 38선 돌파권을 부여한 트루먼 대통령의 조치를 환영하는 궐기대에서도, 유엔군이 한만 국경에 도달할 때까지 정전을 절대 기부힌다는 이대통령의 선언을 지지하는 궐기대에서도 그랬다. 높다란 단상에 올라 선혈을 토하듯 한바탕 열변을 토한 다음 손가락을 꽉 깨물어 혈서를 휘갈기는 형의 영웅적인 모습을 먼

빛으로나마 지켜보는 일은 어느새 나에게 크나큰 기쁨이자 자랑으로
바뀌었다. 각 학교별로 대오를 지어 빽빽이 늘어선 군중 틈에서 턱이
떨어지도록 형을 우러러보느라 나는 일사병으로 픽픽 쓰러지는 아이
들이 속출하는 한여름 땡볕 밑에서도 도무지 더운 줄을 몰랐고 북풍
한설 몰아치는 겨울 광장에서도 전혀 손발이 시린 줄을 몰랐다.

"저 사람이 바로 우리집 창권이형이여!"

연일 정전반대 국민대회가 계속되던 어느날, 창권이형을 두고 느끼
는 자부심을 당최 주체할 길이 없어 나는 그만 급우들 앞에서 무심코
내뺄고 말았다. 기왕 자랑거리를 꺼낸 김에 남들은 전혀 모르는, 나만
이 아는 형의 은밀한 내막까지 마저 다 까발리고 싶어 나는 갑자기 안
달이 났다.

"사실은 말이여, 우리 창권이형은 가짜배기 나이롱 학생이여!"

내 주변에서 웅성거림이 일기 시작했다. 주변의 시선들이 나를 향
해 일제히 몰려들었다. 기대했던 것보다 더 큰 반응에 우쭐해진 나머
지 나는 큰소리로 떠벌렸다.

"저 옷은 말이여, 사실은 청년단 사무실서 얻어 입은 거여. 옷만 학
생이고 몸뗑이는 아직도 우리 식당 심부름꾼이여. 간신히 국민핵교만
나온 사람이란 말이여!"

"저 애국학도가 느그 식당서 일허는 그 친척이란 말이여? 그러고
또 가짜배기 학생이라고? 에잇, 말도 안된다! 절대로 그럴 리가 없
어!"

다른 녀석들이라면 또 모르겠다. 식당 근처에 살면서 등하굣길에
노상 붙어다니다시피 하던 녀석이 단상의 창권이형과 나를 번갈아 돌
아다보며 고개를 절레절레 흔들었다. 가까이 지내는 동네 친구들마저

까마득히 먼 단상에 올라선 애국청년과 우리 식당의 심부름꾼이 같은
인물이란 사실을 그때껏 전혀 눈치 못 채고 있는 것이었다.

"참말이라니께!"

"그짓말!"

우리 식당 심부름꾼이 맞다는 둥 틀리다는 둥, 가짜 학생이라는 둥
진짜 학생이라는 둥 때아닌 시비가 벌어졌다. 한치 양보도 없는 우김
질이 나와 급우들 사이를 여러 차례 왕복했다. 뒤쪽에서 느닷없는 발
길질이 내 엉덩이로 날아들었다. 후딱 등뒤를 살펴보니 덩치 큰 상급
생 하나가 당장 잡아먹을 듯이 무시무시한 눈초리로 나를 째려보는
중이었다.

"우리가 모다들 존경허는 애국청년을 그따우 말도 안되는 그짓말로
헐뜯는 건 빨갱이들이나 허는 짓이다!"

한차례 더 발길질을 날리려는 기세로 그 상급생이 나를 험악하게
을러메고 있었다. 그때 담임선생님이 다가와 나를 대열 밖으로 가만
히 불러냈다.

"바른 대로 대답해라. 아까 니가 했던 그 말이 참말이냐?"

"예, 참말이구만요. 절대로 그짓말이 아니구만요."

순간 담임선생님의 얼굴에 검은 그림자가 휙 스쳐지나갔다.

"선생님 말씀 잘 듣거라. 인철이 너, 어디 가서 그런 소리 함부로 떠
들다가는 큰코다치는 수가 있다. 쥐도 새도 모르게 당하는 수가 있
어."

근심어린 낯꽃을 한 채 담임선생님이 내게 소곤소곤 귀엣말을 건네
왔다. 나는 침을 꿀꺼덕 삼키고 나서 얼떨결에 고개를 끄덕거렸다.

"선생님 말씀 알아들었거든 다시 들어가서 친구들한테 거짓말이었

다고 고쳐 말해라."

그 바람에 나는 꼼짝없이 거짓말쟁이가 되고 말았다. 내가 누명을 벗기까지는 그리 오랜 시간이 걸리지 않았다. 며칠 후에 역전 근처 아이들이 사실 여부를 확인하기 위해 떼를 지어 우리 식당에 들이닥쳤다. 붕대로 친친 감긴 창권이형의 손가락들을 보고 아이들은 금세 진상을 알아차렸다. 그러나 내가, 함부로 떠들다 큰코다치는 수가 있다는, 쥐도 새도 모르게 당하는 수가 있다는 담임선생님의 엄중한 경고를 전하자 아이들은 근질거리는 입을 꾹 다문 채 맥풀린 모습으로 돌아가버렸다.

창권이형의 일생을 통틀어 가장 빛났던 시기는 아마도 전국적으로 개헌반대 시위가 한창이던 52년 봄부터 휴전반대 시위로 나라가 온통 들끓던 53년 여름까지 1년여 세월이었을 것이다. 학생복 깃에다 2학년 표지를 달고 맨 처음 고등학생 행세를 시작했으니까 따지고 보면 이미 졸업을 하고도 남았을 때였다. 그런데도 형은 몇년째 계속 3학년 표지를 붙인 채 고등학생들을 대표해서 각종 행사에 단골 연사로 참가하곤 했다. 우리 고장보다 다른 고장 행사에 불려 다니는 횟수가 훨씬 더 많아진 것이 지난날과는 약간 달라진 점이었다. 하기야 워낙 몸집이 부대한 탓에 자기 나이보다 두어살쯤 더 들어 보일 따름이지, 실인즉슨 정식으로 학교를 다녔다면 아직도 고등학교 재학생으로 머물러 있을 나이였다.

건국의 아버지, 그러니까 옛날로 치면 나라님에 해당하는 국부 이승만 박사를 감히 대통령직에서 몰아내려는 비열한 음모가 시방 국회에서 꾸며지고 있다고 치를 떨면서 창권이형은 세상물정 아무것도 모르는 나를 상대로 곧잘 분노를 터뜨리곤 했다. 내각제 개헌이라는 망

국적 책동을 분쇄하기 위해 이 한목숨 기꺼이 바쳐 구국대열에 앞장
설 각오가 이미 돼 있노라고 형은 벌겋게 상기한 낯꽃으로 거지반 울
부짖다시피 말했다. 민족자결단이나 백골단 따위 폭력단체들이 의사
당을 포위한 채 연일 국회해산을 요구하던 무렵이었다. 내가 알아들
을 수 없는 어려운 문자들을 폭포수처럼 좍좍 쏟뜨리는 동안 넙데데
하고 거머무트름하던 형의 얼굴은 마치 만발한 꽃밭인 양 어느새 화
사하게 피어나고 있었다. 되게 못생긴 줄만 알고 있던 형의 얼굴이 유
난히 잘생겨 보이는 순간이었다. 그 청산유수의 말투나 결연한 행동
거지로 미루어 짐작컨대 형은 자신을 깔축없는 애국학도의 한 사람으
로 착각하고 있음이 분명했다. 그러지 않고서야 어떻게 감히 내 앞에
서, 자신의 내력을 똥창 속까지 훤히 다 꿰뚫어 알고 있는 내 앞에서
그처럼 뻔뻔스런 모양새를 취할 수가 있었겠는가.

　자기 인생 최고의 신대목 고동판을 맞이한 창권이형은 때마침 불어
닥친 휴전반대 열풍 속으로 뛰어들어 눈부신 활약을 펼쳤다. 학생 대
표로 아이젠하워 미합중국 대통령에게 보내는 멧돼지를 낭독한 다음
형은 습관처럼 또 열 손가락에 붕대를 친친 감고 돌아왔다. 그날 형은
말귀도 제대로 못 알아듣는 나를 붙잡고 밤늦도록 열변을 토했다. 아
이젠하워의 대통령 취임과 스딸린의 사망에 따른 국제정세의 변화가
이러저러하고, 주은래 중공 외상의 농간에 놀아나는 미국 정계의 배
신행위가 이러저러하다며 형은 마치 신지핀 무당처럼 열에 들떠 한바
탕 유식을 자랑했다. 저런 형한테 소문난 대포쟁이에다 장국밥 식당
의 농땡이 히드래꾼으로 지내던 시절이 과연 언제 있었던기 의심이
들 정도였다. 나는 엄청나게 달라진 형의 모습에 새삼스레 놀라 자빠
질 뻔했다.

이미 버릇이 된 행동으로 형은 애지중지하는 금장 회중시계를 꺼내어 끊임없이 만지작거리면서, 누가 묻지도 않았는데, 자청해서 자신의 원대한 포부를 밝혔다. 조국을 위해 바칠 목숨이 하나밖에 없다는 사실이 한탄스럽다는 것이었다. 미국은 믿지 말고 쏘련에 속지 말라는 애들 노랫말 그대로, 휴전 성립 후에도 한국에 대한 계속 방위를 약속한 아이젠하워의 말은 도무지 믿을 게 못 된다는 것이었다. 휴전 결사반대와 국군의 단독 북진을 선언한 이박사의 주장은 백번 지당한 말씀이라는 것이었다. 그래서 자기는 이박사의 뜻을 받들어 당장에라도 국군에 입대해서 멸공통일에 앞장서고 싶은 생각이 굴뚝같지만, 그보다 더 중차대한 임무가 자기한테 남아 있기 때문에 어쩔 도리 없이 꾹 참고 지낸다는 것이었다. 국민들의 잠자는 애국심을 웅변으로써 깨우고 혈서로써 발딱 일으켜세워 북진통일의 위업을 달성할 수 있게끔 돕는 그 일이야말로 일선에서 총을 들고 싸우는 일보다 훨씬 더 중요하다는 것이었다. 조국통일의 그날까지 자기는 죽음을 불사하고 국부 이승만 박사의 정치노선을 따를 것이며, 마지막 한방울의 피까지 조국에 바쳐 충성을 다할 것을 엄숙히 맹세한다는 것이었다. 그런 말들을 할 때의 형은 너무도 결연하고 비장한 표정이라서 당장 할복자살이라도 할까봐 더럭 겁이 날 지경이었다.

휴전반대 시위를 끝으로 해서 창권이형은 급속히 내리막길을 타기 시작했다. 형의 뜻, 그러니까 이박사의 뜻과는 달리 정전협정이 정식으로 발효되었다. 판문점에 군사정전위원회가 설치되고 정전협정 위반을 감시하기 위한 중립국감시위원단의 활동이 개시되었다. 북진통일의 길이 이미 꽉 막혀버린 상황인데도 형의 조국을 위한 '이 한목숨'은 끝내 바쳐지지 않았다. 실은 그럴 겨를조차 없었다. 휴전 성립

과 함께 관에서 강제로 군중을 동원하는 걸구대가 뜸해진 까닭이었
다. 형이나 나나 역전광장을 찾는 기회 역시 그만큼 뜸해질 수밖에 없
었다. 별반 하는 일도 없이 날마다 집구석에서 펀둥펀둥 게으름피우
는 것으로 소일하는 형을 보면 당장은 할복자살할 생각이 없는 눈치
였다.

　마침내 창권이형이 조국을 위해 마지막으로 봉사할 절호의 기회가
찾아왔다. 중립국감시위원단에 소속된 체코슬로바키아와 폴란드 대
표들이 북괴를 위해 남한에서 스파이 활동을 벌인 사실이 밝혀지면서
전국이 한차례 또 들끓기 시작했다. 하고많은 날들을 펀둥거리며 보
내는 짓에도 물릴 대로 물려 그러잖아도 좀이 쑤시던 참에 그 소식을
듣자마자 형의 얼굴에 대뜸 화색이 돌기 시작한 것은 두말할 나위도
없는 일이었다. 형으로서는 남의 나라에서 무단히 스파이 활동을 벌
인 두 나라에 오히려 감사해야 할 판이었다. 적성중립국 체코, 파란
(波蘭) 물러가라고 소리소리 외쳐대는 걸구대와 시가행진이 역전광장
과 시내 중심가에서 날이날마다 벌어졌다. 덩달아 형은 또다시 바빠
지기 시작했고, 거듭되는 열변과 혈서 때문에 형의 성대와 열 손가락
은 하루도 온전한 날이 없었다. 형의 활동무대는 시내에 한정되지 않
았다. 형은 하루에 얼마씩 일당을 받는 것으로 소문난 직업적인 시위
대를 이끌고 미군 비행장이 있는 군산까지 원정을 나가곤 했다. 거의
매일같이 미군 부대 앞에서 체코, 파란 스파이들 내놓으라고 과격 시
위를 벌이다가 미군 경비병들이 쏘아대는 물대포에 맞아 온몸에 붉은
물을 뒤집어쓴 채 돌아오기 일쑤었다. 그래도 형은 오랜만에 사는 보
람을 만끽하는 듯 집안에 들어서기 무섭게 나한테 그날의 무용담을
장황하게 늘어놓곤 했다.

창권이형의 마지막 활약상은 그리 오래 지속되지 못했다. 그날도 형은 군산으로 원정을 떠나 적성중립국 감시위원들의 추방을 요구하는 시위대의 선두에 섰다. 시위 분위기가 무르익자 형은 그만 흥분을 가누지 못하고 미군 부대 철조망을 타넘는 만용을 부렸다. 바로 그때 경비병들이 송아지만한 셰퍼드들을 풀어놓았다. 형은 셰퍼드들의 집중공격을 받아 엉덩이 살점이 뭉텅 뜯겨나가고 왼쪽 발뒤꿈치의 인대가 끊어지는 중상을 입었다. 형이 병원에서 퇴원할 때는 이미 한쪽 다리를 저는 불구의 몸으로 변해 있었다.

퇴원한 뒤에도 창권이형은 한동안 우리집에 계속 머물렀다. 형의 그 가짜배기 애국학도 행각을 애초부터 꼴같잖게 여기던 어머니는 쩔쑥쩔쑥 기우뚱거리는 걸음걸이로 하릴없이 식당 안팎을 서성이는 먼 촌붙이 조카를 눈엣가시로 알고 노골적으로 박대했다. 우리 식당에 빌붙어 눈칫밥이나 축내며 지내던 어느날, 형은 마침내 시골집으로 돌아갈 결심을 굳혔다.

떠나기 전날 밤, 창권이형은 보퉁이를 다 꾸린 다음 크게 선심이라도 쓰는 척하면서 내게 금장 회중시계를 만져볼 기회를 딱 한차례 허락했다. 행여 닳기라도 할까봐 오래 구경시키는 것마저도 꺼려하던 그 귀물단지를 형이 내 손에 통째로 맡긴 것은 그때가 처음이자 마지막이었다. 피난민 시체로부터 받은 선물이라고 주장하던 그 회중시계가 내 작은 손바닥 위에 제법 묵직한 중량감으로 올라앉아 있었다. 등잔불 그늘 안에서도 말갛고 은은한 광휘를 발산하는 금시계를 일삼아 들여다보고 있자니 마치 형의 금빛 찬란하던 한때를 그것이 째깍째깍 증언하는 듯한 느낌이 언뜻 들었다. 전쟁 기간을 통틀어 형의 수중에 남겨진 유일한 전리품이었다.

"형이 옳았어."

회중시계를 되돌려주면서 형의 호의에 대한 답례 삼아 뭔가 형에게
위로가 될 적당한 말을 찾느라 나는 복잡한 머릿속을 한참이나 된장
질하지 않으면 안되었다.

"멧돼지가 아니었어. 멧세지가 맞는 말이여."

내 말에 아무런 대꾸 없이 형은 그저 보일락말락 미소만 시부저기
흘리고 있을 따름이었다.

단봇짐을 싸 다리를 쩔쑥거리며 한번 시골집으로 돌아가버린 창권
이형은 그후 오랜 세월이 흘러도 두번 다시 우리집에 발걸음하지 않
았다.

3

"시대가 영웅을 맨드는 벱이지."

"어디 영웅만 맨드는가? 멀쩡헌 인간 괘얀시 후끈 달궈서 지가 무
신 영웅이나 되는 줄 착각허고 천방지축 날뛰는 등신도 맨들어놓지."

"그렇다면 그 창권이란 사람은 영웅인가, 등신인가?"

"말허자면 될뻔댁 같은 경우겠지. 하마트라면 영웅이 될 뻔했다가
결국에는 등신으로 주저앉고 만……"

"될뻔댁은 어림도 없는 소리다. 애시당초 영웅허고는 사돈에 팔촌
도 인연이 인 닿는 직자였어. 진시 싱황에시 흔히 있을 수 있는 한갓
이용물에 불과허다니깨!"

"등신이 맞어. 지가 이용당허는 줄도 몰르고 발광허다시피 넋이야

신이야 허수애비 노릇에 고부라졌던 불쌍헌 종자가 틀림없어."

"아무리 그렇드라도 전정이 구만리 같은 젊은이가 시국에 실컨 이용만 당허다가 다리까장 불구가 되다니! 생각헐시락 참말로 안됐구만. 쯧쯧."

"전쟁통에 불구자 된 사람이 어디 한둘인가? 남녀노소를 불문허고 인간을 닥치는 대로 불구로 맨드는 게 바로 전쟁이란 놈 주특기 아닌가."

이야기 속의 주인공을 놓고 시작된 설왕설래가 한 마장쯤 길게 이어졌다. 교장선생이 김지겸을 돌아다보며 말했다.

"우리 김박사께서 최종적으로 결론을 내려보시지."

"내가 뭐얼?"

"영웅 논쟁에 종지부를 찍으란 말이여."

"그 문제라면 얘기를 들려준 당자가 제일 적격일 테니깨 하사장한티 직접 물어보시지."

김지겸이 자기한테 차례 온 결론을 하인철에게 떠넘겼다. 그러나 스스로 무역회사 사장이라고 직업을 밝힌 바 있는 하인철은 여전히 사람 몸뚱이만한 의문부호를 전신에 매단 채 그냥 수수께끼 같은 웃음만 짧게 입아귀에 물었다 놓을 뿐이었다.

"결론은 각자가 알어서 호주머니에 챙겨 담기로 허고, 에또, 그러면 다음 야그 당번은 누구로 정헐꼬? 옳거니, 이진원이 바로 너로구나!"

꽤 야심한 시각이었다. 밀려드는 졸음과 힘겹게 겨루느라 자칫 흐트러질 염려가 있는 분위기를 다잡기 위한 노력으로 교장선생은 무리하게 활기를 과용하면서 다음 이야기 차례를 재촉했다.

—『현대문학』2001년 12월호

개비네 집

누나는 마쳐야 할 절차가 아직 더 남아 있다는 듯 내 손을 붙잡은 채 놓아주지 않았다.

바로 그때 명주누나가 방안으로 얼굴을 불쑥 디밀었다.

"누님이라고 한번만 불러줘, 이 멍텅구리야!"

1

　임시 숙소가 마련된 빈 교실에서 술에 취해 일찌감치 곯아떨어져 있던 양해식이 미처 잠에서 덜 깬 눈두덩을 비비며 어슬렁어슬렁 기어나와 때늦게 강주정을 부리는 바람에 이야기판의 흐름이 끊겨버렸다. 실로 오랜만에 동기들을 만나 반가운 김에 홀짝홀짝 마시기 시작한 소주의 양이 제법 만만치 않아서 여느때 같으면 나우 취해 있을 법도 하련만 장시간 이야기판에 흠뻑 취해 있다 보니 좌중 거개가 유리대롱 속같이 정신들이 말짱한 상태였다. 때문에 양해식의 강주정은 더욱 새퉁스럽게 느껴졌다.

　"야, 뽀이스카웃 훈련들 나왔냐? 애들맨치로 잠도 안 자고 요게 시방 무신 청승들이냐?"

　서울에서 작은 출판사를 경영하고 있는 친구였다. 모주망태 출판업자의 느닷없는 강주정이 잘나가던 분위기를 와장창 깨뜨려놓는 바람에 좌중에 작은 동요가 일기 시작했다. 맑은 정신으로 훼방꾼을 바라보는 눈초리들이 결코 고울 턱이 없었다.

　"저 개차반, 기연시 또 고질병이 도졌구만!"

　"해식이 저 자식은 술을 먹어도 꼭 똥구녁으로 처먹는다니깨!"

　하지만 양해식은 동기들의 편잔에도 아랑곳없이 계속 막무가내로 굴었다. 그는 모깃불 주위에 둘러앉은 동기들 무릎을 돌멩이로 알고는 발부리로 툭툭 걷어차고 다니면서 연방 언성을 높였다.

　"자고로 이야기 뽀치는 놈들은 가난허게 사는 법이라고 공자님께서도 진즉에 말씸허셨니라. 이야기 좋아 말고 빨랑 술이나 마시자. 이야기판 대신 술판에다 권주가 삼어서 노래자랑을 곁들여야 동창회 남새가 물씬물씬 나는 법이지! 안 그러냐? 내 말이 틀렸냐?"

　술만 들어갔다 하면 주사를 가장해서 행짜부리기를 일삼는 개차반 출판쟁이의 강압에 못 이겨 끝내 소주가 두어 순배 좌중을 돌고 말았다. 그러느라 고등학교 미술교사 이진원의 이야기는 술판 뒷전에서 한동안 열중쉬어 자세를 취한 채 제 차례를 기다려야만 했다. 끊겼던 이야기의 맥이 다시 이어진 것은 술을 입 아닌 똥구멍으로 퍼마신다는 그 개차반을 거지반 떠메다시피 하여 교실 숙소에다 처박아놓고 난 다음이었다.

2

봄볕이 다냥하게 내리쬐는 반공일 오후였다. 오전 수업을 마치고 학교에서 일찍 돌아온 나는 울안 터앝에서 노란 장다리꽃을 희롱하는 배추흰나비의 날갯짓을 일삼아 지켜보고 있었다. 부르는 소리가 얼핏 들렸다. 그 사품에 나는 마치 무슨 몹쓸 짓거리라도 하다 들킨 푼수로 괜스레 당황한 낯꽃을 감추지 못했다. 이웃집 사는 여고생 누나가 담장 너머에서 나를 부르고 있는 중이었다.

"시방 뭣 허고 있냐?"

썩은새가 얹힌 담장 위로 간신히 머리통만 드러낸 채 명주누나가 실실 웃어가며 물었다.

"그냥, 아무것도……"

"진원아, 너 또 꽃 구경허고 있었지야?"

나는 하마터면 꽃 구경이 아니라 나비 구경이었다고 곧이곧대로 대꾸할 뻔했다.

"사나 대장부가 생긴 것도 똑 가시나맨치로 생겨갖고는 허는 짓도 노상 꽃들이나 벗삼어 놀음시나 장차 환쟁이 될 꿈이나 꾸고, 진원이 너 참말로 자알 허는 짓이다!"

말을 마치기 무섭게 명주누나는 선머슴같이 큰소리로 한바탕 깔깔거렸다. 나는 홧홧 달아오른 낯꽃을 누나의 시야에서 냉큼 빼돌려 장다리들을 길쭉길쭉 뽑아 올리고 있는 묵은 채마밭 위에다 살그미니 내려놓았다.

"진원이 너, 내 심부름 조께 댕겨와야 쓰겄다."

웃음을 그친 누나가 갑자기 정색을 하면서 명령조로 말했다.

"개비네 집 알지야?"

시내 사는 사람들치고 그 집을 모르는 사람이 과연 누가 있을까. 어리다고 나를 얕잡아보는 탓인지 누나는 별걸 다 묻고 있었다. 그만큼 개비네 집은 시내 전체를 통틀어 아주 유명짜했다.

"가서 똥판이한티, 내가 갑째기 집안에 피치 못헐 사정이 생겨서 생일잔치에 참석 못허겄다고 전허고 오니라."

"똥판이가 누군디요?"

"여적지 그 유명헌 똥판이도 몰르고 있었냐? 개비네 딸 금옥이 말여, 금옥이."

개비네 딸 이름이 금옥이고 그니의 별명이 똥판이란 사실을 나는 그때 처음 알았다. 그때까지 내가 알고 있었던 사실은 개비한테 아주 아리따운 딸 하나가 있고 그 딸과 명주누나가 아주 절친한 사이라는 정도였다. 길을 오가면서 어쩌다 몇번 마주친 적이 있어 나도 그니의 얼굴은 익히 알고 있었다. 볼 때마다 어린 가슴을 공연히 발랑발랑 뛰놀게 만드는 빼어난 미인이었다. 똥판이라니, 그토록 아리따운 처녀한테 그토록 아름답지 못한 별명이 붙어다닌다는 게 도무지 믿어지지 않았다.

"해필이면 왜 이름이 똥판이래요?"

"금옥이 엄니가 만삭 때 뒷간에 앉어서 뒤를 봄시나 끄응 힘을 쓰다가 실수로 그만 똥통 우에다 퐁 내질러서 얻은 딸이라서 그런단다. 늦게 얻은 부잣집 귀녀 고명딸, 무병장수허고 잘살으라고 역부러 고로콤 귀꿈시런 별명을 붙여주었단다."

일껏 말을 해놓고는 자기 말에 자기도 우스운지 명주누나는 선머슴

같이 한바탕 또 큰소리로 깔깔거리는 것이었다. 내가 만약 금옥이누나의 친구라면 나는 절대로 똥판이 따위 상스런 이름은 절대로 입에 올리지 않을 거라고 생각했다.

"왜 그렇게 우두거니로 서만 있냐, 개비네 집에 싸게 댕겨오잖고?"

아, 하고 나는 속으로 새삼스레 감탄했다. 내가, 다른 누구도 아닌 나 이진원이가 개비네 집으로 시방 심부름을 가려는 참이다. 다른 집이라면 또 모르겠다. 다름 아닌 개비네 집이다. 개비네 집에 찾아가 개비의 아리따운 딸 똥판이, 아니, 그러니까 금옥이누나를 만나려는 참이다. 그 누나를 만나게 된다는 생각만으로도 벌써부터 가슴이 발랑발랑 뛰놀고 낯꽃이 홧홧 달아오르기 시작했다.

"불쌍헌 인민들 고혈이나 빨어먹고 양도야지맨치로 디룩디룩 살이 나 찐 뿌르좌지 딸년들이 돈 많은 애비 하나 잘 만난 덕분에 찌리찌리 모여서 흥청망청 호화판 생일잔치 벌리는 자리에 내가 미치고 설쳤다고 멀쩡헌 낯짝 디민다냐? 억만금을 준다 혀도 나는 그런 짓 절대 안 헐란다!"

담장 위에 되똑하니 얹혀 있던 자기 머리통을 내 눈이 미치지 못하는 담장 아래쪽으로 거둬들이기 직전에 명주누나가 혼자서 주고받는, 불만에 가득 찬 문답이었다. 뿌르좌지가 무슨 말인지는 몰라도 아무튼 나쁜 뜻인 것만은 분명했다. 해달라니까 심부름을 해주긴 하겠지만, 평소에 그토록 자별한 사이로 지내던 친구에게 그런 말을 함부로 쓰는 명주누나의 심보를 나는 당최 이해할 수 없었다.

신작로를 사이에 두고 훗날 동중학교가 들어선 옛 공설운동장 자리와 그 아래 남성중학교를 한눈에 내려다보는 언덕빼기에 육모정이란 이름으로 불리는 아담한 정자가 자리잡고 있었다. 개비네 집은 육모정 바로 옆이었다. 성곽처럼 높고 튼튼한 돌담에 에워싸인 개비네 집은 사진에서 본 적이 있는 서울의 궁궐을 연상케 하는 거창한 기와지붕의 겨우 윗부분만 바깥세상을 향해 약략스레 드러내고 있을 따름이었다. 그 앞을 노상 지나다니면서도 안에까지 들어가본 적은 한번도 없는 탓에 동네 사람들은 돌담 내부 개비네 집의 규모와 구조를 두고 거의 전설에 가까운 상상들을 주고받곤 했다. 아흔아홉 칸짜리 개비네 집의 수많은 기둥들은 모조리 누런 금물을 뒤집어쓰고 있으며 마당 전체는 번쩍번쩍 대리석으로 뒤덮여 있다더라, 하는 식이었다. 이를테면 개비는 부자의 대명사인 셈이었다. 소문난 부자라면 모름지기 개비네 집 같은 집을 짓고 개비네 식구들처럼 살아야 되는 것으로 동네 사람들은 생각을 굳히다시피 하고 있었다.

남성중학교 정문 맞은편에서 약간 남쪽으로 비낀 지점에 주로 고무신 따위를 생산하는 천일고무공장이 자리잡고 있었다. 그 천일고무공장의 사장이 바로 개비란 인물이었다. 내세울 만큼 변변한 산업체가 눈을 씻고 찾아봐도 별로 없던 그 시절에 천일고무공장은 시를 대표하고도 남을 정도로 아주 유명한 대기업이었다. 회사 규모에 걸맞게끔 그 사장인 개비 또한 시 전체를 통틀어 둘째가라면 서러워할 갑부 중의 상갑부였다. 들리는 얘기로는, 일제시대 때 일본인 사장 밑에서 직원으로 일하다가 해방을 맞아 사장이 일본으로 쫓겨가는 바람에 거저먹다시피 고무공장을 통째로 차지했다는 것이었다. 개비의 성은 김씨인데, 그런 엄청난 부자를 가리켜 김사장이라 칭하지 않고 어른 아이 가릴 것 없이 그저 도나캐나 개비라고 함부로 불러 버릇했다. 그의 이름자가 '갑'으로 끝나는 까닭이었다. 가난한 동네 사람들이 사용하는 개비란 호칭 속에는 감히 자기네 살림살이와는 비교의 대상조차

될 수 없는, 지체 높은 갑부를 겨냥한 일종의 적대감과 함께 얕잡아
허물없이 대하고 싶어하는 친근감이 담겨 있었다. 하지만 거개의 경
우 친근감보다는 적대감의 표시로 그 호칭을 뻔질나게 입길에 올려대
곤 했다.

성문만큼이나 크고 육중해 보여서 언제나 보는 사람으로 하여금 기
가 팍 꺾이게 만드는 개비네 집 대문은 여느때나 다름없이 굳게 닫혀
있었다. 그 대신 대문짝 귀퉁이에 달린 쪽문은 반쯤 열린 상태였다.
아직 도착하지 않은 누군가를 위해 쪽문을 살짝 지쳐둔 모양이었다.
대문 앞에서 몇차례 심호흡으로 두근거리는 가슴을 다스린 다음 나는
그러잖아도 작은 내 몸뚱이가 솔방울만하게 더욱 움츠러드는 기분을
안은 채 쪽문 안으로 조심조심 들어섰다. 너무 긴장한 나머지 대문 안
쪽 풍경이 눈에 얼른 들어오지 않았다. 수많은 방들 가운데 어느 한
방에 모여 만판 웃고 떠드는 처녀들 목소리가 땍대구루루 마당으로
굴러나오고 있었다.

"저어, 잠깐 실례허겄구만요!"

나는 아랫배에 잔뜩 힘을 주면서 어렵사리 목청을 쥐어짰다. 가정
부로 짐작되는 중년 여인이 행랑채에서 나오더니만, 실례할 테면 어
디 한번 해보라는 투로 내 얼굴을 멀뚱멀뚱 지켜보았다.

"저어…… 똥판이……"

순간적으로 나는 아차 싶었다. 총망중에 치명적인 실수를 범한 내
조동아리를 내 주먹으로 단단히 벌하고 싶은 심정이었다.

"아니, 금옥이누님 조깨 만나러 왔는디요."

중년 여인은 여전히 입을 굳게 다문 채 조용히 안채 쪽으로 사라졌
다. 방안에서 시끌벅적 왜자기는 처녀들 웃음소리가 갑자기 뚝 멎었

다. 곧이어 금옥이누나가 마당에 그 아리따운 자태를 드러냈다.

"저어, 명주누님 심부름으로…… 저어, 명주누님이 갑째기 집안에 피치 못헐 사정이 생겨서……"

박꽃처럼 새하얗고 끼끗하게 기품이 넘치는 금옥이누나의 얼굴을 대하는 순간, 나는 입안에 그득 괸 침과 함께 일껏 혀끝에 나란히 줄을 세워 대기시켜놓았던 단어들을 목구멍 안쪽으로 꿀꺼덕 삼켜버렸다.

"언제 명주한티 이런 동생이 다 있었든가?"

나는 얼김에 고개를 저어 간신히 도리머리를 해 보였다.

"그럼 너는 누구냐?"

의아해하는 눈빛으로 금옥이누나가 내 위아래를 짯짯이 훑어보았다. 길을 오가다 여러번 얼굴을 마주친 적이 있었는데도 누나는 나를 전혀 알아보지 못했다. 하긴 천하갑부 개비의 딸 금옥이누나가 나 같은 가난뱅이 어린애를 알아볼 리가 만무했다.

"그냥…… 명주누님네 옆집에 사는……"

바로 그때 방안에 있던 여학생 대여섯이 한꺼번에 우르르 밖으로 몰려나왔다. 그니들은 순식간에 금옥이누나와 나를 빙 에워싸면서 제멋대로 떠들어대기 시작했다.

"뜬금없이 웬 총각이랴?"

"누구냐, 누구?"

"옴매, 허여멀끔허니 생긴 얼굴이 똑 가시내맨치로 이쁘장허기도 허다. 금옥이 동생 삼으면 딱 쓰겄다."

"옴매옴매, 저 총각 얼굴 뽈개지는 것 조께 보소이! 진짜 머시매가 맞는가 보게 어디 한번 아랫두리를 벗겨봐야 되겄다."

명주누나 말마따나 호말만한 '뿌르좌지 딸년들'이 멀쩡한 사람을 면

전에 세워놓고 한참이나 찧고 까불기를 일삼으면서 되나못되나 함부로 떠벌리고 있었다. 금옥이누나가 가볍게 손을 흔들어 그 잡다한 소리들을 단숨에 잠재워버렸다.

"명주네 옆집 사는 앤데, 집안에 사정이 생겨서 명주가 오늘 못 온대."

"흥, 사정은 무신 얼어죽을 사정! 애시당초 우리들허고는 사상이 틀리는 혁명투사니께 참석허고 싶은 생각이 없었던 게지!"

한 여학생이 볼멘소리를 내뱉었다.

"그럴 것 같아서 내가 첨부터 명주년은 빼자고 몇번이나 말했잖어!"

다른 여학생이 차가운 어조로 불평을 터뜨렸다.

"혁명투사께서 저엉 오시기 싫으시다면 허는 수 없지, 뭐. 꿩 대신 닭이라고, 명주 대신 저 총각이라도 델꼬 놀다가 돌려보내자."

또다른 여학생의 엉뚱한 제안에 모두들 배꼽을 쥐고 웃었다. 금옥이누나가 엄격한 표정을 지으며 친구들을 나무랐다.

"친구 도리로 명주 입장을 존중해주지 않고 무조건 나쁘다고 욕만 하면 못쓴다. 그리고 또 이 학생은 엄연히 내 집에 찾어온 손님이다. 나이가 어리다고 손님을 함부로 대접허는 건 예의가 아니다."

금옥이누나는 얼굴만 예쁜 게 아니었다. 얼굴 못지않게 그 마음씨 또한 선녀처럼 또는 천사처럼 예쁘다는 사실을 나는 그때 처음 알았다. 뿌르좌지 딸년들이 머쓱한 표정으로 잠시 금옥이누나의 눈치를 실피더니만 나올 딩시와 마찬가지로 한꺼빈에 우르르 밍인으로 향했다. 금옥이누나가 만면에 함빡 웃음꽃을 피우면서 내 이름과 나이를 물었다.

"심부름 오느라 욕봤다. 이왕지사 우리집에 들어온 김에 잠깐 쉬었다 가거라."

희고 가느다란 손이 다가와서 민숭한 내 까까머리를 부드럽게 어루만졌다. 손에서 풍기는 향긋한 냄새가 내 코끝을 사정없이 간질여댔다. 내 마음은, 아니라고, 괜찮다고, 이만 가봐야겠다고 대답하고 있었다. 하지만 도저히 물리칠 수 없는 그 향기에 이끌려 내 몸뚱이란 놈이 나도 모르는 사이에 누나의 뒤꾸머리를 주춤주춤 따라가는 것이었다.

"진원아, 여기 잠깐 앉어 있거라. 군입정거리를 가져오마."

정원이 내려다뵈는 대청 툇마루로 나를 안내한 다음 누나는 안쪽으로 사라졌다. 혼자가 되자 비로소 개비네 집의 내부 구조가 눈안으로 들어오기 시작했다. 마당은 번쩍이는 대리석들로 뒤덮여 있지 않았다. 내 팔로 실히 한아름이 넘어 뵈는 굵고 실팍진 기둥들도 누런 금물 따위는 전혀 뒤집어쓰고 있지 않았다. 요란한 소문만큼 마냥 호사스럽게 꾸미고 사는 집 같지는 않았다. 정원 복판을 차지하고 있는 커다란 인공 연못만이 소문난 갑부 집안의 풍족한 살림을 대표적으로 말해주고 있을 따름이었다. 맑은 수면 위에 동동 뜬 수련 잎들이 연못을 반나마 뒤덮고 있었다. 내 팔뚝보다 훨씬 더 큰 비단잉어들과 형형색색으로 치장한 금붕어들이 무리를 지어 수련들 사이로 흐느적흐느적 헤엄쳐 다니는 중이었다. 한폭의 아름다운 그림이 내 넋을 댓바람에 사로잡아버렸다.

"심심허지? 말동무가 없어서 어쩐다나?"

금옥이누나가 쟁반에다 양과자를 수북이 담아 내왔다. 내 마음은, 아니라고, 조금도 심심한 줄 모르겠다고 대답하고 싶어했다. 그러나

나는 말없이 그냥 낯꽃만 확 붉히고 말았다.

"과자 먹으며 놀고 있거라. 이따가 다시 오마."

다시 한번 내 까까머리를 쓰다듬고 나서 누나는 집채 안쪽으로 사라졌다. 쟁반에 담긴 양과자들이 다투어 내게 시비를 걸어왔다. 나는 기중 극성스레 시비를 걸어오는 양과자 하나를 냉큼 집어 본때를 보여주기로 작정했다. 겉에 싸인 은박지를 벗겨내자 옻칠을 올린 듯 새까맣게 윤기가 흐르는 속살이 매끄럽게 드러났다. 말로만 듣던 초콜릿이었다. 난생 처음 초콜릿 특유의 고소한 향내를 맡는 순간 내 뱃속에서 갑자기 회가 동하기 시작했다. 혀끝에서 눈가루처럼 사르르 녹는 그 초콜릿의 단맛이 집안 식구들의 얼굴을 한꺼번에 개비네 집으로 불러들였다. 아버지와 어머니 그리고 두 동생의 몫으로 우선 네 개의 초콜릿을 챙겨 잽싸게 호주머니 속에 간직했다. 입으로는 쟁반 위의 과자들을 빠른 속도로 축내면서 눈으로는 연못에서 떼지어 노니는 물고기들 구경에 고부라진 시늉을 하고 있자니 호주머니에 든 것들이 대고 맘에 걸렸다. 먹었으면 당연히 흔적이 남게 마련인데, 비어 있는 초콜릿 숫자보다 쟁반에 남아 있는 은박지 숫자가 모자란다는 사실을 금옥이누나가 알아차릴 경우, 그 무슨 망신이겠는가. 생각이 그쯤에 미치자 나는 서둘러 자리를 뜰 요량을 했다.

"왜, 벌써 갈라고?"

때마침 대청마루에 다시 모습을 나타낸 금옥이누나하고 눈이 딱 마주쳤다. 나는 또다시 홧홧 달아오르는 낯꽃을 어쩌지 못한 채 입안 그득 과자라도 물고 있는 푼수로 인사말을 우물거렸다.

"안녕히 기세요."

개비네 공장에서 만들어진 천일표 검정 고무신을 찾아 허둥지둥 발에 꿰는 참인데 누나가 뒤에서 쟁반을 들고 달려왔다. 한움큼 과자를 움킨 누나의 주먹이 내 호주머니를 겨냥하고 덤벼들었다.

"요것 가져가거라."

그 손이 복잡한 내 호주머니 내부 사정을 밖으로 끄집어낼까봐 나는 질겁이나 하면서 거지반 비명을 지르다시피 한사코 사양했다.

"아니구만요! 괜찮구만요!"

등뒤에서 거푸 내 이름을 부르는데도 나는 귀머거리인 체하고 똥마려운 강아지 몸짓으로 허둥지둥 개비네 집을 빠져나왔다. 그 순간 나는 식구들 몫의 초콜릿을 몰래 챙겨 담은 내 성급한 욕심을 앞으로 두고두고 후회하게 될 것임을 어둡게 예감했다.

다음주 월요일 저녁 무렵이었다. 학교에 다녀온 명주누나가 담장 너머에서 또 나를 불러냈다. 뭐가 그리 재미있는지 누나는 실실 웃기부터 했다.

"진원이 너 귀빠진 날이 은제냐?"

남의 생일은 알아서 대관절 뭣에 쓰려고 그러는지 누나는 다따가 엉뚱한 걸 묻고 있었다. 가을에 태어났으니까 내 생일이 되려면 아직도 한참을 더 기다려야만 했다.

"암만혀도 안되겄다. 시월까장 지달릴 수 없으니께 임시변통으로 요번 토요일을 니 생일로 정허자."

영문을 몰라 뜨악한 표정을 짓는 나를 보고 누나는 또다시 실실거렸다.

"돈이 썩어나게 많은 뿌르좌지 딸년이 아매 돈 주고 너를 사고 잪은 모냥이드라. 생일 선물을 준비헌다고 니 생일을 알어 오라드라."

"누님은 무신 그런 소리를!"

말이면 다 말인가. 참을 수 없는 모욕감 때문에 나도 모르게 목소리가 떨려 나왔다. 어리다고 나를 너무 얕잡아 함부로 대하는 명주누나의 태도를 나는 앞으로 두고두고 용서하지 않을 작정이었다.

"아니다, 아니여. 니가 으쩌는가 볼라고 그냥 웃음엣소리로 헌 말이다. 진원이 너 누님 땜시 부애 많이 났냐?"

예사롭지 않은 내 반응에 엔간히 놀란 눈치였다. 누나는 일껏 입밖에 내뱉은 말들을 도로 주워담으려고 부랴사랴 설레발을 치기 시작했다.

"실은 말이다, 똥판이 갸 참말로 좋은 사람이다. 소문난 악질 뿌르좌지 딸로 태어난 죄말고는 흠잡을 디 하나 없는 아주 양질 인간이다. 나는 뿌르좌지는 미워혀도 그 딸은 절대로 미워허들 않는다."

생일 선물은 그냥 핑계일 뿐, 실은 악질 뿌르좌지 고명딸로 태어난 그 양질 인간이 나하고 의남매를 맺고 싶어한다는 이야기였다. 위로 오빠들은 여럿 있지만 밑으로는 동생 하나 없는 처지를 똥판이는 평소에도 늘 아쉽게 여겨왔노라고 했다. 그러던 차에 나를 만나보고는 맘에 쏙 들었던지 새중간에 다리를 놓아달라고 자기한테 통사정하더라는 것이었다.

"너는 누님이 없고 똥판이는 동생이 없고, 피차 적적헌 처지끼리 의남매 맺는 것도 좋은 인연 아니겄냐. 쇠뿔은 단짐에 빼랬다고, 너 요번 토요일에 나랑 생일 선물 받으러 가자."

나는 세차게 도리머리를 해 보였다.

"너 이직지 부애가 안 풀렸나?"

"요번 토요일은 안되겄구만요."

명주누나를 끝내 용서하지 않겠다는 결연한 의지를 보여주기 위해 부득부득 고집을 부려 내 임시 생일을 한주일 더 뒤로 밀쳐놓음으로써 나는 그럭저럭 구겨진 자존심을 다림질할 수 있었다.

걸핏하면 악질 뿌르좌지를 들먹이곤 하는 명주누나는 살림 형편이 넉넉지 못한 집안의 딸이었다. 군청에서 서기로 근무하는 아버지는 박봉으로 여러 자식을 다 가르칠 수가 없어 살림 밑천인 큰딸이 중학교를 졸업할 무렵 상급학교 진학을 포기할 것을 강요했다. 그러나 어릴 적부터 똑똑새란 별명이 붙을 정도로 영리하고 독한 구석이 있는 누나는 공부를 그만두느니 차라리 굶어죽겠다며 자리보전한 채 사흘을 물 한모금 안 마시고 버티며 악착을 떤 끝에 마침내 졸업 후에 취직해서 동생들 학업을 돕는다는 조건으로 여고 진학을 허락받는 데 성공했다. 명주누나는 원원이 그런 여자였다.

갑작스레 내 생일로 둔갑해버린 그 토요일 오후, 나는 명주누나와 함께 두번째로 개비네 집을 방문했다. 금옥이누나는 다과를 준비해놓고 우리를 기다리고 있었다. 그처럼 잘 차린 생일상을 받아보기는 머리털 나고 나서 그때가 처음이었다. 나는 금옥이누나로부터 색상이 자그마치 스물네 가지나 되는 미제 크레파스와 품질 좋은 도화지 한 권을 생일 선물로 받았다. 내가 그림에 소질이 있다는 말을 명주누나한테서 들은 모양이었다. 선물을 전하면서 누나는, 장차 훌륭한 화가로 성공하기 바란다는 덕담을 크레파스 위에 덤으로 얹어주었다.

그것으로 생일 축하는 다 끝난 셈이었다. 정해진 절차를 마치고 나니까 분위기가 갑자기 어색해졌다. 선머슴 같은 명주누나가 그 어색함을 능쳐볼 요량으로 짐짓 왁살스런 농지거리를 연발했지만 당사자들이 마냥 쑥스러워하며 자꾸만 이야기의 중심을 비켜가는 바람에 분위기는 눈곱만치도 나아지지 않았다. 당최 터놓고 의남매 얘기를 꺼낼 계제가 못 되었다. 금옥이누나는 친구를 상대로 이런저런 잡담을 주고받고 있었고, 나는 또 나대로 입 없는 크레파스를 말동무 삼아 우리만의 비밀스런 대화를 나누고 있었다. 양초처럼 딱딱하게 굳어 잘 칠해지지도 않을 뿐만 아니라 걸핏하면 뚝뚝 잘도 부러지는 열두 가지 기본 색상의 싸구려 크레용마저 형편이 안 닿던 당시로서는 정말 구경조차 하기 어려운 귀물이었다. 보면 볼수록 절로 감탄이 우러나는 크레파스였다. 스물네 가지 다양한 색상들이 나로 하여금 스물네 가지보다 몇곱절 더 많은 화려한 꿈들을 꾸게끔 연방 부채질하고 있었다. 미제 크레파스라면 이 세상의 뭐가 됐든, 모양을 갖춘 것이든 안 갖춘 것이든 죄다 그릴 수 있을 것만 같았다. 마음을 완전히 사로잡는 그 크레파스의 체통을 생각해서라도 나는 반드시 훌륭한 화가가 되지 않으면 안되겠다는 사명감 비슷한 것마저 느껴졌다. 잘생긴 크레파스를 일삼아 들여다보고 어루만지기를 되풀이하면서 나는 속으로 두 가지 결심을 다졌다. 하나는 금옥이누나와 단둘이 만나는 기회가 오면 내 진짜 생일이 언제인지 바른 대로 고백하겠다는 것이고, 다른 하나는 생일 선물로 받은 크레파스를 사용해서 맨 먼저 누나의 초상화부터 그려 성의에 보답하겠다는 것이었다.

끝내 어느 누구도 의남매 얘기를 꺼내지 않았기 때문에 헤어지는 순간까지 누나는 여전히 뿌르좌지 개비의 딸 김금옥의 자격으로 궁궐 같은 집에 남고 나는 또 나대로 그냥 없이사는 집 아들 이진원의 자격으로 성문만큼이나 크고 육중한 개비네 집 대문을 나설 수밖에 없었다.

그닐 이후로 친구네 집을 찾는 금옥이누나의 빌걸음이 부쩍 잦아졌다. 옆집에 발그림자를 할 적마다 누나는 친구를 시켜 나를 밖으로 불러내곤 했고, 그럴 적마다 내 손에 으레 선물을 쥐여주곤 했다. 시도

때도 없이 줄줄이 흘러내리는 콧물을 훔치라고 예쁜 손수건을 건네기
도 하고, 시중에서 구경조차 하기 힘든 요요나 꽃구슬 따위 장난감을
건네기도 했다. 명주누나가 곁에 지켜 서서, 누님이라고 불러봐라, 누
님이라고 한번 불러봐, 하며 몇차례나 채근하곤 했다. 너무나 쑥스러
운 나머지 차마 고개조차 바루지 못하는 나를 보고 금옥이누나는, 그
런 식으로 자꾸 몰아붙이지 말라며 친구를 말리곤 했다. 누나를 만날
때면 좀도둑처럼 그 아리따운 얼굴을 눈치껏 훔치는 이상한 버릇이
어느결에 나한테 생겨나 있었다. 때로는 갸름한 얼굴 전체의 윤곽을
가슴속에 담기도 하고 또 때로는 또렷또렷한 이목구비 하나하나를 뜯
어 눈에 새기기도 했다.

"지집애! 안 그러면 누가 소문난 뿌르좌지 딸년 아니랄깨미 찾어올
적마다 꼭 부자 티를 내고 가는구만!"

골목길 밖으로 차츰 멀어지는 뿌르좌지 딸의 뒤통수를 겨냥하고 명
주누나는 꼬박꼬박 비아냥거리기를 잊지 않았다. 그러나 함부로 놀려
대는 사나운 입정과는 달리 얼굴에는 너그러운 웃음을 그득 띤 채였
다. 나는 번번이 금옥이누나와 헤어진 다음에야 잔뜩 벼르고 별렀던
말들이 아직도 내 속에 징건히 괴어 있음을 깨닫곤 했다. 지난번의 그
것은 가짜 생일이었음을, 진짜 생일은 훨씬 훗날임을 누나한테 곧이
곧대로 밝히는 일이 나한테는 언제나 다듬잇돌을 땅띔하는 일에 견주
리만큼 힘들었다.

나는 밤이 깊어 식구들이 잠들기를 기다리다 마침내 혼자가 되자
호롱불에 눈썹을 태워가며 작업에 고부라지기 시작했다. 해 있을 때
훔쳐두었던 금옥이누나의 얼굴을 해가 진 다음 기억 속에서 꺼내어
도화지 위로 옮기는 작업은 의욕만큼 그리 수월치가 않았다. 내가 시

키는 대로 내 손끝이 순순히 복종하지 않고, 내 손끝이 가는 방향으로 크레파스란 놈들이 얌전히 따라오지 않아 무진장 애를 먹어야 했다. 특히 그리기 어려운 데가 눈이었다. 애당초 내가 그리고자 했던 누나의 눈, 촉촉이 물기에 젖어 있는 그 그윽한 눈매는 일껏 공들여 그려 놓고 보면 그냥 뻥 뚫린 두 개의 구멍에 지나지 않았다. 그것은 누나에게 차마 못할 짓거리였다. 누나의 아리따운 얼굴을 내 손으로 망쳐 놓을 수는 없는 노릇이었다. 나는 밤이 깊도록 그리고 또 그린 누나의 초상화들을 결국 짝짝 찢어발기고 말았다. 주변 사람들로부터 일찍이 소질을 인정받은 덕분에 다른 건 몰라도 그림에 관한 한은 남다른 자부심을 품어왔던 아홉살짜리 꼬마 화가에게 난생 처음 밤의 어둠 같은 시커먼 절망이 몰려드는 순간이었다.

금옥이누나의 초상화를 붙들고 씨름하는 사이에 어느덧 봄날이 다 지나가버렸다. 개비네 집 근처 길가에 줄지어 늘어선 쥐똥나무들이 새하얀 꽃들을 앙증맞게 매달고는 짙은 향기를 풍기기 시작할 무렵이었다. 그 초여름의 어느날, 드디어 사건이 벌어졌다. 그랬다. 그것은 하나의 사건임이 틀림없었다. 명주누나가 갑자기 퇴학을 당한 것이었다. 누나는 한밤중에 여학교 안에 숨어들어 곳곳에 삐라를 뿌리고 다니다가 소사 아저씨한테 발각되었다. 퇴학과 함께 경찰에 쫓기는 몸이 된 누나가 며칠 동안 집에 돌아오지 않는 바람에 온동네가 발칵 뒤집히다시피 했다. 군청 공무원이던 누나의 아버지는 사상이 불온한 딸을 둔 까닭에 졸지에 직장까지 그만둬야만 했다. 한동안 피신해 지내던 누나는 결국 경찰에 붙집히고 말았다. 누나가 붙집힌 곳은 놀랍게도 악질 뿌르좌지 개비네 집 별채였다.

명주누나가 초주검이 되어 경찰서에서 풀려났다. 똥판이의 간청에 못 이긴 개비가 돈을 암만이나 처들여 딸의 친구를 유치장에서 빼냈다는 소문이 나돌았다. 우리 이웃을 찾는 금옥이누나의 발걸음이 전보다 더욱 잦아졌다. 누나는 그새 학교에서 있었던 크고 작은 일들을 시시콜콜 명주누나에게 전해주었다. 집안에서 천덕꾸러기 신세가 돼버린 명주누나는 넋 달아난 사람마냥 맹한 표정으로 아무런 대꾸 없이 친구의 말을 그저 듣기만 했다. 나는 두 누나 사이를 갈라놓는 그 어색한 분위기에 주눅이 들어 하릴없이 오도카니 있다가 집에 돌아올 수밖에 없었다. 목을 길게 늘여 뺀 채 이웃집에 불려간 형이 돌아오기만 기다리던 동생들은 남의 속도 모르고 대뜸 내 손부터 살폈다.

"얼레, 또 빈손이여?"

그동안 갑부 딸이 형의 손에 쥐여준 과자나 사탕들에 단단히 맛을 들인 녀석들은 실망의 빛을 감추지 못했다. 다른 누구도 아닌, 개비 딸 똥판이한테 유달리 꾐을 받는다 해서 맏아들을 늘 대견스레 여기던 어머니 역시 실망을 나타내기는 매일반이었다. 아들하고 의남매처럼 지내는 갑부 딸한테 어머니가 걸고 있는 기대는 사실 분수에 넘칠 정도였다.

"요담 번에 또 똥판이 만나게 되걸랑 환갑 진갑 다 지내드락 너무너무 오래 신어서 바닥에 맞창 뻥 뚫리게 생긴 그 천일표 고무신이나 실무시 귀경시켜주거라."

오래지 않아 전쟁이 터졌다. 인민군이 삼팔선을 넘어 쳐들어왔다는 어마어마한 소식이 돌팔매처럼 핑하니 날아들어 시골 소도시의 평온한 분위기를 와장창 깨뜨렸다. 집안에서나 동네 골목길에서나 사람들이 모였다 하면 온통 전쟁 이야기뿐이었다. 학교에 가도 마찬가지였다. 걱정과 한숨으로 땅을 꺼뜨리는 어른들과는 달리 거추없이 신바람이 나서 전쟁 이야기에 만판 고부라지는 철딱서니없는 아이들을 곁눈질로 흘끔거려가며 선생님들은 쉬는 시간마다 끼리끼리 복도에 모여 귀엣말을 나누곤 했다. 시내 한복판에 있는 '야깐'(청과물시장)에서 거간 노릇을 하는 아버지는, 어느 틈에 인민군이 수도 서울까지 점령했다는 따위 흉흉한 소식을 집으로 물어 나르면서, 시골 처갓집 낡은 행랑채가 아직도 사람이 거처할 만한 상태인지를 어머니를 통해 넌지시 확인했다.

전쟁이 터지자 누구보다 바빠진 사람은 다름 아닌 명주누나였다. 무슨 사무가 그리 많은지 날이날마다 밖으로만 나부대느라 당최 집안에 붙어 있을 겨를이 없었다. 명주누나의 코빼기조차 구경하기 힘들게 되면서 한동안 뻔질나게 이웃집을 오가던 금옥이누나의 발길 또한 뚝 끊겼다. 성문처럼 거창한 개비네 집 대문은 노상 육중하게 닫혀 있었고, 그 집을 드나드는 사람도 전혀 눈에 띄지 않았다. 나는 한나절씩 개비네 집 근처를 바장이다가 왠지 모를 초조감에 휩싸여 돌아서곤 했다. 그런 날 밤이면 나는 더욱더 기를 쓰고 누나의 초상화에 매달리곤 했다.

"인자는 말짱 다 헛일이다. 전쟁 바람에 조선팔도 부자란 부자들은 죄다 서리 맞은 구렝이맨치로 시르죽는 판국인디 똥판이 화상 따우가 무신 소용이 있을 것이냐."

어머니가 곁에서 얀정없이 지청구를 주었다. 불과 며칠 전까지만 해도 염치없이 공짜 천일표 고무신을 탐하던 어머니는 전쟁이 터지자마자 인제 그랬더냐는 듯이 태도를 씩 표변해버렸다. 도화지 위에 날름 올라앉은 금옥이누나의 모습은 여전히 내 성에 차지 않았다. 내가 또다시 그림에 실패할 수밖에 없었던 평계를 나는 어머니의 변덕스런 태도에서 찾고 있었다.

칠월 중순의 어느날, 나는 학교가 파해서 집으로 돌아가는 길에 남성중학교 앞 신작로에서 교복 차림의 금옥이누나하고 우연히 마주쳤다. 오랜만에 보는 누나의 얼굴은 몰라보리만큼 많이 상해 있었다. 지난번 마지막 봤을 때의 그 해맑고 반주그레하던 얼굴이 아니었다.

"진원이구나!"

그늘졌던 낯꽃을 활짝 펴면서 누나가 반갑게 소리쳤다. 나는 하마터면 눈물방울을 떨어뜨릴 뻔했다. 그간 잘 있었느냐며 누나는 항상 하던 버릇대로 내 까까머리를 어루만졌다. 가는 방향이 같았으므로 우리는 나란히 걷기 시작했다. 입을 다물고 걸어가는 동안 누나는 어느겨를에 그늘진 낯꽃으로 멀찌감치 물러가 있었다.

"우리집에 잠깐 들어갔다 갈래?"

개비네 집 대문 앞에 다다랐을 때 누나가 불쑥 말했다. 초인종을 누르자 지난번의 그 가정부가 돌처럼 굳은 표정으로 쪽문을 열어주었다. 누나 뒤를 따라 나는 쪽문 안으로 조심스레 발을 들여놓았다. 난생 두번째로 방문하는 개비네 집이었다. 거실 소파에 마주앉아 조용조용 이야기를 나누고 있던, 늙고 젊은 두 남자가 뜨악해하는 눈초리로 나이 어린 불청객을 바라보았다. 부대한 몸집에 짧게 상고머리를 한 늙은 남자는 그동안 소문으로만 접해온 개비가 틀림없었다. 그 유명짜한 개비의 얼굴을 마침내 내 눈으로 직접 구경할 기회가 온 것이었다. 지꾸를 듬뿍 바른 머리에 시원하게 가르마를 탄 잘생긴 청년은 개비의 아들일 것이었다. 서울로 유학을 가 있다고 들었었는데, 전쟁이 터지는 바람에 학업을 중단한 채 그새 집에 돌아와 있었던 모양이었다.

"전번에 말씀드린 그 진원이라는 아이구만요."

금옥이누나가 자기 아버지와 오빠에게 나를 소개했다. 얼떨결에 나는 꾸뻑꾸뻑 고갯방아를 찧었다. 청년은 나를 향해 가볍게 고개를 끄덕이는 시늉을 했고, 노인은 내 쪽을 슬그머니 외면했다. 방안에 머물러 있어야 할 세간들이 모조리 밖으로 끌려나와 있어 거실 풍경이 몹시 어수선했다. 누나가 내 손을 잡아끌고 자기 방으로 향했다.

"진원아, 혹시 말이다, 혹시 우리가 앞으로 못 만나게 되더라도 진원이 너는 누나를 잊어먹으면 안된다. 알겠냐? 누나는 진원이를 절대로 안 잊어먹을 거다. 알겠냐? 알겠나?"

방안에 들어서자마자 누나는 내 손을 꼭 붙들고 거푸 다짐을 받았다. 내가 무슨 재주로 누나를 잊을 수 있겠는가. 누나는 정말 별걸 다 걱정하고 있었다. 내 몸뚱이를 몽땅 두 눈에다 나눠 담을 작정인 듯 내 얼굴을 일삼아 들여다보는 누나의 그 그윽한 눈매 속에 풍덩 뛰어드는 심정으로 나는 세차게 고개를 끄덕거렸다. 하마터면 잊을 뻔했다는 듯이 누나는 갑자기 바삐 움직이면서 책상 서랍들을 들들 뒤지기 시작했다. 공책과 삼각자, 분도기 따위 각종 학용품이 누나의 손끝에 마구잡이로 끌려나왔다. 그중에는 나무가 잘 깎이고 심이 안 부러지기로 유명한 일제 잠자리표 연필 몇자루, 광택이 자르르 흐르는 까만 에나멜질의 만년필도 섞여 있었다. 누나는 그것들을 모조리 챙겨 손수 내 책보에 싸주었다.

"진원아, 누님이라고 한번만 불러봐라."

누나가 간곡한 어조로 청했다. 누나는 시방 헤어지는 절차를 밟고 있음이 분명했다. 실은 나도 그렇게 부르고 싶었다. 하지만 갑자기 울음이 비어져 나오는 바람에 나는 끝내 그 말을 입에 올리지 못한 채 도망치듯 개비네 집을 뛰쳐나오고 말았다.

인민군이 대전을 점령했다는 소식이 전해졌다. 전쟁이 터졌다고는 하지만 전선에서 멀리 떨어진 우리 고장은 그때까지 전쟁 전과 별다를 것 없이 평온한 분위기였다. 멀찌감치 머물러 있는 줄만 알았던 전쟁이란 놈이 생각보다 훨씬 가까이 있다는 사실을 우리는 대전이 점령된 다음에야 비로소 실감했다. 그때부터 시내 분위기가 눈에 띄게 술렁이기 시작했다. 한동안 잠적했던 명주누나가 야음을 틈타 밤도둑처럼 살그미 집에 다녀가기 시작한 것도 바로 그 무렵이었다.

오밤중이었다. 나무칼로 귀를 베어가도 모르게 혼곤히 잠든 나를 어머니가 마구 흔들어 깨웠다. 아직도 잠의 손아귀에 덜미를 잡혀 이부자리에서 옴짝달싹도 못하는 내 귀에 대고 어머니가 가만히 속삭였다.

"명주가 급히 찾는다. 싸게 정신채리거라."

명주란 말이 쇠꼬챙이로 변해 내 귀청을 찔렀다. 그 사품에 잠이란 놈이 갑자기 십리쯤 저 바깥으로 줄행랑을 놓아버렸다. 명주누나가 토방 끝 어둠속에서 내가 나오기만을 기다리는 중이었다.

"서둘러라. 나랑 같이 갈 디가 있다."

누나가 내 손을 으스러져라 꽉 움켰다. 그곳이 어디인지 나는 묻지 않았다. 묻지 않아도 충분히 짐작할 만한 일이었다. 상황이 매우 급박하게 돌아가는 모양이었다. 후텁지근한 밤공기 속을 헤엄치듯 흐느적거리며 우리는 어둠을 향해 나아가기 시작했다. 누나의 손에서는 끈끈한 땀기가 느껴졌다. 더위 탓만은 아닐 것이었다. 내 손에서도 누나와 비슷한 양의 땀이 끈적끈적 배어나오고 있었다.

"썩을년! 으쩌다가 악질 반동 뿌르좌지 딸년으로 태어나갖고는……"

길을 가는 동안 명주누나의 입에서 흘러나온 말은 그것이 전부였다. 악담하듯 누나는 그 말만 간신히 내뱉고 나서는 내처 입을 꾹 함봉해버렸다. 누나는 행여 달아나기라도 할까봐 단속의 손길을 잡쥐듯 내 손을 더욱더 거세게 움켜쥔 채 그저 말없이 어둠속을 헤쳐나가고 있었다. 누나는 울고 있었다. 아무런 울음의 징후도 겉으로 드러나지 않았지만, 누나가 시방 틀림없이 울고 있다고 나는 단정했다. 속울음을 애써 다스리고 있는 내 경우로 미루어 나는 누나의 현재 상태를 충분히 짐작할 수 있었다. 야간통행이 엄격히 금지된 비상시국 속을 뚫고 우리는 그렇게 소리없이 울면서 위험한 밤나들이를 강행했다.

개비네 집 앞에는 대형 트럭 한대가 엔진을 켜둔 상태로 어둠속에 시커멓게 서 있었다. 몇몇 건장한 체구의 사내들에 의해 큼지막한 보퉁이와 상자 따위가 트럭 짐칸에 차곡차곡 실리는 중이었다. 트럭 곁에서 짐 싣는 걸 감독하고 있던 개비네 가정부가 명주누나를 보더니만 평상시의 무뚝뚝하던 태도와는 달리 깜짝 반색을 했다. 그니의 수상쩍은 친절을 모른체하면서 누나는 나를 대문 안으로 왁살스레 잡아끌었다.

떠날 채비를 서두르느라 개비네 집 내부는 엉망진창으로 흐트러져 있었다. 사람들과 세간들이 한데 뒤엉킨 그 어수선한 분위기 속에서도 금옥이누나는 활짝 웃는 낯꽃으로 우리를 맞았다.

"하마터라면 진원이도 못 보고 떠날 뻔했구나."

으레 그랬듯이 금옥이누나의 야들야들한 손이 내 머리통을 어루만지기 시작했다. 누나는 트럭에 옮겨 실을 세간들을 챙기느라 아무 정신이 없는 가족들 면전에서 얼른 나를 빼돌려 자기 방으로 데리고 갔다.

"시간이 없어서 긴말은 못하겠구나. 진원아, 내 말 잘 들어라."

우리는 멀리 피난을 간다. 지금 떠나면 언제 다시 돌아오게 될지 아무도 모른다. 하지만 전쟁이 끝나면 반드시 돌아올 작정이다. 다시 만날 때까지 몸 성히 잘 지내거라. 그림 공부도 열심히 하거라. 그리고 오래 못 보게 되더라도 나를 절대로 잊지 말아라. 나도 진원이를 잊지 않겠다……

말을 마치고 누나는 내 손을 꽉 움켜쥐었다.

"알았지, 진원아?"

"알었구만요."

"그렇게 할 수 있겠지, 진원아?"

"그렇게 허겠구만요."

거푸 다짐을 받고 난 다음에도 누나는 마쳐야 할 절차가 아직 더 남아 있다는 듯 내 손을 붙잡은 채 놓아주지 않았다. 바로 그때 명주누나가 방안으로 얼굴을 불쑥 디밀었다.

"누님이라고 한번만 불러줘, 이 멍텅구리야!"

눈을 한껏 지릅뜬 명주누나가 나를 향해 표독스럽게 으르렁거렸다. 그 사품에 잔뜩 굳어 있던 내 혀가 나도 모르게 풀려버렸다.

"저도 절대로 누님을 안 잊어먹겠구만요!"

금옥이누나의 눈자위가 물먹은 솜뭉치처럼 질척하게 젖어들기 시작했다. 어쩌면 앞으로 다시는 누나를 못 보게 될지도 모른다는 자발머리없는 예감이 생선 가시처럼 목구멍 중간에 딱 걸려 내 숨통을 가로막았다.

"울 것 없다, 언젠가는 또 만나게 될 티니깨!"

아직도 금옥이누나한테 붙잡혀 있는 내 손을 명주누나는 무슨 물건인 양 와락 빼앗아 쥐고는 사내 같은 씨억씨억한 걸음걸이로 앞장을 서기 시작했다. 샘솟는 눈물이 눈앞에 뿌연 안개 무더기를 피우는 바람에 나는 방문턱에 발이 걸려 하마터면 고꾸라질 뻔했다. 얼른 자세를 바루면서 뒤쪽을 핼끔 돌아다보니 금옥이누나는 그새 벽 쪽으로 돌아선 채 뒷모습만 내보이고 있었다.

"썩을년! 누가 지년보고 뿌르좌지를 애비로 두라고 등이라도 떠밀었나! 허기사 악질 반동 뿌르좌지 딸로 태어난 것도 죄는 죄여!"

명주누나는 연방 사나운 입정을 놀려 '썩을년'과 '지집애'를 번차례로 길바닥에 깔아놓은 다음 거친 발걸음으로 그것들을 짓뭉개면서 어두운 골목길을 거침없이 빠져나갔다. 누나가 다 짓뭉개지 못하고 내 몫으로 남긴 부분을 나는 애써 비켜 디디며 말없이 그 뒤를 따랐다. 절친한 친구를 떠나보내는 슬픔이 누나로 하여금 그 시간에 어딘가 가까운 곳에서 순찰을 돌고 있을 야경꾼들의 딱딱이 소리도 겁내지 않고 그처럼 야간통행이 금지된 길거리를 활보하게 만드는 듯했다. 누나는 사내처럼 패앵 소리를 내며 코를 풀었다. 누나는 시방 울고 있다고 생각했다. 내 경우로 미루어 나는 그 점을 능히 짐작할 수 있었다.

개비네 일가족이 피난길에 오른 지 며칠 후에 인민군이 시내 근처까지 진격해 왔다. 한밤중에 시의 변두리 지역에서 전투가 벌어졌다. 시가지를 가운데 두고 시내 북서쪽 배산(盃山)과 남동쪽 수도산(水道山)에 각각 포진한 인민군과 국군 사이에 치열한 포격진이 밤새도록 계속되었다. 음산한 쇳소리를 내지르며 포탄들이 마치 내 머리끝을 스칠 듯 우리집 지붕 위를 연락부절로 오가고 있었다. 한여름 무더운

밤인데도 어머니는 두꺼운 솜이불을 꺼내어 우리 형제들 머리 위에
덮씌웠다. 귀신들의 휘파람을 연상케 하는 괴상한 쇳소리가 울릴 적
마다 나는 이불 밑에서 부르르부르르 진저리를 치곤 했다. 어머니는
이불 밖으로 빠끔히 얼굴만 내민 채 땀으로 멱을 감고 있는 우리들 머
리맡을 지키며 밤새도록 팔이 떨어져라 부채질을 해댔다. 그러다 포
성이 울릴라치면 윗몸을 던져 우리들 머리통을 덮쳤다. 미처 몸뚱어
리로 다 가리지 못한 자식은 손에 든 부채로 가렸다. 마치 그 부채가
포탄을 막아내는 무슨 신통력을 지닌 튼튼한 방패라도 되는 듯이.

　끔찍했던 하룻밤이 물러가고 마침내 새날이 밝았을 때, 나는 그때
껏 한번도 구경한 적이 없는 새로운 깃발을 보았다. 세상이 완전히 뒤
바뀌자 인공 치하로 돌변한 시내 곳곳에 인공기가 나부끼고 있었다.
한동안 숨어 지내며 야음을 틈타 밤손님처럼 살그니 집을 다녀가곤
하던 명주누나가 검정 치마 흰 저고리 차림에 붉은 완장을 왼팔에 두
른 채 벌건 대낮에 동네 안에 당당히 모습을 드러냈다. 명주가 어느
틈에 여맹(女盟) 간부가 되어 돌아왔다고 어머니가 놀라워했다.

　점심참이 지나자 개비네 집에 시방 난리법석이 벌어졌다는 소문이
들려왔다. 사람들이 개미떼처럼 새까맣게 몰려들어 뜨더귀판을 벌이
며 개비네 살림을 결딴내는 중이라는 것이었다. 소문을 듣자마자 나
는 개비네 집을 향해 허위허위 뜀박질을 놓기 시작했다.

　내가 개비네 집에 당도했을 때는 이미 약탈의 행렬이 한바탕 휩쓸
고 지나간 다음이었다. 사람들이 들고 가다 흘린 온갖 허섭스레기 살
림도구들이 위용을 자랑하던 대문 앞에 어지러이 널브러져 있었다.
대문 안쪽에서는 아직도 욕심을 다 채우지 못한 수많은 남녀노소들이
두 눈에 쌍불을 켠 채 온 집안을 헤매며 샅샅이 뒤지는 중이었다. 어

떤 사람은 떨어지지 않겠다고 앙탈하는 문짝을 뜯어내려고 혼자서 맨손으로 죽살이를 치고 있었다. 어떤 사람은 죽자꾸나 하고 도망 다니는 비단잉어나 금붕어를 퍼담기 위해 양동이를 들고 연못 속을 철벅거리며 마구 설쳐대기도 했다.

나는 약탈자의 무리 속에서 놀랍게도 아버지를 발견했다. 직장인 청과물시장에 나가 있어야 할 그 시간에 엉뚱깽뚱하게도 개비네 집 대청마루에 서 있는 아버지를 대하는 기분은 참으로 묘했다. 아버지는 박쥐우산과 놋요강을 양손에 나눠 들고는 아직도 쓸 만한 뭔가가 더 없나 하고 핏발선 눈으로 사방을 두리번거리느라 아들도 못 알아볼 지경이었다.

더욱더 놀라운 것은 개비네 가정부의 변신이었다. 명주누나와 마찬가지로 그니 또한 어느새 검정 치마 흰 저고리 차림에 붉은 완장을 찬 모습이었다. 아마도 약탈을 막아보려고 날뛰다 기진맥진한 참인 듯 그니는 연못으로 통하는 정원 속 오솔길의 징검돌 위에 퍼더버리고 앉아 있었다. 유행가의 후렴과도 같이 그니는 가쁜 숨결과 숨결 틈새로 연방 나직한 중얼거림을 토해내고 있었다.

"제발 이러지들 말라우요. 우리 인민들 재산이야요."

인공 치하가 계속되는 동안 궁궐 같던 개비네 집은 인민군 야전병원으로 사용되었다. 총을 든 보초병이 지키는 개비네 대문 앞을 지나다닐 적마다 나는 금옥이누나의 아리따운 자태를 떠올리곤 했다. 금옥이누나의 안부가 궁금해서 명주누나한테, 어디로 피난을 갔느냐고 물어봤지만 돌아온 것은, 잘은 몰라도 아마 군산항에서 배를 타고 일본으로 밀항했을 거라는 막연한 대답뿐이었다.

얼마 후 세상이 훌러덩 뒤바뀌어 인민공화국이 물러가고 또다시 대한민국 천지가 되었다. 인민군이 패주하자 명주누나는 지리산으로 들어가 빨치산이 되었다. 수복이 된 다음에도 금옥이누나는 영영 되돌아오지 않았다. 인민군 야전병원으로 사용되던 개비네의 그 궁궐 같은 집은 그후 고아원 건물로 사용되었다. 나는 수복 후 마지막으로 시도했던, 반쯤 그리다 만 금옥이누나의 초상화를 끝내 완성하지 못했다.

3

그 당시의 개비네 집을 기억하는 사람은 이진원말고도 좌중에 몇몇이 더 있었다. 그들은 개비네 일가, 아니, 궁궐 같은 개비네 집의 운명이 그런 식으로 뒤바뀐 사실을 그제야 처음 알았다며 새삼스레 관심을 나타냈다. 왕년에 천일표 고무신 한번 신어보지 않은 사람은 좌중에 아무도 없었다. 왕자표, 말표 등과 함께 천일표는 그 무렵 우리나라 고무신계를 대표하는 유명 상표였다는 주장에 어느 누구도 이의를 달지 않았다. 그리고 이진원이야말로 6·25동란의 최대 피해자라는 데 의견의 일치를 보았다. 잘만 됐더라면, 만일 전쟁만 일어나지 않았다면, 이진원은 팔자를 고칠 수도 있었을 텐데, 똥판이와의 의남매 관계는 곧 소문난 거부 개비와의 양부자 관계로 발전해서 평생 호강살이를 했을지도 모르는 일인데, 참으로 안됐다는 이야기였다.

"그 똥판이란 여자, 결국 어떻게 되얐을꼬?"

"일본으로 가는 도중 바다에서 함포를 맞고 밀항선이 침몰허는 바람에 일가족이 몰살을 당허고 말았겠지, 뭐."

"혹시 일본땅에 아주 정착헌 건 아닐까?"

“그렇다고 국내에 남어 있는 그 억만금 재산을 무단히 포기를 혀? 나는 밀항설보다는 몰살설 쪽에 찬성표를 던질란다.”

“그 명주란 여자는 또 어떻게 되얐을꼬?”

개비네 일가에 관한 후일담을 두고 한바탕 제멋대로 뻗지르던 설왕설래가 갑자기 여자 빨치산 쪽으로 방향을 바꾸었다. 이진원은 절레절레 도리머리를 했다.

“지리산 공비가 완전히 토벌된 다음에도 명주누나는 영영 돌아오지 않었어. 그러고 누나네 아버지는 수복 후에 빨갱이 딸을 둔 죄로 툭허면 경찰에 불려가서 시달리면서 한동안 반거충이로 지내다가 낭중에는 어디론가 멀리 이사를 가버려서 그 뒷일은 나도 잘 몰라.”

“썩을년!”

누군가 커다란 목청으로 명주란 여자의 입버릇을 흉내내는 바람에 좌중에 폭소가 터졌다. 또다시 이진원이 절레절레 도리머리를 해 보였다.

“암만 생각혀도 난 도무지 이해헐 수가 없어……”

뭔가 이득을 취하기 위해 벌이는 것이 전쟁일 텐데, 6·25를 통해 어느 쪽도 이득을 취하지 못했다. 그 점을 이진원은 음울한 어조로 밝혔다. 서로 이해를 달리하는 두 진영에 속해 있던 금옥이누나와 명주누나 두 사람 다 똑같이 불행해진 결과를 도무지 이해할 수 없다. 금옥이누나가 불행해지면 명주누나가 행복해지고, 명주누나가 불행해지면 금옥이누나가 행복해지는 것이 원래 전쟁 목적에 어울리는 정상적인 결과 아니겠는가. 당최 모를 일이라며 이진원이 기푸 중얼기렸다.

“한국전쟁 덕분에 일본이 새중간에서 톡톡히 이득을 봤지!”

교장선생이 비아냥조로 이진원에게 대거리했다. 원원이 재주는 곰이 넘고 돈은 호인(胡人)이 챙기듯 엉뚱한 놈 좋은 일 시키는 게 바로 전쟁이라고 말했다. 그 나이 먹도록 전쟁이란 게 그런 것인 줄 모르고 있었다면 순진한 바보가 틀림없다는 교장선생의 핀잔에 합세해서 내 남없이 이진원에게 싸개통을 주었다.

"혹시 이 중에 누구 박충서 소식 아는 사람 없나?"

이기곤이 불쑥 입을 열어 뜻밖의 이름을 들먹였다. 모두들 뜨악해하는 낯꽃으로 이기곤 쪽을 돌아다보았다.

"박충서라니? 그게 대관절 누구여?"

―『라쁠륨』 2002년 여름호

소라단 가는 길

나는 격렬한 적개심을 느꼈다. 제까짓 게 가수로 출세하면 얼마나 할 수 있을지
가늠하기 위해서라도 그 여자가 최근에 취입했다는
그 '전선을 날으는 나비'라는 음반을 한번쯤 들어볼 필요가 있을 것 같았다.

1

"거 왜 있었잖어, 공부도 잘허고 쌈질도 잘허던 그 보육원 아이."

이기곤이 슬쩍 똥겨주자 그 어린 나이에 이를테면 문무를 겸전한 셈이던 박충서를 실로 오랜만에 기억의 복판으로 떠올리는 사람이 한꺼번에 여럿 생겨났다. 다만, 학비를 감당할 길 없는 고아 출신이라 숙식을 제공하고 국비로 가르치는 체신고교에 진학해서 일찌감치 서울로 떠나버렸기 때문에 중학교 졸업 이후 그의 소식을 접한 작자가 아무도 없을 따름이었다.

"이 중에 혹시 아시는 냥반이 기실랑가 모르겠지만, 그때 당시 우리 집은 보육원에서 가까운 소라단 근처에 있었지."

이기곤이 자진해서 이야기보따리를 풀려 했다. 하지만 정작 이야기

자체는 멀찌막이 따돌린 채 좌중은 큰남바우의 경우와 매한가지로 소라단이란 지명을 둘러싸고 또다시 설왕설래에 고부라졌다. 물론 소라단이 어디에 있는 어떤 곳인지는 다들 익히 아는 터수였다. 지명의 뜻이 뭐냐가 문제였다. 소라딱지 모양으로 생긴 데서 붙은 지명일 거라는 둥 일제시대에 지어진 일본식 이름일 거라는 둥 제각각 빛깔 다르고 생김새 다른 주장들이 분분히 쏟아져나왔다. 자칭 향토사학자 교장선생이 에헴 하고 큰기침을 발했다.

"옛말에 안다니 똥파리라 허드니만, 바로 그 말이 똑 자네들같이 무식이 영롱허니 만발헌 작자들을 두고 쓰는 문잣속이었구만."

교장선생이 구정물 삼아 좌악 끼얹는 핀잔 한바가지에 좌중은 이내 잠잠해졌다. 교장선생의 풀이에 의할 것 같으면, 소라단의 본디 이름은 송전내(松田內)였다. 그걸 우리말로 풀어쓴 이름이 솔밭안이고, 세월에 따라 소리나는 대로 바뀐 이름이 곧 지금의 소라단이라고 고명하신 향토사학자께서 친절히 설명해주었다.

"소리나는 대로 부르자면 솔바단이 옳은디 어째 소라단이라냐?"

"만근이 너는 작년에도 멍청허드니만 금년에도 여전히 멍청허구나? 텃밭을 터알이라고도 부르덧기 밭허고 알은 똑같은 뜻이여."

"오냐, 김교장 너 참말로 잘났다! 오냐, 니 똥 굵은지 다 안다! 칠십미리 총천연색 씨네마스코프다!"

공연히 한마디 토를 달고 나섰다가 교장선생한테 데억지게 핀잔을 먹은 황만근이 빠드득 이를 가는 시늉으로 좌중을 웃겼다. 이기곤은 소라단 쪽으로 한참 빗나가버린 좌중의 관심을 본래의 자리인 박충서 쪽으로 되돌리기 위해 마치 뇌물이라도 바치듯 아무한테나 웃음을 헤프게 뿌려댔다.

"혹시 아실랑가 모르겠지만, 집이 보육원 근처에 있는 덕분에 나는 학교 다니는 동안 보육원 애들이랑 아주 친허게 지낼 수 있었지."

"기곤이 니가?"

"그 소문난 보육원 애들허고?"

차마 못 들을 소리라도 들은 듯이, 마치 보육원 애들하고 절대로 친하게 지내지 말라는 무슨 법이라도 있는 듯이 모두들 한결같이 놀라움을 나타내고 있었다.

"보육원 갸들, 영락없는 말벌떼맨치로 겁나게 무서운 패거리였잖어?"

2

정말 그랬다. 진짜로 무시무시한 집단이었다. 아무도 그 아이들을 건드리지 못했다. 만일 누군가 눈치없이 그들을 잘못 건드렸다 하면 그날이 바로 그 녀석 초상 치르는 날이었다. 벌떼처럼 한목에 와작 덤벼들어 반드시 피를 봐야만 직성이 풀리는 애들이었다. 건드리는 게 다 뭐냐. 먼발치에 보육원 패거리가 얼씬거린다 싶으면 우선 줄행랑부터 치고 보는 것이 무엇보다 상책이었다.

전쟁의 뒤꾸머리에 붙어 엄청난 숫자의 피난민들이 시내로 몰려왔다. 피난 대열에는 혼란의 와중에 부모형제를 잃고 졸지에 혼자가 된 애들도 디리 섞여 있었다. 전쟁의 발걸음이 멀리 북쪽으로 쫓겨긴 다음 소라단 근처의 보육원은 급작스레 불어난 전쟁고아들로 콩나물시루같이 복작거렸다. 복작거리기는 학교 또한 매한가지여서 날이날마다 새로 전입해 오는 피난민 애들과 보육원 애들로 말미암아 학급 인원이 눈덩이처럼 불어나는 바람에 저학년은 오전반과 오후반으로 나뉘어 이부제 수업을 해야만 했다. 학교 안에서 이미 낯을 익힌 보육원 애들은 그다지 문제가 되지 않았다. 학교에 다니지 않는 보육원 애들이 으레 말썽이었다.

학교가 파해서 집으로 돌아가는 중이었다. 소라단 근처 외딴집에 사는 탓에 나는 길동무 하나 없이 먼길을 노상 외톨이로 걸어다녀야만 했다. 보육원이 가까워졌다. 호젓한 숲속에서 땅뺏기놀이를 하는 두 꼬맹이가 눈에 띄었다. 나를 보더니만 꼬맹이들은 놀이를 중단한 채 숲을 벗어나 어슬렁어슬렁 길 가운데로 들어섰다. 버짐투성이 얼굴에 땟국이 잘잘 흐르는 꼬맹이들이 뜻밖에도 나한테 대뜸 시비를 걸어왔다. 나보다 적어도 두살 이상은 어려 보이는 깽비리들이었다. 아무리 비리비리한 말라깽이 내 주제꼴일망정 깽비리 따위 한둘쯤은 너끈히 제압할 자신이 있었다. 결국 보육원 애들을 시삐 본 그 점이 바로 내 불찰이었다. 나는 녀석들한테 코피가 나도록 늘씬하게 얻어맞는 것만으로 모자라 주머니까지 몽땅 털리고 말았다. 어린시절 주먹다짐에서 흘리는 코피란 물건은 굴욕적인 패배를 알리는 가장 확실한 증거물이었다.

그날 밤부터 나는 가위눌리는 꿈속에서 도랑물같이 코피를 흘리며 녀석들에게 쫓기고 또 쫓겼다. 나보다 어리고 몸집도 작은 깽비리들한테 당했다는 수치심 때문에 차마 누구한테 말도 못하고 혼자서 끙끙 생병을 앓아야 했다. 학교를 오가는 일뿐만 아니라 집에서 사립짝을 밀고 바깥출입을 시도하는 그 자체부터 어느새 끔찍한 고역으로 변했다. 얼치기 산적 또는 해적 놀음에 한번 재미를 붙였는지 녀석들은 하루가 멀다고 길목을 지키며 나를 괴롭히곤 했다. 별수없이 나는 보육원 근처를 지나는 지름길을 버리고 부러 전북공대 울타리를 따라 먼 길을 에돌아 학교를 오가기 시작했다. 녀석들의 존재는 이미 어린 시절의 나에게 단순한 깽비리가 아니라 산적이요 도깨비이며 두억시니였다.

밤마다 가위눌리는 몹쓸 꿈에 시달리던 어느 하루, 한가닥 섬광과도 같은 구조의 손길이 내게로 뻗쳐왔다. 그날도 나는 작은 악마들의 눈을 피해서 먼 길을 에돌아 집으로 갈 작정이었다. 소라단으로 통하는 지름길과 우회로가 갈리는 공과대학 정문 앞을 막 지나치려는 참인데 녀석들이 갑자기 앞길을 가로막고 나섰다. 그동안 눈치껏 숨바꼭질을 벌이며 녀석들을 수고스럽게 만든 죄로 나는 녀석들한테 붙들리기 무섭게 들입다 주먹다짐부터 당했다. 눈에서 번쩍 불똥이 튄다 싶은 순간 나는 에쿠쿠 구슬픈 비명을 지름과 동시에 그대로 땅바닥에 나자빠지고 말았다.

"요런 나뿐 놈들!"

바로 그때였다. 느닷없는 호통과 함께 누군가 득달같이 덤벼들어 녀석들을 마구 두들겨 패기 시작했다. 그토록 그악스레 굴던 작은 악마들이 새된 비명을 뽑으며 걸음아 날 살려라 하고 도망치기 시작했다. 보육원 쪽으로 꽁지가 빠지게 달아나는 녀석들의 등뒤를 그 누군가의 감때사나운 고함소리가 맹렬히 추격하고 있었다.

"이따가 집에 가서 보자, 이 나뿐 놈들!"

박충서였다. 하늘에서 뚝 떨어진 듯 땅에서 불쑥 솟아닌 듯 기연히 눈앞에 나타난 그 구원자가 다름 아닌 박충서, 그러니까 며칠 전 우리 반에 새로 전학해 온 보육원 원생임을 나는 첫눈에 알아보았다. 그래서 깽비리들한테 붙잡혀 곤욕을 치르는 현장을 그에게 고스란히 들킨 것이 더더욱 창피해서 차마 고개조차 바루지 못할 지경이었다.

"사학년 오반, 맞지?"

나를 보고 충서가 뒤늦게 알은체를 했다. 좌석이 동떨어져 있어 같은 반이 된 뒤로도 피차 일정한 거리를 두고 지낸 탓에 먼빛으로 겨우 낯만 익혔을 뿐, 실제로 말을 주고받기는 그때가 처음이었다.

"이름이 혹시……"

"이기곤이라고……"

"그래, 맞아. 이기곤이야."

나보다 한뼘쯤 키가 더 큰 충서가 내 바짓가랑이에 묻은 흙먼지를 탈탈 털어주면서 어른스럽게 말했다. 보육원 동생들이 내게 저지른 몹쓸 짓거리를 그는 대신 사과했다. 보육원 밥이 턱없이 양에 안 차기 때문에 밖에 나가 못된 방법으로 허기진 뱃구레를 채우려는 철부지 동생들이 종종 눈에 띄어 아주 골칫거리라고 했다.

박충서는 우리집 사립문 앞까지 나를 바래다주었다. 내가 바라지도 않았는데 그는 내 보호자 노릇을 자청했다. 이제부터 어느 누구도 감히 이기곤을 건드리지 못하게끔 지켜주겠노라고 약속했다. 놀다가 저녁을 먹고 가라는 내 청을 그는 단호하게 뿌리쳤다. 저녁밥은 '우리집'에도 있다는 것이 거절의 이유였다. 보육원과 원생들을 가리킬 때마다 언필칭 우리집, 우리 동생들이라 불러 버릇하는 그의 이상한 말투가 몹시 귀에 설게 느껴졌다. 먹어도 먹어도 허기가 진다는 그 보육원 밥을 찾아 당당한 걸음걸이로 '우리집'을 향해 떠나는 그의 의젓한 뒷모습을 지켜보며 나는 갑자기 형제애 비슷한 감정에 사로잡혔다. 힘없는 아우가 힘센 형을 대할 경우에나 느낄 법한, 왠지 모르게 든든

한 감정이었다.

그런 일이 계기가 되어 우리는 급속도로 가까워졌다. 흉허물없는 처지가 되면서 나는 차츰 박충서의 신상에 관한 이런저런 것들을 알게 되었다. 충서는 나보다 나이가 한살 많았다. 원래는 나보다 한 학년 위여야 맞지만 전쟁 바람에 고아가 되어 여기저기 떠도느라 한 해를 꿇는 통에 내 동급생이 된 것이었다.

삼팔선 이북의 황해도 사리원이 고향이었다. 독실한 기독교 집안의 막내아들로 태어나 고생이 뭔지 모르고 자랐다. 해방 후 북한이 공산당 천지로 변하면서 야소쟁이란 이유로 고생살이가 시작되자 가족들은 월남할 기회를 노렸다. 그러나 병석에 누운 할아버지 때문에 차일피일 미루다가 삼팔선이 철통같이 닫히는 바람에 월남할 기회를 놓치고 말았다. 전쟁이 터졌다. 승승장구하며 남쪽으로 짓쳐 내려갔던 인민군이 다시 북쪽으로 쫓겨오고 뒤미처 유엔군이 들이닥쳤다. 그 혼란의 와중에서 할아버지가 돌아가셨다. 중공군의 참전으로 말미암아 전세는 또다시 역전되어 1·4후퇴를 맞았다. 가족들은 허둥지둥 보퉁이를 꾸려 마침내 피란 대열에 합류했다. 사리원에서 해주까지 머나먼 길을 걷고 또 걸었다. 해주항에서 인천으로 떠나는 배에 서로 먼저 오르겠다고 수많은 피란민들이 밀치락달치락 아귀다툼을 벌였다. 그 북새판 속에서 단단히 붙잡고 있던 어머니의 치맛자락을 얼떨결에 놓쳤다가 가까스로 다시 붙잡았다. 치맛자락에 매달려 뱃전에 오르고 보니 어머니가 아니라 생판 모르는 웬 아낙네였다. 가족들 모습은 배 안 어디에서도 찾아볼 수 없었다. 졸지에 부모형제를 잃어버리고 고아 신세가 되어 인천항에 닿았다. 타고 온 그 배가 결과적으로 마지막 피난선이 되었다. 그 뒤를 이어 해주항을 떠났던 피난선이 함포에 맞아 침몰되고 승객들은 몰살당했다는 끔찍한 소식을 끝으로 배편은 완전히 끊겨버렸다.

"큰누님을 찾아야 돼. 꼭 찾고 말 거야."

다른 가족들은 그때 모두 죽은 것이 분명했다. 남아 있는 유일한 혈육이 큰누님이었다. 박충서는 기회 있을 때마다 틀림없이 남한땅 어딘가에 살고 있을 큰누님에 관한 이야기를 즐겨 들려주곤 했다. 큰누님을 입길에 올리는 동안 그의 눈빛은 비상하게 번뜩이고 양뺨은 벌겋게 달아올랐다. 말말끝에 큰누님을 반드시 찾고야 말겠다고 스스로 다짐을 놓을 때 충서는 윗니로 아랫입술을 허옇게 핏기가 가시도록 짓누르곤 했다.

하지만 제아무리 다짐을 놓아봤자 말짱 헛일이었다. 애당초 막냇동생이 이남으로 피난을 왔다는 사실조차 모르고 있을 큰누님 쪽에서 먼저 충서를 찾기를 기대할 수는 없는 노릇이었다. 그렇다고 보육원에 묶여 있는 몸으로 충서 쪽에서 큰누님을 찾아 무턱대고 전국 방방곡곡을 수소문하고 다니는 것도 불가능한 노릇이었다. 큰누님을 찾을 수 있는 방법은 오직 한가지밖에 없었다. 하루빨리 큰누님이 가수로 출세해서 박옥서란 이름이 세상에 널리 알려지는 그 길뿐이었다.

큰누님은 어릴 적부터 노래를 아주 기막히게 잘 불러 교회 성가대에서 노상 독창을 맡을 정도였다. 장차 가수로 출세하는 것이 큰누님의 오랜 꿈이었다. 점잖은 기독교 집안에서 소리쟁이 딸년이 웬 말이냐는 부모의 극구 반대에 부닥쳐 뜻을 이루기 어렵게 되자 옥서누님은 끝내 단봇짐을 싸 서울로 야반도주하고 말았다. 그후 가수가 되려는 일념으로 서울 바닥을 헤매면서 이만저만 고생이 아니라는 소문만 바람결에 얼핏 풍겨왔을 뿐, 부지거처가 돼버린 누님하고 연락이 싹둑 끊긴 채로 지내다가 전쟁과 덜컥 맞닥뜨리게 되었던 것이다.

내 보호자가 돼주겠다던 애초의 약속을 박충서는 계속 충실히 지켰다. 교실 안에서 각각 책걸상 맨 앞줄과 맨 뒷줄을 차지하는 엄청난 키 차이에도 불구하고 마치 아주까리에 진딧물마냥 노상 충서와 붙어다니는 나를 감히 누구도 괄시하지 못했다. 괄시가 다 뭐냐. 충서한테 잘 보이고 싶은 나머지 되레 나한테 알랑방귀를 뀌어대는 녀석들이 한둘이 아니었다. 충서는 반에서 공부도 일등을 다툴 뿐만 아니라 둘째가라면 서러워할 정도로 싸움질에도 아주 능했다. 워낙 힘이 장사인데다가 차돌같이 야무진 주먹의 소유자여서 동급생은 말할 나위 없고 심지어 저보다 덩치가 훨씬 큰 고학년 상급생마저도 식은 죽 가장자리 둘러먹기로 단방에 때려눕히는 실력이었다. 농림학교 방죽 옆에서 왈패로 소문난 육학년짜리 형을 충서가 전광석화 같은 주먹 두 방으로 순식간에 기절시키는 광경을 내 눈으로 직접 목격한 적도 있었다. 충서를 번번이 싸움판으로 내모는 건 그의 유별난 자존심이었다. 보육원 원생이라고, 애비 에미 없는 고아라고 상대방이 저를 무시하거나 업신여기는 기색이라도 보일라치면 그는 물불 안 가리고 싸움판을 벌여 기필코 끝장을 보고야 말았다.

보육원 원생들은 등하교 때나 싸움질 때뿐만 아니라 점심시간에도 늘 똘똘 뭉쳐 다니며 단결을 과시했다. 점심시간이 시작되자마자 원생 아이들은 일제히 교실에서 종적을 감췄다가 오후 수업 시간에 맞추어 슬금슬금 다시 나타나곤 했다. 나는 원생 아이들이 점심때마다 일정한 장소에 모여 지희들끼리 따로 끼니를 해결하는 줄만 알았다. 어느날 점심때 나는 박충서를 비롯한 원생 아이들이 우르르 수돗간으로 달려가는 걸 보았다. 그들은 저마다 수도꼭지에 입을 달고는 콸콸 쏟아지는 수돗물을 벌컥벌컥 들이켜 뱃구레를 양껏 채웠다. 그런 다음 농림학교 방죽을 향해 허위단심 달음박질을 치기 시작했다. 방죽옆 농림학교 운동장에 모여 그들은 오리씨름을 하거나 운동장 둘레를 따라 뺑뺑이를 도는 일로 점심시간을 다 까먹었다. 충서는 몇바퀴씩이고 뺑뺑이를 도는 축에 끼여 있었다.

이튿날 점심시간이었다. 나는 여느 날처럼 또 교실을 빠져나가는 충서를 뒤쫓아 복도로 뛰어나갔다.

"내 벤또 노나 먹자. 너랑 같이 먹을라고 역부러 많이 싸왔어."

별안간 충서의 낯꽃이 핼쑥하게 질려버렸다. 그는 도끼눈을 지릅떠 내 이맛전을 장작 패듯 한참이나 쾅쾅 내려찍고 있었다. 일단 백지장처럼 새하얗게 탈색되었던 그의 낯꽃에 시뻘겋게 핏기가 올라앉기 시작했다.

"내가 밥이나 은어먹는 동냥아친 줄 알았나?"

천만뜻밖의 반응에 어안이 벙벙해져서 나는 잠시 우두망찰할 수밖에 없었다. 함께 도시락을 나눠 먹어도 무방하리만큼 임의로운 사이라고 생각했던 나만 얼간망둥이가 되고 말았다.

"앞으로 한번만 더 나한테 창피를 줘봐라! 그땐 정말 내 손에 죽는 줄 알란 말이야!"

충서는 내 면전에 대고 침방울까지 튀겨가며 한바탕 사납게 불량을 떨었다. 그런 다음 핑하니 돌아서서 밖으로 나가버렸다.

학년마다 학급마다 종례 시간이 다르기 때문에 단체행동을 일삼는 보육원 원생들도 하교 때만은 각자 자유롭게 행동했다. 특히 혼자 있기를 좋아하는 박충서는 우리 반 안에 원생 형제가 둘이나 더 있는데도 하굣길에 그들과 어울리지 않고 개인행동을 고집했다. 그 고집 덕분에 하굣길의 충서는 쉽사리 내 차지가 될 수 있었다.

하굣길에 충서가 우리집까지 동행하는 일이 부쩍 더 잦아졌다. 함께 숙제도 하며 오래 놀다가 끼니때가 닥치면 우리집에서 밥을 먹는 일도 이따금 생겼다. 충서와 어울리기 시작한 뒤부터 책을 붙잡고 있는 시간이 전보다 눈에 띄게 길어진 아들을 보고 어머니는 마냥 흐뭇해하면서 배곯는 보육원 아이한테 어떡하든 밥 한술이라도 더 먹여 보내려고 이른 저녁상을 차리곤 했다. 유별난 자존심을 내세워 도시락 나눠 먹는 것마저 단호히 뿌리치던 충서였지만 거의 우격다짐하다시피 밥상머리에 붙들어 앉히는 어머니의 성의만큼은 차마 거스르지 못했다.

"저 너머엔 뭐가 있지?"

저녁을 배불리 먹은 다음 보육원으로 돌아가기 위해 사립문을 나서다 말고 충서가 우리집 뒤편 솔숲이 우거진 소라단 쪽을 손가락질했다.

"소라단에는 그냥 솔낭구만 잔뜩 있어."

"그럼 소나무만 잔뜩 있는 그 너머엔 또 뭐가 있지?"

엉뚱깽뚱하게도 충서는 별의별 괴상한 질문을 되풀이하고 있었다.

"그 너머도 그냥 똑같어. 천지가 왼통 솔낭구뿐이여."

"소라단이라고 그랬지? 이름이 참 근사하게 들리는구나."

충서가 고개를 끄덕이며 어른처럼 의젓하게 말했다. 그곳에서 태어나 줄곧 그 자리에 붙박여 살아왔으면서도 실은 나 역시 그쪽으로 한 번도 가본 경험이 없었기 때문에 소라단 그 너머에 뭐가 있는지 잘 모르는 치지였다. 시 전역을 통틀이 솔숲이 가장 우기지고 인적이 전혀 없는 가장 으슥한 곳으로 소문이 나 있어 어린애 혼자서는 함부로 기웃거릴 엄두도 못 내는 형편이었다.

"내일은 우리 소라단으로 놀러 가자."

충서는 낱낱이 큰일날 소리만 골라서 하고 있었다. 나는 팔짝 뛰면서, 그건 절대로 안된다고 소리쳤다. 왜냐고 그가 물었다. 나는 어머니의 평상시 말본새를 그대로 옮겨 그에게 반대 이유를 전했다.

"문딩이가 보리밭에 숨어 있다가 애들 간을 빼먹으니깨!"

충서가 푸훗 웃음을 터뜨렸다.

"지금이 어느땐데 보리밭이 있냐?"

하긴 그랬다. 문둥이가 숨을 만큼 보리의 키가 자라 있기엔 아직은 너무 이른 계절이었다. 물론 나 또한 어머니가 내 발목을 집안에 묶어 둘 요량으로 툭하면 들이대곤 하던 그 협박을 곧이곧대로 믿을 만큼 바보는 아니었다. 어른들이 어린애들한테 잔뜩 겁을 먹일 속셈으로 돌팔매처럼 아무렇게나 휙휙 집어던지는 그런 말들은 거개가 거짓말이란 사실을 나도 진작부터 알고는 있었다.

"실은 말이여……"

실인즉슨 매우 무섭고 위험한 곳이기 때문이었다. 소라단은 인공 시절 사람이 많이 죽은 자리로 널리 알려져 있었다. 그래서 밤마다 억울하게 죽은 귀신들이 무덤을 가르고 나와 숲속을 이리저리 떠돌며 밤새도록 울부짖다가 첫닭이 울 무렵에야 무덤 속으로 되돌아간다는 흉흉한 소문이 파다했다. 뿐만 아니라 숲속 곳곳에 불발탄들이 납작 엎드려 있어 자칫 잘못 건드렸다간 폭발할 위험이 많은 곳이기도 했다. 수복 직후 미군에 의해 불질러져 사라지긴 했지만 인공 당시에는 소라단 저 너머 외진 곳에 인민군 탄약 창고와 기름 창고가 자리잡은 적도 있었다.

"소라단, 참 듣기 좋은 이름이구나."

내 말에 겁을 내기는커녕 충서는 오히려 미소까지 빙싯 지어 보였다.

그날 밤에 나는 또 꿈을 꾸었다. 가위눌리는 악몽이 아니라 하마터면 이부자리에 큼지막하게 세계지도를 그릴 뻔한, 거창한 불구경 꿈이었다. 수복 직후 일차 목격한 적이 있는 그 장관을 나는 박충서와 함께 '높은메' 언덕에 올라 재차 구경할 수 있었다. 그 당시 실제로 그 자리에 있지도 않았던 충서가 나보다 더 꿈속의 두번째 불구경에 흥겨워하고 있었다.

인민군이 버리고 떠난 창고에다 미군이 불을 싸지른다. 소라단 너머에서 하늘을 휘덮는 시커먼 연기와 함께 갑자기 시뻘건 불길이 허공으로 치솟는다. 천지를 진동하는 요란한 폭발음이 잇달아 귀청을 때린다. 충서와 나는 혼비백산한 나머지 진둥한둥 때아닌 피난길에 오른다. 무슨 영문인지도 모른 채 아버지와 어머니는 새로운 전쟁이 또다시 터진 줄로 착각하고 숨넘어가게 우리랑 달음박질 경쟁을 벌인다. 이만하면 안전하겠다 싶은 높은메 언덕빼기에서 우리는 뜀박질을 멈추고 뒤를 핼끔 돌아다본다. 소라단 쪽 하늘자락이 붉은 물감으로 온통 시뻘겋게 물들어 있다. 용광로 같은 불길 속에 잘 구워진 각종 탄알들이 소리소리 괴성을 지르며 콩 튀듯 사방으로 날아간다. 그중에는 더러 예광탄도 섞여 있어 그것들이 간간이 붉은 꼬리를 기다랗게 끌면서 하늘 높이 치솟아 오르는 모양이 무척이나 아름답다. 마치 포탄들과 경쟁하듯 펑펑 터지는 소리와 함께 불붙은 드럼통들이 공중으로 까마득히 튀어올라 순식간에 돈짝만한 크기로 작아진다. 별똥별처럼 꽁무니에 아름다운 불꽃을 매단 채 위로 한없이 솟구치던 드럼통들이 별안간 부챗살 모양으로 사방에 불꽃을 확 흩뿌리면서 파란 가을 하늘을 빨갛고 노랗게 수놓는다. 나는 그 장관에 그만 넋을 온전히 놓아버린다. 곁에서 충서는 손뼉을 치며 목청껏 환호성을 올리고 있다. 잘한다! 역시 우리 미군이 최고다, 최고!

그날 아버지는 머리털 나고 처음이라는 그 장엄한 불놀이를 높은메 언덕빼기에 서서 일껏 잘 구경하고 나더니만 몹시 분개한 어조로 미군을 마구 욕하기 시작했다. 물자 귀한 줄 모르고 그 아까운 석유를 몽땅 불태워 없애버리는 못된 것들은 천벌을 받아도 싸다는 이야기였다. 아버지의 그 욕설 속에는 자라 보고 놀란 가슴 소댕 보고 놀라듯 높은메까지 겁에 질려 죽을둥살둥 피난 아닌 피난을 떠나게 만든 미군을 향한 악감정도 다분히 섞여 있는 듯했다. 호롱불 하나 켤 기름조차 구하기 힘든 시절이었다. 아무리 적군의 소유물이라지만 기름 땜에 큰 불편을 겪는 가난한 나라 불쌍한 백성들 바로 곁에서 그런 식으로 흥청망청 귀한 물자를 허비한다는 건 도무지 사람의 도리가 아니었다. 혹시 아무짝에도 쓸모없는, 불을 댕겨도 타지 않는 맹물 같은 기름이라면 또 모르겠다. 그토록 활활 잘만 타는 멀쩡한 기름을 기껏 잠깐의 불놀이 따위에다 써먹다니!

"그러매 말이유. 그 비싼 섹유지름 우리 같은 백성들한티 노놔주면은 방방마다 호롱불, 등잔불, 남폿불 있는 대로 죄다 켜놓고 살아도 수십년을 쓰고도 남겄구만!"

어머니는 몹시 아쉬워하는 낯꽃으로 아버지의 분노에 제격 맞장구를 쳤다. 아버지는 목구멍 깊은 곳에서 애써 그러모은 가래를 이제 막 불꽃이 사그라지기 시작한 소라단 쪽을 겨냥하고 멀리 힘껏 내뱉었다.

"수십년이 뭣이여? 애껴만 쓴다면 수수백년을 쓰고도 남겄구만. 아니헐말로 천벌을 받아도 싸지, 싸! 천하에 고약시런 종자들 같으니라고!"

이튿날 학교가 파해서 돌아가는 길에 나는 박충서한테 이끌려 집부터 먼저 들르지 않고 곧장 소라단으로 직행했다. 전쟁 전에는 어른들 틈에 끼여 몇차례 와본 적이 있었지만 전쟁 후에 소라단 땅을 밟기는 그것이 초행길이었다. 그만큼 소라단이란 곳은 바로 지척지지에 있으면서도 내게는 좀처럼 가까이할 수 없는 머나먼 땅이었다.

울울창창한 솔숲 속에 발을 들여놓는 순간 좁쌀을 한됫박 뒤집어쓴 듯 온몸에 소름이 쫙 돋아났다. 첫닭이 울기 전에 미처 무덤 속으로 들어가지 못한 원귀 한둘쯤은 숲속 어딘가에 숨어 우리를 훔쳐보며 해코지할 기회를 노릴 성싶었다. 하지만 박충서는 나하고 달랐다. 그는 거추없이 신바람이 나서 숲속을 사면팔방 헤집고 다니며 키꺽다리 늙은 소나무 둥치를 손으로 어루만지기도 하고 콧방울을 벌룽거리며 숲 냄새를 쿵쿵 맡아보기도 했다. 일차 정찰을 끝낸 그는 풀밭 위에 벌렁 드러누워 팔베개를 하고는 암녹색 나뭇가지들이 십시일반으로 힘을 합쳐 가뿐하게 떠받치고 있는 푸른 하늘을 일삼아 올려다보았다.

"사리원 우리 고향 동네 뒤쪽에도 요거랑 똑같은 산이 있어."

충서가 혼잣말 비슷한 가락으로 중얼거렸다.

"숲 냄새도 여기 소라단하고 똑같아."

한바탕 또 양쪽 콧방울을 벌룽거리고 나서 그는 먼 하늘을 향해 아련한 눈길을 올려 보냈다.

"고향 동네 뒷산 같은 소라단에 누워 있으니까 우리 엄마 아빠 얼굴이 히늘을 막 떠디닌디!"

내가 익히 알고 있던 그 박충서가 아니었다. 여태껏 내가 만나본 여러 명의 박충서 가운데서 가장 어리고 나약한 박충서였다. 그를 차마 바로 볼 수가 없어 나는 슬며시 하늘 쪽으로 눈길을 돌렸다. 소나무들 틈새로 뚫린 파란 하늘 바탕을 가로질러 새하얀 솜구름덩이가 북쪽으로 길을 잡아 느릿느릿 걸어가고 있었다.

"혹시나 하고 인천 부둣가에서 오랫동안 기다렸어. 아무리 기다려봐도 다음 피난선은 오지 않았어. 우리 엄마 아빠는 그때 벌써 돌아가신 거야."

잠깐의 흔들림을 견디고 나서 그는 어느새 내가 잘 아는 씩씩한 박충서, 사나이 중의 사나이 바로 그 박충서로 되돌아와 있었다.

"인제 나한테 남은 식구는 큰누님 하나밖에 없어. 세상을 다 뒤져서라도 우리 옥서누님을 꼭 찾아내고 말 거야."

묵은 결심을 새 결심인 양 다시 한번 사납게 다지고 나서 박충서는 몸을 발딱 일으켜세웠다. 기운을 되찾은 그는 유난히도 부산을 떨었다. 소나무가 우거진 멧갓 속 여기저기를 쉴새없이 헤집고 다니며 남아도는 기운을 온통 보물찾기에 쏟았다. 흉흉한 소문 속에 등장하는 각종 불발탄들이 그가 찾는 보물이었다. 한나절은 족히 멧갓 속을 뒤져 그가 겨우 찾아낸 것은 찌그러진 권총 탄피 한개가 고작이었다. 그런데도 그는 그 알량한 전리품을 호주머니 안에 알뜰히 챙기며 마냥 흡족해했다.

그날 이후로 소라단은 우리의 놀이터가 되었다. 박충서와 함께 자주 찾게 된 소라단은 어느새 나에게 공포의 대상이 되지 못했다. 솔숲 우거진 소라단의 품안에 몸을 맡기고 있는 동안 그는 이북의 고향 동네와 부모님 그리고 큰누님에 관한 이야기를 더는 입밖에 내지 않았다. 지칠 줄 모르고 오로지 보물찾기에만 골몰할 따름이었다. 허탕을 치는 날이 대부분이었지만, 때로는 그토록 소원하던 보물을 찾아내는 날도 있었다. 뇌관을 전혀 다치지 않은 멀쩡한 기관총 탄알과 한쪽 알은 금이 가고 다른 한쪽 알은 아예 없어진 뿔테안경 따위가 그의 소중한 보물 목록에 보태졌다.

그러구러 봄이 가고 여름이 왔다. 여름이 가고 가을이 왔다.

이학기가 시작된 지 얼마 안되어 박충서가 갑자기 결석을 했다. 그가 학교를 빠진다는 건 이를테면 염소가 물찌똥 깔기는 일만큼이나 보기 드문 사건이었다. 같은 보육원 원생인 급우한테 그의 안부를 물었다. 갑자기 밥도 못 먹고 잠도 못 자는 이상한 병에 걸려 몸져누워 있다는 대답이었다.

박충서는 하루를 더 결석하고 나서 사흘째 되는 날 다시 학교에 나왔다. 해쓱하다 못해 옥양목 원단처럼 파르스름한 기운을 띨 정도로 낯꽃이 많이 상해 있었지만 그 표정만큼은 아주 밝고 움직임도 매우 활달했다. 어디가 아팠느냐는 물음에 그는 그저 빙싯 웃기만 했다. 한참 뜸을 들인 다음에야 그는, 방과후에 소라단에 가서 자세한 이야기를 들려주겠노라고 말했다. 왜 우리끼리 긴한 대화를 나눌 만한 장소로 꼭 소라단을 택해야만 하는지 나로서는 그의 속셈을 당최 이해할 수가 없었다.

그때까지 자그마치 대여섯시간을 어찌 그리도 용케 참고 진드근히 견딜 수 있었을까. 박충서는 마치 자맥질이라도 하는 푼수로 소라단 솔숲 안에 풍덩 몸을 던지기 무섭게 부랴사랴 책보를 풀고는 책갈피 속에 깊숙이 간직했던 종이쪽을 꺼냈다.

"읽어봐!"

아마도 대중잡지 같은 데서 뜯어낸 것인 듯했다. 그것이 최근에 음반을 낸 신인 가수들을 소개하는 기사임을 알아차리는 순간 내 가슴은 무단히 발랑발랑 뛰놀기 시작했다. 나는 또 충서가 손가락으로 짚어 주는 자리에다 허둥지둥 두 눈을 부려놓았다.

문향란. 방년 20세. 본명 박옥서……

"충서 너 기연시 누님을 찾았구나!"

내 귀에도 샛노랗게 들리는 괴상한 목소리를 나도 모르게 꽤액 쥐 어짜고 말았다. 그만한 크기의 풍선을 건공중에 두둥실 띄워놓은 듯 충서는 웃음꽃으로 뒤발한 머리통을 들어 하늘 쪽을 향한 채 연방 고 개를 끄덕거렸다.

"그래! 찾았어!"

우연히, 그야말로 우연히 큰누님을 찾게 된 자초지종을 충서는 자 랑스럽게 털어놓기 시작했다.

뒷간에 쪼그리고 앉아 똥을 누다가 밑씻개용으로 벽에 달아맨 헌 잡지 위에 무심코 눈길이 머문다. 면수가 이미 절반쯤 뜯겨 달아난 잡 지의 맨 윗장에서 낯익은 얼굴 사진을 발견하는 순간 느닷없이 숨이 턱 막혀버린다. 혹시라도 허깨비를 본 게 아닌가 싶어 처음에는 제 눈 을 의심한다. 하지만 뒷간 벽한테서 잠시 헌털뱅이 잡지를 빌려 아무 리 눈두덩을 비벼가며 자세히 들여다보고 또 들여다봐도 깔축없는 옥 서누님이다. 다음 순간 손아귀에서 좌르르 힘이 풀리면서 하마터면 잡지를 통째로 똥통 속에 빠뜨릴 뻔한다.

"변소에서 간신히 기어나왔어. 그리고 바로 아파서 드러눠버렸어. 밤새도록 열이 나고 헛소리를 했어."

"정말 잘됐다, 충서야!"

너무나 감격에 겨운 나머지 나는 충서의 손을 와락 빼앗아 쥐고는 마구 흔들어대면서 요란뻑적지근한 축하를 보냈다. 물론 그것은 충서가 신열에 들떠 밤새껏 헛소리를 한 행위에 대한 축하가 아니었다.

"그런데……"

한바탕 요란을 떨다 보니 퍼뜩 미심쩍은 생각이 들었다. 뭔가 짚이는 대목이 있어 나는 읽다 만 종이쪽으로 얼른 눈을 돌렸다.

본명 박옥서. 경남 울산 출생. 출세곡 '전선을 날으는 나비.'

"경남 울산이 고향이라는데? 진짜로 누님이 맞어?"

"으응, 그거? 별거 아냐. 나이도 두 살이나 적게 나왔는데, 뭐."

충서는 대수로운 일이 아니라는 투로 심상하게 받아넘겼다. 그럴 만한 무슨 사정이 있었기 때문에 나이와 고향을 슬쩍 바꿈질했을 거라는 추측이었다. 예컨대, 인기 가수로 출세하기 위해서는 이북 피난민 출신보다 이남 토박이 출신이 유리하고, 22세보다는 조금이라도 더 어린 방년 20세 처녀가 유리할 거라는 식의 편리한 해석이었다.

"우선 이름이 똑같고 사진 속 얼굴도 똑같잖아. 노래를 잘 불러서 가수가 된 것도 마찬가지고."

어릴 때 헤어진 옥서누님이 틀림없다고, 동생이 누님 얼굴조차 몰라볼 리가 있겠느냐고 충서는 확신에 찬 어조로 거듭거듭 주장해 마지않았다.

"우리 총무님한테 부탁해서 그 잡지 이름을 알아냈어. 우리 누님 주소 좀 일러달라고 잡지사에다 바로 편지도 보냈어."

마침내 옥서누님을 찾았다고, 거의 찾은 거나 진배없다고 충서는 흥분한 어조로 거듭 말했다. 큰누님을 만나는 건 이제 시간 문제라고 했다. 누님을 만나면 서울에서 누님과 함께 살 작정이라고 했다. 먹이도 먹어도 여전히 허기가 지는 보육원 밥을 그만 먹게 될 날도 이제 얼마 안 남았다고 했다. 예상보다 빨리 누님을 찾을 수 있게 된 것은 천당에 계신 부모님의 기도와 하나님의 은총 덕택이라고 했다. 마음이 벌써 서울 누님 집에 들어가 머물고 있는 충서를 지켜보면서 나는 그와 헤어질 일부터 지레 걱정하기 시작했다. 누님을 만난 뒤에도 충서가 여전히 보육원에 남아 있기를 나는 은연중에 간청하고 있었다.

"누님한테서 연락이 올 때까지 이건 너하고 나만 아는 비밀이다. 누구한테도 절대로 얘기하면 안돼. 알았지?"

이튿날 등교하자마자 박충서가 드디어 누님을 찾았다는, 충서는 이제 고아가 아니라는 이야기가 교실 안에 왜자하게 나돌았다. 소문에는 발이 달려 있어 담임선생님의 귀에까지 어김없이 찾아갔다. 선생님은 충서를 교단으로 불러 세워 고아 신세를 면하게 된 제자에게 축하의 말을 건네면서 우리로 하여금 박수까지 치게 했다. 소문의 진원지는 이기곤 바로 그 녀석이었다. 나는 마지막 순간까지 의리를 지키려 안간힘을 썼지만 워낙 입이 방정인 그 녀석이 끝내 내 만류를 뿌리친 채 만나는 족족 아이들을 붙들고는 일일이 비밀을 누설한 결과였다.

가을이 가고 겨울이 왔다. 그새 박충서는 잡지사에서 일러준 누님의 주소로 편지를 여러 통 띄웠다. 이제나저제나 하고 목이 빠지게 기다려도 답장이 안 오자 그는 마지막 편지를 띄웠다. 그래도 박옥서, 아니, 문향란 가수한테서는 끝내 아무런 반응도 건너오지 않았다. 시일이 지날수록 그의 얼굴에는 점점 짙은 그늘이 드리워졌고, 그 위에 초조해하는 기색이 쇠딱지처럼 내려앉아 흉하게 더께를 이루었다.

"우리 옥서누님이 나한테 절대로 그럴 리가 없어. 아마 중간에 뭐가 잘못돼서 그럴 거야. 내가 직접 서울로 찾아가야겠어."

근래 들어 몰라보리만큼 초췌해진 낯꽃으로 소라단 멧갓 속을 똥마려운 강아지처럼 바장이며 박충서는 새로운 결심을 밝혔다. 당장이라도 서울로 달려가서 누님과 직접 대면하고 싶어했다. 그러나 서울에 다녀올 노잣돈이 문제였다. 땡전 한푼 만지기 어려운 보육원 원생 주제에 그만한 돈을 마련할 방도가 막막했다. 그의 서울행은 차일피일 미뤄져만 갔다.

겨울방학에 접어들자 박충서는 보육원 총무의 허락을 받아 우리집에서 나랑 같이 먹고 자면서 용돈을 벌기 시작했다. 농사가 주업인 우리집에서는 겨울철 농한기마다 부업으로 가마니를 쳐서 장에 내다 팔곤 했다. 충서는 가마니치기를 도우면서 어른의 반품을 받았다. 워낙 이문이 박한 벌이인지라 객식구까지 두고 품꾼으로 부린다는 건 끼해야 주전부리 용도에나 알맞을 알량한 품삯일망정 아버지한테는 별로 수지가 안 맞는 거래였다. 그나마도 내가 충서의 딱한 사정을 들어 아버지를 설득해서 노잣돈 적선하는 셈치고 맡긴 일거리였다.

처음에는 헛간에서 화롯불 피워놓고 곱은 손 녹여가며 일을 시작했다. 그러다 눈보라가 몰아치고 강추위가 덮치자 가마니틀 두 대를 아예 윗방으로 옮겨놓고 가마니를 쳤다.

나는 아버지를 거들고 충서는 어머니를 거들었다. 나는 어지간히 일손이 익은 편이라서 제법 일꾼 한몫을 해냈지만 가마니치기가 난생 처음인 충서는 잔심부름부터 먼저 시작해야 했다. 짚단에서 실한 볏짚을 추려 물을 촉촉이 먹인 다음 매타작을 가해서 얼추 숨을 죽여 놓는 따위 허드렛일이었다. 하지만 눈썰미를 워낙 잘 타고난 충서는 금세 일에 문리가 트여 가마니틀 힌쪽에 다소곳이 붙이 서서 이머니를 요령껏 도왔다. 씨줄에 해당하는 지푸라기를 잣대라 불리는 기다란 대바늘 끝에 건 다음 날줄을 이루는 바디 밑 새끼줄 틈새에 날렵하게 질러 넣는 솜씨가 여간이 아니었다. 내가 맨 처음 일을 배울 당시처럼 겨냥이 번번이 빗나가는 바람에 송곳 같은 잣대 끝으로 어머니 팔뚝을 찔러 호되게 지청구를 먹거나 잣대 빼내는 시기를 놓쳐 어머니가 손잡이를 힘껏 내려치는 바디에 손을 다치는 불상사도 없었다. 우리 기곤이란 놈이 충서를 반의반만큼만 따라가도 여한이 없겠노라고 어머니가 연방 탄복할 정도였다.

오래지 않아 충서는 나보다 오히려 일을 더 잘했다. 아버지는 충서에게 주마고 약속한 품삯을 눈곱만치도 아깝게 생각하지 않았다. 이른 아침부터 밤늦게까지 진종일 가마니틀에 매달려 지내느라 이만저만 고생이 아니었지만 충서는 힘든 내색 전혀 없이 하루하루를 잘도 버티었다.

겨울방학이 거반 끝나갈 무렵, 마침내 노잣돈에 당할 만큼 품삯이 모아지자 충서는 큰누님과 직접 대면하기 위해 어린애답지 않은 의젓한 모습으로 혼자서 용약 서울을 향해 장도에 올랐다.

충서는 떠난 지 나흘 만에 돌아왔다. 떠날 당시의 그 희망에 부풀어 생기가 넘치던 모습과는 전혀 딴판으로 그는 거의 초주검 꼴이 되어 기신기신 우리집에 나타났다. 눈동자는 개개풀려 흐리멍덩했고 얼굴은 해묵은 곶감처럼 검붉은 빛깔로 말라비틀어져 있었다.

"만났어? 못 만났어?"

연거푸 다그치는 내 물음에 그는 일절 반응을 나타내지 않았다. 소라단에 다다를 때까지 그는 아무 말도 없이 그저 흐느적흐느적 걷기만 했다. 소라단 멧갓 안에 들어 풀밭에 자리를 잡은 후에도 여전히 멀건이가 되어 한동안 먼산만 바라보고 있었다.

"으떻게 됐냐니께!"

　궁금증을 못 이겨 멱살을 거머쥐고 흔들다시피 마구 고함을 쳐대니까 충서는 그제야 비로소 입을 열기 시작했다. 그가 띄엄띄엄 흘려놓는 낱말들을 나란히 꿰맞춘 끝에 나는 가까스로 사태를 짐작할 수 있었다.

　첫날은 잠깐 달리는 시늉을 하다가 정거장마다 한나절씩 서 있기를 되풀이하는 삼등 완행열차 안에서 거반 다 보냈다. 둘쨋날은 신인 가수 문향란의 집을 찾는 일로 온전히 허비했다. 셋쨋날은 천신만고 끝에 집을 찾는 데는 성공했지만 집주인이 거지 아니면 미친놈 취급하며 대문조차 열어주지 않는 바람에 또 하루를 다 써버렸다. 그러나 물러서지 않고 끈덕지게 대문간을 지키며 어기찬 울음소리로 통사정한 끝에 한밤중이 다 돼서야 가까스로 집주인 얼굴을 구경할 수가 있었다.

　"만나보니께 누님이 맞어? 틀려?"

　충서는 또다시 멀건이로 변해 먼산만 보다가 거푸 채근을 받고서야 겨우 위아랫 입술을 달막거렸다. 그가 띄엄띄엄 흘려놓는 낱말들을 한 줄로 꿰맞춤으로써 나는 다시 한번 사정을 대충 알아차릴 수 있었다.

　사진으로 이미 확인했듯이 얼굴은 옥서누님이랑 상당히 비슷했다. 그러나 신인 가수 문향란은 몹시 귀에 선 경상도 사투리를 억세게 사용했다. 더구나 그 집에는 그 여자의 부모와 형제자매 등 일가족이 죄다 모여 있었다. 그래도 여전히 긴가민가하며 갈피를 못 잡자 그 여자는 두툼한 사진첩까지 꺼내 증거물로 보여주는 것이었다. 어린시절 고향 방이진 바닷가에서 가족들과 함께 찍은 낡은 사진들이 예리한 칼날로 변해 눈을 마구 찔러댔다.

　"누님이 아니었어. 큰누님이 아니었어. 우리 옥서누님인 줄만 알았는데, 틀림없이 그렇게 믿고 있었는데, 엉뚱하게 딴사람이었어.”

하염없이 먼산만 바라보며 박충서가 들릴락말락 중얼거렸다. 마치 깊은 물속을 뚫고 올라오는 것처럼 그 소리는 내 귀에 아득하게 들렸다. 내 친구를 그 지경으로 불쌍하게 만든 상대방을 향해 나는 격렬한 적개심을 느꼈다. 제까짓 게 가수로 출세하면 얼마나 할 수 있을지 가늠하기 위해서라도 그 여자가 최근에 취입했다는 그 ‘전선을 날으는 나비’란 음반을 한번쯤 반드시 들어볼 필요가 있을 것 같았다.

만나고 보니 그 가수는 박충서네 누님이 아니었다네! 생판 모르는 엉뚱깽뚱한 경상도 여자였다네!

방학이 끝나고 개학이 되기 무섭게 학급 안에는 한바탕 또 소문이 왜자하게 나돌았다. 지난번 소문에 이어 두번째 소문의 진원지 역시 촐랑이 이기곤 바로 그 녀석이었다. 깊은 슬픔에 잠긴 박충서의 딱한 처지를 생각해서라도 나는 끝까지 친구로서 의리를 지키고 싶었다. 그런데 근질거리는 조동아리를 도무지 참을 줄 모르는 그 자발머리 없는 녀석이 넋이야 신이야 하고 마구잡이로 나불거리고 다닌 결과였다.

박충서는 실어증에 걸린 아이처럼 숫제 말을 잃어버렸다. 유일한 꿈이 하루아침에 물거품으로 변해 가뭇없이 사라져버리자 그는 갑자기 반편이 돼버렸다. 묻는 말에 제대로 대꾸할 줄도 몰랐다. 수업중에 선생님한테 이름을 몇번씩 불려도 귀머거리인 양 그저 멍하니 창밖을 내다보기만 했다. 누군가의 발길질에 되알지게 걷어챈 뒤로 사람만 보면 무조건 마루 밑으로 숨는 겁 많은 강아지처럼 그는 철저히 외톨이가 되어 남들 눈에 잘 띄지 않는 구석진 자리로만 언제까지고 배돌고 있었다.

　그토록 즐겨 찾던 소라단 쪽에도 박충서는 아예 발길을 뚝 끊어버렸다. 그동안 충서와 나 사이를 차지게 맺어주는 끈끈이 노릇을 하던 소라단이 의미를 잃어버리자 나도 덩달아 소라단을 찾지 않게 되었다. 우리가 소라단을 외면하니까 그에 질세라 소라단도 우리를 철저히 외면했다. 소라단과 멀어지면서 충서와 나 사이도 차츰 멀어지기 시작했다.

　그랬다. 박충서는 깔축없는 고아이며 보육원 원생이었고, 반면에 나 이기곤은 가족과 집과 고향이 있는 아이였다. 그 차이가 얼마나 대단한 것인가를, 하늘과 땅 사이만큼 멀다는 사실을 박충서는 학교에 다니는 동안 마치 시위라도 벌이듯 줄곧 행동으로 내게 일깨워주고 있었다.

　　　3

　"그 소라단은 오날날 으떤 모냥으로 지내고 있는고?"

　옛날에 학교 소풍 장소로도 널리 알려졌던 소라단의 안부를 궁금해하는 사람들이 의외로 많았다.

　"이 사람아, 상전이 벽해가 된 마당에 소라단 같은 무인지경이 질래 무사헐 성부른가? 남성중고, 남성여중고, 좌우지간 '남성'자 붙은 핵교란 핵교는 몽땅 다 그쪽으로 이사를 가고, 아파트 단지들이 빽빽허니 들어서는 바람에 우리 소라단 몰골도 인지는 영핀 틀려져뿌렀다네."

　이기곤의 툽상스런 설명은 여러 입에서 장탄식을 끌어내기에 족했다.

"그나저나 우리 고향 도시 전체가 뭣 하나 쓸 만허니 남어 있는 게 없는 것 같구만! 개발 바람에 옛 모냥이 어느정도 망가지는 것이사 어쩔 도리 없다 허드라도 요로콤 하나에서 열까장 철저허니 망가질 수가 있을까? 요로콤 망가져도 참말로 괭기찮은 거여?"

모깃불 주변의 분위기가 매캐한 연기와 함께 땅바닥에 무겁게 가라앉었다. 자신의 어린시절 추억을 몽땅 도둑맞은 듯싶은 협협한 감회 속에서 저마다 발전을 기대하는 고향과 옛날 모습 그대로 길래 보존되기 바라는 고향 사이를 연락부절로 왕래하는 기색들이 얼굴에 역력히 드러나 있었다.

"오날날 박충서는 으떤 모냥으로 지내고 있을꼬?"

방금 전에 소라단의 안부를 묻던 친구가 소라단과 같은 꼬챙이에 꿰인 박충서의 안부에 관해 다시 궁금해했다.

"체신고교를 나왔으니께 말뚝 박힌 인생 코스를 충실허니 밟었다면 지금쯤 아매 어느 시골 우체국장 아니면 제법 지위가 높은 체신 공무원으로 행세허며 살고 있겄지."

"그나저나 국민학교 동창생들만 생각허면 박충서 갸는 시방도 이가 득득 갈릴 거여. 정내미가 확 떨어져서 모교가 있는 방향에 대고는 오줌도 누고 싶들 않을 거여. 그러니께 한번 이 바닥을 뜬 뒤로는 폐일언허고 이기곤이한티도 반토막 소식조차 안 전허고 지냈겄지."

"보육원 출신치고는 참 신통방통한 녀석인 줄만 알었는디, 박충서 갸한티 고로콤 치명적인 상처가 있는 줄은 오늘사 처음 알었구만."

한바탕 주고받던 말말끝에 좌중은 약속이나 한 듯 또다시 괴이쩍은 침묵 속으로 빠져들었다. 잠잠한 가운데서 각자 박충서와 연관된 자신의 과거지사를 장님처럼 손으로 낱낱이 더듬는 듯했다. 그리고 그처럼 심각한 아픔을 지닌 급우한테 끝내 무관심하게 굴었던 자신의 지난날을 새삼스레 뒤돌아보는 눈치들이었다.

"지난번 이산가족찾기 행사 때 혹시 누님을 찾지 않았을까?"

"그랬을지도 모르지. 혹은 그러지 않았을지도 모르고."

"그동안 우리나라도 발전에 발전을 거듭혀서 과거 같은 야만적 수준은 벗어난 편이지. 요새는 이산가족찾기 같은 대대적 행사가 아니드라도 경찰 전산망을 뒤져서 이산가족들 생사를 수시로 확인헐 수 있을 만침 선진문명화가 눈부시게 이뤄졌다더라."

"그나저나 그놈에 무지막지헌 육이오전쟁에 와중에서 혈육을 잃거나 가족들끼리 이산당허지 않은 것만도 참말로 큰 복이여, 큰 복. 무탈허니 살어남은 것만도 우리는 천행만행으로 알어야 혀."

누군가의 그 말에 내남없이 공감을 표시했다. 비극의 주인공 박충서의 경우에 비추어 자신이 얼마나 행복한 처지에 있는가를 일일이 점검해보는 기색들이었다. 그저 그렇고 그런 범부들이 보통가정 안에서 일상적으로 누리는 고만고만한 기쁨들이야말로 신이 내리는 여러 복들 중에서도 가장 생광스런 복이라는 사실을 암묵리에 서로서로 재확인하는 분위기였다.

운동장 동편 죽사산(竹寺山) 기슭 어디쯤에서 부지런한 수탉 한마리가 갑자기 꼬끼오 하고 목청을 길게 뽑으며 밤새껏 어둠속을 헤매던 한 많은 원귀들이 물러갈 때가 임박했음을 기운차게 고하기 시작했다. 도시 닭들은 농촌 닭들보다 영리하고 세상물정에도 뜨르르한 모양이었다. 먼동이 트기엔 아직 좀 이른 시각인데도 그처럼 미리감치 앞당겨 첫 홰를 치면서 똑똑한 척 유난을 떨고 있었다. 짧은 여름

밤이 바야흐로 물러갈 채비를 하고 있었다. 밝는 날에 몰려올 재향 동기생들과 어울려 또다시 즐거운 하루를 시작하려면 잠깐이라도 눈을 좀 붙여두는 게 좋겠다고 교장선생이 말했다.

"이 좋은 날 좋은 밤에 우리가 눈은 왜 붙여야 되지?"

"왜냐고? 너무 오래 안 붙이면 눈한티 미안허니께."

실없는 농담의 가지 끝에 웃음의 열매들이 풋감처럼 떫게 매달렸다.

"역사는 밤에 이루어진다!"

뜬금없는 역사 타령에 웃음소리가 금세 꼬리를 감추었다. 홍성만이었다. 서울하고도 강남하고도 청담동에다 고급 레스또랑을 차려 성업 중인 능력 있는 마누라를 둔 덕분에 일찌거니 팔자 늘어진 영감이 되어 주말이면 골프채나 들고 소일하는 것으로 소문난 친구였다. 좌중의 시선이 일제히 홍성만에게로 쏠렸다.

—『세계의문학』 2002년 가을호

역사는 밤에 이루어진다

역사가 자리를 비운 창고 분위기는 마치 새 고무신을 신고 등교한 첫날

미처 사랑땜도 못 마친 그 아까운 물건을 도둑맞았을 때만큼이나 허전하게 느껴졌다.

아니, 허전하다 못해 절통한 기분마저 들었다.

1

　이야기에 굳이 제목을 달자면 그런 모양새가 된다고 홍성만은 아직
도 뜨악해하는 동창생들에게 설명했다. 성인영화, 그러니까 구세대의
체험에 어울리는 옛날식 용어로 말한다면, 문화영화 제목을 연상케
한다는 중론이 돌았다. 왠지 모르게 음탕한 느낌이 든다는 것이었다.
역사가 밤에 이루어지다니, 도대체 밤에 이루어지는 역사란 게 남녀
간의 그짓말고 또 뭐가 있겠냐는 것이었다. 요즘에는 레스또랑 같은
데서도 밤중에 남녀가 만나 요상한 역사를 창조하느냐고, 참으로 말
세기 틀림없다고 넌지시 홍성만의 직업을 빗대이 낀죽이는 작자도 있
었다. 도야지 눈에는 모두 도야지로만 보이고 부처님 눈에는 모두 부
처님으로만 보인다는 무학대사의 말까지 인용해가며 홍성만은 엉뚱

깽뚱한 상상력을 휘두르는 저질 동창생들을 향해 따끔하게 침을 놓았다.

아무튼 홍성만의 뜬금없는 발언에서 비롯된 설왕설래는 파장머리의 어물전같이 축 늘어져 있던 분위기를 다시금 빳빳이 개비하는 데 일조했다. 문화영화 제목 운운은 연방 하품을 꺼가며 어서 이야기판이 마감되기를 고대하던 부류에게 각성제 구실을 톡톡히 했다. 음탕한 느낌 운운은 모깃불 곁에서 매캐한 연기도 아랑곳없이 자울자울 졸거나 아예 양 무릎 사이에 얼굴을 파묻은 채 깊은 잠에 빠져 있던 부류에게 기상나팔 소리와도 같은 효과를 끼얹었다. 고급 레스또랑을 경영하는 마누라 덕분에 호강에 잣죽 쑤는 팔자로 신분이 상승한 홍성만은 그처럼 저한테 쏠리는 좌중의 비상한 관심이 그다지 싫지는 않은 기색이었다. 두 귀를 쫑긋쫑긋 세운 채 두 눈을 반짝반짝 빛내며 곁으로 바싹 다가앉는 시늉을 하는 동창생들을 보고 그는 한바탕 낄낄거렸다.

"옛날 같았으면 손주를 봐도 벌써 두셋은 보고도 남았을 늙다리 잡살뱅이들이 그저 시도 때도 없이 색만 밝혀쌓는 그 못된 버리장머리 하나는 여전허니 못 놨구만."

2

자아, 엿이 왔어요, 엿이 왔어. 말만 잘허면은 개나 걸이나 공짜로 먹어요, 공짜로 먹어. 자아, 엿들 사. 둘이 먹다가 싯이 죽어도 책음 못 지는 엿들 사. 맛 좋고 꾸리 같은 호박엿, 강냉이엿, 콩엿, 찹쌀엿,

가락엿, 뭉텡이엿, 토막엿, 갱엿……

이른 아침부터 느닷없는 엿장수 타령이 휑뎅그렁한 창고 건물을 연방 들었다 놓았다 했다. 산전수전 다 겪은 고참 엿장수 봉자 아버지는 말하자면 선생인 셈이었다. 제자뻘 되는 신참 엿장수들을 자기 거처에 모아놓고 시방 엿장수타령을 가르치는 참이었다. 선생이 찰캉찰캉 가윗소리 장단에 맞추어 구성진 가락으로 선창을 하면 젊은 제자들은 막걸리를 한말쯤 퍼마신 듯 낯꽃을 온통 시뻘겋게 붉히고 제비새끼처럼 주둥이를 짝짝 벌려가며 생짜로 목청을 쥐어짜느라 두 눈알이 툭툭 튀어나올 지경이었다. 제자들은 빈손에 보이지 않는 엿장수 가위를 쥐고는 장단을 맞추어 보이지 않는 엿가래를 자르는 시늉에 고부라졌다.

"어이, 거그 꺽새!"

가르침을 멈추고 봉자 아버지는 키가 장대같이 큰 젊은이를 지목했다.

"꾸리 같은, 고 대목 새칠로 혀봐!"

"꾸울 같은……"

"새칠로! 꾸리 같은!"

"꾸르 같은……"

꺽새가 매우 자신없는 목소리로 틀린 발음을 되풀이하자 부앗살이 머리 꼭뒤까지 뻗친 봉자 아버지가 크고 무거운 엿장수 가위를 왁살스레 휘두르며 상대방의 목이라도 뎅겅 자를 기세로 무섭게 협박했다.

"잃느니 죽겄다, 잃느니 차라리 죽고 말겄어! 고따우 생기다 만 소리 솜씨로 어디 엿가락 한개나 폴아묵고 살겄냐?"

엿장수 소질을 제대로 못 타고난 꺽새는 거의 저주에 가까운 봉자 아버지의 악담에도 불구하고 성격도 좋게끔 뒤통수를 긁적이며 히잇 웃었다. 꿀 같다는 말을 어째서 반드시 꾸리 같다고 발음해야 되는지 나로서는 도무지 이해할 수가 없었다.

엿들 사. 개똥이도 쇠똥이도 다 나와서 엿들 사. 뭣이든지 다 갖고 와 엿들 사. 고무신짝 운동화짝 지까다비짝 떨어러러진 것, 내오간에 쌈허다가 요강단지 찌그르르러진 것, 고부간에 쌈허다가 머리끄뎅이 뜯으드드낀 것, 동세찌리 쌈허다가 인듯자락 뿌르르르러진 것, 시아바지 방구질에 모시바지 삼베바지 빵꾸꾸꾸난 것……

자다 깬 조무래기들이 식전부터 봉자네 거처 앞에 새까맣게 몰려들어 눈곱자기를 뜯어가며 그 희한한 수업 광경을 감탄어린 눈초리로 구경했다. 창고 안 주민들 가운데서도 봉자 아버지는 가장 인기있는 축에 속했다. 우선 엿장수타령 그 자체도 흥미로울 뿐만 아니라 팔고 남은 잔챙이 엿들을 조무래기들에게 공짜로 나눠주는 일이 잦기 때문이었다. 엿의 분배 기준은 전적으로 봉자와의 친분관계가 좌우했다. 그래서 창고 아이들은 낮곁이면 봉자 뒤를 그악스레 쫓아다니며, 과자장시 똥구녁은 바삭바삭, 뚜부장시 똥구녁은 물컹물컹, 지름장시 똥구녁은 미끌미끌, 엿장시 똥구녁은 찐득찐득, 하고 입을 모아 놀려대다가도 저녁때만 되면 봉자에게 좀더 잘 보이려고 서로 앞다투어 알랑방귀를 뀌어대곤 했다.

하루치의 수업을 끝낸 신참 엿장수들을 가축처럼 몰고 봉자 아버지는 잔뜩 거드름을 피우며 시내 엿도가로 향했다. 어중이떠중이 닥치는 대로 끌어들여 대장 노릇에 고부라진 남편의 등덜미를 겨냥하고 봉자 어머니는 연방 주먹총질을 가했다.

"엿장시 맘대로 헌담시나 저러콤 잘난 화상이 뭣 땜시 즈그 집은 한

칸도 맘대로 못 장만허는고!"

조무래기들 사이에서 누리는 최고의 인기와는 딴판으로 봉자 아버지는 정작 자기 마누라한테서 전혀 남편 대접을 받지 못했다. 우리 아버지를 빼고는 창고 안 사내들 대부분이 봉자 아버지와 엇비슷한 처지였다. 졸지에 집을 잃은 채 창고 생활을 하는 아낙네들이 세상 모든 남정네를 평가하는 기준은 오로지 처자식들이 두 다리 쭉 뻗고 안심하고 살아갈 수 있는 집칸의 있고 없음 한가지였다.

아침밥들을 짓느라 창고 안에 매움한 연기가 시나브로 들어차기 시작했다. 연기는 까마득히 높은 천장 부위부터 먼저 채운 다음 점점 밑으로 내려와 노인네들의 부실한 목구멍에서 가래 끓는 기침소리를 끌어냈다. 집집마다 주된 연료로 코크스를 태워 풍로에다 밥을 짓는데, 불량 코크스에 섞인 조개탄이 항상 말썽이었다. 그리고 풍로를 창고 건물 밖에 내다놓고 불을 피우기로 한 애초의 약속을 번번이 어기는 몇몇 얌체들 때문에 주민 전체가 날이날마다 고통을 당해야 했다. 오소리 잡듯 조석으로 주민들을 잡는 조개탄 연기는 시커먼 그을음을 거느린 채 기분 잡치는 고약한 냄새를 펑펑 풍기며 창고 안을 떠돌다가 두어 시간템이나 지나서야 마지못해 겨우 건물 밖으로 빠져나가곤 했다.

아낙네들은 식전부터 아버지가 없는 길재네 거처에 모여 부지런히 푸념들을 주고받았다. 무허가 판잣집을 철거당한 지 벌써 여러 달이 지났는데도 아낙네들은 한자리에 모였다 하면 만날 똑같은 타령이었다. 이런 설움 저런 설움 쎄고쎈 세상이지만, 뭐니뭐니 해도 기중 큰 설움은 집 없는 설움이라는 것이었다. 두 눈 번히 뜨고 내가 들어 살던 집이 무지막지하게 철거되는 광경을 속수무책으로 지켜봐야 했던 그 충격에서 모두들 한발짝도 벗어나지 못한 상태였다. 특히나 길재 어머니의 태도가 가장 극성스러워서, 하나밖에 없는 남편을 나라에 바친 불쌍한 전쟁미망인을 이런 식으로 박대해도 되는 거냐고 걸핏하면 울부짖곤 했다. 뜨내기들끼리 오보록이 모여 사는 창고 주민들 사이에서 길재네는 전몰장병 유가족으로 통했지만, 길재 아버지가 언제 어느 곳에서 어떤 모양으로 죽었는지 정확히 확인할 길은 아무데도 없는 실정이었다.

신경질이 덕지덕지 묻어나는 목소리로 어머니가 내 이름을 연거푸 불러대고 있었다. 해찰질 작작 하고 빨리 밥 처먹고 학교 갈 준비나 하라고 어머니는 나를 사정없이 몰아세웠다. 내가 가장 이해할 수 없는 대목이 바로 어머니의 그런 태도였다. 어머니 말마따나 집도 절도 다 없어진 판국에 대관절 학교 따위는 다녀서 뭣에 쓰겠다는 건가. 일요일 아침에도 학교에 가는 사람 봤느냐고 나는 볼멘소리로 항의했다. 갑자기 머쓱해진 낯꽃으로 어머니는 어물어물 딴소리를 늘어놓았다.

창고 생활이 시작된 뒤부터 어머니는 혹시라도 자식들이 부모를 우습게 여길까봐 아버지를 두남두는 일이 부쩍 잦아졌다. 한때 운수가 사나워서 직장 잃고 집까지 잃었을 뿐이지 아버지는 누가 뭐래도 양반 중의 양반이고 선비 중의 선비다. 창고 안 다른 남자들과는 감히 비교가 안되는 훌륭한 분이다. 그러니 뼈대 있는 집안 후손으로서 너희들도 근본이 의심쩍은 창고 애들하고는 절대로 어울리지 말아라. 어머니는 똑같은 이야기를 자식들에게 수도 없이 신칙할뿐더러 우선 어머니 자신부터 창고 아낙네들과 담을 쌓고 지내는 것으로 우리에게 모범을 보이려 했다. 그럼에도 불구하고 뼈대 있는 집안 출신인 내가 노상 좋아라 어울리는 친구들은 근본이 의심쩍은 바로 그 창고 아이들이었다.

전쟁 직후 도시의 빈터마다 비집고 우후죽순 격으로 생겨난 무허가 판잣집 때문에 골머리를 앓던 시청에서 갑자기 강제철거에 나섰다. 어느날 철거반이 트럭을 타고 들이닥쳤다. 건장한 사내들이 미처 가재도구를 끄집어낼 겨를도 안 주고 판잣집들을 허물어뜨리기 시작했다. 쇠갈고리로 루핑이 덮인 허술한 지붕을 마구 찍어 내리고 쇠망치로 흙벽을 마구 쳐 구멍을 뚫었다. 그 구멍 속으로 쇠사슬을 집어넣어 기둥들을 묶은 다음 트럭 꽁무니에 매달았다. 트럭이 앞으로 나아가기 시작했다. 기둥들이 벌러덩 나자빠지고 집채가 폭삭 주저앉았다. 방금 전까지 집채가 들어서 있던 자리에서 싯누런 흙먼지가 구름처럼 피어올랐다. 순식간에 벌어진 사태인지라 눈을 의심할 지경이었다. 찬바람이 불기 시작한 늦가을 한낮의 일이었다.

시당국은 철거민들을 위한 임시 거처로 전신전화국 자재창고 두 채 중 위채를 제공했다. 아래채는 이북 피란민들에 의해 일찌감치 점거돼 있는 상태였다. 웬만한 운동장 푼수는 족히 되는, 대낮에도 유령이 등장할 법한, 횅뎅그렁하니 높고 크고 넓은 그 창고 건물에 수십가구의 철거민들이 모여 새로운 삶을 시작했다. 행정구역상으로는 북창동에 속해 있는 건물이지만 간선도로 하나를 사이에 두고 유명한 철인동 사창가가 자리잡고 있어 주거환경치고는 이래저래 최악의 조건이었다. 어머니가 말끝마다 뼈대와 근본을 들먹이기 시작한 것도 그 험악하기 그지없는 주변 상황 때문이었다. 철거민들 대다수는 피란민들이었다. 우리 집안은 피란민도 아니면서 피란민들 틈새에 끼여 예정에 없던 창고 생활을 시작했다.

다른 무엇보다 겨우살이 준비가 당장 시급했다. 이제 곧 가난뱅이들을 주로 겨냥하고 인정사정없이 몰아닥칠 혹독한 추위에 대비하기 위해 주민들은 커다란 창고 내부에다 작은 집들을 다닥다닥 붙여 짓는 작업부터 서둘렀다. 한채의 집 속에 수십개의 장난감 집들이 빼곡히 들어차 있는 꼬락서니였다. 각 가구마다 자기네 구역을 정한 다음 널빤지가 깔린 마룻바닥 위에 볏짚을 두툼히 깔았다. 그리고 그 위에 가마닛장들을 덮씌워 제법 푹신한 살림공간을 마련했다. 다다미 엇비슷한 방바닥이 확보되자 두꺼운 회포대 종이를 여러 겹 덧발라 이웃집과 이웃집 사이에 경계선을 침으로써 벽 아닌 벽을 확보했다. 그마저도 형편이 여의치 못한 가구에서는 무너진 판잣집에서 챙겨 내온 갖가지 가재도구들을 경계선에 에멜무지로 쌓아올림으로써 담 아닌 담을 만들기도 했다. 그렇듯 허술하기 짝이 없는 구조 때문에 창고 안의 모든 소리가 훤히 다 들리고 모든 움직임이 빤히 다 잡혔다. 뉘 집에 이 빠진 그릇이 몇개 있고 뉘 집에 달창난 숟가락이 몇개 있는지 뜨르르 다 꿸 지경이었다. 반드시 지켜야 될 사사로운 비밀이란 게 애당초 존재할 여지조차 없는 삶이었다.

수단껏 추위에 대비한 덕분에 그처럼 허술하고 괴상야릇한 살림 구조 속에서도 얼어죽은 목숨 하나 없이 그럭저럭 무사히 첫번째 겨울을 넘길 수 있었다. 자주 고뿔이 들고 손발에 동상이 걸려 고생은 나우 한 편이지만, 그래도 건강한 몸으로 새봄을 맞이할 수 있어 그나마 불행 중 다행이었다.

아침밥을 먹기 무섭게 한바탕 또 전쟁이 벌어졌다. 전쟁치고는 참 더럽고 치사하고 냄새나는 전쟁이었다. 뱃속에 들어가는 것은 늘 부실하기 짝이 없는데도 몸 밖으로 나오는 것은 으레 걸쩍서 창고 앞 마당가에 세워진 네 칸짜리 변소는 식전부터 항상 만원을 이루곤 했다. 아침마다 변소 앞에는 기다란 줄이 네 가닥씩 늘어서곤 했다. 몸을 배배 꼬고 발을 동동 구르며 오랫동안 줄을 서서 기다리는 사람들과 그런 과정을 거친 끝에 마침내 변소칸 안에 들어앉는 데 성공한 사람들은 마치 인민군 아니면 빨치산 대하듯 서로를 살벌하게 적대했다. 개중에는 수단껏 새치기를 도모하는 얌체도 더러 있어 심심찮게 드잡이가 벌어지기도 했다. 참을성이 바닥난 철부지들은 부끄러움이 뭔 줄도 모르고 누가 보든 말든 상관없이 변소 근처 아무데서나 아랫도리를 까내린 다음 알궁둥이를 홀랑 드러내기도 했다.

늘어지게 늦잠을 자고 난 '역사'가 찢어지게 하품하는 소리는 먼발치에서도 똑똑히 들렸다. 역사네 늙은 어머니는 말끝마다 무녀독남 귀한 아들을 가리켜 꼬박꼬박 '우리 정섭이'라고 불러 버릇했다. 하지만 우리는 그가 듣는 자리에서는 역사 아자씨, 눈앞에 없는 경우엔 그냥 역사라고 함부로 불러 버릇했다.

역사가 외출할 채비를 서두르는 기색이었다. 나는 어머니 눈치를 살피다가, 병직이네 집에 숙제하러 간다는 핑계를 대고는 탈옥하다시피 거처에서 빠져나왔다. 병직이네는 이북 피란민 출신으로 독실한 기독교 신자들이고, 병직이 아버지는 헌 풍금을 수선해서 새 풍금으로 둔갑시키는 일류 기술자였다. 말하자면 우리 어머니가 드물게 인정하는 그 뼈대 있고 근본이 확실한 집안인 셈이었다.

"역사 아자씨!"

출입구를 지키며 오래 기다린 보람이 있어 때마침 수건을 목에 두른 채 치마분(齒磨紛)을 듬뿍 묻힌 칫솔을 입에 물고 창고를 나서는 역사를 마당에서 만날 수 있었다.

"공일날은 쓰리허러 안 나가요?"

나는 깜짝 반가운 김에 겁도 없이 역사의 별난 직업부터 대뜸 건드렸다.

"예끼놈! 또 그런 소리 허면은 때깨칼로 붕알을 발러먹는다?"

역사는 대까칼 대신 칫솔자루를 나한테 견주며 위협하는 시늉을 했다. 비록 남의 호주머니를 터는 쓰리꾼으로 소문은 나 있을망정 꼬맹이들 불알이나 발라먹을 위인은 아니란 사실을 잘 알고 있기 때문에 그를 겁낼 필요가 없었다. 파자마 바람으로 그는 콧노래를 흥얼거리며 위창고와 아래창고 새중간에 있는 공동우물로 향했다. 우리 창고 주민들을 통틀어 최신 유행의 파자마를 걸친 유일한 인물이었다. 그 짧은 거리를 걷는 동안 어느겨를에 때꼽재기 동네 조무래기들이 그의 주위로 새까맣게 몰려들었다. 우물가에 다다른 그가 줄무늬 파자마의 윗도리를 벗어젖히자 소매 없는 러닝셔츠 밖으로 탄탄한 근육에 싸인 늘씬한 몸매가 훌라당 드러났다.

"아저씨, 입속에 감추고 있는 면도칼 좀 보여줘요!"

"만년필 따내는 말총도 보여줘요!"

무리한 요구를 하며 조무래기들이 성화를 부리는데도 역사는 전혀 화를 내지 않았다. 그는 부걱부걱 입에 물고 있던 치마분 거품을 우물 둘레 회삼물 바닥에다 카악 내뱉었다.

"아나, 봐라. 요게 바로 면도칼이다."

언제나 그렇듯이 역사는 면도칼이나 말총 따위 쓰리꾼 연장을 끝내 보여주지 않았다. 그럼에도 불구하고 조무래기들은 별로 실망하지 않았다. 그가 솜씨 좋은 쓰리꾼이란 사실을 믿어 의심치 않았기 때문에 조무래기들 마음을 사로잡는 그의 명성에는 눈곱만치도 흠집이 가지 않았다. 그는 두레박으로 물을 길어올려 우물터 귀퉁이 돌확에 붓고는 푸우푸우 소리도 요란하게 세수를 했다. 나는 누구나 다 그렇게 하는 그 흔해빠진 세수 장면을 마치 무슨 기발한 요술이라도 되는 양 일삼아 지켜 서서 구경했다.

우물에서 세수를 마치고 돌아오는 역사를 창고 안에서 그의 약장수 친구가 기다리고 있었다. 신발매품 회충약 '산토캬라멜'을 파는 청년이었다. 여느 산토닌과는 달리 전혀 쓴맛이 나지 않고 과자처럼 단맛이 나는 회충약이었다. 또한 여느 산토닌처럼 굶을 필요 없이 식사 후에 먹어도 효과는 놀라워서 회충, 요충, 촌충, 십이지장충 등등을 가릴 것 없이 좌우지간 뱃속에 든 기생충이란 기생충은 한목에 보따리째로 확 두려빠진다고 약장수 청년은 장담했다. 구진한 입담으로 구경꾼들을 잔뜩 불러모아 약 선전을 기가 막히게 잘하는 그 산토캬라멜 장수와 함께 역사는 노상 단짝으로 어울려 다녔다. 그래서 역사네 늙은 어머니는 자기 아들이 친구와 동업해서 약품 소매업을 하는 것으로 철석같이 믿고 있었다. 하지만 그것은 삶은 호박에 이빨도 안 들어갈 터무니없는 소리였다. 동업은 동업이되 약장수 동업은 아니라는 소문이 창고 안에 파다했다. 역전광장에서 약장수 친구가 타고난 입담으로 구경꾼들 넋을 쏙 빼놓는 그 틈을 노려 역사가 어떤 신사의 안주머니에서 지갑을 슬쩍하는 현장을 직접 목격했노라고 주장하는 사람이 아래창고에 실제로 살고 있었다.

"진지 잡수셨어라우, 선상님?"

대낮에도 어둑어둑한 창고 안에서 우리 아버지인 줄 단번에 알아보고 역사가 허리를 경위지게 꺾어 인사를 올렸다. 아버지는 말 대신 어험어험 헛기침 두어 방으로 위엄을 보이며 역사 앞을 그냥 지나쳤다.

취직자리를 알아보기 위해 아버지는 또 친구들을 만나러 시내로 나가는 모양이었다. 철거 직후 월동대책을 호소하는 장문의 탄원서를 작성해서 철거민 전체 이름으로 시당국에 제출한 뒤부터 아버지는 창고 주민들에게 깍듯이 선생님으로 대접받기 시작했다. 결국 탄원서는 아무짝에도 쓸모없는 휴지쪽이 되고 말았지만, 그때 아버지가 변명삼아 맥없이 던진, 가난 구제는 나라님도 못한다는 말이 한동안 주민들 사이에 유행한 적도 있었다.

드디어 역사가 한껏 때빼고 광낸 모습으로 약장수 친구와 함께 외출길에 올랐다. 창고 안팎에서 파자마 차림으로 있는 모습도 물론 돋보였지만 나들잇벌을 걸친 역사의 모습은 곱절쯤 더 돋보이는 듯했다. 왁스를 듬뿍 발라 구둣솔로 정성스레 손질한 검정 가죽잠바는 언제 봐도 삐까번쩍 요란했다. 끝자락을 한뼘 길이로 두 번 접어 걷어올린 미제 청바지는 바가지 한쌍을 엎어놓은 양 툭툭 불거져나온 엉덩판을 팽팽히 감싸고 있었다. 숱 많은 머리는 파리란 놈이 멋모르고 앉았다가 낙상하리만큼 지꾸로 떡칠을 해서 공들여 빗어 넘긴데다가 몸에서는 향수냄새가 진동했다. 구두코는 거울 대신 얼굴을 비춰보며 여드름을 짜도 되리만큼 번쩍번쩍 광이 났다. 그야말로 머리끝부터 발끝까지 멋을 안 부린 곳이 한군데도 없을 지경이었다. 뿐만 아니라 입속엔 틀림없이 예리한 면도칼이 숨겨져 있을 것이고 허리띠 어디쯤엔 틀림없이 실낱같은 말총이 매여 있을 것이었다.

위아래를 멋쟁이로 쪽 빼입은 역사와 검정물을 들인 군복 차림을 한 약장수가 창고 앞마당을 지나갔다. 역사는 가뜬한 빈손인 반면 약장수는 산토캬라멜이 잔뜩 든 커다란 가방을 어깨에 메고 있었다.

"회충, 요충, 촌충, 십이지장충! 좌우지간 뱃속에 든 기생충이란 기생충은 요것 한갑만 잡수시면은 한꺼번에 보따리째로 화악 둘러빠집니다요!"

"때끼놈들!"

마당에서 뛰놀던 조무래기들과 약장수 사이에 서로 친근감을 나타내는 인사가 한바탕 떠들썩하게 오갔다. 여태껏 으레 그래왔던 것처럼 역사는 청바지 뒷주머니에 어른 손바닥 크기의 작은 책자를 척하니 꿰찬 채 날렵한 동작으로 앞장서서 걸었다. 꽉 끼이는 청바지 안에서 팽팽한 엉덩판이 춤추듯 상하좌우로 움직일 적마다 뒷주머니의 책자도 함께 춤을 추었다. 역사의 뒷모습에서 가장 눈에 잘 띄는 부분이었다. 어찌나 오랫동안 꽂고 다녔던지 책 귀퉁이가 나우 닳아 나슬나슬하게 보풀이 일 지경이었다. 어떤 내용인지는 몰라도 아무튼 점잖은 내용이 아닌 것만은 분명했다. 주머니 밖으로 삐죽이 비어져나온 책자의 윗부분에는 하얀 바탕에 빨간 글씨로 제목이 야살스럽게 찍혀 있었다.

'역사는 밤에 이루어진다'

위창고와 아래창고로 편을 갈라 동네 아이들과 마당에서 자치기를 하고 있었다. 한창 노는 데 정신이 팔려 있다가 언뜻 생각이 나서 뒤를 휙 돌아다보니, 아니나다를까, 성주가 창고 벽면을 따라 다람쥐처럼 잽싸게 종종걸음을 치고 있는 중이었다. 겨우 세살짜리 말라깽이 주제치고는 믿어지지 않을 정도로 걸음이 빨랐다. 나는 자치기 놀이에서 빠져나와 성주 뒤를 밟기 시작했다. 길게 이어진 건물 끝부분에 다다른 성주기 흙벽에 막 손을 댔다 싶은 순간, 나는 고함을 꽥 내질렀다.

"홍성주!"

성주는 자지러질 듯이 놀라면서 제 손으로 얼른 제 눈을 가렸다. 아마도 제 눈에 안 보이면 상대방도 저를 못 보는 줄 아는 모양이었다.

"너 또 흙 먹었지?"

입을 암팡지게 다문 채 성주는 세차게 도리머리를 했다. 하지만 성주의 입술엔 이미 몽근 흙가루가 노랗게 묻어 있었다. 그리고 간장종지 크기로 동그랗게 확이 팬 흙벽엔 방금 묻힌 침 자국이 선명했다. 무슨 까닭인지 성주는 만날 똑같은 자리를 정해놓고 꼭 그 자리의 흙만 파먹었다.

"뱉어! 얼른 뱉으라니깨!"

오빠의 명령에 따르지 않고 성주는 계속 도리머리만 했다. 강제로 입을 벌려 흙을 뱉어내게 하려 했지만 조가비처럼 단단히 맞물린 작은 입술은 끝내 갈고리 같은 내 손가락을 받아들이지 않았다. 부앗김에 나는 머리통을 한방 되알지게 쥐어박았다. 성주는 울지도 않았다. 파리한 낯꽃에 겁에 질린 눈초리로 말없이 나를 올려다볼 따름이었다.

학교에 안 가고 집에 있는 시간에 내가 어머니로부터 지시받은 주요 임무 가운데 하나는 막냇누이 성주의 행동을 감시하는 일이었다. 원래 약골로 타고나 잔병치레가 잦은 성주는 내가 아무리 종주먹을 들이대고 혼꾸멍을 내봐도 창고 벽에서 몽근 흙가루를 파먹는 그 괴상한 버릇을 여간해서 고치려 하지 않았다. 뱃속에 거시(회충)가 들끓는 까닭으로 그런다 해서 내가 역사한테 부탁해 약장수 친구로부터 산토캬라멜을 두 갑이나 공짜로 얻어 먹였는데도 아무 소용이 없었다. 어머니나 내가 잠깐 한눈을 팔았다 하면 어느틈에 발탄강아지가 되어 제 단골 자리가 있는 벽 쪽을 향해 뽀르르 달려가는 것이었다. 성주는 나한테 이만저만 골칫거리가 아니었다. 먹어선 안될 흙가루를

먹음으로써 생길 성주의 건강 문제보다는, 한편으로 친구들과 놀이하
랴 다른 한편으로 막냇누이와 숨바꼭질 벌이랴, 이래저래 바삐 나부
대지 않으면 안되는 내 곤혹스런 처지 때문에 늘 걱정이 태산같았다.

"엄니한티 안 찔러바칠 티니께 다시는 흙 먹지 말어! 알었지?"

문득 병약한 성주가 안쓰럽게 느껴져 나는 우격다짐 대신 좋은 말
로 타일렀다. 성주는 여전히 입을 조가비처럼 다문 채 연방 고개를 끄
덕거렸다. 벌써 열 번도 넘게 끄덕거린 바 있는 허튼 고갯짓이었다.

순임이 아버지가 밤새 또 쥐를 두 마리나 잡았다. 순임이 아버지가
쥐를 다루는 솜씨를 구경하려고 식전부터 창고 아이들이 순임이네 거
처 앞에 모여들었다. 아이들은 잔뜩 기대에 부풀어 주머니칼을 숫돌
에다 슥슥 갈아대는 순임이 아버지의 손놀림을 긴장한 눈빛으로 지켜
보기 시작했다.

밤은 말할 나위 없고 벌건 대낮에도 창고 안에는 항상 쥐들이 들끓
었다. 부잣집이나 부잣동네 다 제쳐두고 하필이면 왜 사람 먹을거리
도 턱없이 모자라는 가난살이 창고 동네를 저희들 거처로 정하게 됐
는지 나는 쥐들 속셈을 당최 이해할 수가 없었다. 창고 쥐들은 모두
하나같이 배짱이 두둑했다. 인간과 맞닥뜨려도 겁을 내기는커녕 오히
려 하던 짓을 잠시 멈추고 어둠침침한 구석에서 눈을 반짝반짝 빛내
며, 저 인간이 어떻게 나오는가 어디 한번 두고 보자, 하고 물끄럼말
끄럼 관찰하기가 일쑤였다. 쥐들이 밤낮을 안 가리고 떼거리를 지어
널따란 창고가 비좁다고 종횡무진 쏘다니며 찍찍거리고 키득거리는
수작으로 저희들끼리 창고 주민들의 가난한 살림을 마냥 흉보고 비웃
는 것 같았다.

바로 그 못돼먹은 쥐새끼들을 잡아 없애는 일은 순임이 아버지 몫

이었다. 두 다리를 못 쓰는 그는 마누라가 식모살이 나가 있는 동안 하고많은 날들을 자기네 거처 안에 틀어박혀 자지레한 집안일들을 돌보며 쥐잡기에 매달려 보냈다. 거의 기다시피 문칫문칫 앉은걸음으로 돌아다니며 거처 주변에 쥐덫을 여러 개나 놓았다. 소증(素症)에 시달리는 딸 순임이를 위한 작업이었다. 원인 모를 열병을 앓고 난 다음부터 순임이는 얼굴이 온통 누렇게 떠 있는데다 짐짝같이 부어오르기 시작했다. 팔다리는 점점 가늘어지고 배는 점점 장구통으로 변해가는 모습이 꼭 거미를 연상케 했다. 순임이 아버지가 창고 안에 지천으로 깔린 쥐들을 가축의 일종으로 보기 시작한 것은 딸의 입에서 자주 헛소리가 새어나오고 때로는 게거품을 입에 문 채 발랑 나자빠지기도 하던 그 무렵이었다.

순임이 아버지는 손에 익은 칼질로 첫번째 쥐의 털가죽을 순식간에 벗겨낸 다음 배를 짝 갈라 내장을 고스란히 들어냈다. 두번째 쥐 역시 금세 똑같은 신세가 되고 말았다. 알몸을 벌겋게 드러낸 쥐들이 군용 반합에 담기는 순간 내 목구멍에서 꼴까닥 소리가 울렸다. 결코 먹음 직스러워서가 아니었다. 너무도 징그럽게 느껴진 나머지 나도 모르는 새 침을 삼킨 것이었다. 쥐고기를 많이 먹은 순임이 입에서 어느 날 갑자기 사람의 말소리 대신 찍찍거리는 쥐소리가 튀어나오는 장면을 상상하면서 나는 몸서리를 쳤다.

"아자씨, 시방 무신 짓을 허는 거요?"

갑자기 내 뒤쪽 허공에서 걸쭉한 목소리가 울려나왔다. 늦잠 자는 버릇이 있던 역사가 그날따라 웬일로 일찍 일어났는지 아이들 뒷전에서 껑충한 키를 기웃이 숙인 채 뜨악한 낯꽃을 짓고 있었다.

"우리 순임이 멕일라고……"

별걸 다 묻는다는 투로 상대방을 쳐다도 안 보고 건성으로 대꾸하면서 순임이 아버지는 반합에 물을 가득 들이부었다. 바로 그때였다. 역사가 파자마 자락을 휘날리며 순임이 아버지를 향해 무시무시한 기세로 돌진했다. 역사의 발길에 되알지게 걷어챈 군용 반합이 비명을 지르며 공중으로 달아났다. 홀랑 발가벗은 쥐들은 중도에 반합과 헤어져 따로따로 허공을 날다가 벽에 부딪힌 다음 바닥으로 툭툭 떨어졌다.

"인간이 으떻게 쥐를! 괭이새끼도 아니고, 의붓자석도 아니고, 자기 속으로 퍼질러낸 친딸인디, 인간이 으떻게 자기 딸내미한티 쥐새끼를!"

느닷없는 행패 끝에 역사는 온몸을 부들부들 떨면서 목청껏 소리를 내질렀다. 행여 그에 뒤질세라 순임이 아버지 또한 방금 물에서 건져낸 빨래 다루듯 물기가 홍건한 목청을 발끈발끈 쥐어짜가며 온갖 욕지거리를 창고 이쪽 끝에서 저쪽 끝까지 길디길게 널어놓기 시작했다. 난데없는 소동에 놀란 주민들이 웬 야단인가 하고 사방 거처에서 튀어나왔다. 뒤늦게 자기가 저지른 짓거리에 자기도 놀랐는지 역사는 별안간 뒤도 안 돌아다보고 핑하니 창고 밖으로 나가버렸다.

욕을 먹어줄 상대방이 오래 전에 눈앞에서 사라졌음에도 불구하고 순임이 아버지는 입에 게거품을 문 채 한나절이나 계속 포달을 부렸다. 끊임없이 개와 도야지 등 온갖 짐승들 이름을 들먹이면서 삼대에 걸친 역사네 집안 조상들을 싸잡아 닥치는 대로 욕하고 저주하는 것이었다. 어둠속에 잔뜩 웅크리고 앉아 두 눈에 쌍불을 켜고 아무나 함부로 노려보는 순임이 아버지 모습은 도무지 인간 같지가 않았다. 영락없는 쥐였다. 궁지에 몰려 악착을 떠는 한마리의 커다란 시궁쥐임이 틀림없었다.

이튿날 이른 아침, 순임이네 거처에서는 웬일로 지지고 볶는 고기 냄새가 동천했다. 간밤에 역사가 순 살코기로만 돼지고기를 두 근이나 갖다 바쳤다는 것이었다. 뿐만 아니라 두번 다시 순임이한테 쥐를 잡아 먹이지 않겠다는 다짐을 받고는 앞으로도 계속 고기를 대주기로 약속했다는 것이었다. 아무래도 순임이 입에서 튀어나오는 찍찍거리는 쥐소리를 들을 수 있는 날은 영영 오지 않을 모양이었다. 개같이 벌어 정승같이 쓸 줄 아는 청년이라고 역사의 소행을 입에 침이 마르도록 칭송하면서도 창고 사람들은 순임이네가 날벼락 맞듯 엉겁결에 붙잡은 그 행운을 은근히 배아파하는 눈치였다. 이럴 줄 알았더라면 우리도 진작에 쥐를 잡아 새끼들한테 먹이는 건데, 하고 후회하는 기색들이 역력했다.

역사는 그후 약속을 충실히 지켜 네댓새마다 한번 꼴로 순임이네한테 돼지고기나 닭고기, 때로는 비싼 쇠고기까지 선물했다. 그 고기를 장복하면서 순임이는 몰라보게 건강을 되찾기 시작했다. 장구통배는 점점 들어가고 실낱같던 팔다리엔 점점 살이 붙기 시작했다. 완연한 거미 형상이던 순임이는 하루가 다르게 사람 꼴을 제법 갖추어가고 있었다.

아침에 벌이를 나간 역사가 밤이 되어도 돌아오지 않았다. 간밤에 역사가 바깥 잠을 잔 사실을 창고 주민들은 다음날 아침에야 알아차렸다. 역사가 노모 혼자 거처에 남겨두고 외박하는 일은 무척 드문 경우였다. 점심참이 되자 약장수 친구가 헐레벌떡 나타나 노모를 모시고 어디론지 황급히 떠났다. 드디어 올 것이 오고야 말았다며 주민들은 끌끌 혀를 찼다.

역사네 노모는 해질녘이 되어서야 창고로 돌아왔다. 할망구처럼 폭
삭 늙어 뵈는 역사네 어머니는 누가 묻지도 않았는데 만나는 사람마
다 붙들고는 아들 소식을 전하느라 한참 바삐 나부댔다. '우리 정섭
이'가 달리는 열차에서 뛰어내리다 다리가 분질러져 전주 모 병원에
입원해 있다는 이야기였다. 멀쩡한 청년이 달리는 열차에서 무단히
왜 뛰어내린단 말인가. 아들과 관련해서 역사네 어머니가 들려주는
말은 노상 홍시 먹다 이빨 부러뜨릴 맹랑한 소리뿐이었다. 역사가 만
원 기찻간에서 쓰리를 하다 들켜 경찰서에 떼어갔다는 소문이 오래지
않아 창고 안을 누비고 다녔다.

역사의 모습을 볼 수 없는 나날들이 꽤 오래 지속되었다. 역사가 부
재중인 창고 건물이 갑자기 갑절 이상 커져버린 것처럼 휑한 느낌 속
에서 나는 그동안 역사란 인물이 내 마음속에서 차지하고 있던 비중
이 얼마나 큰 것인가를 알딸딸하게 깨달았다. 한껏 때빼고 광낸 역사
의 맵시 있는 모습이 눈에 삼삼했다. 그리고 청바지 뒷주머니에 늘 꿰
차고 다니던 그 손바닥만한 책자의 붉은 제목이 왠지 모르게 자꾸만
눈에 밟혔다.

늦봄에 전주경찰서에 떼어 들어갔던 역사는 초가을에 접어들어서
야 겨우 풀려났다. 역사가 실로 오랜만에 자기 집구석을 찾아 돌아오
던 날, 그의 늙은 어머니는 창고 입구로 들어서는 '우리 정섭이' 머리
위로 한 됫박은 족히 되는 왕소금을 하염없이 뿌려댔다. 그리고 미리
준비해두었던 날두부 두 모를 한꺼번에 먹이며 닭의똥 같은 눈물을
쏟뜨렸다.

한동안 산송장처럼 꼼지락조차 하지 않으면서 거처 안에 틀어박혀
수양을 하는 듯싶던 역사는 언제 몸져누워 지냈더냐는 듯이 며칠 후

에 훌훌 털고 다시 일어나 약장수 친구와 함께 어느새 또 바깥나들이를 개시했다. 지난날과 마찬가지로 입속 어느 구석에는 신사복 안창을 따거나 핸드백을 찢는 데 사용하는 새끼손톱만한 면도칼을 숨겼을 것이고 허리띠 어느 구석에는 양복 윗주머니에 꽂힌 만년필을 후리는 데 사용하는 말총을 숨겼을 것임을 나는 눈곱만큼도 의심하지 않았다.

"역사는 밤에 이루어진다니께!"

몸에 착 달라붙은 미제 청바지 뒷주머니에 보아란듯이 꽂힌 채 팽팽한 엉덩판의 율동과 함께 꺼떡꺼떡 놀아나는 작은 책자를 오랜만에 다시 대하는 순간, 나는 깜짝 반가운 김에 빼액 고함을 질렀다. 역사는 나를 돌아다보며 한차례 씨익 웃어 보이더니만 춤추듯 경쾌한 걸음걸이로 잠깐 사이에 내 시야에서 벗어났다.

병직이네가 갑자기 서울로 이사를 가게 되었다. 이사하기 전전날 밤에 창고 앞마당 건너편 병직이네 집에서 잔치가 벌어졌다. 창고 주민들 가운데서도 우리집을 비롯한 몇몇 집이 초대를 받았다. 초대받지 못한 창고 주민 대다수가 병직이네 집 울타리 밖에 진을 쳤다. 맘씨 곱기로 소문난 병직이 어머니는 울 밖 구경꾼들에게도 부침개 따위 음식을 고루 나눠주었다. 잔치 분위기가 무르익자 병직이 아버지가 이리 땅에 발을 붙이게 된 과정을 감개에 젖어 설명했다.

피란열차를 타고 남쪽으로 내려오는 동안 찬송가 소리가 입에서 줄곧 떠나지 않았다. 사람 목숨이 파리 목숨이나 다름없는 전쟁판에서 상한 몸 하나 없이 온 가족이 무사히 남쪽으로 피란을 내려올 수 있었던 것만도 너무나 감사했다. 「예수가 우리를 부르는 소리」의 후렴을 흥얼거리는 참인데 열차가 갑자기 멈추었다.

죄 있는 자들아, 이리로 오라. 주 예수 앞에 오라.

마지막 소절을 흥얼거리고 나서 옆사람에게, 여기가 어디냐고 물었다. 이리라고, 방금 이리역에 도착했다고 옆사람이 일러주었다. 죄 있는 자들아, 이리로 오라. 바로 그 순간 주님 음성을 들은 듯싶었다. 따져보니 자기야말로 죄인 중의 죄인이었다. 더 망설일 것도 없이 잠에 곯아떨어진 식솔들을 흔들어 깨워 곧바로 피란열차에서 내렸다. 그곳이 바로 주님께서 오라고 부르신 이리땅이었다.

주님 도우심으로 이리땅에서 웬만큼 힘을 잡긴 했지만, 워낙 바닥이 좁은 탓에 벌이가 신통치 않았기 때문에 수선할 오르간이 많이 있는 서울로 생활 근거를 아예 옮길 결심을 하게 됐노라고 병직이 아버지는 말했다. 병직이네 집 근처에서 흑설탕을 주원료로 하여 진짜하고 거의 구분이 안되는 가짜 꿀을 만들어 파는, 역시 피란민 출신의 강씨 아저씨가, 자기네도 곧 서울로 이사할 작정이라고 밝혔다. 오르간 수선업과 마찬가지로 가짜 꿀 장사도 서울 같은 대처에서 해야 수지가 맞는 모양이었다.

깎아서 제사상 위에 올려놓은 밤톨처럼 잘생긴데다가 착하고 영리한 모범생들인 병직이네 형제하고 헤어지는 걸 나보다 어머니가 더 섭섭히 여겼다. 그들이 떠나고 나면 어머니 말마따나 나하고 어울릴 자격이 있는 그 뼈대 있고 근본 확실한 집안 아이는 창고 동네에 하나도 안 남게 되는 셈이었다. 훗날 훌륭한 인물이 되어 다시 만날 것을 기약하면서 나는 병직이네 형제와 아쉽게 작별했다.

찬바람이 불어오자 먼저 서울로 떠난 병직이네를 만판 부러워하던 철거민들 중에서도 시내에 방을 얻어 창고를 빠져나가는 가구가 하나둘 생겨나기 시작했다. 거개가 억척스럽기로 유명한 이북 피란민 출신들이었다. 떠나는 가구가 차츰 늘어나면서 창고 안은 갑자기 텅텅 비어버린 듯 더욱 을씨년스런 풍경으로 변해갔다. 아낙네들이 길재네 거처에 뻔질나게 모여 의지가지없는 신세를 한탄하며 한동안 잊고 있던 푸념들을 또다시 되뇌기 시작했다. 이런 설움 저런 설움 쌔고쌘 세상이지만, 뭐니뭐니 해도 기중 큰 설움은 집 없는 설움이라고 떠들어대곤 했다. 가장을 나라에 바친 전몰장병 유가족을, 하나밖에 없는 남편을 조국에 바친 전쟁미망인을 이렇게 대접해도 되는 거냐며 길재 어머니는 가장 두드러지는 목청으로 대통령부터 시장까지 내리 싸잡아 욕하고 원망하기를 잊지 않았다.

어느날 한밤중에 철인동 사창가에서 경찰의 일제단속이 벌어졌다. 단속반에 쫓기던 어린 창녀 하나가 간선도로를 건너 도망쳐서 우리 창고 안으로 뛰어들었다. 쌀쌀한 밤공기 속에 거의 벌거벗은 거나 다름없는 망측한 속옷 차림이었다. 그 창녀가 하필 역사네 거처 안으로 숨어들었다. 뒤미처 들이닥친 단속반원이 구둣발 소리도 요란하게 아무 집이나 함부로 뒤지고 다니는 바람에 주민들 모두가 잠을 망치고 말았다. 역사네 차례가 되었다. 단속반원의 구둣발이 자기네 거처로 다가들려 하자 파자마 차림의 역사가 갑자기 이불을 걷어차고 밖으로 뛰쳐나왔다.

"당신 시방 무신 짓을 허는 거여?"

창고 안으로 뛰어드는 걸 두 눈으로 똑똑히 봤다느니, 개미새끼 한 마리 얼씬한 적 없다느니, 하고 서로 언성을 높여가며 역사와 단속반원 사이에 옥신각신 실랑이질이 벌어졌다. 단속반원이 막무가내로 자기네 거처를 뒤지려 하자 역사가 파자마 윗옷 앞자락을 부욱 잡아뜯어 단추들을 우두둑 훑으면서 위통을 활딱 벗어부쳤다.

"시방 저 속에 자빠져 둔눠 있는 젊은 예편네는 내 마느래란 말여,

내 마느래! 아, 아니, 그러니께 당신 말은 내 마느래가 갈보다, 요런 소리여, 시방? 넘에 멀쩡헌 마느래를 갈보로 취직시켜놓고 당신 그 문제 책음질 텨? 책음질 거냔 말여!"

입에 거품을 문 역사의 불량기 덕분에 시비는 그것으로 일단락되었다. 단속반원은 고개를 갸우뚱거리고 입맛을 쩝쩝 다시며 잠시 무르춤하게 서 있다가는 그냥 곱게 물러가고 말았다. 별것도 아닌 것이 따따부따 지랄이라고 중얼거리고 나서 역사는 어린 창녀가 누워 있는 이불 속으로 천연덕스레 기어들어갔다. 창고 주민들 눈에는 진짜 부부처럼 임의로운 사이로 비치는 모습이었다. 가을밤 하나가 그럭저럭 또 무사히 넘어가고 있었다.

윤자란 이름의 그 어린 창녀는 날이 밝은 다음에도 사창가로 되돌아가지 않고 내처 역사네 거처에 머물러 지냈다. 다음날도, 그 다음날도 마찬가지였다. 어느새 역사와 윤자 두 사람은 부부 사이로 변해 있었다.

그 일로 주민들 사이에 이러쿵저러쿵 말들이 많아졌다. 커나가는 자식들 보기도 민망하고 남세스러워 못살겠다는 것이었다. 아무 눈치코치 모르는 역사네 노모만이 이 가구 저 가구 기웃거리고 다니며 새로 맞은 며느리 칭찬으로 입에 침이 마를 새가 없었다. 착하고 정이 많은 여자라 했다. 학교도 여중까지 마친 실력이라고 했다. 알고 보니 고향 동네에서는 제법 방귀깨나 뀌고 사는 벌쭉한 집안 태생이더라는 식으로, 역시 날두부에 쇠젓가락도 안 꽂힐 소리만 골라서 늘어놓고 다녔다.

다른 건 몰라도 착하고 정이 많은 여자인 것만은 분명했다. 붙임성이 워낙 좋은데다가 걸핏하면 잘 웃어쌓는 바람에 약간 모자라거나

헤픈 듯한 인상을 주었다. 어린 나이에 비해 숙성해 보이는, 몸맨두리
가 꽤나 고운 여자였다. 역사가 벌이하러 나가지 않는 날이 가끔 생겼
다. 벌이하러 나갔다가도 일찌감치 돌아오는 날이 갈수록 잦아졌다.
집구석에 들어서기 무섭게 윤자하고 바짝 붙어앉아 끊임없이 시시덕
거리며 걸핏하면 큰소리로 웃기를 일삼는 역사의 모습을 목격할 기회
가 흔해졌다.

　미장이로 이곳저곳 공사판을 떠돌던 희수 아버지가 오랜만에 집구
석이라고 찾아 돌아왔다. 창고 입구에서 희수 아버지하고 우연히 마
주친 윤자가 깜짝 반색을 하면서 결코 해서는 안될 소리를 불쑥 하고
말았다.

　"옴마! 김씨 아저씨도 여기 창고 살어요?"

　금세 난리가 나버렸다. 창고 전체가 온통 벌집을 쑤셔놓은 듯 벌컥
뒤집혔다. 희수네 거처에서는 곧바로 대판거리 부부싸움이 벌어졌다.
죽네 사네, 당장 갈라서네 마네, 하고 아귀다툼을 벌이는 소리와 함께
우레 같은 호통과 째지는 비명이 번차례로 한나절이나 계속되었다.
아낙네들은 아낙네들대로, 아이들은 아이들대로 끼리끼리 모여 사방
에서 쑤군덕거리고 남정네들은 또 남정네들대로 따로 모여 허참, 허
허 그것참, 하는 탄식 끝에 애꿎은 담배연기만 연방 허공으로 내뿜었
다. 쓰리꾼에 똥갈보라, 과연 천생연분에 보리개떡이라고 비아냥거리
는 소리가 공공연히 튀어나왔다. 코뚜레를 해서 조리를 돌려 내쫓든
지 좌우지간 무슨 수를 써야지 이대로 더는 못 참겠다는 과격한 목소
리가 시간이 흐를수록 점점 대세를 잡아나갔다. 분위기가 험악하게
돌아가자 때마침 벌이를 안 나가고 거처에 머물러 있던 역사가 분연
히 떨치고 나섰다.

"창고 사람 모다들 내 말 잘 듣드라고!"

역사는 군용 단검을 꼬나쥔 채 통로 한복판에서 길길이 날뛰기 시작했다.

"공자님도 부처님도, 과거는 절대 묻들 않는 벱이라고 진작에 말씸허셨어! 우리 윤자는 인제 똥갈보가 아녀! 내 마느래란 말여, 내 마느래!"

창고 건물 전체를 쩌렁쩌렁 울리는 그 짐승 같은 울부짖음에 기가 딱 질려 주민들은 삼베바지에 방귀 새듯 순식간에 자리를 피해 각자 자기네 처소 안으로 숨어버렸다. 그처럼 불같이 화를 내고 불량을 떨어대는 역사를 보기는 그것이 처음이었다.

"앞으로 으떤 연놈이든지 우리 윤자보고 똥갈보 소리 한번만 더 혀봐! 나가 요 아이꾸찌로 배때기를 꽉꽉 쑤셔박어서 벌집맨치로 바람 구녁을 숭숭 뚫어뻐릴 모냥이니깨!"

당장 살인이라도 저지를 기세로 그처럼 불같이 화를 내며 불량을 떨어대는 역사를 보기는 그때가 처음이었다. 그 누구도 흰자위 승한 두 눈을 희번덕이며 미쳐 날뛰는 역사를 말릴 엄두를 못 냈다. 결국 우리 아버지가 앞으로 나섰다.

"이 사람아, 연만허신 어르신네들도 기시고 커나가는 에린것들도 많은디, 지각 있는 자네가 이게 무신 지각 없는 망발인가!"

"수틀리는 날이면은 선상님도 요 아이꾸찌 맛을 보게 될지 몰라라우!"

"예끼 사람! 어서 그놈에 숭칙시런 연장 저만치 치워놓고 우리 좋은 말로 해결허세."

아버지는 서슬이 시퍼런 군용 단검도 전혀 두려워하지 않고 역사한테 다가가서 묀존하게 타일렀다. 역사에게 존경의 대상인 선생님 덕분에 끔찍스런 칼부림 소동은 가까스로 가라앉았다.

바로 그날 밤, 창고 사람들 모두가 깊이 잠든 틈을 타서 희수네 온 가족은 봇짐을 꾸려 어디론지 자취를 감추고 말았다.

날마다 깨가 말가웃씩 쏟아지는 신혼살림 재미에 흠뻑 빠져 역사와 윤자는 한동안 거의 인사불성 상태였다. 비록 번갯불에 콩 볶아 먹는 식으로 어쩌다 엉겹결에 후딱 맺어지긴 했을망정 그들은 누가 뭐래도 이미 부부 사이였다. 창고 주민 어느 누구도 역사가 휘두르는 군용 단검에 배를 찔려 벌집같이 바람구멍이 숭숭 뚫리는 불상사를 원치 않았기 때문에 두번 다시 윤자를 보고 갈보 운운하는 사람은 아무도 없었다.

언제까지 계속될 것만 같던 그들의 단꿈은 길래 오래 가지 못했다. 어느날 해질녘에 중년의 여자 포주가 건장한 청년 둘을 데리고 느닷없이 창고에 들이닥쳤다. 공교롭게도 역사가 아직 귀가하기 전이었다. 포주를 보더니만 윤자는 사색이 되어 울며불며 매달려 용서를 빌었다. 하지만 사내처럼 우락부락하게 생긴 포주는 윤자의 머리채를 덥석 휘어잡아 질질 끌고 가기 시작했다. 윤자의 입에서 비명이 낭자하게 쏟아졌다. 역사의 노모는 사람 살리라며 마구 울부짖었다. 도와주는 사람 아무도 없이 구경꾼들만 우그르르한 가운데 역사의 노모는 며느리를 뺏기지 않으려고 포주 패거리를 상대로 죽을힘을 다해 저항했다.

"그 터럭손 싸게 못 놓겄나!"

그때 우리는 똑똑히 들을 수 있었다, 분노에 떠는 역사의 목소리를. 그리고 우리는 똑똑히 볼 수 있었다, 죽음을 각오한 듯 결기에 차 있는 역사의 무시무시한 얼굴을.

"요래뵈도 나 오정섭이, 구시장파 쌍칼이라고 허면 시내가 다 알어주는 깡패다!"

어찌 알고 그리 때맞춰 나타났는지 역사가 겹겹이 에워싼 구경꾼들을 밀치고 앞으로 나서며 맹수처럼 사납게 포효했다.

"구시장파 쌍칼을 몰라보고 잠자는 사자 코털을 잘못 근디린 모냥인디, 느그덜 오늘 참말로 임자 만났다! 이 대 일? 좋아! 삼 대 일? 더 좋다! 우리 한번 근사허니 맞장을 떠서 쌈빡허니 결판을 내보자!"

역사가 포주측 청년들과 당장 실력을 겨룰 자세를 취했다. 가소로워 죽겠다는 듯 청년들은 서로 마주보며 히물히물 웃었다. 역사의 호언장담이 터무니없는 허풍이요 씨알도 안 먹힐 공갈이란 사실이 단박에 드러났다. 구시장파 쌍칼은 변변히 기운 한번 못 써보고 청년 하나가 휘두르는 절굿공이 같은 주먹 한방에 맥없이 나가떨어졌다.

"이년을 계속 델꼬 살고 싶거들랑 몸값을 갖고 와, 이 새꺄!"

포주 일행이 윤자를 잡아끌고 창고 밖으로 완전히 사라질 때까지 역사는 쓰러진 자리에서 몸을 일으키려고 한마리 벌레처럼 사지를 버릇거리며 안간힘을 쓰고 있었다.

역사는 한동안 창고 안에 코빼기도 내비치지 않았다. 역사도 없고 윤자도 없는 을씨년스런 거처를 노모 혼자서 지키고 있었다.

며칠 후에 역사가 윤자를 데리고 돌아왔다. 그새 두 사람 모두 몰골이 많이 상한데다가 풀기까지 잔뜩 죽어 있었다. 그토록 헤프게 쏟아내던 웃음은 가뭇없이 사라진 대신 근심걱정이 기미처럼 검버섯처럼 두 얼굴을 온통 두껍게 뒤덮고 있었다. 윤자가 포주한테 진 빚을 역사가 일부 갚았다는 소문이었다. 빠른 시일 안에 남은 빚을 마저 다 갚기로 무슨 증서인가를 써주고 윤자를 간신히 빼내왔다고 했다. 그새 윤자가 포주한테 진 빚이 곱사 짐으로 하나 가득이라서 갚고 또 갚아도 아마 다는 못 갚을 거라는 아낙네들의 쑤군거림이 뒤따랐다.

윤자를 되찾아 데려온 후 역사는 전보다 더욱 열심히 벌이에 나섰다. 윤자의 몸값을 갚기 위해 아무 호주머니나 닥치는 대로 털고 다니는 눈치였다. 역사를 한주먹에 때려눕힌 깡패, 윤자가 삼촌이라 부르는 그 건장한 청년이 이따금씩 한밤중에 창고에 나타났다. 그때마다 역사와 윤자는 사색이 다 되어 청년을 붙들고 애걸복걸 통사정하곤 했다. 뼈도 못 추릴 줄 알라는 둥 윤자를 다른 데로 팔아넘기겠다는 둥 한바탕 협박을 늘어놓은 다음 청년이 돌아가고 나면 역사는 자벌레처럼 움츠러들어 차마 못 봐줄 지경으로 왜소하고 초라한 몰골이 되곤 했다.

어느날 꼭두새벽이었다. 식전부터 한바탕 또 난리가 벌어졌다. 포주와 함께 창고에 들이닥친 건장한 청년들이 역사네 알량한 세간을 마구잡이로 두들겨 부수기 시작했다. 역사네 거처는 이미 텅 비어 있는 상태였다. 주민들은 밤새 역사네 식구들이 살림살이는 그대로 둔 채 몸뚱이만 살짝 빠져나갔다는 사실을 그제야 알아차렸다. 빚을 갚기로 약속한 마지막 날짜를 하루 앞두고 벌어진 일이었다.

역사는 사라졌다. 역사와 함께 역사의 청바지 뒷주머니에 신분증처럼 또는 명함처럼 노상 꽂혀 있던 그 수상쩍은 책자 『역사는 밤에 이루어진다』도 우리들 눈앞에서 완전히 사라져버렸다. 역사가 자리를 비운 창고 분위기는 마치 새 고무신을 신고 등교한 첫날 미처 사랑땜도 못 마친 그 아까운 물건을 도둑맞았을 때만큼이나 허전하게 느껴졌다. 아니, 허전하다 못해 절통한 기분마저 들었다.

"자아, 엿들 사. 둘이 먹다가 싯이 죽어도 책음 못 지는 엿들 사. 개똥이도 쇠똥이도 다 나와서 엿들 사. 뭣이든지 다 갖고 와 엿들 사."

역사말고도 창고 안에 괄목상대할 인물이 또 있다고 주장하듯이 봉자 아버지가 갑자기 구성진 목청을 뽑기 시작했다. 오랜만에 들어보는 엿장수타령이었다. 아마도 신참 엿장수 패거리를 다시 그러모은 모양이었다.

"고무신짝 운둥화짝 지까다비짝 떨어르러진 것, 내오간에 쌈허다가 요강단지 찌그르르러진 것, 고부간에 쌈허다가 머리끄뎅이 뜯으드드낀 것, 동세찌리 쌈허다가 인둣자락 뿌르르르러진 것……"

나는 하마터면 잊을 뻔했다는 듯이 봉자를 찾아 사방을 두리번거리기 시작했다. 잔챙이 엿을 나눠줄 때만 빼고는 언제 봐도 그저 만만하기만 한 봉자가 쉽사리 눈에 띄지 않았다. 그 시간에 창고 안에 없다면 그 계집애가 가 있을 만한 데는 뻔했다. 변소칸 앞에 길게 늘어선 줄 가운데 끼여 있을 것이었다. 나는 창고를 벗어나기 무섭게 변소칸 쪽을 향해 냅다 소리를 질러대기 시작했다.

"과자장시 똥구녁은 바삭바삭! 뚜부장시 똥구녁은 물컹물컹! 지름장시 똥구녁은 미끌미끌! 엿장시 똥구녁은 찐득찐득!"

3

잠을 밑져기며 여대껏 여러 이야기를 들이봤지만 홍성만의 이야기가 기중 덜 비극적이고 보다 더 인간적이며 제법 낭만적이기까지 하다는 품평들이 낭자하게 쏟아졌다. 결과적으로 역사는 밤에 이루어진 셈이라며, 마치 진흙 속에 피어난 연꽃을 보는 듯한 기분이었다며 소매치기 역사와 창녀 윤자의 사랑을 무턱대고 아름답게 보려는 감상파마저 있었다. 역사의 인간적 매력에 흠뻑 취한 나머지 그의 후일담을 무척 궁금히 여기며 그가 끝끝내 우리나라 소매치기 분야에서 제일인자로 대성할 수 있었기를 바라는 터무니없는 희망사항까지 등장할 정도였다.

"인철이네 집은 폭발 사고 때 쑥대밭으로 변허고 말었다지?"

이미 초저녁에 한번 화제에 오른 적이 있는, 지난 77년 이리역 화약 열차 폭발 사고를 새삼스레 다시 되작이는 자가 있었다. '인철이네 집'이란 곧이곧대로 철인동 사창가를 입길에 올리기가 차마 거식할 경우에 사용하던 지난 시절의 은어였다.

"쑥대밭인지 갈대밭인지는 몰라도 좌우지간 얼추 원자폭탄 맞은 폭은 되는 심이지. 사고 당시 우리집은 현장에서 이 킬로 정도나 멀리 떨어져 있었는디도 열차 제동장치 부속품으로 뵈는, 수박만헌 쇳뎅이가 널러와서 지붕에다 구녁을 뻥 뚫을 지경이었으니깨 역에서 엎어지면 코방아 찧을 인철이네 집은 으쨌겠는가. 완전히 쏘가 되고 말었다네."

교장선생이 그때 당시를 회상하면서 연방 치를 떨었다. 6·25 같은 전쟁과 관동대지진 같은 천재지변이 한꺼번에 짬뽕으로 일어난 것 같았다고 했다. 천지를 진동하는 폭음에 놀라 혼비백산한 시민들이 모두 길거리로 쏟아져나와 일제정전이 되어 칠흑같이 캄캄한 밤거리를 도무지 무슨 영문인지도 모르는 채 우왕좌왕 헤매고 다니며 피난 아닌 피난행을 도모하느라 아무 정신이 없었다고 했다.

"아, 아니, 그렇다 허이면 전국적으로 명성을 떨치던 우리 인철이네 집은 이 지구상에서 영영 자취를 감춰뿌렀단 말인가?"

"인철이네는 사방팔방으로 흩어지고, 그 자리에 대단지 아파트들이 대신 들어섰으니께 일단은 자취를 감췄다고 봐야겄지."

"오호통재라! 청춘 시절 우리네 총각들 동정의 고향이고 무덤이던 그 인철이네 집이 흔적도 없이 사라지다니! 솔직허니 얘기허자면, 내가 총각딱지를 띤 게 바로 인철이네 집이여. 나맨치로 그 집에서 총각딱지 띤 동서지간이 요 중에도 아매 여러 뭇놈 있을 거여. 우리 세대는 다행히도 그러콤 넘어갈 수가 있었는디, 인철이네 집도 없어진 요 판국에 우리 후손들은 장차 뉘 집에 가서 한 많은 총각딱지를 띤단 말인가!"

송인모가 비통한 어조로 장탄식을 늘어놓는 바람에 웃음가마리가 되었다.

"참말로 걱정도 팔잣속이구만. 원래 사창가 역사는 인류 역사랑 어깨를 짱짜란히 맞대고 발전에 발전을 거듭헌 거여. 그러니께 우리 후손들 문제는 우리가 염려헐 필요 없단 말여."

실의에 잠긴 송인모를 위로하는 목소리들이 사방에서 잇달았다.

"그것은 그것이고, 폭발 사고가 박통 음모라는 설이 일본 매스콤에 보도된 적이 있다든데, 그게 사실인가?"

음주 운전자처럼 송인모는 제 기분 내키는 대로 이야기의 핸들을 거칠게 꺾었다. 그때 당시 유비통신을 통해 그 비슷한 소문을 접한 사람이 의외로 많았다. 시의 치부인 역전 주변 사창가를 정화하고 재개발할 목적으로 박대통령이 은밀히 지시해서 화약열차를 폭발시켰다는 설이었다.

"시방 사실 여부를 묻는 게 박통 음모설 쪽이여, 일본 매스콤 보도

설 쪽이여?"

"물론 박통 음모설 쪽이지."

"우리네 같은 힘없는 백성들이 그 땅 두께맨치로 짚고짚은 정치 속내를 어찌 다 알 것인가. 하도 기가 맥히고 분통이 터지니깨 무신 소문이 들리면, 참말로 그런갑다, 허고 귀를 쫑긋 세우게 되지."

오랜 세월에 걸쳐 시의 발전을 가로막는 암적 존재로 수많은 시민들이 철인동 사창가를 꼽고 있었다. 때마침 박통이 순시차 시를 방문했다. 시민 대표들이 시의 숙원사업인 사창가 근절을 박통에게 건의했다. 박통은 알았다고 고개를 끄덕인 다음 돌아갔다. 그리고 얼마쯤 시일이 지났다.

각종 화약과 폭약 30.3톤을 그득 쟁여 싣고 인천을 출발한 열차가 광주로 향하던 도중 역 구내에 정거했다. 화약류는 도착역까지 직통열차를 이용, 운송한다는 철도운송규정도 외면한 채 화약열차는 무슨 까닭인지 역 구내 입환선에서 무려 22시간여나 대기했다. 밤이 되자 화약 호송 책임자인 신무일이란 작자가 역전 식당에서 술을 마신 후 열차로 돌아와 화약상자 위에 촛불을 켜놓은 채 졸기 시작했다. 폭발물 취급 자격증도 없는 호송 책임자가 술에 취해 잠든 사이에 양초가 쓰러지면서 화약상자에 불이 옮겨 붙었다. 잠결에 뭔가 타는 냄새에 놀라 일어난 신무일은 겁에 질린 나머지 불을 끄려는 노력을 포기한 채 열차에서 뛰어내려 도망쳤다. 결국 30톤이 넘는 엄청난 양의 화약이 콰르릉 폭발하고 말았다. 사망 59명, 중경상 1300여명의 인명피해와 가옥 파손 7800여채에 달하는 미증유의 대재난이었다.

"좌우지간 그 사고를 계기로 시는 숙원사업을 해결헌 심이지. 있던 사창가는 없어지고 없던 공업단지는 새로 생겨나고, 인구가 사정없이 팽창험시나 시가 몰라보게 발전헌 것만은 영축없는 사실이여. 발전을 최소한 삼십년은 앞댕겼단 말이 공공연허니 나올 정도니께 만약에 음모설이 사실이라면 그 음모는 아주 본때있이 성공을 거둔 심이지."

놀랍게도 교장선생은 폭발 사고와 관련해서 범인 이름은 물론 각종 수치들까지 그때껏 정확히 기억하고 있었다. 그것이 끔찍한 사고를 현장에서 몸으로 직접 겪은 사람과 그냥 풍문으로 듣기만 한 사람의 차이점인 듯했다. 하지만 음모설 쪽에 대체적으로 공감을 표시한다는 점에서는 교장선생과 거개의 재경 동창생들 사이에 별다른 차이점이 없었다. 정상적인 인간의 건전한 상식으로는 도무지 납득이 안 가는 그 어처구니없는 대재난을 해석할 방법이 음모설말고 달리 무엇이 또 있겠는가. 박통 음모설의 사실 여부를 떠나, 이리역 화약열차 폭발 사고를 둘러싼 갖가지 의혹과 불신과 원망과 분노는 개발독재 시대가 낳은 비극의 한 단면임이 틀림없다는 김교수의 결론에 섣불리 토를 달고 나서는 친구가 아무도 없었다.

"이런저런 처참시런 야그들을 하도 많이 들어놔서 암만혀도 꿈자리가 뒤숭숭헐 것만 같다."

이젠 정말 시간이 없으니까 어둡고 슬프고 아픈 비극 이야기는 이쯤에서 그만 막설하자는 의견이 나왔다. 좌중은 모두 가슴 훈훈해지는 인정가화나 아름다운 사랑 이야기를 원했다. 마지막으로 한 사람 이야기만 더 들어보고 잠자리에 들자는 쪽으로 의견이 모아졌다.

"그러니께 식사 후에 싱싱헌 과일이나 시원헌 아이스크림 따우 디지트로 쌈빡히니 입가심허딧기 이느 독지가가 후딱 나서서 진짜 순애보 같은 아름다운 야그로 대미를 멋들어지게 한번 장식혀보란 말여."

—『창작과비평』 2002년 가을호

종탑 아래에서

때때옷을 입은 어린애를 닮은 듯한 그 울음소리를 무동태운 채
종소리는 마치 하늘 끝에라도 닿으려는 기세로
독수리처럼 높이높이 솟구쳐오르고 있었다.

1

"대미를 장식헐 만헌 순애보라고 내 입으로 말허기는 약간 거시기 헌 구석이 있지마는⋯⋯"

인테리어 전문점을 운영하는 최건호였다. 묵비권이라도 행사하듯 내내 잠자코 앉아 남의 이야기를 듣고만 있던 그가 뜻밖에도 자진해서 마지막 이야기 순번을 떠맡고 나서자 그에게도 입이 달려 있었음을 뒤늦게 깨닫고 좌중은 깜짝 반가워했다.

"반세기가 지나가드락 영 잊혀지지 않는 소녀가 있다면 혹시 순애보 계열에 턱걸이로라도 낄 수 있지 않을까 싶이시⋯⋯"

묵적보살처럼 입이 천근이기로 소문난 최건호가 절대로 허튼소리를 할 리 없다고, 최건호가 순애보라 주장하면 그건 백발백중 순애보임이 틀림없다고 모두들 이구동성으로 떠들어댔다. 순애보 여부를 판별하는 첫번째 기준은 아무래도 발화자의 과묵성인 듯했다.

"열살짜리 머시매, 지지배가 사랑을 알면은 뭣을 얼매나 알 것이냐. 아름다운 러브 스토리허고는 애시당초 거리가 먼 얘기라서 혹시라도 낭중에 실망허지 않을까 겁난다."

고백성사라도 하려는 사람처럼 최건호의 표정은 그지없이 진지해 보였다. 그 진지한 태도로 미루어, 본론을 들어보나마나 벌써 순애보가 틀림없는 줄 알겠다고 한바탕 또 떠들어댔다. 순애보 여부를 판별하는 두번째 기준은 아무래도 발화자의 진지성인 듯했다. 모처럼 어렵게 입을 연 최건호가 일껏 꺼낸 이야기를 도로 주워담는 불상사가 일어나지 않게끔 좌중은 온갖 발림으로 충동질했다.

"낭중에라도 순애보가 기네, 아니네, 허고 우리 건호한티 시비 거는 놈이 나타났다 허면 당장 내가 가만 안 놔둔다!"

동창생들의 전폭적인 성원에 힘입어 최건호가 마침내 이야기를 풀어내기 시작했다.

"만세주장 근방에서 살 적에 있었던 일인디……"

    2

만세주장 뒷골목에 살고 있었다. 유명한 술도가를 옆구리에 끼고 산다 해서 특별히 득볼 것도, 해될 것도 없었다. 날만 궂을라치면 주장 건물 전체가 모주망태로 흠씬 취해서 문뱃내를 펑펑 풍기듯 찌든 막걸리 냄새를 사방에 퍼뜨리는 바람에 비위가 많이 상하긴 했지만,

그렇다고 그 집에 따로 유감이 있는 건 아니었다. 다만, 문제가 있다면 그것은 지에밥이었다. 볕이 좋은 날 만세주장에서는 도롯가에 명석을 여러 개 나란히 펴놓고 술밑으로 쓸 엄청난 양의 지에밥을 말리곤 했다. 입에 넣고 씹기 딱 알맞을 만큼 꼬들꼬들 마른 상태에서 단내를 확확 풍기는 그 고두밥이 배곯는 아이들을 환장하게끔 만드는 것이었다. 명석 근처에 가까이 다가갈 적마다 뱃속에서 회가 동하는 바람에 참말이지 미칠 지경이었다.

목구멍 안쪽에서 마구 고무래질하는 것 같은 유혹을 견디다 못한 아이들이 학교를 오가는 길에 한줌씩 지에밥을 슬쩍하다가 주장 일꾼인 짝눈이 아저씨한테 들켜 경을 치기 일쑤였다. 나 역시 짝눈이 아저씨한테 붙잡혀 두 차례나 혼띔을 당했다. 서로 빤히 얼굴을 아는 이웃지간이라서 나는 다른 아이들보다 훨씬 더 불리한 처지였다. 지에밥을 명석 위에 고루 펼 때 사용하는 고무래 자루를 휘두르며 세상 이쪽 끝에서 저쪽 끝까지라도 그악스레 뒤쫓아올 성싶은 그 성미 고약한 일꾼의 눈을 피하기 위해서는 다른 아이들보다 더 영악스러워질 필요가 있었다. 짝눈이 아저씨가 짝눈을 한껏 지릅뜨고 주로 감시하는 쪽은 학교가 파해서 집으로 돌아가는 아이들이었다. 주장을 사이에 두고 학교와는 반대방향에서 하굣길의 아이들 행렬을 거슬러 움직이며 기회를 엿보는 것이 고무래의 위협에서 벗어날 수 있는 가장 효과적인 방법이었다. 그러려면 학교에서 집으로 향할 때 부러 가까운 길을 두고 시내 쪽으로 먼길을 에돌아가는 수고를 감수해야만 했다.

내가 그 계집애를 맨 치음 본 것은 봄볕이 다냥하게 내리쬐는 한낮이었다. 아침에 등교하면서 길가에 명석을 펴는 짝눈이 아저씨를 봤기 때문에 나는 그날도 하굣길에 일부러 네거리 하나를 더 지나 먼길을 에돌아 집으로 향하고 있었다.

경찰서 앞을 지난 다음 시청 앞에서 잠시 발걸음을 멈추었다. 시청 담벼락을 따라 길게 잇대어 세워놓은 게시판이 큼지막한 벽보들로 더덕더덕 도배되어 있었다. 벽보에는 최근의 전황들이 주먹덩이만한 붓글씨로 짤막짤막하게 적혀 있어 지나가던 행인들을 게시판 앞에 한참씩 붙들어 세우곤 했다. '국군 1사단 평양 입성' '국군과 유엔군 청천강 도하, 압록강 향해 진격중' '중공군 참전 사실 밝혀져' 따위 새로운 소식들을 내가 차례로 접하게 된 것도 그 게시판을 통해서였다. 만세주장 고두밥을 훔쳐먹기로 작정한 날은 덤으로 최근의 전황에 접하는 날이기도 했다.

최전방에서는 중공군의 춘계 대공세가 한창이었다. 국군 또는 유엔군 몇사단이 무슨 고지 전투에서 북괴군 몇개 연대를 섬멸했고, 무슨 고지 전투에서 중공군 몇개 사단을 궤멸시켰다는 등등의 내용을 담은 벽보들이 게시판에 어지럽게 나붙어 있었다. 1·4후퇴를 거쳐 전쟁은 처음 시작되었던 그 자리로 얼추 되돌아와 삼팔선을 사이에 두고 오랫동안 교착상태에 빠져 있었다. 빼앗아 새로 차지한 땅은 거의 없는 셈인데 국군과 유엔군은 날마다 승승장구하는 반면 북괴군과 중공군은 날마다 무더기로 죽어 나자빠진다는 내용만 벽보에 적히는 그 속내를 나는 당최 이해할 수 없었다.

낡은 양복 차림에 중절모를 눌러쓴, 꽤 유식해 뵈는 아저씨가 곁에서 소리 내어 벽보를 읽고 있는 중이었다. 나는 그 아저씨에게, 섬멸이 무슨 뜻이냐고 물어보았다. 몽땅 씨를 말린다는 뜻이라고 아저씨가 시원스레 대답했다. 그럼 궤멸은 또 무슨 뜻이냐고 다시 물었다. 아저씨는 잠시 뜸을 들이더니만, 겨우 씨만 남기고 나머지는 모조리

다 때려잡는 거라고 일러주었다. 언젠가 벽보에 자주 등장하는 그 말들의 뜻을 아버지한테 물어본 적이 있었다. 아버지는 다짜고짜 화부터 버럭 내면서, 쥐방울만한 녀석이 그런 건 알아서 얻다 쓰려고 묻느냐고, 욕설이나 다름없는 상스러운 말이니까 굳이 알 필요도 없다고 사정없이 윽박지르는 것이었다. 아버지는 매번 그런 식이었다.

시청 앞을 떠나 시공관 네거리에서 오른쪽으로 꺾어 돌면 곧바로 익산군청이었다. 나는 군청 입구에서 길바닥에 떨어진 나뭇개비를 찾느라 사방을 두리번거렸다. 그 다음 차례가 익산군수 관사이기 때문이었다. 관사 정원과 도로 사이에 담장 대신 내부가 훤히 들여다보이는 철책이 쳐져 있었다. 철책에 나뭇개비를 대고 이쪽 끝에서 저쪽 끝까지 힘껏 달리면 따발총같이 타타타타 소리가 요란하게 울리곤 했다.

관사 철책에 나뭇개비를 막 갖다 대려다 말고 나는 갑자기 손놀림을 멈칫했다. 며칠 전까지만 해도 나무 몇그루와 잔디밭만 휑하니 드러내 보이던 정원에서 인기척이 났다. 나하고 동갑 또래로 보이는 계집애였다. 화사한 꽃무늬 원피스 차림에 정갈하게 단발머리를 한 계집애가 한손에 하얀 고무공을 쥔 채 양팔을 앞으로 나란히 뻗은 괴상야릇한 자세로 도로 쪽을 향해 소리없이 다가오는 중이었다. 계집애가 황금빛 잔디밭 위로 하얀 공을 도르르 굴리면서 말했다.

"나비야! 나비야!"

공은 잔디밭과 철책이 만나는 지점에서 정확히 구르기를 멈추었다. 내가 철책 틈새로 손을 집어넣으면 충분히 공에 닿을 만한 자리였다. 뜬금없이 웬 나비타령인가 의아해서 나는 계집애의 행동거지를 주의깊게 살폈다. 그때였다. 얼룩고양이 한마리가 정원수 가지에서 잔디밭 위로 햇솜뭉치처럼 사뿐히 내려앉더니만 공을 향해 달려왔다. 고

양이는 철책 너머에 버티고 서 있는 웬 낯선 사람을 뒤늦게 발견하고
는 갑자기 달음질을 멈추었다. 녀석은 노란 눈동자에 잔뜩 경계의 빛
을 담아 나를 노려보았다. 나는 뾰족한 근거도 없으면서 옷차림과 용
모만으로 계집애를 대뜸 서울 아이라고 단정해버렸다. 그리고 서울내
기들은 제아무리 똑똑한 척해봤자 모르는 게 너무 많아 탈이라고 속
으로 비웃었다. 멀쩡한 고양이를 나비라 부르다니, 그렇다면 팔랑팔
랑 공중을 날아다니는 진짜배기 나비는 대관절 무슨 이름으로 불러야
옳단 말인가.

"거기 누구……"

뭔가 수상쩍은 낌새를 챘는지 계집애가 내 쪽을 멀뚱멀뚱 건너다보
며 위아랫입술을 연방 달막거렸다. 계집애의 행동을 훔쳐보다 들킨
것이 창피해서 나는 슬금슬금 뒷걸음질을 치기 시작했다. 계집애의
눈길이 내 움직임을 제때제때 따라잡지 못했다.

"거기 누구?"

내가 처음 서 있던 그 자리에 아직도 눈길을 고정한 채 계집애는 날
카로운 목소리로 다시 물었다. 나는 손에 든 나뭇개비를 아무렇게나
땅바닥에 팽개치면서 담박질을 놓기 시작했다. 당달봉사다! 집 쪽을
향해 정신없이 뛰면서 나는 속으로 부르짖었다. 계집애가 눈뜬장님이
란 사실을 최초로 알아차리던 순간의 놀라움이 나로 하여금 만세주장
지에밥을 훔쳐먹으려던 애초의 계획을 깜빡 잊도록 만들었다. 그날
밤이 깊도록 서울 계집애의 그 희고도 곱상한 얼굴이, 그 화사한 옷맵
시가, 어딘지 모르게 굼뜨고 어설퍼 보이던 그 행동거지 하나하나가
내 머릿속에서 줄곧 떠나지 않았다.

이튿날 나는 학교가 파하기 무섭게 곧장 익산군수 관사로 달려갔

다. 관사 정원에서는 전날과 똑같은 상황이 되풀이되고 있었다. 계집애는 양팔을 앞으로 나란히 뻗은 부자연스런 자세로 거리를 재기 위함인 듯 몇발짝 조심스레 걷다가는 공을 잔디밭 위로 도르르 굴렸다.

"나비야! 나비야!"

아마도 철책 너머 낯선 사람에 대한 경계심 때문인 듯 나비란 놈은 정원수 가지들 사이에 몸을 숨긴 채 꼼짝도 않고 냐옹냐옹 울어대기만 했다. 공은 전날과 마찬가지로 잔디밭과 철책이 만나는 지점에 거의 정확히 멎어 있었다. 나는 통탕거리는 가슴을 애써 누르면서 철책 틈새로 손을 넣어 공을 집어들었다. 그리고 계집애를 향해 던져주었다. 공이 발치 가까이에 떨어지는 순간 계집애의 얼굴에는 놀라움인지 반가움인지 모를 괴상야릇한 표정이 떠올랐다.

"거기 누구?"

"사람이여."

"아, 어제 바로 그애!"

계집애는 말 한마디로 상대방을 단박에 알아맞혔다. 뿐만이 아니었다.

"난 널 알아. 나이는 나랑 비슷해. 키는 나보다 조금 더 커. 그리고 얼굴이 아주 못생긴 애야."

마치 두 눈으로 똑똑히 본 것처럼 자신있게 말하는 것이었다. 심지어 얼굴 못생긴 것까지 정확히 알아맞히는 바람에 나는 가슴 복판이 뜨끔 쑤셨다. 계집애가 내 앞으로 천천히 다가오기 시작했다. 양팔을 앞으로 나란히 뻗지 않은 정상적인 자세로 걷느라고 철책까지 다다르는 데 반나절은 족히 걸리는 듯했다.

"못생겼다고 해서 미안해. 그냥 괜히 해본 소리야."

못생긴 게 사실이라고 나는 하마터면 실토정할 뻔했다. 생기다 만 얼굴 같다고 모두들 나를 놀려대곤 했으니까.

"느그 아부지가 군수냐?"

얼굴 문제에서 빨리 벗어나고 싶어 나는 엉뚱한 데로 말머리를 돌렸다.

"군수가 뭔데?"

"니가 익산군수 딸이냔 말여."

"익산군수가 뭔데?"

군수 관사에 살면서 군수가 뭔지도 모르다니. 역시 서울내기들은 아는 것보다 모르는 것이 훨씬 더 많은 무지렁이들이라고 생각했다. 서울내기들한테는 잠자리면 무조건 다 그냥 잠자리에 지나지 않을 뿐이었다. 실잠자리, 기생잠자리, 비단잠자리, 고추잠자리, 된장잠자리, 쌀잠자리, 보리잠자리, 밀잠자리, 말잠자리, 호랑잠자리 등등 가지각색의 수많은 잠자리가 세상에 있는 줄 꿈에도 모르는 버꾸들이었다.

"난 그런 거 잘 몰라. 외갓집 식구들이 가자는 대로 그냥 여기까지 따라왔을 뿐이야."

계집애가 심드렁한 어조로 중얼거렸다.

"으쩌다가 그러코롬 당달봉사는 되야뿌렀다냐?"

나는 마침내 용기를 내어 간밤부터 줄곧 품어나온 의문을 입밖으로 불쑥 털어냈다.

"당달봉사가 뭔데?"

역시 서울내기라서 별수가 없었다. 나는 당달봉사가 어떤 건지 설명해주려고 철책에 바싹 달라붙었다. 그 순간 뭔가 이상한 낌새가 퍼뜩 느껴졌다. 나는 반사적으로 고개를 홱 돌려 관사 쪽을 살펴보았다.

머리가 희끗희끗한 노파가 유리창 안쪽에서 무시무시한 눈초리로 나를 쏘아보는 중이었다. 어마뜨거라 하고 나는 전날처럼 또 담박질을 놓기 시작했다. 애, 애, 하고 다급히 부르는 소리가 등뒤에서 들려왔지만 나는 뒤도 안 돌아다보고 진둥한둥 줄행랑을 놓았다.

이튿날은 군수 관사 근처에 얼씬도 하지 않았다. 그 이튿날도 마찬가지였다. 관사 쪽을 외면한 채 지낸 그 이틀 동안에는 만세주장 앞길 멍석 위에 널린 지에밥을 봐도 뱃속의 회가 전혀 동하지 않았다. 서울 계집애의 그 새하얀 낯꽃이 끊임없이 눈에 밟히는 바람에 그러잖아도 재미를 못 붙여 애를 먹던 학교 공부가 한결 더 부실해졌다.

이틀 동안이 내 인내심의 한계였다. 좀이 쑤셔서 더 버티지 못하고 나는 사흘 만에 또다시 군수 관사를 찾아갔다. 정원에는 아무도 안 보였다. 나비란 놈도 안 보였다. 하얀 고무공 하나만이 잔디밭 한가운데 동그마니 놓여 있을 따름이었다. 한참 더 기다려보다가 관사 안에 아무런 기척도 없음을 거듭 확인하고 나서 무척이나 아쉬운 마음으로 발길을 돌렸다. 바로 그 순간, 누군가 내 퇴로를 우뚝 가로막고 있다는 사실을 비로소 알아차렸다. 머리가 희끗희끗한 노파였다. 내가 또 달아나려 하자 노파가 갑자기 내 팔을 덥석 붙들었다.

"널 혼내주려는 게 아니다. 아가, 겁낼 것 없다."

할머니는 몬존한 말씨로 나를 안심시키려 했다.

"우리 명은이, 지금 병원에 있다. 그저께 밤부터 갑자기 신열이 끓고 헛소리가 우심해서 병원에 입원시켰다."

노파한테 단단히 붙들려 있던 내 팔이 갑자기 자유로워졌다.

"나는 명은이 외할미다. 우리 명은이 말동무가 돼줘서 고맙구나. 명은이는 아마 내일쯤 퇴원할 게다."

일단 되찾은 팔을 또다시 뺏길까봐 나는 뒷짐을 진 채 명은이 외할머니의 말에 무턱대고 고개를 주억거렸다.

"너는 어디 사는 누구냐? 집이 어디냐?"

나는 대충 만세주장께를 어림하고는 턱짓으로 그쪽을 가리켰다. 그러자 명은이 외할머니가 대뜸 앞장을 섰다.

"나랑 같이 가보자."

집까지 가는 동안 명은이 외할머니는 별의별 시시콜콜한 것들을 다 물었다. 이름은? 나이는? 부모님은? 형제자매는? 전쟁 때문에 혹시 불행을 당한 가족이나 일가친척은?

"건호야, 학교 끝나면 우리 관사에 자주 놀러 와도 괜찮다. 그 대신 너한테 신신당부할 게 있다. 우리 명은이 듣는 데서는 절대로 입밖에 꺼내지 말아야 될 말들이 있단다."

첫째, 부모 이야기. 둘째, 사람이 죽고 사람을 죽이는 이야기. 셋째, 장님 이야기.

"더군다나 당달봉사 같은 말은 아주 좋지 않은 말이니까 우리 명은이 앞에서 다시는 꺼내지 않도록 단단히 입조심해야 된다. 알겠냐?"

나는 홧홧 달아오른 낯꽃을 들키지 않으려고 부러 두어 발짝 뒤로 처져서 걸었다. 명은이 외할머니는 만세주장 뒷골목까지 나랑 동행해서 기어이 우리집을 확인한 다음에야 발길을 돌렸다.

"건호야!"

대문간에 막 발을 들여놓으려는 나를 명은이 외할머니가 등뒤에서 큰소리로 다시 불러세웠다.

"우리 명은이, 참 불쌍한 아이다. 제 엄마 아빠가 한꺼번에 죽창에 찔려서 죽는 처참한 꼴을 두 눈 번히 뜨고 지켜본 아이다. 그날부터 제 눈엔 아무것도 안 보인다면서, 저는 아무것도 못 봤다면서 하루아침에 장님이 되는, 아주 몹쓸 병에 걸려버렸단다. 의사도 못 고치고 약으로도 못 낫는, 아주 고약한 병이란다."

눈물 구덩이에 퐁당 빠져 허우적대는 눈동자로 명은이 외할머니는 내 얼굴을 간신히 건너다보았다. 때깔이 고운 한복 차림에 기품이 넘쳐나던 명은이 외할머니의 모습이 한순간에 와르르 허물어져내리는 순간이었다. 마땅히 그래야만 될 성싶어 나는 덮어놓고 고개를 끄덕이는 동작만 되풀이했다. 명은이 외할머니가 내 손을 덥석 움켜쥐었다.

"우리 명은이한테 말동무라고는 세상천지 달랑 고양이새끼 한마리밖에 없었단다. 앞을 못 보게 된 뒤로 우리 명은이가 고양이말고 사람을 말동무로 삼은 건 건호, 니가 맨 처음이란다."

명은이의 퇴원이 예정된 날은 때마침 주일이었다. 우리 식구들은 서울에서 피란 내려온 막내이모의 전도 덕분에 수복 직후부터 신광교회에 다니기 시작했다. 교회 사찰인 딸고만이 아버지가 힘차게 울려대는 종소리에 이끌려 나는 주일 아침에 신광교회로 향했다.

주일학교 반사의 지시에 따라 나는 예배 도중 죄를 고백하는 기도를 드렸다. 이북 피란민 출신으로 중앙시장에서 철물점을 경영하는 홀아비 반사는 매주 공과공부가 끝날 때마다 한주일 동안 저지른 죄를 모조리 고백할 것을 어린 제자들에게 강요하곤 했다. 전에는 만세 주장 지에밥을 훔쳐먹은 죄와 어쩌다 길에서 주운 돈을 주전부리에 사용한 죄 따위가 내 고백 기도의 주된 내용이었는데, 명은이를 만난 후 땅달봉시리는 니쁜 말을 사용한 죄 하나가 내 기도 속에 덧붙여졌다.

나는 주일학교를 마치기 무섭게 신광교회에서 곧장 시청을 향해 달려갔다. 명은이에게 건넬 선물을 장만하기 위해서였다. 전황에 대한 새로운 소식은 앞못보는 명은이에게 의미있는 선물이 될 뿐만 아니라 내가 결코 시골뜨기라고 만만히 볼 상대가 아님을 서울내기 계집애한테 일깨워주는 확실한 증거물이 될 것이었다.

아무도 없는 정원 내부를 기웃거리며 철책 앞에서 서성거리는 참인데 관사 현관문이 빠끔히 열렸다. 명은이 외할머니가 손짓으로 나를 불렀다. 나는 난생 처음 익산군수 관사 안으로 주뼛주뼛 발을 들여놓았다. 잔뜩 겁을 집어먹은 채 낯선 구조의 양옥집 거실을 통과하는 나를 액자 속의 이승만 대통령이 근엄한 표정으로 내려다보고 있었다. 나는 명은이가 들어 있는 작은 방으로 안내되었다. 명은이 머리맡을 지키고 있던 나비란 놈이 나를 보더니만 냐옹 소리와 함께 냉큼 책상 위로 튀어오르면서 경계의 눈초리를 보냈다. 명은이는 얇고 보드라운 차렵이불로 턱밑까지 가린 채 반듯한 자세로 드러누워 있었다. 며칠 사이에 눈에 띄게 야윈 모습이었다. 그래서 전보다 더욱 새하얗고 전보다 더욱 예뻐 보였다. 멋쩍고 쑥스러운 나머지 나는 괜스레 히죽히죽 웃기부터 했다. 명은이는 보이지 않는 눈을 내 얼굴에 맞추려고 내 웃음소리를 좇아 머리를 움직거렸다.

"재미있는 얘기 나누면서 천천히 놀다 가거라."

명은이 외할머니가 잣알이 동동 뜬 수정과 그릇과 과자가 수북이 담긴 쟁반을 방바닥에 내려놓았다. 명은이 외할머니가 방에서 나가기를 기다려 나는 준비해온 선물 보따리를 다짜고짜 풀어놓기 시작했다. 트루먼 대통령이 맥아더 원수를 유엔군 총사령관 직에서 해임한 소식부터 먼저 전했다. 연이어 의정부 전투에서 국군 1사단과 미군 3사단이 연합작전으로 북괴군 1군단을 포위해서 1개 연대를 섬멸한 소식을 숨차게 전했다.

"명은이 너, 섬멸이 무신 말인지 알어? 몰르지? 몽땅 씨를 말린다는 뜻이여."

초점을 잃은 채 내 얼굴 근처를 헤매던 명은이의 눈이 갑자기 회동그라졌다. 명은이의 그같은 반응을 이를테면 저보다 훨씬 아는 게 많은 상대에 대한 우러름의 표시로 받아들이면서 나는 더욱더 신떨음에 고부라졌다. 내친김에 나는 미군 9군단이 '철의 삼각지' 전투에서 중공군 대부대를 궤멸시킨 이야기를 들려주었다.

"명은이 너, 궤멸이 무신 뜻인지 알어? 몰르지? 씨만 빼놓고 몽땅 다 때려잡는다는 뜻이여."

"과자 안 먹니?"

"뭣이라고?"

"과자나 먹으라고!"

명은이는 헬쑥하게 핏기가 가신 입술을 바르르 떨면서 눈꺼풀을 아래로 착 내리깔았다. 명은이가 눈을 꼭 감자 그때껏 숨어 있던 속눈썹이 기다랗게 드러났다. 명은이의 권유를 받아들여 나는 아무 눈치코치도 없이 쟁반 위의 과자들을 마구 입안으로 걸터들이기 시작했다. 명은이는 끝내 과자에 손도 대지 않았다.

명은이는 단 하루 사이에 놀라우리만큼 기력을 되찾아 이튿날 또다시 정원에서 나비와 함께 공놀이를 시작했다. 나를 피해 정원수 위로 숨어버린 나비를 대신해서 얼른 공을 집어 명은이에게 돌려준 다음 나는 득의에 찬 목소리로 그날치의 선물을 전했다.

"영국군 29여단 글로스터 대대가 육십여시간 사투 끝에 중공군을 무찌르고 적성고지를 사수혔디야."

시청 앞 게시판에서 공들여 외워 온 벽보 내용을 뜻도 모르는 채 앵무새처럼 고스란히 옮기면서 나는 명은이의 반응을 살폈다. 아니나다를까, 명은이의 손아귀에서 스르르 힘이 풀리면서 공이 잔디밭으로 굴러떨어졌다. 명은이의 그런 반응을 나는 일종의 감동의 표시로 받아들였다. 서울내기 계집애를 감동시킨 내 솜씨에 자부심을 느끼면서 나는 곧장 다음 소식으로 넘어갔다.

"중부전선 임진강 전투에서 우리 국군이 중공군 63군 3개 사단을 격퇴허고 대승을 거두었디야."

"듣기 싫단 말야! 제발 그만두란 말야!"

명은이가 쇠꼬챙이 같은 소리를 내지르며 갑자기 잔디밭에 퍼더버리고 앉았다. 전혀 예상치 못한 돌발사태에 별안간 어안이 벙벙해져서 나는 어찌할 바를 몰랐다.

"꼴도 보기 싫어! 가버려! 가란 말야!"

제 손으로 제 머리칼을 마구 쥐어뜯으며 명은이는 거푸 쇠꼬챙이 소리를 질러댔다. 명은이 외할머니가 해끔하게 놀란 표정으로 관사 안에서 허둥지둥 달려나왔다. 가라니까 가는 수밖에 달리 도리가 없었다. 아직도 영문을 모르는 채로 나는 부리나케 관사를 빠져나왔다. 무엇이 서울 계집애의 성깔머리를 그토록 버르집어놓았는지 당최 알다가도 모를 일이었다. 내 호의가 무시당한 관사 근처엔 앞으로 두 번 다시 얼씬도 하지 않겠다고 다짐하면서 나는 길바닥의 돌멩이를 발부리로 힘껏 걷어차버렸다.

명은이 외할머니의 신신당부를 기억에서 언뜻 되살려낸 것은 집에 거반 다다랐을 무렵이었다. 사람이 죽고 사람을 죽이는 이야기는 절대로 입밖에 꺼내지 말 것. 세 가지 당부 가운데서 나도 모르게 두번째 당부를 어긴 셈이었다. 시청 앞 게시판을 기웃거리는 버릇이 내게서 영영 떠나게 되리라는 것을 나는 그때 퍼뜩 예감할 수 있었다.

혼자서 다짐했던 대로 나는 하루 동안 관사 근처에 얼씬하지 않았다. 그러나 집안에 머물러 지내는 동안에도 내 마음은 관사 언저리를 줄곧 배회하고 있었다. 꼴도 보기 싫다고 명은이가 지르던 쇳소리가 내 귓바퀴를 끊임없이 맴돌았다. 더는 참을 수가 없어 나는 결국 다음 날 해질녘에 관사를 또다시 찾아가고 말았다.

저녁놀에 물든 발그레한 낯꽃으로 명은이는 정원 한복판에 오도카니 서 있었다. 손에 공이 쥐여 있고 곁에 나비란 놈도 알짱거리고 있었지만 공놀이는 아예 시작할 생각조차 하지 않았다. 하릴없이 먼산바라기가 되어 언제까지고 꼼짝도 하지 않는 명은이 모습을 나는 철책 밖에서 한참이나 몰래 지켜보았다.

바로 그때였다. 종소리가 데엥, 하고 묵중하게 울렸다. 한번 울리기 시작한 종소리는 짧은 쉴 참을 거친 후 뎅그렁 뎅, 뎅그렁 뎅, 연달아 기세 좋게 울렸다. 명은이는 느닷없는 종소리에 움찔 놀라는 기색이었다. 종소리가 들려오는 신광교회 쪽을 향해 명은이의 고개가 천천히 돌아갔다. 저녁놀에 함빡 젖은 채 종소리에 다소곳이 귀를 기울이는 명은이 모습에서 나는 가슴이 철렁 내려앉으리만큼 묘한 감동을 받았다.

"삼일종이여."

나는 철책 밖에 내가 와 있다는 사실을 그예 큰소리로 기별하고 말았다. 명은이가 화들짝 놀라는 몸짓을 취했디.

"나비야! 나비야!"

하마터면 잊을 뻔했다는 듯이, 마치 내가 나타나기 전까지 줄곧 나비와 함께 공놀이를 하고 있었던 것처럼 명은이는 공을 잔디밭 위로 도르르 굴리면서 부산을 떠는 시늉을 했다. 겨냥이 지나쳐 공은 철책 밑을 통과해서 내 발치까지 데굴데굴 굴러왔다. 나는 공을 주워 철책 안으로 던졌다.

"왔으면 얼른 들어와야지 왜 거기 서 있니?"

거기 누구, 하고 묻는 대신 명은이는 나를 책망하는 척했다. 때맞춰 관사 현관문이 활짝 열렸다. 명은이 외할머니가 꾸짖음 반 반가움 반의 어정쩡한 기색으로 나를 맞아들였다. 잔뜩 낯꽃을 붉힌 채 나는 관사 내부를 빠른 걸음으로 통과해서 정원으로 나갔다.

"삼일종이 뭔데?"

"수요일에 치는 종이여. 교회 사람들은 수요일 저녁 예배를 삼일예배라고 불러. 저것은 초종이여. 한참 있다가 재종을 칠 거여."

명은이한테 미안해하던 참에 나는 도롱태 굴리듯 빠른 말씨로 한바탕 정신없이 지껄였다.

"어머나, 건호 너 교회 다니니?"

"엉. 딸고만이 아부지가 시방 초종을 치고 있는 중이여. 명은이 너, 딸고만이 아부지가 누군지 몰르지? 딸고만이 아부지는……"

야트막한 언덕 위 신광교회 종탑 밑에서 종줄 끝에 대롱대롱 매달려 허공 속을 연방 오르락내리락하면서 신나게 종을 치고 있을 사찰 아저씨의 앙바틈한 모습을 머리에 떠올리니까 절로 웃음이 비어졌다. 다섯번째로 또 딸을 낳고 나서 지어준 이름이 딸고만이었다.

"딸내미 이름을 그러코롬 엉터리없이 지어놓으면 요담 번엔 틀림없이 아들을 낳게 된디야."

명은이는 한바탕 기분 좋게 깔깔거렸다. 아, 명은이가 웃는다! 내가 서울내기 지지배를 웃게코롬 맨들었다! 나는 득의양양해서 넋이야 신이야 하며 마구잡이로 떠벌렸다.

"딸고만이 아부지가 종 치는 걸 보면 너도 아매 배꼽을 잡고 웃을 거여. 얼매나 괴상허게 생겼는지 알어? 키는 나보담 쬐꼼 더 크고, 머리는 훌러덩 벳겨지고……"

말을 하다 말고 나는 갑자기 입을 다물었다. 명은이가 앞을 못 본다는 점에 뒤늦게 생각이 미친 까닭이었다. 종소리의 꼬리 부분이 긴 여운을 끌면서 저녁하늘 속으로 천천히 사라지고 있었다.

"딸고만이 아버지 얘길 계속해봐."

명은이가 잔디밭 위에 아무렇게나 퍼벌하고 앉으면서 재촉했다. 나도 덩달아 명은이 앞에 픽석 주저앉았다.

딸고만이 아버지는 정말 괴짜였다. 교회 종을 치기 위해 이 세상에 태어난 사람 같았다. 종을 치지 않을 때는 우리에게 놀림감이 되지만 종을 치는 동안만큼은 언제나 존경의 대상이 되곤 했다. 마치 종줄의 일부분인 양 앙바틈한 몸집이 굵은 밧줄 끝에 매달려 발바닥이 땅에 닿을 새가 없으리만큼 위로 솟구쳤다 아래로 곤두박질치기를 되풀이 하면서 힘차게 종소리를 울려대는 동안 그는 얼굴이 온통 시뻘겋게 상기한 채 꿈을 꾸는 듯한 표정을 짓곤 했다. 종 치는 일이 거반 끝나갈 무렵쯤 되면 그는 자기 주위로 새까맣게 몰려들어 찬탄어린 눈빛으로 구경하는 조무래기들 가운데서 딱 한명만 골라 딱 한차례만 종줄을 잡아당기는 영광을 안겨주곤 했다. 그악스레 뒤쫓아다니며 딸고만이 아버지라고 놀려먹은 적이 없는 착한 아이힌데 대개 특혜를 베푸는 것이었다.

"딸고만이 아버지를 한번 봤으면 좋겠다."

"나랑 같이 교회 가면 얼매든지 볼 수 있어."

말을 주고받다 보니 뭔가 좀 이상하다는 생각이 퍼뜩 들었다. 앞을 못 보는 명은이가 무슨 재주로 딸고만이 아버지를 본단 말인가.

"눈엔 안 보여도 마음으로는 얼마든지 볼 수 있어."

내 속마음을 읽었는지 명은이가 얼른 어른스럽게 말했다. 기왕 말이 나온 김에 우리는 주일 저녁에 함께 신광교회에 가기로 약속을 정했다.

주일 저녁이 오기까지 시간은 굼벵이 걸음처럼 더디 흘러갔다. 외할머니의 허락을 받고 명은이와 나는 딸고만이 아버지가 초종을 울릴 시간에 맞추어 관사를 출발했다. 명은이 손을 잡고 조심조심 길을 인도하는 탓에 관사에서 신광교회까지 평상시보다 곱절 이상 거리가 멀게 느껴졌다. 먼길을 걷는 동안 나는 전에 주일학교 반사한테서 들은 이야기를 재탕해서 명은이에게 들려주는 일로 시간을 때웠다.

옛날 어느 성에 용감한 기사와 바람처럼 빨리 달리는 백마가 살고 있었다. 기사는 사랑하는 백마를 타고 전쟁터마다 다니며 번번이 큰 공을 세워 성주로부터 푸짐한 상을 받곤 했다. 전쟁이 끝났다. 세월이 흘러 백마는 늙고 병들게 되었다. 그러자 기사는 자기와 오랫동안 생사고락을 함께한 백마를 외면한 채 전혀 돌보지 않았다. 늙고 병든 백마는 성내를 이리저리 떠돌다가 어떤 종탑 앞에 이르렀다. 누구든지 종을 쳐서 억울한 사연을 호소할 수 있게끔 성주가 세워놓은 종탑이었다. 백마의 눈에 종탑을 휘휘 감고 올라간 칡넝쿨이 보였다. 배고픔에 못 이겨 백마는 칡넝쿨을 뜯어먹기 시작했다. 그러다 종줄을 잘못 건드리는 바람에 그만 종소리를 울리고 말았다. 종소리를 들은 성주가 무슨 사연인지 자세히 알아보도록 부하에게 지시했다. 그리하여

백마의 억울한 사연을 알게 된 성주는 은혜를 저버린 기사를 벌주고 백마를 죽을 때까지 따뜻이 보살펴주었다.

"억울한 사람은 누구든지 종을 칠 수 있다고?"

느슨히 잡고 있던 내 손을 갑자기 꽉 움켜쥐면서 명은이가 물었다. 나는 괜스레 우쭐해진 나머지 얼김에 말갈망도 못할 허세를 부리고 말았다.

"그렇다니께. 아무나 다 종을 침시나 맘속으로 소원을 빌으면은 그 소원이 죄다 이뤄진디야."

마침내 신광교회 입구로 들어섰다. 아직 이른 시간이라서 그런지 우리말고 다른 교인들 모습은 교회 근처에서 전혀 찾아볼 수 없었다. 하늘로 오르는 사닥다리인 양 높고 가파른 돌계단이 우리 앞을 떡하니 막아섰다. 발을 헛디디지 않게끔 명은이를 단단히 부축한 채 천천히 돌계단을 오르기 시작했다. 돌계단이 거의 끝나가는 지점에서 나는 명은이가 들을 수 있게끔 돌 위에 새겨진 글씨를 큰소리로 읽어주었다.

"내가 곧 길이요 진리요 생명이니 나로 말미암지 않고는 아버지께로 올 자가 없느니라."(요 14:6)

그게 무슨 말이냐고 명은이가 물었다. 명은이는 툭하면 내가 설명하기 곤란한 것들만 골라 밑두리콧두리 캐묻는, 아주 좋지 않은 버릇을 지니고 있었다. 예수님은 동정녀 마리아에게 나신 여호와 하나님의 아들이란 뜻이라고 나는 엉이야벙이야 제멋대로 둘러댔다. 명은이는 더욱 무슨 말인지 모르겠다는 표정이었다.

돌계단을 다 오르자 비낀 저녁햇살을 듬뿍 받아 아름답게 빛나는 웅장한 석조 교회당이 시야를 그득 메웠다. 우리는 종탑 앞에서 손을 맞잡은 채 때가 되기를 기다렸다. 잠시 후에 교회당 뒤편 사택 쪽에서 딸고만이 아버지가 모습을 드러냈다.

"딸고만이 아부지다."

나는 명은이에게 귀엣말로 가만히 속삭였다. 길게 뻗은 교회당 건물 옆구리를 따라 통로에 깔린 자갈을 밟으며 딸고만이 아버지가 걸어왔다. 명은이는 몹시 긴장한 자세로 저벅저벅 다가오는 발소리에 조용히 귀를 기울였다. 저녁햇살을 함빡 뒤집어쓴 딸고만이 아버지의 민머리가 알전구처럼 반짝거렸다. 나는 최대한 허리를 굽혀 예바르게 꾸뻑 인사를 올렸다. 딸고만이 아버지는 나를 금세 알아보았다. 그러나 낯선 얼굴인 명은이 쪽에 짤막한 눈길을 던졌을 뿐, 여느때와 딴판으로 모범생처럼 구는 나를 거들떠도 안 보면서 그는 되우 뻐겨대는 걸음걸이로 종탑에 다가섰다. 그는 몸에 익은 솜씨로 종탑 쇠기둥을 타고 뽀르르 위로 기어오른 다음 아이들 손이 닿지 않을 높직한 자리에 매어놓은 종줄을 밑으로 풀어내렸다. 그가 굵은 밧줄을 힘차게 아래로 잡아당기자 종탑 꼭대기 그 까마득한 높이에 매달려 있던 거대한 놋종이 한쪽으로 휘우뚱 기울어졌다. 또 한차례 줄을 잡아당기자 이번에는 반대편으로 놋종이 휘우뚱 넘어갔다. 오른쪽, 왼쪽, 번차례로 기울어지기를 두 번, 세 번……

"인제 종소리가 울릴 차례여."

내 말이 끝남과 동시에 데엥, 하고 첫번째 종소리가 묵직하게 울려퍼졌다. 갑자기 귀를 먹먹하게 만드는 둔중한 종소리에 놀라 명은이는 눈살을 찌푸리며 잽싸게 손바닥으로 귀를 막았다. 종소리가 차츰 빨라지기 시작했다. 딸고만이 아버지의 앙바틈한 몸집은 어느새 종줄과 한몸을 이루어 쉴새없이 허공을 오르락내리락하느라 발바닥이 땅에 닿을 겨를도 없을 지경이었다. 뎅그렁 뎅, 뎅그렁 뎅, 기세 좋게 울리는 종소리가 귀싸대기를 사정없이 갈겨댔다. 나는 명은이 손바닥을 붙잡아 귀에 붙였다 뗐다 하는 동작을 되풀이했다. 기다란 종소리의 중동을 뚝 잘라 동강을 내었다가 다시 이어붙이기를 되풀이하는 그 장난이 명은이 얼굴에 발갛게 꽃물이 배게끔 핏기를 돋우었다.

건공중에 둥둥 떠 있던 딸고만이 아버지의 발바닥이 어느새 슬그머니 땅으로 되돌아와 있었다. 종 치는 작업을 마무리하기 위해 종줄 잡아당기는 힘을 적당히 조절하는 중이었다. 나는 실오라기 같은 희망을 품은 채 딸고만이 아버지가 아닌 사찰 아저씨를 향해 최대한 존경의 눈빛을 띄워 보냈다. 하지만 아무 소용이 없는 아첨이었다. 사찰 아저씨 아닌 딸고만이 아버지는 결국 나로 하여금 마지막 순간에 딱 한차례 종줄을 잡아당기게 하는 그 특혜를 베풀지 않은 채 매정하게 종치기를 끝내버렸다. 주일마다 뒤꽁무니를 밟고 다니며 딸고만이 아버지라고 그악스레 놀려댄 지난날들이 여간만 후회되는 게 아니었다.

아쉬움을 달랠 요량으로 나는 얼른 고무신을 벗어들었다. 여태껏 늘 해왔던 방식에 따라 나는 바야흐로 저녁하늘 저 멀리 사라지려는 마지막 종소리를 고무신짝 안에 양껏 퍼 담았다. 그런 다음 잽싸게 고무신짝을 명은이 귓바퀴에 찰싹 붙여주었다. 그러자 명은이 얼굴에 해맑은 미소가 가득 번져나기 시작했다. 어미 종은 이미 움직임을 멈추었지만 고무신짝 안에는 새끼 종이 담겨 아직도 작은 움직임을 계속하고 있었다. 그 종이 꿀벌처럼 잉잉거리면서 대고 명은이 귀를 간질이고 있을 것이었다.

왔던 길과는 달리 돌아가는 길은 호사스런 감동의 보자기에 감싸여 있어서 관사까지 걷는 시간이 조금 전보다 절반 이하로 짧게 느껴졌다. 명은이는 홍분한 기색을 여간해서 감추지 못했다. 관사 앞에서 헤어지기 직전에 명은이는 나에게 고맙다고 말했다. 깍쟁이 서울 계집애 입에서 고맙다는 인사가 나오기는 그때가 처음이었다.

"건호야."

일껏 내 이름을 불러놓고도 명은이는 한참이나 더 뜸을 들인 다음에야 가까스로 뒷말을 이었다.

"네 얼굴이 어떻게 생겼는지 궁금해. 내 손으로 한번 만져보고 싶어."

참으로 난처한 순간이었다. 틀림없이 집안 어느 구석에서 우리를 지켜보고 있을 명은이 외할머니를 의식하면서 나는 잠시 망설였다. 에라, 모르겠다는 심정으로 나는 결국 명은이 손을 끌어다 내 얼굴에 대주었다. 그리고 두 눈을 질끈 감아버렸다. 촉촉이 땀에 젖은 손이 내 얼굴 윤곽을 천천히 더듬어나가기 시작했다. 명은이는 내 이목구비 하나하나를 차례차례 신중히 어루만졌다.

"얼굴이 아주 잘생겼구나. 나한테 얼굴을 보여줘서 고마워."

난생 처음 잘생겼다는 소리를 들었다. 나는 홧홧 달아오르는 낯꽃을 주체할 수가 없어 도망치다시피 관사 앞을 떠나버렸다. 관사로부터 멀어지자 나는 겅중겅중 뜀걸음을 놓기 시작했다. 비록 서투른 솜씨나마 휘파람을 후익후익 날리면서 나는 신나게 집으로 향했다.

명은이가 내게 무리한 부탁을 해온 것은 신광교회 종탑에서 색다른 경험을 한 바로 그 다음날이었다. 다시 만나자마자 명은이는 나를 붙잡고 엉뚱깽뚱한 소리를 했다.

"건호야, 날 다시 교회로 데려가줘. 내 손으로 종을 쳐보고 싶어."

"그랬다간 큰일나! 딸고만이 아부지 손에 맞어죽을 거여!"

나는 팔짝 뛰면서 그 청을 모지락스레 거절했다. 하지만 명은이는 나한테 검질기게 달라붙으면서 계속 비라리치고 있었다.

"제발 부탁이야. 딱 한번만 내 손으로 직접 종을 쳐보고 싶어."

"종은 쳐서 뭣 헐라고?"

"그냥 그래! 내 손으로 울리는 종소리를 듣고 싶을 뿐이야."

말은 그렇게 했지만 나는 명은이의 진짜 속셈이 무엇인가를 금세 알아차릴 수 있었다. 동화 속의 늙고 병든 백마를 흉내내고 싶은 것이었다. 버림받은 백마처럼 자신의 억울한 사정을 성주에게 호소하고 싶은 것이었다. 다름 아닌 눈을 뜨고 싶다는 소원을 하나님에게 전할 속셈임이 틀림없었다. 누구든지 종을 치면서 소원을 빌면 다 이루어진다고 명은이 앞에서 공연히 허튼소리를 지껄인 일이 새삼스레 후회되었다. 대관절 무슨 재주로 딸고만이 아버지 허락도 없이 교회 종을 무단히 울린단 말인가.

"알었다고. 알었다니께."

연방 도리머리를 하는 내 마음과는 딴판으로 내 입에서는 승낙의 말이 잘도 흘러나왔다. 끝끝내 명은이의 간청을 뿌리칠 재간이 내게 없다는 사실을 나는 처음부터 잘 알고 있었다.

"일요일은 절대로 안되야. 수요일도 절대로 안되야."

"그럼 언제?"

보이지도 않는 눈을 반짝 빛내면서 명은이가 대답을 재촉했다. 예배 모임이 없는 평일이라면 어찌어찌 가능할 것 같기도 했다.

"목요일 밤중이라면 혹간 몰라도……"

목요일 아침이 밝았다. 목요일 낮이 지나갔다. 마침내 목요일 밤이 찾아왔다. 명은이는 시내 산보를 구실삼아 외할머니한테 밤마을을 허락받았다. 어둠길을 나서는 우리를 명은이 외할머니가 관사 밖 길가까지 따라나와 걱정스런 얼굴로 배웅했다. 앞못보는 외손녀를 걱정하는 백발 노파의 마음이 신광교회까지 줄곧 우리와 동행하는 듯한 기분이었다.

명은이 손을 잡고 신광교회 돌계단을 오르는 동안 내 온몸은 사뭇 떨렸다. 지레 흥분이 되는지, 아니면 두려움 때문인지 땀에 흠씬 젖은 명은이 손 또한 달달 떨리고 있었다. 명은이가 소원을 이룰 수만 있다면 딸고만이 아버지한테 맞아죽어도 상관없다고 각오를 다지면서 나는 젖은 빨래를 쥐어짜듯 모자라는 용기를 빨끈 쥐어짰다. 돌 위에 새겨진 낯익은 성경 구절이 어둠속에서 조용히 우리를 맞았다.

내가 곧 길이요 진리요 생명이니……

신광교회는 어둠속에 고자누룩이 가라앉아 있었다. 이제부터 우리가 저지르려는 엄청난 짓거리에 어울리게끔 주변에 아무런 인기척이 없음을 거듭 확인하고 나서 나는 종탑 가까이 명은이를 잡아끌었다. 괴물처럼 네 개의 긴 다리로 일어선 철제의 종탑이 캄캄한 밤하늘을 향해 우뚝 발돋움을 하고 있었다. 깊은 물속으로 자맥질하기 직전의 순간처럼 나는 까마득한 종탑 꼭대기를 올려다보며 연거푸 심호흡을 해댔다. 그런 다음 딸고만이 아버지가 항상 하던 방식대로 종탑 쇠기둥을 타고 뽀르르 위로 기어올라 철골에 매인 밧줄을 밑으로 풀어내렸다.

"꽉 붙잡고 있어."

명은이 손에 밧줄 밑동을 쥐여주고 나서 나는 양팔을 높이 뻗어 밧줄에다 내 몸무게를 몽땅 실었다. 그동안 늘 보아나온 딸고만이 아버지의 종 치는 솜씨를 흉내내어 나는 죽을힘을 다해 밧줄을 잡아당기기 시작했다. 종탑 꼭대기에 되똑 얹힌 거대한 놋종이 천천히 한쪽으로 기울어지는 첫 느낌이 밧줄을 타고 내 손에 얼얼하게 전해져왔다. 마치 한 풀줄기에 나란히 매달려 함께 바람에 흔들리는 두 마리 딱따 깨비처럼 명은이 역시 밧줄에 제 몸무게를 실은 채 나랑 한통으로 건 공중을 오르내리는 동작에 어느새 눈치껏 장단을 맞추고 있었다. 어 둠 때문에 잘 보이지 않았지만 내 코끝에 훅훅 끼얹히는 명은이의 거 친 숨결에 섞인 단내로 미루어 명은이가 시방 어떤 표정을 짓고 있는 지 너끈히 짐작할 수 있었다.

"소원 빌을 준비를 혀!"

내 말이 채 끝나기도 전에 데엥, 하고 첫번째 종소리가 울렸다. 그 첫 소리를 울리기까지가 힘들었다. 일단 첫 소리를 울리고 나니 그 다 음부터는 모든 절차가 한결 수월해졌다. 뎅그렁 뎅, 뎅그렁 뎅, 기세 좋게 울려대는 종소리에 귀가 갑자기 먹먹해졌다.

"소원을 빌어! 소원을 빌어!"

종소리와 경쟁하듯 목청을 높여 명은이를 채근하는 한편 나도 맘속 으로 소원을 빌기 시작했다. 명은이가 소원을 다 빌 때까지 딸고만이 아버지를 잠시 귀먹쟁이로 만들어달라고 빌고 또 빌었다. 명은이와 내가 한몸이 되어 밧줄에 매달린 채 땅바닥과 허공 사이를 절굿공이 처럼 오르락내리락하면서 온몸으로 방아를 찧을 적마다 놋종은 우리 머리 위에서 부르르부르르 진저리를 치며 엄청난 목청으로 울어댔다. 사람이 밧줄을 다루는 게 아니라 이젠 탄력이 붙을 대로 붙어버린 밧 줄이 오히려 사람을 제멋대로 갖고 노는 듯한 느낌이었다.

한창 종 치는 일에 고부라져 있었던 탓에 딸고만이 아버지가 달려 오는 줄도 까맣게 몰랐다. 되알지게 엉덩이를 한방 걷어채고 나서야 앙바틈한 그의 모습을 어둠속에서 겨우 가늠할 수 있었다. 기차 화통 삶아먹은 듯한 고함과 동시에 그가 와락 덤벼들어 내 손을 밧줄에서 잡아떼려 했다. 그럴수록 나는 더욱더 기를 쓰고 밧줄에 매달려 더욱더 힘차게 종소리를 울렸다. 주먹질과 발길질이 무수히 날아들었다. 마구잡이 매타작에서 명은이를 지켜주기 위해 나는 양다리를 가새질러 명은이 허리를 감싸안았다. 한데 엉클어져 악착스레 종을 쳐대는 두 아이를 혼잣손으로 좀처럼 떼어내기 어렵게 되자 나중에는 딸고만이 아버지도 밧줄에 함께 매달리고 말았다. 결국 종 치는 사람이 셋으로 불어난 꼴이었다. 그 어느때보다 기운차게 느껴지는 종소리가 어둠에 잠긴 세상 속으로 멀리멀리 퍼져나가고 있었다. 명은이 입에서 별안간 울음이 터져나오기 시작했다. 때때옷을 입은 어린애를 닮은 듯한 그 울음소리를 무동태운 채 종소리는 마치 하늘 끝에라도 닿으려는 기세로 독수리처럼 높이높이 솟구쳐오르고 있었다.

뎅그렁 뎅 뎅그렁 뎅 뎅그렁 뎅……

3

"아니, 벌써 다 끝난 거여?"

나서기 좋아하는 나서방이었다. 최건호가 고개를 끄덕거렸다. 나중에 순애보가 기네, 아니네, 시비 거는 놈은 가만 안 놔두겠다고 엄포를 놓던 바로 그 나기형이 되레 노골적으로 시비를 걸고 나섰다.

"그것도 순애보 축에 든다고 여태까장 읊어댔단 말여, 시방?"

"미안혀. 실망시켜서……"

"내 복에 무신 얼어죽을 순애보!"

희붐히 터오는 갓밝이 속에서 홍성만이 끄응 소리와 함께 앵돌아앉는 시늉으로 자기가 느끼는 실망의 크기를 드러냈다. 이를테면 그것은 자신이 바로 앞 순번으로 이야기를 끝마친, 역사는 밤에 이루어진다는, 그 문화영화 제목 같은, 소매치기와 창녀의 사랑이 보다 더 순애보에 가깝다고 주장하는 시위인 셈이었다.

"어째피 순애보는 벌써 물 건너간 꼴이니깨 어쩔 수 없다 치고, 한 가지만 물어보자. 그 명은이란 지지배는 종소리 울려서 소원을 빈 덕택으로 결국 눈을 떴나, 못 떴나?"

나기형은 계속 검질기게 최건호를 물고늘어졌다.

"잠깐만!"

최건호가 막 입을 열려는 순간, 미술교사 이진원이 손을 번쩍 들어 대답을 중간에서 가로채버렸다.

"진짜 순애보란 게 가물에 콩 나딧기 귀헌 세상에서 우리가 그 이상 뭘 더 바래? 내 기준으로는 오늘밤 요 자리를 통틀어서 건호가 기중 아름다운 사랑 얘기를 들려준 게 틀림없어. 순애보라 불러도 전연 손색이 없다고 믿어. 다만, 그 순진무구헌 애들끼리 주고받은 동화적인 사랑을 우리가 왈칵 순애보로 받아들이지 못허는 이유는 반백년 세월이 흘러가는 사이에 우리가 늙고 감정이 메마르고 세상 때가 많이 묻어버린 탓에 우리네 심미안에 녹이 슬고 그만침 가치관이 멍들었기 때문이 아닐까?"

"오냐, 진원이 너 참말로 잘났다! 오냐, 니 똥 굵은지 다 안다! 칠십 미리 총천연색 씨네마스코프다!"

작년에도 멍청했고 금년에도 여전히 멍청하다고 핀잔을 듣는 황만근이 또다시 빠드득 이를 가는 시늉으로 좌중을 웃기려 했다.

"좌우지간 건호는 입을 열면 못써."

이진원이 다시 한번 손을 들어 최건호가 답변할 기회를 가로막았다.

"건호 입에서 사실 여부가 밝혀지는 순간 아름다운 동화는 밋밋헌 다큐멘터리로 변질되고 말어. 명은이가 눈을 떴는지 못 떴는지 그 문제는 각자가 자기 마음속에 여백으로 냉겨두고 그 위에다 자기 상상력으로 그림을 그릴 수 있게코롬 내비두는 것이 좋아."

이진원의 주장에 아무도 이의를 달지 않았다. 그것으로 순애보 여부를 둘러싼 시비는 일단락된 셈이었다. 죽사산 기슭 어디쯤에서 목청 좋은 수탉들이 잇달아 새날이 밝았음을 기운차게 고했다. 모기들이 슬금슬금 자취를 감추기 시작할 무렵에 맞추어 모깃불의 생명을 연장해줄 생초목도 얼추 동이 나버린 상태였다.

"제발 잠 좀 자자. 늙다리 첨지들이라고 인자는 잠도 다 없어졌나?"

못 자게끔 누가 곁에서 밤새도록 발바닥에 불침이라도 놓은 듯이 이덕주가 불퉁거렸다.

"맞다. 고만 자러 들어가자. 나는 아직도 젊어서 그런지 하루 밤샘 고스톱을 치고 나면 사흘을 내리 뻗는 체질이다."

삼군 소년단에 들어갈 자격을 얻으려는 일념으로 억지 전쟁고아가 되고자 했다던 조만형이 연방 하품을 꺼가며 땅바닥에 뻗어버리는 시늉을 했다. 야전지휘관 격인 김교장이 제일 먼저 자리에서 일어나더니만 엉덩이에 붙은 모래알들을 툭툭 털었다.

"이 시각 이후부텀 재향 동기놈들이 떼로 몰려와서 기상나팔 불 때까장 전원 무제한 취침을 실시헌다!"

—『숨소리』 2003년 봄호

상경길

파적거리 삼어서 동창들찌리 주고받은 하룻밤 회고담이 결과적으로
아까운 친구 목숨 하나를 살려낸 심이구만. 그런디 인철이 너 혹시 이거 아냐?
아까부텀 차내 분위기가 확 달러진 것 말이여.

거참, 공교롭기도 허다. 사십명 동창 중에 해필이면 또 인철이허고 짱짜란히 앉어서 가게 되다니.

그러게 말이야. 그런데…… 사실대로 말하자면 이건 우연이 아니야. 내려올 때처럼 올라갈 때도 너랑 같은 좌석에 앉으려고 승차하기 전부터 호시탐탐 기회를 엿보면서 노력한 결과지.

뭘 그만헌 일로 호시탐탐씩이나……

너하고 좀더 대화를 나누고 싶었거든.

그 정도로 내가 인기있는 몸인지 알었드라면 일찌가니 내 옆자리를 경매에 부치는 것인디…… 아참, 그러고 보니깨 어제 아침 모임 끝난 뒤부텀 하루종일 눈에 안 띄는 것 같든디, 그새 어디 가 있었냐?

모처럼 한번 작심을 하고 선영을 찾아뵈었어. 조상님들 산소 앞에 엎어져서 실로 오래간만에 재배도 올리고.

그것이야말로 듣던 중 반가운 소식이구나. 이왕지사 여그까장 내려온 짐에 마땅히 그렇게 허는 것이 도리지. 그런디 갑째기 무신 바람이 불어서 하인철이가 그런 기특헌 맘을 먹게 됐다냐?

처음부터 어느정도는 예정에 들어 있던 일이었어. 선영을 찾을까말까 맘속으로 한참 고민하던 참이었지. 그런데 하룻밤 꼬빡 새워가며 친구들 소싯적 경험담을 듣는 동안에 왠지 모르게, 요번마저 선영을 피해서 도망친다면 하인철이는 진짜로 구제 못 받을 인간이라는 생각이 절박하게 드는 거야.

좌우지간에 참말로 잘된 일이다. 그러니께 요번 일을 계기로 그동안 불화허던 고향이랑 조상님들허고 수십년 만에 화해를 헌 심이구나?

글쎄, 그걸 화해라고 봐야 할지 모르겠어. 진짜 화해는 내가 죽어서 조상님들을 만나야만 가능하다고 생각했어. 화해를 하러 찾아가긴 했지만 죽지는 못했으니까 화해가 절반쯤만 이뤄졌다고 할까……

거참, 오래 살다보니께 별 요상시런 소리를 다 듣는구나. 그건 그렇고, 자손이 안 돌봤어도 천지개벽허는 세월 속에서 선영은 무탈허니 잘 있데?

멀찌감치 미륵산 자락 안에 옴팍 들어앉아 있어서 도시개발 바람을 비켜간 것이 그나마 다행이더군. 오랫동안 돌보지 않은 탓에 봉분들이 많이 황폐해져서 영락없이 내 머리에 잡초가 우북이 돋아난 것마냥 마음이 아팠지만, 그래도 수십년 만에 처음으로 자손 된 도리를 해봤다 싶으니까 한편으로는 개운한 기분이 들기도 하는 거야.

어쩐지 첫날보담 낯꽃이 훨긴 밝어 뵌다 싶드니만, 바로 그 덕분이었구나? 밤샘헐 적에 인철이 니가 들려준 그 얘기, 참말로 감동적이드

라. 창권인가 허는 그 가짜 고등학생 형 얘기는 눈물겹고 가슴이 찡허고, 아이젠하워에게 보내는 멧돼지 얘기는 재미지고 공감이 가고.

모자라는 얘기를 그렇게 재미있게 들어줬다니 고마워. 나는 오히려 내 얘긴 저만치 제쳐놓고 다른 친구들 얘기에 크게 감동을 받았어. 뭐랄까, 세상 때에 찌든 더러운 몸뚱이를 맑은 개울물에다 깨끗이 빨래하는 기분이었어. 우리한테도 그렇게 순수한 시절이 있었다는 게 믿어지지 않을 정도였어. 오래간만에 과거의 나 자신을 되돌아볼 수 있는 좋은 기회였어.

그 무렵에 유약허고 무력헌 존재에 지나지 않았던 우리 어린애들은 한편으로 전쟁이란 괴물한티 쫓기고 밤마다 가위눌리는 악몽에 시달리면서도 다른 한편으로는 어른들이 몰르는 호젓헌 구석에 숨어서 그 전쟁을 우리 방식대로 만판 즐긴 심이지. 말허자면 한몸땡이 안에 순진무구헌 동심 세계허고 발랑 까진 악동 세계가 의초롭게 공존허던 시절이었지.

뭣보다도 중요한 사실은 우리 모두가 운이 아주 좋은 축에 든다는 걸 재확인할 수 있었던 바로 그 점일 거야. 우리 세대는 어린 나이로 온갖 고통이나 어려움들을 훌륭히 견디고 전쟁 비극 속에서도 무사히 살아남은, 아주 독종 인간들이지. 그 지독한 억척빼기 정신이 결국 오늘날 한국의 경제발전을 가능케 만드는 원동력이 됐다고 생각해. 부모세대 희생 덕택에 고생을 모르고 자란 요즘 젊은것들은 우리보고 시대에 뒤떨어진 구닥다리 기성세대라고, 그러니까 이젠 신세대한테 자리를 양보하고 물러갈 때가 됐다고 떠들어대지만, 어림도 없는 수작이지! 직사하게 고생만 하다가 이제 겨우 한숨 돌리려는 참인데 우리더러 벌써 물러가라니, 천만에 말씀이지!

인철이 너 혹시 시방 무리허는 거 아니냐? 천원어치만 써도 될 감정을 만원어치쯤 과용허는 것 같구나.

내가? 천만에! 자식들이 애비 자격을 부정하고 애비 자리를 내놓으라고 강요하는 그따위 세태풍조를 나는 도저히 참을 수가 없어!

잘만 허면 한만종이 같은 험구쟁이한티서 국회의원 출마 연습이냐고 한소리 또 얻어먹게 생겼다.

난 지금 굉장히 심각하단 말이야. 제발 부탁인데, 내 말을 장난으로 듣지 말고 날 좀 진지하게 대해줬으면 고맙겠다.

못 진지혀서 미안허다. 암만혀도 내가 쪼께 피곤헌 탓인갑다. 잠을 계속 설쳤거든. 찻속에서 모잘라는 잠이나 벌충혀야 쓰겄다.

너, 나한테 그러면 안돼!

그게 무신 뜻이여?

미안해, 갑자기 언성을 높여서. 내 말은 다름이 아니라 너하고 가슴을 터놓고 대화를 나누고 싶다는 뜻이야. 그러니까 잠잘 생각을 말라는 뜻이야.

대화? 그거 조오치! 자아, 그러면 우리 인자부텀 대화 시이작!

그만두자, 빌어먹을!

잘 생각혔다. 그럼 잠이나 자자.

정말 잘 거냐?

인철아, 만약에 너한티서 뭔가를 자꾸만 감출라고 허는 것 같은 인상을 받었다면, 그건 내 지나친 억측일까? 처음부텀 뭔가 헐말이 있는 눈치든디, 뻐쓰 지나가기 전에 손 흔드는 편이 신상에 이로울 것이다.

내려오는 뻐쓰 속에서도 했던 말이지만, 그동안 내가 겪었던 인생 체험을 소설로 쓴다면 아마 대하소설이 되고도 남을 거야.

또 그놈의 대하소설 타령이냐?

이건 비밀이야. 너 혼자만 알고 있어. 실은 선영 찾아갔을 때 우리 부모님 묘소 앞에다……

부모님 묘소 앞에다?

아니야. 아직은 말할 때가 아닌 것 같다.

뒤에서 뭣이 막 쫓아오고 있냐? 사정없이 쫓기는 사람맨치로 초조허게 뵌다. 그 중국이한티 쫓기는 중이냐? 사업이란 놈이 널 못살게 괴롭히냐?

그래, 니 말이 맞다. 난 지금 현상수배자처럼 쫓기는 몸이다. 더이상 숨을 구멍도 없어. 쫓기며 살아가는 인생에도 이젠 지칠 대로 지쳐버렸어.

솔직허니 내 앞에서 자수허거라. 후련허니 다 털어놓고 나면 자유까장은 몰라도 최소한 쫓기는 심정만은 웬만치 덜어낼 수 있을지도 몰르니깨.

지금 생각해보는 중이야. 부탁인데, 나한테 잠시만 시간을 줘.

………

어느새 양촌휴게소를 지나버렸네.

………

이제 얼마 안 있으면 호남고속도로를 벗어나겠구나. 조금만 더 가면 경부고속도로로 들어서겠구나.

………

진짜로 자고 있는 거냐, 아니면 자는 시늉만 허는 거냐?

아니, 니 요구대로 너한티 시방 시간을 주고 있는 중이지. 니가 자수를 허기만 지달리고 있어.

아까 얼핏 꺼내다 만 얘기 뒤끝인데, 사실은 말이지, 우리 부모님 묘소 앞 땅속에다 수면제를 파묻고 왔다.

왜, 부모님이 묘소에서 불면증에 시달리신대?

이건 농담이 아니라니까! 사실대로 고백하자면, 여기 내려올 적에 주머니에다 수면제 오십 알을 넣고 왔어.

부모님이 생전에 수면제허고 맺은 무신 말못헐 사연이라도 있으서?

내가 음독자살할 작정이었다, 빌어먹을! 이젠 속이 시원하냐?

뭣이여? 인철이 너, 너……

수면제 오십 알 모으기가 그렇게 쉬운 일은 아니었어. 그렇지만 그런 것 안 모으고 수모란 수모 죄다 견디면서 세상 살아가는 일하고는 비교가 안될 정도로 훨씬 쉬운 일이었어.

으쩌다가 그러콤 모지락시런 생각을 다……

그걸 한꺼번에 몽땅 털어 목구멍 안쪽으로 삼키는 마지막 과정까지 쉬웠어야 되는 건데, 그게 영 뜻대로 안되는 거야. 죽어 마땅한 놈이 죽을 용기마저도 없어서 결단을 못 내리고 차일피일 거사를 미루기만 하다가 지하철에서 우연찮게 그 권태근인가 택근인가 하는 동창을 덜컥 만났던 거야. 그 친구한테서 모교 방문 행사 소식을 전해 듣는 순간, 드디어 내 죽을 자리를 찾은 것 같은 기분이었지. 졸업 후 처음으로 동창 친구들하고 어울려서 모교에서 마지막 시간을 보내고 나서 선영 조상님들 앞에서 한 많은 이 세상을 빠이빠이하는 것도 의미있는 일이라고 생각했어.

야 인마, 그따우 행동이 무신 의미가 있다는 거냐? 진짜로 의미있는 건 니가 아직도 안 죽고 요러콤 시퍼렇게 살아 있는 것이여, 인마!

자기 인생 아니라고 그런 식으로 쉽게 말해버리면 못쓰는 법이다.

나하고 똑같은 인생을 살았다면 너도 아마 별수없이 수면제 오십 알 모으느라 고생깨나 했을 거야.

대관절 얼매나 요란뻑적지근헌 인생을 살았길래 내 앞에서 그 유세를 다 떠는 거냐? 중국이를 상대로 무역을 혀서 재미를 별로 못 봤단 말이냐?

의류 수출이니 무역업이니 하는 말은 말짱 다 뻥이다. 사실대로 고백하자면, 중국이하고 국교가 트인 뒤부터 뻔질나게 중국이를 드나들면서 몇년 동안 보따리장사를 했었다.

....

동대문 시장에서 한국산 중저가 의류를 도매로 떼어다가 중국이한테 팔고 그 대신 참깨나 한약재 같은 값싼 중국산 농산물을 들여와서 재래시장에다 비싸게 팔아먹는 그 보따리무역을 해왔단 말이다.

인철아, 맘이 안 내키걸랑 그냥 입 다물고 가만히 있어도 된다.

한번 쏟아버린 물이니까 이젠 도로 줏어담을 수도 없어. 나도 한때는 사람들이 말하는 '집장수 집'이라는 단독주택을 지어 팔아서 제법 잘나가던 시절이 있었어. 그런데 자신감이 지나쳐서 과욕을 부린 것이 탈이었지. 남의 돈을 몽땅 끌어다가 대규모 연립주택을 지어놓고 나니까 갑자기 부동산 경기가 싹 죽어버리는 거야. 분양이 전혀 안되는 바람에 쫄딱 망해서 빚만 잔뜩 지고 하루아침에 쪽박 차는 알거지 신세가 되고 말았지.

그러콤 우여곡절을 겪니라고 그동안 동창 친구들허고 일절 연락을 끊은 채로 지낸 모냥이지?

파산을 겪은 뒤로 고생살이만 직사하게 하다가 어느날 신문기사를 보고 퍼뜩 생각해낸 것이 중국이를 상대로 한 보따리 옷장수였어. 그때 당시 내 처지로 할 수 있는 일이라곤 사실상 그것밖에 없었어.

인철아, 목소리를 쪼깨 낮추는 게 좋겠다.

벼락치기로 익힌 몇마디 중국말을 밑천으로 손짓발짓 곁들여가며 시작한 옷장사가 초장에는 제법 해볼 만했어. 보따리무역으로 떼돈을 번다는 건 애시당초 꿈도 못 꿀 일이고, 그냥 처자식들 그럭저럭 먹여 살릴 수 있게 된 것만도 천만다행이라고 생각했지. 그런데 소문이 퍼지면서 갈수록 경쟁자들이 늘어나는 바람에 그나마 밥벌이도 점점 힘들어지고, 농산물 불법 반입을 단속하는 세관원들 규제나 감시도 갈수록 점점 더 심해졌어.

그럴 티지. 인간들 먹고사는 문제치고 세상에 경쟁 없이 떡 먹덧기 쉽게 이뤄지는 일이 뭣이 있을 것이냐.

하루는 웨이하이 부두 근처 밥집에서 내 또래 보따리장수 하나를 만나서 같이 밥을 먹게 됐어. 바로 내 운명이 결정적으로 뒤바뀌는 순간이었지. 그 자식이 내 짐을 보더니만, 반입 허용량 오십 킬로가 못 될 것 같다면서 자기 짐 하나를 맡아달라는 거야. 오래 전부터 안면이 많은 동료라서 별다른 의심 없이 참깨 자루 한 개를 대신 통관시켜주기로 했지. 그게 그만 인천 세관에서 딱 걸려버린 거야. 그 참깨 자루에서 히로뽕 한 봉지가 나왔어. 전후 사정을 설명하고 범인이 누군지를 밝혔지만 그 개새끼는, 생사람 잡는다고 펄펄 잡아떼는 거야! 너 혹시 이거 아니냐면서 머리 위에다 손가락으로 동그라미까지 그려 보이는 거야! 결국 그 개새끼를 사람인 줄 잘못 알고 호의를 베푼 대가로 꼼짝없이 마약사범 혐의를 뒤집어쓰고 말았지!

인철아, 제발 진정허고, 목소리를 낮추거라.

들을 티면 얼마든지 들으라지! 귀 있는 놈들은 죄다 들으라지! 내 불행은 그것으로 다 끝난 게 아니여! 감방에 들어가서 무슨 꼴을 당했는지 알아?

고 얘기는 일단 고 대목에서 스톱이다. 낭중에 서울 도착헌 다음에 우리찌리 조용허니 얘기를 계속허자.

새파랗게 젊은 껄렁패 출신 방장 녀석이 제왕처럼 군림허는 감방이었어. 그야말로 지옥이 따로 없는 감방이었어! 수감 첫날 신고식 때 고분고분 말을 안 듣는다는 이유로 다른 수감자들이 뻔히 지켜보는 자리에서 그 자식뻘밖에 안되는 방장 녀석한티 강간을 당허고 말었어! 목숨을 걸다시피 죽을 힘을 다혀서 저항을 혔지만 원체 강약이 부동이라서 죽사발이 되드락 얻어터진 끝에 결국 그 녀석한티 응뎅이를 내주고 만 거여!

인철이 너, 정말 왜 이러는 거냐? 이러면 못쓴다, 못써! 아까부텀 친구들이 다들 너를 지켜보고 있단 말이다!

그것 참 잘된 일이다! 치욕을 감추고 사는 고통이 얼매나 지랄같은 건지 너 알기나 허냐? 어쨰피 베린 몸인디 인자는 감추고 자시고 헐 것도 없다! 차라리 저 앞에 나가서 마이크 붙잡고 하인철이가 어떤 인간인지를 만천하에 광고허고 싶다! 야, 이 빌어먹을 동창 새끼들아! 나 하인철이, 요래뵈도 자식 같은 젊은 방장 녀석한티 응뎅이를 내준 사람이다! <u>으흐흐흐</u>……

뜬금없이 요게 대관절 뭔 야단이랴?

방장 녀석은 뭣이고 응뎅이를 내줬다는 건 또 뭔 소리여?

인철이가 자취미성 상태라서 쪼깨 감정이 예민헌 것 같다. 동창 친구들 좋다는 게 뭐냐. 느그들이 너그럽게 이해허기 바란다.

뭔지는 몰라도 하인철이 신상에 상당히 복잡헌 사연이 있는 모냥인디, 차내 분위기 전환을 위해서 우리 다 같이 노래나 불르자!

기사 양반, 옥산휴게소에서 잠시 쉬었다 갑시다!

아니요, 아니여! 휴게소 들릴 필요 없이 그냥 서울까장 직행헙시다!

그때 그 일로 내 인생은 완전히 징 치고 막 내린 거여. 그 일만 생각 헐라치면 시방도 칵 죽어뿔고 싶어져. 당장 쎗바닥이라도 작신 깨물 고는 자진혔으면 좋겠어. 으흐흐흐……

말리지 않을란다. 울어라. 울고 싶걸랑 그냥 실컨 울어라. 불른다는 노래 안 불르고 느그들 시방 뭣 허고 자빠졌냐?

자아, 우리 노래나 불르자! 노랫소리에 푹 파묻혀서 하인철이가 있 는지 없는지 몰라볼 때까장 우리 다 같이 목청을 높여서 노래를 불르 자!

방장 녀석한티 응뎅이를 내주는 순간부터 내 인생은 완전히 파철 인생으로 결딴이 나고 말았어. 출감허고 나서는 허구헌 날들을 술로 세월을 삼으면서 처자식들 들들 볶아먹는 짓거리로 보냈어. 툭허면 욕설에다 손찌검을 일삼는 백수건달 남편 술주정을 견디다 못헌 마누 라가 먼저 집을 나가뿌렀어. 그 담번은 새끼들 차례였어. 일남이녀 자 식들이 하나로 똘똘 뭉쳐갖고는 지 에미 역성을 들면서 애비를 배척 허기 시작허는 거여. 애비를 애비로 인정헐 수 없다는 거여. 마약밀수 전과자에다 아무 이유도 없이 가족들한티 매일같이 폭력이나 휘두르 는 술주정뱅이 가장을 둔 것이 챙피혀서 못살겠다는 거여. 그렇게 사 느니 차라리 가족들한티 마지막으로 적선허는 셈치고 일찌감치 죽어 달라는 거여. 그러는 편이 아버지 자신을 위해서나 즈그들 장래를 위 해서 일조가 되겠다는 거여.

매에는 장사가 없다는 옛말도 있잖냐. 자식들이 여북이나 답답혔으면 아버지한티 그런 소리를 다 혔겄냐.

맞는 말이여. 지금은 자식들 그 심정 충분히 이해가 가. 허지만 그때 당시는 청천벽력이나 매일반이었어. 이해는 고사허고 자식들만 보면 분통이 터져서 견딜 수가 없었지. 내가 누구 때문에 오늘날 이 지경으로 하루아침에 파철이 되고 만 거여? 내 일신 호의호식허고 부귀영화 누리겄다고 산 설고 물 설은 그 중국이를 연락부절로 드나들면서 온갖 챙피 온갖 추접 다 떨고 그 고생을 자청헌 거여? 다 지놈들 한 입이라도 더 멕이고 남세스럽지 않게 번뜻허니 거둘라고 죽살이치면서 애비 노릇 문드러지게 허다가 실수로 누명을 덮어쓰고 응뎅이까장 내주게 되잖었겄어? 그런디 인제 와서 전과자 애비는 애비도 아니라고? 애비가 술주정 조깨 혔다고 일찌감치 죽어주는 것이 지놈들한티 적선이라고?

들어보니깨 인철이 니 말도 과히 틀린 소리는 아닌 것 같다.

오냐, 좋다. 니놈들 소원이 정 그렇다면 내가 일찌감치 죽어주마. 요렇게 모진 맘을 먹고는 그때부터 수면제를 모으기 시작혔어. 스스로 목숨을 끊는 것이 나를 헌신짝같이 내버린 처자식들한티 보복허는 길이고 버럭지마냥 천데기 신세로 전락허고 만 나 자신을 응징허는 길이라고 생각혔어.

좌우지간에 그 수면제가 니 목구녁으로 안 넘어간 것은 참말로 잘된 일이다. 니 대신 수면제를 삼켜준 부모님 산소 앞 흙을 축복허고 싶어진다.

내가 과연 세상을 살아갈 자격이 있고 가치기 있는 인긴인가를 지하에 계시는 부모님을 향해서 열두 번도 더 물어봤지. 끝내 대답이 없으신 거여. 그래서 내가 대신 대답을 혔지, 당장 죽을 필요는 없다고,

어찌는가 보게 더 살어보는 것도 괜찮을 것 같다고 말이여.

갑째기 무신 바람이 불어서 안 죽고 더 살어볼 생각이 들었다냐?

나도 잘 몰라. 고향땅에 묻어두었던 어린시절 보물들을 다시 파낼 수 있었던 하룻밤 우연 덕분에 수면제를 대신 땅속에 파묻고 싶은 마음이 들었던 것 같기도 허고……

형체도 없고 돈으로 바꿀 수도 없는 그 꾀죄죄헌 보물들이 과연 니 인생에 무신 의미를 보탤 수 있을까?

무신 소리! 너한티는 꾀죄죄헌 퇴물에 지나지 않을지 몰라도 나한티는 눈앞이 캄캄헐 적에 빛을 주고 갈급헐 적에 물을 주고 기진맥진헐 적에 기운을 주는 마법상자 같은 보물이여.

파적거리 삼어서 동창들찌리 주고받은 하룻밤 회고담이 결과적으로 아까운 친구 목숨 하나를 살려낸 심이구만. 그런디 인철이 너 혹시 이거 아냐? 아까부텀 차내 분위기가 확 달러진 것 말이여.

글씨……

잘 들어봐. 경부고속도로로 들어선 다음부텀 저 녀석들 말씨가 고향 사투리에서 슬금슬금 도로 서울말로 바뀌기 시작혔어. 그러고 서울이 점점 가차워지면서 서울말 숭내는 점점 더 우심혀지고 있어. 그런디 인철이 너는 정반대로 대세를 거스르고 있어.

내가?

그렇다니께. 어느 순간부텀 너는 갑째기 서울말 숭내를 버리고 고향 사투리를 주절주절 입에 달기 시작헌 거여.

듣고 보니께 그런 것 같기도 허구만.

오랜만에 니 마음이 고향을 되찾은 것을 진심으로 환영헌다.

고백을 다 마치고 나니께 그동안 내 인생을 짓누르던 바웃뎅이 같은 짐을 벗어던진 기분이여. 인제는 족쇄가 풀려서 훨훨 널러갈 것같이 홀가분헌 기분이 들어. 가면을 쓰고 사는 동안에는 넘들한티 숨겨야 헐 것들이 속에 징건히 고여 있어서 누워도 괴롭고 일어나도 괴롭고 노상 불편허기만 혔는디 인제는 십년 묵은 체증이 싹 풀린 것 같어.

고백은 아무나 허는 게 아니다. 그만침 용기가 필요헌 일이다. 힘든 고백을 허니라고 에너지 소모가 많었을 틴디, 눈붙이고 조깨 쉬거라.

지저분허기 짝이 없는 내 고백을 참고 들어줘서 고마워.

참, 아까부텀 궁금헌 점이 있는디, 해필이면 왜 별로 친허게 지낸 적도 없는 나를 고백의 상대로 택허게 됐냐?

동창들 어느 누구허고도 친허지 않은 외톨이 신세라서 실은 아무라도 상관없었어. 그저 내 고백을 끝까장 참고 들어줄 귀만 달렸다면 말뚝이라도 괜찮다고 생각혔어. 그런디 귀향길에 우연히 한자리에 나란히 앉게 된 인연으로 초장서부텀 너를 주목허게 된 거여. 모교 운동장에서 밤샘 이야기판이 벌어지는 동안에도 니 일거수일투족을 줄창 지켜보고 있었지. 웃고 떠들고 즐기느라고 만판 들떠 있는 친구들허고는 달리 어딘지 몰르게 차분히 가라앉은 태도였어. 머릿속 치부책에다 친구들 얘기를 일일이 깨알 같은 글씨로 적고 있는 것처럼 내 눈에 비쳤던 거여. 그래서 그때 속으로 작정을 혔지, 내가 만약에 내 부끄러운 과거를 누구한티 고백허게 된다면 그 상대는 바로 니가 틀림없다고 말이여.

사실은 말이여, 친구들 추억담을 경청혔다기보담은 피곤에 지쳐서 몰려드는 졸음허고 씨름허니라고 밤새드락 위이레 눈꺼풀 새에다 비팅개를 대고 있었지. 좌우지간에 졸음과의 전쟁을 치르는 나를 그러코롬 점잖은 모습으로 봐주었다니께 고맙다. 그건 그렇고, 서울에 돌아가면 앞으로 어떻게 헐 작정이냐?

열살 안팎 어린시절 그 순수헌 기분으로 되돌아가서 새출발을 허고 싶어. 다른 무엇보담도 우선적으로 처자식들한티 용서를 비는 것이 바른 순서겠지. 무조건 물팍 꿇고 싹싹 빌 작정이여. 과거 잘못을 용서받은 연후에 집 나간 마누라를 델꼬 와서 집안 꼴을 원상회복시킬 작정이여. 그 다음 순서는 나도 아직 몰르겄어.

잘 생각혔다. 작정대로 잘 이뤄지기 바란다. 그러고 그 응뎅이 문제도 길 가다가 미친개한티 물린 폭 잡고 그만 잊어뿌려라.

그 옘병헐 응뎅이 소리, 내 앞에서 두번 다시 비치지도 마라!

알었다, 알었어. 그만 눈이나 조깨 붙이거라. 서울에 도착허걸랑 헤어지기 전에 우리찌리 어디 가서 술이나 한잔 나누기로 허자.

원혼의 한을 푸는 신성(神性)의 언어

정호웅

1. 중고제의 문체

작가들의 출신 지역과 그들이 구사하는 언어에 따라 한국문학의 지도를 그린다면, 금강을 가운데 두고 남북으로 드넓게 열린 우리나라 최대의 평야지대 출신을 하나로 묶을 수 있다. 이기영, 채만식, 최일남, 이문구, 윤흥길, 은희경으로 이어지는 우리 소설사의 큰 맥 가운데 하나가 이 지역에서 솟아올라 계속해서 뻗어나가고 있는 것이다.

이 지역 출신 작가들의 문학은 판소리 유파의 하나인 중고제(中高制)에 비유할 수 있다. 중고제는 전설적인 명창 염계달(廉季達)에서 시작되어 김성옥(金成玉)을 거치며 완성된 유파로, 경기남부와 충청도에서 성행했다고 한다. 섬세 유장한 서편제, 웅장 활달한 동편제의 중간에 놓이는데 온화한 듯하면서도 견실한 성음(聲音)이 특성이다. 가슴을 에는 듯한 서편제의 애조성과도 다르고, 느닷없이 터져나와 내달리는 동편제의 찢어질 듯한 폭발성과도 다른 어떤 경계. 뚜렷한 주장이나 단정적 진단 없이 밋밋하게 이어지는 듯하지만 마지막에 이르면 물 아래에서 솟구쳐오르듯 그 골격을 드러내는 이들 작가들의 서사는 마치 아득한 지평선으로 열린 충청남도나 전라북도 평야 풍경처럼 비산비야(非山非野), 산인 듯 들판인 듯 전개되지만 그러나 바닷가에 이르러 산줄기 물줄기를 분명하게 확인시키는 그런 중고제적 특성을 지녔다.

이들의 중고제체는 우리 소설의 편향성 하나에 대한 근본적 반성으로 우리를 이끌어간다. 선명한 것, 분명한 것, 순수한 것에 배타적인 가치를 부여하고 거기에 집착하는 편향성이 우리 소설을 지배해온 중심 요소의 하나임은 두루 아는 대로이다. 민족해방, 계급해방, 의리니 순수한 사랑이니 하는 가치에 절대적인 의미를 부여, 그것의 실현이나 수호를 위해 목숨조차 아끼지 않는 인물들의 삶을 찬양하는 편향성. 우리 소설의 오랜 고질 가운데 하나인 이분법적 단순성을 배태해 낸 궁극의 토대는 바로 이것이다. 이들의 중고제체는 이같은 편향성과 일정한 거리를 두고 선 문체이다.

윤흥길의 연작소설집 『소라단 가는 길』은 이같은 중고제의 문체로 이제 환갑을 목전에 둔 초등학교 동기들이 어린 시절 겪었던 전쟁의 참상과 애옥살이를 나직하고 담담한 목소리로 들려주고 있다. 그 이야기 마당을 채우는 목소리는 겉으론 나직하고 담담하지만, 안으로는 50년 세월의 무서운 풍화의 힘도 어쩌지 못한 시뻘건 상처를 껴안고 피눈물범벅 속에 몸부림치는 살풀이판의 통곡성과도 같다.

어린 시절의 기억 되살리기를 수행하는 작가의 언어는 전라북도 이리(裡里) 방언이다. 우리는 이 소설집 곳곳에서 사투리에 대한 작가의 자의식을 드러내는 진술을 만나는데, 그것은 두 종류로 나눌 수 있다.

그러잖어도 으레 재경 동창들 모임 때마다 그동안 서울 것들 틈새에서 주력이 들어 맥을 못 추던 사투리란 놈이 느닷없이 벌떡벌떡 일어나 목구녁 배같으로 질펀허니 쏟아져나오는 바람에 너도나도 고향 말씨 경쟁을 벌리니라 야단들인디, 오늘은 졸업헌 지 사십 년 만에 모교를 첫 공식 방문허는 특별행사날이라 흥분들 혀서 그런지 고향땅이 차츰 가까워올시락 사투리도 점점 우심혀지는 것 같다. 거그다 비허면 서울말 숭내에 아직도 빈틈없는 인철이 너는 참 재주도 용타. (10~11면)

하나는 이 인용에 뚜렷한, 우리 사회를 지배하고 있는 서울말과 중앙중심주의에 대한 부정의식이다. 서울말과 중앙중심주의가 지배하는 현실 질서 속에서 사투리란 이방의, 주변부의 언어이니 설 자리를 확보하기 어렵다. 서울말과 중앙중심주의가 지배하는 공간에서 생계를 도모해야 하는 처지라면 그것들의 지배력 아래 순응하지 않으면 안된다. 그러나 고향 친구들끼리 모인 동창회 자리라면 그것들의 지배에서 벗어난 해방의 공간이니 모태의 언어 고향 사투리에 마음껏 젖어도 무방하다.

사투리의 적절한 사용으로 표준어가 대변하는 중심의 세계를 비판하고자 했던 대표적인 문인은 백석(白石)이다. 평안북도 정주(定州)

방언에 실린 백석의 세계는 자연과 인간의 조화로운 어울림의 세계이며, 전설 속 이야기도 실재했던 것으로 받아들이는 비합리성 용인의 세계이고, '고담(枯淡)하고 소박한' 마음과 그런 마음을 닮은 문화가 유유하게 흐르는 느림의 세계이다. 그같은 세계를 백석은 아름답고 지극히 그리운 공간으로 노래함으로써, 그것에 대비되는 중심의 세계 곧 인간과 자연의 이분법적 분리, 합리성, 속도의 세계인 근대 자본주의세계를 비판하고자 하였다.

고향 사투리에 대한 애정을 통해 서울말과 서울중심주의가 지배하는 현실 질서를 문제삼는 윤흥길의 문제의식은 그러나 다만 문제의식에 그쳐 더이상 나아가지는 않았다. 그 문제의식이 이 연작소설이 겨누고자 한 핵심이 아니기 때문에 그러했을 것이다.

고향 사투리에 대한 작가의 자의식은 다른 한편 체험의 구체성과 관련된 것이다.

다른 녀석들 경우도 대개는 다 그럴 거라 생각했다. 적어도 김지겸 그의 경우만큼은 분명코 그랬다. 오랜 세월에 걸쳐 그의 추억 안에 똬리를 틀고 있는 것은 농림학교가 아니라 농림핵교였다. 농림학교라 하면 어쩐지 농림학교처럼 느껴지지가 않았다. 농림핵교라 부를 때 잠자고 있던 농림학교는 그의 추억 속에서 퍼뜩 깨어나 능구렁이처럼 서리서리 감고 있던 똬리를 풀면서 비로소 제대로 된 학교 모습을 갖추기 시작하는 것이었다. 바꾸어 말하자면, 그의 내부에 능구렁이 닮은 농림핵교가 서식하는 꼴이 아니라 세월 저편 농림핵교 어느 으슥한 구석에 철부지 시절의 그가 숨어 아직도 숨을 할딱이고 있는 꼴이었다.(52면)

농림학교를 표준어인 농림학교라 부른다면 농림학교와 관련된 어린 시절 체험은 대답하지 않는다. 그 체험은 농림핵교라 불렀을 때만 응답한다. 사투리는 과거를 불러내는 주술의 언어이며 그 과거 속으로 길을 여는 열쇠인 것이다. 어째서 그러한가.

언어는 한갓 추상적 기호가 아니며 그 언어가 발화된 그때 그 자리, 발화 대상과 발화 주체의 관계에서 생겨나는 체험의 실체를 담아내는 물질적 존재이기 때문이다. 표준어는 사전에 규정된 의미를 따라 체험의 구체성을 잘라내고 약화시킴으로써 체험을 추상화하는 표준 기호이다. 표준어의 그같은 속성 때문에 체험의 구체성을 온전히 담아내지 못한다. 지난 시절 겪었던 일들, 느낌들의 구체적 실재는 그 경험 현장에서 사용되었던 언어, 곧 사투리를 통해서만 온전히 되살아날 수 있는 것이다.

『소라단 가는 길』을 이끄는 전라북도 이리 사투리는 그리하여 추상화되지 않은 어린 시절의 체험들을 고스란히 되살려냄으로써 추상화되지 않은 50년 전 실제 세계를 경험하게 한다.

2. 연민의 마음

초등학교 동창생들이 졸업 후 40년 만에 모교 운동장에 모여 앉았다. 생초목으로 모깃불을 피우고 둘러앉아 이런 시절을 기억 속에서 불러내고 있다. 돌아가며 그 시절 경험담을 풀어놓는 '이야기 돌리기'의 형식으로 모진 세월을 되살리는 것이다. 저마다 "다 심들고 에룹게, 그러면서도 열심히 자기 인생 자기가 손수 운전허고 살어온”“그렇기 땜시 열에 일고야닯 정도는 자기 인생이야말로 진짜 대하소설감이다, 외려 소설보담도 더 극적인 드라마다, 허고들 자부하는 축”(12면)이지만, 그 살아온 내력과 지금의 현실은 이 ‘이야기 돌리기’ 판에 끼여들지 못한다. 그들은 “다른 화제 다 제쳐놓고 약속이나 한 듯이 너도나도 오로지 전쟁 이야기에만 매달리는” 것인데. 10살 전후의 어린 나이에 겪었던 전쟁 체험이 얼마나 끔찍한 것이었는지, 그 상처가 얼마나 깊은 것이었는지, 그 기억이 얼마나 집요하게 그들의 지난 삶에 따라붙으며 그들을 괴롭혔는지를 이로써 분명히 확인할 수 있다.

그들의 이야기는 하나같이 전쟁의 폭력성을 섬뜩하게 증언하는 것들이다. “전쟁이란 놈은 워낙 맹목이라서 눈에 뵈는 게 없는 법이지. 아뭇거나 닥치는 대로 때려부시고 잡어쥑이고 빙신 맨드는 게 바로 전쟁이란 괴물이여.”(141면) 한 작중 인물의 말대로 전쟁이란 무차별 폭력인 것인데, 그 마구잡이 발길 아래 짓밟혀 망가지고 그 눈먼 칼에 베여 상처입는 사람들의 참극을 통해 그 무차별적 폭력성을 생생하게 그려내고 있는 것이다. 그같은 전쟁의 폭력성이 가장 응축되어 있는 것은 ‘죽음’일 터인데, 이야기 돌리기의 첫 이야기가 죽음의 문제를 다루고 있는 것은 당연하다 하겠다.

6·25를 다룬 전쟁소설의 평판작 가운데 하나인 작가의 「장마」와 한 짝을 이루는 작품인 「묘지 근처」는 온통 죽음의 분위기로 가득 차 음울하다. 배경부터 공동묘지 근처, 북망으로 가는 상여들이 슬픈 상두소리와 유족들의 애끓는 울음소리를 뿌리며 지나가는 길목이다. ‘늦겨울 바람이 종횡무진 치닫고 내리닫는’ 가운데 전장에서 팔다리를 잃은 상이군인들의 원통한 울부짖음이 어둠을 찢으며 울리고 있다.

초점은 저승사자와 할머니의 싸움이다.

저승사자와 할머니의 싸움은 세 가지 내용을 담고 있다. 하나는 부덕자(不德者)가 될 수 없다는 할머니의 생각. '엄동설한 악천후'의 날에 죽으면 후손들 괴롭히는 일이니 덕 없는 사람이라 비난받는다. 꽃 피고 새 우는 호시절, 춘삼월 전에는 죽어도 저승길 따라 가지 않겠노라는 할머니의 거듭거듭 다짐은 이 때문이다. 다른 하나는 죽기 전에 전쟁 나간 아들을 보아야만 한다는 할머니의 간절한 바람. 할머니는 "우리 병권이 얼골 다시 볼 때까장 나는 죽어도 살아 있을란다"(32면), 뇌고 또 뇌는 것이다. 부덕자가 될 수 없으니 춘삼월 오기 전에는 죽을 수 없다는 생각과 전쟁 나간 아들이 돌아오는 것을 보고 죽겠다는 바람 또한 간절한 것이다. 그러나 할머니의 마음 깊은 곳에 자리잡아, 저승사자의 어두운 손길에 맞서 한사코 싸워 버티게 만드는 것은 절대로 아들이 죽어서는 안된다는 비원이었다.

"안된다, 안되야! 우리 병권이만은 절대로 안된다아!"

마침내 어둠을 뚫고 저승사자가 희미하게 모습을 드러내자 상대방 울부짖음에 대항해서 할머니가 마주 울부짖기 시작했다.

"염라대왕 아니라 염라대왕 할애비라도 우리 병권이한티는 손을 대들 못허니께, 애시당초 손을 대서는 안되니께 그리 알거라아!"

갑자기 저승사자의 울부짖음이 뚝 그쳐졌다. 땅바닥을 저주하던 지팡몽둥이의 움직임도 덩달아 멈춰졌다. 시커먼 모습으로 눈앞에 버티고 서서 저승사자는 우리 식구들과 팽팽히 대치하고 있었다.

"차라리 날 델꼬 가거라! 우리 병권이 대신 차라리 이 늙은이를 델꼬 가란 말여, 이 썩어 문드러질 잡것아!"(45~46면)

이미 이승의 인연이 다 되어 저승길 들어서는 문앞까지 이르른 할머니를 캄캄 어둠 속에 가두고 짓눌렀던 것은 자신의 죽음이 아니라 자식이 죽을지도 모른다는 두려움이었다. 온세상이 죽음의 기운으로 가득 찬 전쟁통이니 언제 어디서 그 죽음의 기운이 덮쳐들지 모르는 것, 할머니의 두려움은 전쟁의 그같은 폭력성을 그 어떤 말이나 사건보다도 뚜렷이 드러내 보여준다.

이 연작소설집에 담긴 이야기들은 이처럼 전쟁의 폭력성을 증언하는 한편, 그 폭력성에 베이고 짓눌려 죽거나 불구가 되거나 정신을 놓친 사람들의 상처투성이 영혼을 껴안고 위무하는 슬픈 연민의 노래이다. 그 속에 그들이 상처로부터 일어나 온전한 삶을 누리기 바라는 간절한 희구가 깃들여 있음은 물론이다. 그 희구의 마음은 다음처럼 경건한 종소리에 실려 하늘 끝으로 솟아오르고 땅끝까지 퍼져나간다.

결국 종 치는 사람이 셋으로 불어난 꼴이었다. 그 어느때보다 기운차게 느껴지는 종소리가 어둠에 잠긴 세상 속으로 멀리멀리 퍼져나가고 있었다. 명은이 입에서 별안간 울음이 터져나오기 시작했다. 때때옷을 입은 어린애를 닮은 듯한 그 울음소리를 무동태운 채 종소리는 마치 하늘 끝에라도 닿으려는 기세로 독수리처럼 높이높이 솟구쳐오르고 있었다.

뎅그렁 뎅 뎅그렁 뎅 뎅그렁 뎅……(293면)

바로 앞에서 부모가 죽창에 찔려 죽는 것을 두 눈으로 목도한 몸서리치는 체험이 어린 소녀의 눈을 멀게 했다. 온땅과 온하늘을 채우며 울려퍼지는 저 종소리는 그들의 한이 우는 울음소리이며, 그들의 한과 함께 울며 그것을 따뜻하게 껴안는 슬픈 연민과 자비의 소리이며, 공포와 원망과 절망의 철벽에 캄캄하게 갇혀 있는 영혼들을 일깨워 일어나 새 삶을 열어가도록 이끄는 생명의 소리이다.

3. 성장의 소설

이 연작소설은 전쟁통 어린아이들의 일상을 통해 6·25에 접근하고 있다는 점에서 이왕의 전쟁소설 일반과는 다르다. 전쟁중이라도 생활은 계속되는 법, 어른들은 어른들대로 아이들은 아이들대로 그들의 일상을 살아간다. 아이들은 학교에 나가 공부하고, 동무들과 어울려 놀고, 그러면서 인간과 세상의 비밀에 눈뜨며 성장해가는 것이다.

그 무렵에 유약허고 무력헌 존재에 지나지 않었던 우리 어린애들은 한편으로 전쟁이란 괴물한티 쫓기고 밤마다 가위눌리는 악몽에 시달리면서도 다른 한편으로는 어른들이 몰르는 호젓헌 구석에 숨어서 그 전쟁을 우리 방식대로 만판 즐긴 심이지. 말허자면 한몸뗑이 안에 순진무구헌 동심 세계허고 발랑 까진 악동 세계가 의초롭게 공존허던 시절이었지.(300면)

이 점에서 이 연작소설은 일종의 성장소설이다. 그들은 악몽과 공부와 놀이 속에서 죽음을, 인간관계의 비정함을, 세계의 폭력성을 알게 되는 한편 의리며 신의며 순정이며 약한 자 상처 입은 자를 보살피는 이타와 연민의 마음 같은, 지켜야 될 사람살이의 도리를 깨우치며 성큼성큼 자라나는 것이다.

예컨대, 「큰남바우 철둑」 속에 이런 삽화가 있다. 전쟁통 한 시골마을에 소년 하나가 들어왔다. 고아가 되어 오갈 데 없는 처지라, 누나를 찾아온 것이다. 어린아이에 지나지 않으며 게다가 범절도 반듯하니 얼마든지 포용할 수 있을 것인데, 마을 사람들은 그를 받아들이지 않는다. 그를 분리하여 이 마을의 질서 밖으로 배제하려는 것이다.

겨울철로 접어들면서 벌써 '뻘갱이 자석놈'이란 말이 마을 사람들 입길에 뻔질나게 오르내리기 시작했다. 길을 가는 그를 먼빛으로 보면서 아낙네들은 끼리끼리 모여 쑥덕거렸다. 고향 마을에서 억척으로 공산당 활동을 하던 그의 아버지는 퇴각하는 인민군을 따라 북쪽으로 가다가 국군의 총에 맞아 죽었다는 것이었다. (…) 피는 절대로 못 속이는 법이라면서 아낙네들은 근처에서 노는 자기 자식들한테 신칙하기를 잊지 않았다. 저 뻘갱이 자석놈이랑 같이 얼려 댕기는 날이 바로 니놈 발목쟁이 작신 뿌러지는 날인지 알거라!(93~94면)

어떤 집단의 질서를 유지, 강화하기 위한 분리, 배제의 메커니즘이 작동하기 시작한 것이다. 좌우 이데올로기 대립 위에서 펼쳐지는 살육의 전쟁통이니 그 분리, 배제의 메커니즘은 더욱 철저해지지 않을 수 없다. '뻘갱이 자석놈'이란 명패가 붙여짐으로써 그는 이 마을 질서에 맞서는 '적'의 자리에 놓이게까지 되었다. 마을 사람들의 심리 속에는 이 소년을 적으로 규정하여 분리, 배제함으로써 전쟁의 폭력성에 상처입어 병든 그들의 마음을 위안하려는 이기심도 깃들여 있었을 것이다. 절대 약자를 괴롭힘으로써 얻을 수 있는 싸디즘의 쾌락을 탐닉하는 마성의 유혹도 그 속에 도사리고 있었을지 모른다.

마을 사람들이 하나 되어 설치해놓은 이 강력한 분리, 배제의 메커니즘 위에 올라선 그 소년이 선택할 수 있는 것은 단 하나뿐이다. 굽힐 수 있는 한 굽혀 그들을 해칠 수 있는 힘이 없음을 보이는 것, 자기 아버지가 '빨갱이'가 아님을 거듭 강조하여 '적'이 아님을 주장하는 것뿐이다. 숨을 놓기 직전 가쁜 숨결 사이로 그가 마지막 토해낸 말이 "나는 인민군이 아니여, 나는 국군이 맞다니깨"(110면)라는 것은 그 어린 소년이 그 분리, 배제 메커니즘의 칼날 위에서 살아남기 위해 얼마나 고투했는가를, 그의 외로움이 얼마나 지독한 것이었는가를 뚜렷이 보여준다.

오랜 세월이 흘러 옛 동무들에게 이 이야기를 전하는 화자는 그 소년이 주인공인 슬픈 삽화를 직접 겪고 관찰하며 인간과 세계의 안쪽을 들여다보고 그 속성 하나를 깨우칠 수 있었다. 작가는 화자로 하여금 그 소년의 마지막에 대해 "중얼거림을 다 마치더니만 우리의 염무환 대장은 풀무질하듯 마구 들썩거리던 무거운 가슴을 땅바닥 위에 가만히 내려놓고는 결국 한마리 새로 변해 달빛 속을 가볍게 날아오르기 시작했다"(같은 곳)라고 말하게 함으로써, '빨갱이 자식이란 이유로 어린 나이에 짧은 생을 마감할 수밖에 없었던 한 소년'의 영혼을 지상의 무겁고 사나운 족쇄로부터 풀어 달빛 속으로 날아오르게 하였다. 그 언어는 중음신으로 구천을 떠도는 원혼을 천도하는 무당의 신격언어(神格言語)이다.

어디 여기에만 국한되는 것이랴. 윤흥길의 『소라단 가는 길』의 말길 마음길을 이끄는 것은 그런 신성의 언어이다. 그 신성의 언어는 원혼

의 원한을 푸는 데 그치지 않고 그들의 원한으로 인해 생겨난 우주의
아픔, 부조화까지 바로잡는 힘을 지닌 것이니, 인간의 언어이면서 또
한 하늘의 언어이기도 하다.

鄭毫雄 / 문학평론가, 홍익대 국어교육과 교수

작가의 말

반세기 가까이 내 내부의 감옥 안에 갇힌 채 무기징역을 사는 것들
이 있었다. 6·25를 전후한 어린시절의 기억들이다. 오랜 세월에 걸쳐
그 녀석들은 나에게, 자유를 달라고, 밝고 넓은 세상을 마음껏 활보하
고 싶다고 무던히도 집요하게 탄원을 벌여왔다. 세상을 향해 맨 처음
눈을 뜨기 시작할 무렵의 체험들인지라 나로서는 어느것 하나 소중하
지 않은 것이 없지만, 여기저기 산만하게 널려 있는 그 기억의 파편들
을 한군데로 뭉뚱그리는 일이 그리 쉽지만은 않아서 차일피일 미루며
오랫동안 망설여왔다. 그러다가 내 나이 회갑을 몇년 앞둔 어느날, 마
치 광복절 특사로 죄수들을 풀어주듯이 마침내 내 회갑 기념삼아 그
녀석들을 방면하기로 결심하기에 이르렀다. 한 녀석씩 순차적으로 풀
어주다 보니까 어느덧 회갑을 넘겨버렸다.

일단 내 감옥을 벗어난 내 어린시절 기억들이 당초의 기대만큼 그

렇게 넓은 세상을 자유롭게 활보하고 있는지 어떤지는 내가 상관할
바 아니다. 내게 중요한 것은 녀석들을 방면함으로써 오히려 나 자신
이 자유로워졌다는 사실이다. 그렇다. 나는 시방 내 마음이 무기징역
에서 풀려난 것처럼 상당한 자유를 느낀다.

자다가 얻은 떡처럼 늙마에 선물로 얻은 이 자유를 활용해서 내가
장차 무슨 일을 해야 할 것인지는 좀더 시간을 두고 찬찬히 생각해봐
야겠다.

세번째 창작집 『무지개는 언제 뜨는가』를 출간한 이후 20여년 만에
다시 이번 연작소설집을 묶기로 결정한 창비에 새삼스레 감사를 표하
면서 앞날의 번영과 발전을 기원한다.

2003년 12월
윤흥길

소라단 가는 길

초판 1쇄 발행/2003년 12월 10일
초판 10쇄 발행/2025년 3월 10일

지은이/윤흥길
펴낸이/염종선
편집/김정혜 문경미 안병률 김현숙
펴낸곳/(주)창비
등록/1986년 8월 5일 제85호
주소/10881 경기도 파주시 회동길 184
전화/031-955-3333
팩시밀리/영업 031-955-3399 편집 031-955-3400
홈페이지/www.changbi.com
전자우편/lit@changbi.com

ⓒ 윤흥길 2003
ISBN 978-89-364-3675-9 03810

* 이 책 내용의 전부 또는 일부를 재사용하려면
  반드시 저작권자와 창비 양측의 동의를 받아야 합니다.
* 책값은 뒤표지에 표시되어 있습니다.